Das Buch

Nick Zakos, Halbgrieche und Kommissar der Münchner Mordkommission, ist urlaubsreif. Doch dann wird auf einer griechischen Insel die Leiche einer deutschen Urlauberin gefunden und Nicks ›Ferien‹ gestalten sich anders als geplant. Da es sich bei der Toten um die Ehefrau eines ranghohen bayerischen Politikers handelt, wird er um Amtshilfe gebeten. Nicks Begeisterung hält sich in Grenzen: Seit sein Vater die Familie verlassen hat, als Nick noch ein Kind war, kann Griechenland ihm gestohlen bleiben. Doch als er auf der Dodekanes-Insel ankommt, erwacht wider Erwarten sein griechischer Geist zum Leben – nicht zuletzt wegen der attraktiven Inselpolizistin Fani. Und mit diesem Gespür für griechische Emotionen gelingt es ihm, den verwickelten Fall um Schulden, Macht und Rache zu lösen.

Die Autorin

Stella Bettermann, Tochter einer Griechin und eines Deutschen, lebt mit ihrer Familie in München, wo sie als Journalistin und Autorin arbeitet. Ihre Griechenland-Bücher *Ich trink Ouzo, was trinkst du so?* und *Ich mach Party mit Sirtaki* waren *Spiegel*-Bestseller. *Griechischer Abschied* ist ihr Krimi-Debüt.

Von Stella Bettermann ist in unserem Hause außerdem erschienen:

Griechische Begegnung

Stella Bettermann

GRIECHISCHER ABSCHIED

Kriminalroman

Ullstein

Besuchen Sie uns im Internet:
www.ullstein-taschenbuch.de

Originalausgabe im Ullstein Taschenbuch
1. Auflage Mai 2015
3. Auflage 2016
© Ullstein Buchverlage GmbH, Berlin 2015
Umschlaggestaltung: ZERO Werbeagentur, München
Titelabbildung: © Sakis Papadopoulos, Kollektion:
Robert Harding World Imagery / Getty Images
Satz: LVD GmbH, Berlin
Gesetzt aus der Minion und Fago
Druck und Bindearbeiten: CPI books GmbH, Leck
Printed in Germany
ISBN 978-3-548-28654-9

Prolog

Der schrille Ton in ihrem Ohr schwoll an und ab wie eine Sirene. Alles um sie herum wankte. Die Treppen zum Hoteleingang schienen auf einmal zu schwimmen und die Plastiktüte mit den drei Halbliterflaschen Retsina schlug mit einem klirrenden Geräusch gegen das eiserne Geländer.

Nein, ich bin nicht betrunken, sagte sie sich. Es waren nur ein paar Gläschen zum Mittagessen gewesen und dann die leichten Biere später am Hafen. So ein dünnes Gebräu, das man sowieso gleich wieder ausschwitzte bei diesen Temperaturen hier. Sicher war es nur die Hitze.

Vorsichtig ließ sie sich auf die steinernen Stufen sinken, die auch jetzt noch, in der anbrechenden Nacht, Sonnenwärme abstrahlten, und stellte Handtasche und Tüte neben sich ab. Erst mal tief durchatmen. Sie presste die Finger gegen ihr Ohr. Der Ton war noch da, leiser jetzt. Ein junges griechisches Paar trippelte mit einem höflichen »*Kalispera*« die Treppe hinab, der lange, dünne Rock der Frau streifte ihren nackten Arm wie eine Geisterhand.

Es war noch nicht spät, Abendessenszeit, zumindest nach südländischer Gepflogenheit. Sie mochte um diese Uhrzeit allerdings nichts mehr essen. Außerdem war sie müde, es war ein anstrengender Tag gewesen. Sie hatte viele Leute getroffen, viele Gespräche geführt, meist auf Englisch. Den Abend wollte sie in aller Ruhe bei einem kühlen Gläschen ausklingen lassen.

Sie strich sich die blonden Haare hinters Ohr und erschrak:

Ihr Gesicht war überzogen von kaltem Schweiß. Aber immerhin fühlte sie sich nach der kurzen Verschnaufpause wieder etwas besser. Sie zog sich am Geländer hoch und bewältigte die wenigen Stufen problemlos.

Das Foyer des kleinen Hotels war vollkommen leer. An der Rezeption drehten sich summend die Rotorblätter eines Ventilators. Dennoch war die Luft stickig. Sofort kam das Schwindelgefühl zurück. Auch der hohe Ton in ihrem Kopf wurde wieder lauter. Am Ende des Raums, hinter der Tür, die in den Küchenbereich führte, läutete ein Telefon. Sie ging ein Stück in diese Richtung. Vielleicht gab es dort eine Köchin oder eine Putzfrau, die sie um Hilfe bitten konnte.

Auf halber Strecke blieb sie unschlüssig stehen. War das wirklich nötig? Höchstwahrscheinlich war ohnehin niemand da. Das Telefonläuten war immer noch nicht verstummt.

Neben dem Ventilator lagen die Schlüssel der Gäste auf dem Tresen aufgereiht. Die junge Rezeptionistin ließ sich nach zwanzig Uhr nicht mehr im Haus blicken, und einen Nachtportier gab es nicht. Sie griff nach dem Schlüssel mit der Nummer fünf und stolperte den Gang entlang bis zu ihrer Tür. Dort schob sie den Schlüssel mit zitternden Händen ins Schloss und taumelte in ihr Zimmer. Fast hätte sie sich übergeben müssen, als sie sich zu dem kleinen Kühlschrank hinunterbückte, um eine Flasche Wasser herauszuholen. Dann riss sie die Terrassentür auf, ließ sich aufs Bett sinken und presste sich den kalten Kunststoff der Wasserflasche gegen ihre Stirn.

Noch einmal erholte sie sich. Eine leichte Brise vom Meer bauschte die Vorhänge und brachte Abkühlung, und der Ausblick auf das sanfte Schaukeln der Fischerboote in der Bucht wirkte beruhigend auf sie. Dann bog die Fähre draußen vor dem Hafen um eine Felsformation und gelangte so in ihr Sichtfeld – das Schiff wirkte so unwirklich nah und erschreckend groß, dass sie das Gefühl hatte, sie könnte es berühren, wenn sie nur den Arm ausstreckte. Die Fähre war illuminiert wie ein gigantischer Weihnachtsbaum und so riesig, dass sie kaum in die kleine, pittoreske Bucht zu passen schien.

Sie hatte den abendlichen Anblick und die Geräusche des rasant einfahrenden Schiffes stets genossen, wenn sie mit einem Glas Retsina auf der kleinen Hotelterrasse saß.

Doch plötzlich war das Sausen in ihren Ohren wieder da, viel lauter als zuvor, und sie hatte das Gefühl, als würden sich gläserne Wände um sie schließen. Wie in einem Aquarium, unter Wasser. Jedes Geräusch von außerhalb drang nur noch als dumpfer Hall zu ihr: das Rasseln der Ketten, mit denen die Autoklappe heruntergelassen wurde, die Rufe und das Lachen am Hafen, die aufheulenden Motoren. Sie verspürte einen Druck auf der Brust, der stärker und stärker wurde und sich bis ins Unerträgliche steigerte. Auf einmal wusste sie, dass sie aus diesem Aquarium nie mehr herauskommen würde. Panik ergriff sie. Sie bäumte sich auf, ihr Körper schüttelte sich wie im Krampf, die zuckenden Beine verhedderten sich mit dem Leintuch. Sie wollte schreien, doch aus dem aufgerissenen Rachen kam nur ein qualvolles Krächzen. Den Körper grotesk verrenkt und ins Bettlaken verwickelt fiel sie aus dem Bett auf den harten Kachelboden. Sie spürte einen dumpfen Schmerz. Dann erlosch ihr Bewusstsein.

1. Kapitel

An den meisten Tagen konnte Hauptkommissar Nick Zakos seinen Kollegen Albrecht Zickler gut riechen, und zwar schon von weitem. Das war auch an diesem Morgen so. Ein appetitlicher Duft schlug Nick Zakos entgegen, als er die Tür zu ihrem gemeinsamen Büro öffnete. Zickler hatte die Beine hochgelegt und biss gerade herzhaft in seine Brotzeit.

»Auch eine Leberkassemmel?«, fragte der Kollege statt einer Begrüßung und hielt ihm eine alubeschichtete Tüte von der Metzgerei nebenan hin.

»Logisch! Danke«, sagte Zakos, fischte sich das andere Exemplar aus der Tüte und biss hinein.

Zakos fiel auf, dass sein Kollege etwas mitgenommen wirkte. Auch die Wahl seines Frühstücks ließ darauf schließen: Zickler hatte stets dann Gusto auf Deftiges, wenn er am Vortag feiern gewesen war.

»Du schaust ganz schön fertig aus«, sagte Zakos. »War's schlimm?«

Zickler nickte düster. »So einen Hängowa hatt ich schon lang nimmer. Am Ende warn wir sogar noch in der Sonnenstraße tanzen!« Er schüttelte sich.

Albrecht Zickler befand sich gerade in Endlosschleife auf Hochzeitsfeiern, Polterabenden und, wie gestern, auf Junggesellenabschieden. Er war jetzt Anfang dreißig, etwas jünger als Zakos, und sein Freundeskreis schien nichts anderes mehr im Sinn zu haben, als unter die Haube zu kommen. Und solche Anlässe wurden naturgemäß nicht mit Spezi und Saftschorle bestritten. Bei jedem anderen als Zickler, der mit seiner kräftigen Statur und Trinkfestigkeit all diesen Anforderungen gut standhalten konnte, hätte Zakos sich ernsthaft Sorgen gemacht.

»Irgendwann wird dieser Hochzeitsmarathon ja auch mal vorbei sein«, versuchte er seinen Kollegen zu trösten.

»Nix is, das geht weiter bis in den Oktober«, widersprach Zickler tapfer.

»Arbeiten kannst du aber schon, oder?«

»Immer! Aber ich könnte einen von deinen Muntermachern gebrauchen!«

»Ah, einen *Elliniko*!« Das war der griechische Mokka. Zakos verwahrte in der Teeküche eine Tüte des entsprechenden Kaffeepulvers. Er bezog es von den türkischen Gemüsehändlern im Viertel, denn die Türken brauten das Getränk ja auf die gleiche Weise wie die Griechen. Außerdem standen im Schrank noch eine kleine Blechkanne und ein Satz Espressotassen.

»Sollst du haben! So ein griechisches Kaffeethaki erweckt Tote zum Leben«, erklärte Zakos mit Inbrunst.

»Was für ein Saki?!«

»Ein Kaffeechen. Kaa-fee-thaa-kii …« Zakos hatte Daumen, Zeigefinger und Mittelfinger der rechten Hand zusammengelegt und fuchtelte damit vor seinem Gesicht herum, als würde er sich jede Silbe einzeln aus dem Mund ziehen. Es wirkte sehr südländisch.

»Schon gut. Heb dir die Hellas-Show für deine weiblichen Fans auf«, knurrte Zickler. »Sag mal, macht ihr das in Griechenland auch, Junggesellenabschied mit extra bedruckten T-Shirts und so?«

»Extra bedruckte T-Shirts?«, fragte Zakos zweifelnd. »Was stand denn drauf?« Die Vorstellung, dass der Kollege in einem Trupp grölender Kampftrinker in Einheitskluft durch die Stadt zog, fand er mehr als skurril.

»Ach, ist doch wurscht«, meinte Zickler und errötete.

»Kannst du mir doch ruhig erzählen«, beschwichtigte ihn Zakos und setzte ein vertrauenerweckendes Lächeln auf. »Ist doch nichts dabei.«

Zickler zögerte.

»Na, komm schon!«

»Also gut: ›Verliebt, verlobt, verkatert – Tobis Junggesellenabschied‹«, nuschelte Zickler.

»Wie bitte? Verliebt, verlobt und was?«

»Verkatert«, murmelte Zickler und blickte zu Boden.

»Und mit so was läufst du rum?«, prustete Zakos heraus. »Auf offener Straße?«

»Mei. War halt so. Aber jetzt erzähl mal: Was machen die griechischen Junggesellen?«

»Puh!«, machte Zakos. Er hatte nicht die geringste Ahnung. Schließlich war er in Untergiesing aufgewachsen, nicht in Griechenland. »Die machen sich bestimmt auch zum Deppen, keine Sorge.«

»Aha, wie denn? Oder weißt du's nicht, alter Pseudogrieche?«, frotzelte Zickler.

»In Griechenland macht sich der Bräutigam nicht vorher, sondern direkt bei der Trauung zum Affen. Da muss er nämlich ein Kränzlein aus weißen Blumen tragen. Mehr kann ich dir dazu beim besten Willen nicht sagen.«

»Der Bräutigam? Nicht die Braut?«

»Doch, die auch. Beide halt!«

»Hart!« Zickler schüttelte den Kopf. »Und woher weißt du das?«, fügte er misstrauisch hinzu.

Zakos überlegte, und dann prustete er heraus: »Aus *My Big Fat Greek Wedding* natürlich! So, und jetzt mache ich dir schnell den Ka…«

Hinter Zakos erklang ein vornehmes Räuspern. Er fuhr

herum. Heinrich Baumgartner, Chef der Münchner Mordkommission und Zakos' direkter Vorgesetzter, hatte sich im Türrahmen aufgebaut. Auch er sah heute nicht gut aus, trotz des teuer wirkenden Leinenanzugs und der neuen Sonnenbrille, die ihm noch wie zufällig im melierten Haar steckte. Die übliche frische Sonnenbräune in seinem Gesicht, die vom häufigen Mountainbiken herrührte, war an diesem Tag einem fahlen Grauton gewichen.

»Wir haben eine Brandleiche! Ihr müsst sofort los!«

Zickler seufzte und wischte sich den Mund mit einer der dünnen Papierservietten vom Metzger ab.

»Wo?«, fragte Zakos.

»Am Flaucher, rechte Isarseite, kurz vor der Holzbrücke. Muss ganz übel ausschauen.« Baumgartner blickte sich im Zimmer um. »Ihr solltet mal lüften. Hier drinnen riecht's wie in einer Metzgerei.«

Zakos riss das Fenster zum Innenhof des Polizeipräsidiums in der Ettstraße auf, wo gerade zwei Kollegen von der Schutzpolizei ihre Motorräder starteten.

»Die Spurensicherung ist schon unterwegs«, erklärte Baumgartner ein bisschen lauter, um den Lärm zu übertönen. »Die Kollegen haben schon kurz mit der Frau gesprochen, die die Leiche gefunden hat. Sie wartet am Fundort auf euch, damit sie vernommen werden kann. Steht offenbar unter Schock, redet aber wie ein Wasserfall. Ihr Hund hat die Leiche aufgespürt. Es ist ein Mann, ansonsten aber unkenntlich.«

»Hauptsache, es ist keine Wasserleiche«, meinte Zickler im Plauderton. »Bei Wasserleichen wird's Nick the Greek nämlich immer speiübel. Bei einer Grillleiche hingegen ...«

Zakos versetzte ihm unauffällig einen Fußtritt, um den Redefluss zu unterbrechen. Sein Kollege hatte eindeutig noch Restalkohol.

Der Chef schaute erstaunt. »Was ist denn heute mit dem los?«, fragte er Zakos, als wäre Zickler gar nicht anwesend.

»Gar nix, wieso?«

»Nur so, der ist ja heute richtig redselig. Übrigens kommt die Astrid Kaminski mit. Du bist ja bald im Urlaub, Nick, da ist es am besten, wenn sie sich gleich in den Fall einarbeiten kann.«

»Die Astrid?«, fragte Zickler und wirkte auf einen Schlag vollkommen klar. Kommissarsanwärterin Kaminski konnte er nicht leiden. »Wieso denn die Astrid? Muss ich ausgerechnet mit der unerfahrensten Mitarbeiterin ermitteln, die wir haben, wenn der Nick weg ist? Kann man mir in so einer Situation nicht …?«

Aber Baumgartner hatte offenbar beschlossen, Zickler an diesem Tag keinerlei Gehör mehr zu schenken, und verließ den Raum.

Der Morgen war zu schön, um ihn mit einer Leiche zu verbringen, dachte Zakos. Insbesondere am Flaucher. Die Isar plätscherte in frischem Grüngrau dahin, und auf der Kiesbank lagen bereits eine Menge Leute und sonnten sich. Sogar vereinzelte Grillfeuer qualmten auf, dabei war es noch nicht mal zehn Uhr vormittags. Zakos wunderte sich immer wieder, wie viele Menschen tagsüber Zeit hatten.

Er selbst war bereits vor sieben Uhr aufgestanden und joggen gegangen. Auf dem Weg zurück in seine Altbauwohnung in der Sommerstraße hatte er noch einen Stapel weißer Hemden aus der Reinigung abgeholt. Ihm war aufgefallen, dass das Pilsstüberl neben der Reinigung verschwunden war. Hier würde demnächst eine Sushi-Bar einziehen, wie ein Aushang informierte.

Zakos mochte Sushi, und das alte Stüberl, aus dem stets

penetranter Bierdunst und der unappetitliche Geruch nach altem Bratfett auf die Straße gedrungen war, hatte er nie von innen gesehen. Dennoch verspürte er Wehmut. Zakos wohnte in Giesing, seit er denken konnte, er war hier zur Schule gegangen und hatte bei 1860 Fußball gespielt. »Sein« altes Viertel, das bis dato noch nicht so überkandidelt war wie die benachbarten Stadtteile in Münchens Zentrum, drohte nun auch schicker und vor allem immer teurer zu werden.

Nach dem Frühstück hatte Zakos wieder einmal mit sich gerungen, ob er an diesem sonnigen Morgen umweltbewusst mit dem Fahrrad oder doch mit dem Wagen in die Ettstraße fahren sollte, und sich dann – wie meist – fürs Auto entschieden. Er hatte ein Faible für Autos, sein zwei Jahre alter Audi A6 besaß Ledersitze und ein Sonnendach. Endlich war ein Tag, an dem man es auch nutzen konnte. Zumindest morgens. Wenn Zakos abends nach Hause fuhr, war es meist schon zu kühl.

»Sind diese Leute eigentlich alle arbeitslos?«, wandte er sich angesichts der morgendlichen Sonnenanbeter an der Isar an seine beiden Begleiter. »Oder haben die im Lotto gewonnen? Was meint ihr?«

Er bekam keine Antwort. Zickler stierte beim Gehen auf den Boden und grummelte Unverständliches vor sich hin. Er hätte den Mokka wirklich dringend nötig gehabt. Aber daraus war nun nichts geworden. Astrid, die wegen ihres zierlichen Körperbaus im Dezernat auch die »kleine Astrid« genannt wurde, zuckte die Achseln. Sie wirkte angespannt, aber das tat sie immer, fand Zakos.

Kornelius Wagner, der Kollege von der Spurensicherung – weithin sichtbar in seinem weißen Spurensicherungsoverall und mit seiner Halbglatze, die in der Morgensonne rötlich leuchtete –, erwartete sie ungeduldig.

»Hi, tut's mir einen Gefallen und schafft's mir endlich die

Alte mit dem Hund vom Hals!«, begrüßte er sie genervt und zeigte auf eine füllige ältere Frau, die sich etwas entfernt am Wegrand postiert hatte und einen kläffenden Yorkshire-Terrier an der Leine hielt. Offensichtlich die Dame, die den Leichenfund gemeldet hatte. »Der Köter nervt! Die ganzen Köter hier nerven!« Wagner konnte Hunde nicht ausstehen.

Allerdings wimmelte es tatsächlich nur so von Hunden. An der Isar wurden täglich Massen von Vierbeinern Gassi geführt, und die ließen sich von dem weiß-roten Plastikabsperrband, mit dem Wagner und seine Truppe den Fundort gesichert hatten, nicht fernhalten. Auch der uniformierte Polizist, der dazu abgestellt war, die Tiere zu vertreiben, kämpfte auf verlorenem Posten.

»Ja mei, ihr braucht's halt einfach mehr von den Burschen«, sagte Zickler und wies mit dem Kinn auf den Kollegen, der armwedelnd und laut rufend versuchte, gleichzeitig einen jungen Golden Retriever und einen flinken Jack Russell zu verscheuchen. Der Blick, den Wagner seinem Kollegen Zickler daraufhin zuwarf, war so giftig, dass dieser sich wortlos auf den Weg zu dem angeleinten Kläffer und dessen Besitzerin machte.

»Der ist schon ein echter Schlauberger, dein Spezl«, sagte Wagner und schob die Ärmel des Overalls zurück. »Wo soll ich denn die ganzen Leute herkriegen, kann er mir das auch verraten?«

»Geh, komm schon, er meint's doch gar nicht so. Der Albrecht quatscht halt gern, kennst ihn doch!« Zakos setzte ein strahlendes Lächeln auf.

Wagner zuckte mit den Schultern und sagte ein wenig freundlicher: »Fünf Minuten brauch ich noch.« Dann verschwand er hinter der Absperrung im Gebüsch.

Zakos steckte die Hände in die Hosentaschen und blickte in

den unglaublich blauen Frühsommerhimmel. Wieder musste er lächeln.

»Du bist richtig gut drauf, oder?«, fragte Astrid und blickte unter aschblonden Locken zu ihm hoch. »Freust dich schon auf deinen Urlaub?«

Zakos nickte, den Kopf weiterhin in den Nacken gelegt.

»Griechenland wahrscheinlich, oder?«

»Frankreich«, erwiderte er. »Die Eltern meiner Freundin haben bei Biarritz ein Ferienhaus.«

»Nobel, nobel«, sagte Astrid.

»Mhm«, machte Zakos. Auch ihm kam es oft so vor, als ob alles, was mit Sarah zu tun hatte, irgendwie nobel und elegant war.

In diesem Moment hörten sie Wagner pfeifen, kurz darauf steckte er den Kopf aus dem Grün. »Jetzt könnt ihr kommen. Aber bitte da entlang, und nichts zertrampeln.«

Die Leiche befand sich im kühlen Schatten auf einem Bett aus Bärlauch. Das Gesicht lag auf der Erde und war kaum zu sehen. Der ganze Körper wies schwerste Verbrennungen auf. Am schlimmsten betroffen waren die Hände, beziehungsweise das, was von ihnen noch übrig war. Astrid presste erschrocken eine Faust vor den Mund.

»Wo ist er denn, der Grillunfall?«, hörte man Zickler, der durch das Gebüsch zu ihnen vordrang. Dann verstummte er und stieß geräuschvoll den Atem aus.

»Ein Grillunfall ist hier wohl eher auszuschließen«, meinte Wagner lapidar. »Wobei natürlich weitere Laboranalysen bezüglich eventueller Holzkohlepartikel abzuwarten wären.«

Er räusperte sich.

»Klar ist, dass die tödlichen Verbrennungen durch eine extrem hohe Temperatur entstanden sind. Also waren Brandverstärker im Spiel. Mit an Sicherheit grenzender Wahrscheinlichkeit Benzin – riecht ihr's? Ihr müsst ein bisschen näher rankommen!«

Niemand rührte sich. Schließlich riss Zakos sich zusammen und umrundete die Leiche. Von der anderen Seite konnte man einen Blick auf das Gesicht des Opfers werfen. Er zwang sich, genau hinzusehen, nach Details zu suchen. Nein, es war wirklich nichts mehr zu erkennen, außer der Tatsache, dass das Haar des Mannes dunkel war, mit zahlreichen grauen Strähnen.

»Außerdem ist der Mann nicht hier zu Tode gekommen, wie unzweifelhaft feststeht«, rezitierte Wagner weiter. »Offenbar wurde er erst in den frühen Morgenstunden hier abgelegt. Dafür spricht auch, dass die Leiche keinerlei Bissspuren von Tieren aufweist.«

Astrids Gesichtszüge drohten jeden Moment zu entgleisen.

»Fußabdrücke?«, fragte Zakos.

»Und ob, jede Menge, ganz klar erkennbar. Ein spitzenmäßiger Boden ist das hier. Für uns jedenfalls. Da gleich hinter dir: jede Menge herrlichster Abdrücke.«

Zakos ging in die Knie. »Die sind ja winzig«, stutzte er. »Wie von einem Kind. Wie geht das denn?«

»Tja. Das geht, weil es wirklich der Abdruck eines Kinderschuhs ist«, stellte Kornelius fest. »Oder von einer sehr zierlichen Frau. Größe 34 oder 35, schätze ich. Turnschuhe, vielleicht Converse. Bald wissen wir Genaueres.«

»Gibt's Schleifspuren?«, wollte Zakos wissen.

»Nicht wirklich. Aber es gibt Reifenspuren. Genauer: Radlspuren«, sagte Wagner und wandte sich an eine junge Mitarbeiterin, die Zakos noch nicht kannte. »Zeig mal einen Abdruck, Laura.«

»Laura Westphal«, stellte sie sich lächelnd vor. »Die Abdrücke sind noch nicht ganz trocken, Chef. Aber eines wissen wir schon: Die Spuren stammen nicht nur von einem Fahrrad, sondern auch von einem Radanhänger, in dem der Tote anscheinend transportiert wurde.«

»Ein Fahrradanhänger für Kinder?«, fragte Zakos verblüfft.

»Du sagst es, Nick«, entgegnete Wagner. »Ein Kinder-Radlanhänger mit einer Brandleiche drin. Hat man auch nicht alle Tage.«

»Es gibt solche Anhänger aber auch extra für Hunde«, meldete sich Astrid zu Wort. »Meine Oma hat auch so einen. Die ist nämlich Hundesitterin.«

»Stimmt. Hundeanhänger kann natürlich auch sein«, sagte Wagner und blickte düster zu dem uniformierten Kollegen hinüber, der gerade einen Dackelbesitzer lautstark ermahnte, doch bitte sein Zamperl zurückzupfeifen. Mit mäßigem Erfolg. Das Tier preschte auf seinen Stummelbeinen geradewegs auf sie zu.

»Mei o mei, jeden Morgen brauch ich so was nicht! Vor allem net, wenn ich vorher Party gemacht hab«, stöhnte Zickler auf dem Rückweg zum Wagen. Er hatte kein Problem damit, sein Unwohlsein zu artikulieren. Er mochte skurrile Eigenheiten haben, aber er verstellte sich nicht. Das war das Angenehme an ihm.

Auch Zakos fühlte sich schlecht, der Anblick der Leiche hatte ihn runtergezogen. Zwar war er als Kommissar der Mordkommision regelmäßig mit dem Anblick von Toten konfrontiert, doch war es nicht so, dass sich über die Jahre eine Gewöhnung eingestellt hätte. Im Gegenteil, in den letzten Jahren reagierte er eher dünnhäutiger als zu Beginn seiner Laufbahn. Damals hatte er eine aufgesetzte Coolness an den Tag gelegt und seine Betroffenheit gar nicht erst zugelassen.

»Bisschen durchatmen wäre jetzt vielleicht nicht schlecht, ein paar Minuten wenigstens«, schlug er vor. Astrid sagte nichts, aber Zakos fand, dass sie beunruhigend blass wirkte.

Sie bogen vom Uferweg ab und stapften durch das Kiesbett zum Fluss, vorbei an den Sonnenanbetern auf ihren Handtüchern und ein paar halbwüchsigen Jungs. Schulschwänzer wahrscheinlich, dachte Zakos. Sie hatten bereits ein paar leere Bierflaschen neben sich liegen.

Vorne am Ufer war die Luft vom Rauschen des Flusses erfüllt und fühlte sich kühler an. Zickler hob ein paar Kiesel auf und ditschte sie über die Wasseroberfläche. Astrid bat Zakos um eine Zigarette. Er zündete sich ebenfalls eine an und inhalierte tief. Das Bild des halbverbrannten toten Mannes, der achtlos ins Gestrüpp gekippt worden war, wirkte noch nach, aber hier am Wasser ging es allen etwas besser.

Sie schwiegen. Zickler und Astrid haben wahrscheinlich noch nie ein Gespräch miteinander geführt, dachte Zakos. Er fragte sich, wie das mit der Zusammenarbeit zwischen den beiden überhaupt funktionieren sollte. Dann fiel ihm wieder ein, dass das ausnahmsweise einmal nicht sein Problem war. Er würde demnächst in den Urlaub fliegen. Schlagartig entspannte er sich. Er hatte nicht einmal ein schlechtes Gewissen, auch nicht gegenüber Zickler.

Seit zwei Jahren hatte er keinen nennenswerten Urlaub mehr gehabt, es war immer etwas dazwischengekommen. Nun wollte er sich einfach nur freuen. Biarritz! In seinen Ohren klang das durchaus verheißungsvoll.

In diesem Moment läutete sein Handy. Er kramte das Gerät aus der Tasche seiner Lederjacke und presste es ans Ohr. Es war Baumgartner: »Hallo Nick, sag mal – du sprichst doch Griechisch, oder?«

2. Kapitel

Griesgrämig starrte Zakos in die saftiggrüne oberbayerische Sommerlandschaft.

Vor seinem offenen Autofenster zogen sanft geschwungene Hügel mit braun-weißen gescheckten Milchkühen vorbei, idyllische Kastanienalleen und schöne, geranienverzierte Bauernhöfe. Er fand das alles einfach nur zum Kotzen.

»Warum müssen diese Leute unbedingt am Arsch der Räuber wohnen, kannst du mir das mal verraten?«, wandte er sich an Zickler, mit einem Furor in der Stimme, als sei dieser verantwortlich dafür. Das kam bei Zakos nur selten vor, aber heute konnte er Albrecht Zickler nicht ausstehen und auch sonst nichts und niemanden.

Zickler zuckte die Achseln. Er sah unglücklich aus. Mit der ungewohnt schlechten Stimmung des Kollegen konnte er nicht umgehen.

»Du darfst net alles so negativ sehen«, sagte er jetzt vorsichtig. »Es hat doch auch seine guten Seiten ...«

»Gute Seiten? So? Was sollen das denn für gute Seiten sein?«, fauchte Zakos wütend. »Oder findest du es vielleicht gut, dass ich meinen Urlaub jetzt schon wieder stornieren muss?«

»Nein, aber ...«, setzte Zickler an.

»Obwohl ich schon seit Ewigkeiten keinen Urlaub mehr hatte?« Zakos' Stimme wurde immer lauter.

»Nein, natürlich nicht, aber ...«

»Und dass Sarah mich wahrscheinlich killt, wenn sie das

erfährt, das findest du vielleicht auch noch gut?« Zakos schäumte.

»Die Sarah?«, sagte Zickler. »Ja – weiß sie denn noch gar nix?«

Zakos schüttelte den Kopf.

»Auweia!«, machte Zickler.

Zakos nickte.

»Und wann willst du's ihr endlich sagen?«

»Ach, lass mich doch in Frieden!«, schnauzte Zakos ihn an.

Zickler blickte schweigend vor sich hin. Er hatte Sarah einmal wütend erlebt, als er Zakos berufsbedingt mit mehreren Stunden Verspätung in ihrer Zahnarztpraxis abgeliefert hatte. Er war verblüfft gewesen, dass ein so ätherisch wirkendes Wesen derart laut werden konnte. Frauen wie Sarah waren der Grund, warum Zickler als Single eigentlich gar nicht so unglücklich war.

»Ja, die Sarah ... das ist Stress pur, oder?«, rutschte es Zickler heraus. Wider Erwarten wurde Zakos durch die Bemerkung aber nicht noch wütender, sondern nachdenklich.

»Kann sein. Aber es lohnt sich«, sagte er schließlich mit einem schiefen Lächeln.

Sarah wusste genau, was sie wollte, und das hatte Zakos von Anfang an imponiert. Sie brauchte keine Schulter zum Anlehnen – ganz im Gegensatz zu seinen früheren Freundinnen. Doch mit Sarahs Stärke war nicht immer einfach umzugehen, es gab oft Streit. Etwa darüber, dass sie es in den zwei Jahren, die sie bereits zusammen waren, nicht zu einem einzigen gemeinsamen Urlaub geschafft hatten.

Und nun war es schon wieder vorbei mit den Ferienplänen. Gestern, nach der Leichenbesichtigung am Flaucher, hatte Baumgartner ihn in sein Büro bestellt.

»Auf einer griechischen Urlaubsinsel ist vor einigen Wochen die Leiche einer deutschen Urlauberin gefunden worden«, hatte Baumgartner das Gespräch eingeleitet.

»Und?«, hatte Nick misstrauisch entgegnet.

Baumgartner sah ihn verzweifelt an und druckste ein wenig herum, bevor er sagte: »Es handelt sich um die Frau von Staatssekretär Augustin von Altenburg. Du weißt schon, der Spezi vom Innenminister. Sie ist vor ein paar Wochen – also Anfang Mai – in ihrem Hotelzimmer auf der Insel Pergoussa gefunden worden. Höchstwahrscheinlich ermordet. Das glauben zumindest die griechischen Ermittlungsbehörden. Aber sie kommen nicht weiter. Und jetzt haben sie Amtshilfe beantragt.«

»Viele Leute kommen im Urlaub um«, antwortete Zakos lapidar. »Ich sehe nicht, was das mit mir zu tun haben soll!« Noch hegte er eine, wenn auch leise, Hoffnung, die Sache abwenden zu können.

Baumgartner seufzte. »Nick, ich weiß ja, dass du schon lange nicht mehr Urlaub hattest. Aber was soll ich denn tun? Du sprichst ja sogar die Sprache!«

Zakos schnaubte wütend. »Als ob heute nicht jeder Englisch könnte. Auch in Griechenland!«

»Das ist doch nicht dasselbe! Außerdem ...«, fuhr sein Chef fort. »Altenburg ist ein hohes Tier! Da musste ich doch zusagen, einen unserer besten Leute zu schicken. Die haben mir keine Wahl gelassen, Nick!«

»Wie bitte?!«, entfuhr es Zakos. »Dann ist bereits alles beschlossene Sache, oder was?«

Es wurde ein längeres Gespräch. Am Ende setzte sich Baumgartner durch. Es gab einfach kein echtes Argument, jemand anderen als Zakos nach Griechenland zu schicken, das musste er am Ende selbst einsehen, er war der beste Mann dafür. Und ein Urlaub konnte verschoben werden. Im Grunde war Zakos die ganze Zeit klar gewesen, dass er aus der Sache nicht herauskommen würde. Was ihn fertigmachte, war die Aussicht, Sarah enttäuschen zu müssen. Auch einen Tag später wusste er immer noch nicht, wie er ihr beibringen sollte, dass es einmal mehr nichts werden würde mit ihrem gemeinsamen Urlaub.

»Aber jetzt mal abgesehen vom Problem mit der Sarah: Andere Kollegen würden sich die Finger lecken, wenn sie plötzlich in Griechenland ermitteln dürften«, fuhr Zickler fort, während sie zum Anwesen der von Altenburgs fuhren. »Schön am Meer sein, immer lecker frischer Fisch auf dem Tisch, ab und zu einen kleinen Ouzo kippen, und dann dieser leckere Kaffee und ...«

»Ha!«, stieß Zakos bitter aus. »Super, echt! Da unten ist Krise, Ali! Viel zu wenig Beamte, Dauerstreiks, schlechte Spurensicherung, weil sie an allem sparen müssen, Korruption, Vetternwirtschaft. Ich kann mir das bildhaft vorstellen. Und zwischen zwölf und achtzehn Uhr erreichst du nix und niemanden, denn da herrscht Mittagsruhe und alle pennen!«

»Hm, wann warst du eigentlich das letzte Mal dort?«

»Weißt du doch, vor ein paar Jahren, die Woche in dem Hotel auf Kreta«, antwortete Zakos.

»Nein, ich meine so richtig! Bei deiner Familie!«

Zakos schwieg. Das war eine halbe Ewigkeit her. Zakos' Großeltern waren damals noch am Leben gewesen. Oft hatte er die Sommerferien in ihrem Ferienhaus auf dem Peloponnes verbracht, auch sein Vater war mit seiner zweiten Ehefrau Dora und den beiden jüngeren Halbgeschwistern meist eine oder zwei Wochen dazugestoßen. Doch Zakos und Dora hatten sich immer weniger gut verstanden, denn er hatte sich von ihr herumkommandiert gefühlt. Damals war er siebzehn gewesen. Nach dem Tod seiner Großeltern hatte Nick seinen Vater kaum noch gesehen. Es hatte natürlich Telefongespräche gegeben – zu Weihnachten, an Nicks Geburtstag oder am Namenstag des Vaters. Bei den Griechen war der Namenstag ein wichtigerer Feiertag als der Geburtstag. Zakos fiel siedend heiß ein, dass er in diesem Jahr ganz vergessen hatte, sich zu melden und seinem Vater zu gratulieren. Griechische Traditionen hatte er in München nicht wirklich auf dem Radarschirm, ebenso wenig wie seine Mutter, die Deutsche war und ebenfalls nie in Griechenland gelebt hatte.

»Wohl schon eine Weile her, was?«, meinte Zickler, als sie die Hauptstraße verließen. »Na ja, erzähl doch mal was über den Fall. Ich weiß ja fast gar nix. Die Frau lag morgens tot in ihrem Bett, nicht?«

»Genau, im Hotel. Kreislaufversagen, mit vierundfünfzig«, antwortete Zakos.

»Kann vorkommen. Vielleicht war's ja recht heiß«, spekulierte Zickler.

»Davon kannst du ausgehen. Pergoussa ist eine Dodekanes-Insel, ganz im Süden. Da ist im Sommer eine Bullenhitze. Trotzdem, irgendwie ist dem Inselarzt die Sache wohl komisch vorgekommen. Wahrscheinlich liegen nicht laufend irgendwelche Touris tot in ihren Betten herum, trotz der Hitze. Jedenfalls hat er sie nach Rhodos in eine Patho zur Untersuchung geschickt«, berichtete Zakos, was er von Baumgartner und aus dem Ermittlungsbericht der griechischen Behörden erfahren hatte.

»In die Pathologie? Nicht in die Gerichtsmedizin?«

»Nein, zuerst nicht. Für die Gerichtsmedizin gab es zunächst keinen Anhaltspunkt. Dann natürlich schon. Schau mal auf den Bericht, liegt im Handschuhfach.«

Zickler zog ein paar gefaxte Seiten heraus und runzelte die Stirn. »Ich kann aber kein Griechisch lesen«, sagte er.

»Ich auch nicht so richtig«, gestand Zakos. »Blätter halt um, dahinter steht alles noch mal auf Englisch.«

Zickler raschelte mit den Seiten und formte die englischen Wörter beim Lesen tonlos nach.

»Clonidin«, sagte er schließlich. »Ein Medikament?«

»Blutdrucksenker, und zwar in flüssiger Form. Sie hatte genug intus für zehn. Absolut tödliche Dosis. Hape sagt, damit hat vor zehn Jahren eine Krankenschwester in Brandenburg ein halbes Altersheim in den Himmel geschickt.« Hans-Peter Seidl war einer der für sie zuständigen Gerichtsmediziner. Zakos hatte ihn am Vortag bereits zu dem Fall konsultiert.

»Vielleicht steckt ja irgendein Inselarzt dahinter oder eine Klinik«, meinte Zickler.

»Es gibt aber gar kein Krankenhaus in dem kleinen Kaff, nur diesen einen Arzt. Und der hat selbst die Untersuchung der Leiche angeordnet. Das hätte er ja wohl kaum getan, wenn er ihr das Zeug vorher verpasst hätte.«

»Na ja«, sagte Zickler. »Vielleicht war alles nur ein Versehen.«

»Vielleicht. Oder es war Mord. Davon geht jedenfalls die griechische Polizei aus.«

Der Arsch der Räuber war in diesem Fall Seeshaupt an der Südspitze des Starnberger Sees, wo das Navi sie in eine schmale Sackgasse lotste. Von hier aus war das berühmte Gewässer nicht zu sehen, dafür hatte man einen offenen Blick auf einen der kleineren Osterseen, und in der Ferne erhoben sich die Alpen. Zusammen mit dem weiß-blauen Himmel erinnerte die Aussicht an einen dieser Ölschinken, wie sie gern über den Betten in altmodischen Frühstückspensionen hängen. Nur der hochmoderne weiße Quader, an dessen Eingang sie nun standen, störte den Eindruck des bayerischen Idylls.

Zickler drückte auf die Klingel, und eine Überwachungskamera über dem Eingang schwenkte in ihre Richtung. Sekunden später wurde die Tür von einem Mädchen in löchrigen schwarzen Leggings aufgerissen. Um den Hals trug sie ein Hundehalsband mit Metallnieten, und in ihrem tiefschwarz gefärbten Haar blitzten türkisfarbene Strähnen.

Zickler zuckte ein wenig zurück, und Zakos musste unwillkürlich grinsen. Ein Punkgirl hätte er an diesem Ort am allerwenigsten erwartet. Ein Mann um die sechzig trat von hinten an die Halbwüchsige heran. Sofort drehte sie sich um und schlurfte eine breite Treppe nach oben in den ersten Stock.

»Von Altenburg«, stellte sich der Mann vor. Er hatte wache Augen und ein aalglattes Lächeln. »Und das war meine Tochter Magdalena. Wollen Sie nicht hereinkommen?«

Altenburg führte sie durch den Flur ins Wohnzimmer. Er war strumpfsockig, außerdem trug er Jeans. So leger hatte sich Zakos einen Politiker nicht vorgestellt. Andererseits: Wann hatte er schon jemals einen zu Hause besucht?

»Wasser? Oder Kaffee?«, fragte von Altenburg bemüht höflich. Er wirkte übermüdet und hatte dunkle Ringe unter den Augen. Kein Wunder angesichts der momentanen Situation, dachte Zakos. Dieser Mann musste Schlimmes durchmachen. Trotzdem war er ihm auf Anhieb unsympathisch.

Das liegt daran, dass ich selbst gerade so schlecht drauf bin, sagte sich Zakos. Er bemühte sich um ein Lächeln. Es fiel ziemlich schmal aus.

Normalerweise war er großzügig mit seinem Lächeln, auch während der Arbeit. Das entsprang keinem professionellen Kalkül, sondern tatsächlich seinem sonnigen Gemüt. Dass er Gesprächspartner dadurch spontan für sich einnehmen konnte, war ihm allerdings durchaus bewusst. Zickler sprach von »Charmebolzen-Taktik«, was Zakos ein wenig respektlos fand. Gemessen daran verfolgte Zickler eher eine Grantler-Strategie und blickte bei Befragungen die meiste Zeit grimmig drein. Es sei denn, es ging zufällig ums Essen oder Trinken. Bei dem Wort Kaffee hatte Zickler sofort glänzende Augen bekommen.

»Frau Wiesend, unsere Haushälterin, ist zwar gerade beim Einkaufen«, sagte der Staatssekretär. »Aber natürlich kann ich Ihnen auch gern einen Kaffee machen. Oder vielleicht einen Espresso …?«

Zakos wollte schon dankend abwinken, aber Zickler kam ihm dazwischen.

»Da sag i net nein«, sagte Zickler begeistert, und von Altenburg verließ das Wohnzimmer. Von irgendwoher hörten sie das Mahlgeräusch einer Kaffeemaschine. Dann geschah länger nichts. Entweder, dachte Zakos, bedient er das Ding zum ersten Mal in seinem Leben, oder er lässt uns absichtlich hier schmoren. Auf jeden Fall kam es ihm vor, als warteten sie eine Ewigkeit im Wohnzimmer, was Zakos' Laune weiter verschlechterte. Dafür hatten sie genügend Zeit, das stylische Interieur gebührend auf sich wirken zu lassen.

Die hintere Front des Hauses bestand komplett aus Glas, und einer der schilfumsäumten Osterseen präsentierte sich dadurch wie auf einer riesigen Fototapete. Kaum etwas im Raum lenkte von der Aussicht ab – das hellgraue Ledersofa, auf dem sie Platz genommen hatten, war mehr oder minder das einzige Möbelstück.

»Mich friert's«, sagte Zickler, als sie eine Zeitlang so gesessen hatten.

»Du spinnst, es sind locker fünfundzwanzig Grad«, antwortete Zakos, doch er wusste genau, was der Kollege meinte.

Schließlich kam von Altenburg und balancierte vorsichtig ein kleines Tablett mit zwei braunen Kaffeetassen in den Händen. Als er sie vor den Beamten abstellte, schwappte die Brühe in die Untertassen.

»Herr von Altenburg, es tut mir sehr leid, dass wir Sie in dieser Situation behelligen müssen«, sagte Zakos, was sein Gegenüber mit einem leichten Schulterzucken quittierte.

»Aber Sie werden sicher verstehen, dass wir Ihnen einige Fragen stellen müssen, um die Todesursache Ihrer Frau aufklären zu können. Zunächst einmal: Wie kam es, dass Ihre Frau ganz alleine im Urlaub war? Konnten Sie sie nicht begleiten?«

Es war als neutrale Frage gemeint gewesen, aber von Altenburg reagierte wie auf einen Angriff. Er richtete sich ruckartig auf, und in seine Stirn grub sich eine Zornesfalte. »Es ist ja wohl nicht verboten, alleine zu verreisen!«, fauchte er.

Zickler warf Zakos einen schnellen Blick zu. Zakos wusste, sie hatten beide denselben Gedanken, nämlich dass etwas nicht stimmte. Kein Mensch echauffierte sich so, ohne einen Grund zu haben. Fragte sich nur, welchen. Es musste ja nicht gleich der Mord an der eigenen Frau sein.

Zakos' Laune war durch von Altenburgs Ausbruch allerdings noch mieser geworden. Er hasste es, wenn Menschen ihre negativen Emotionen nicht im Griff hatten. Aber es half nichts.

»Herr von Altenburg, wir ermitteln in einem Mordfall«, sagte er in bemüht sanftem Tonfall. »Da müssen wir alle Hintergründe erforschen.«

»Das ist sicher auch in Ihrem Interesse!«, fügte Zickler hinzu. Er hatte eine kräftige Stimme, die ihm etwas sehr Bestimmtes verlieh. In solchen Momenten war das durchaus hilfreich, fand Zakos.

»Tut mir leid!«, sagte von Altenburg nun und fuhr sich mit der Hand durch das ohnehin zerraufte Haar. »Ich habe immer noch nicht so richtig begriffen, dass Renate tot ist. Wir waren über zwanzig Jahre verheiratet!« Er machte eine Pause und stierte ins Leere. »Und jetzt heißt es plötzlich: Mord. Ich kann mir das alles gar nicht vorstellen. Wie kann das sein?«

»Genau das versuchen wir herauszufinden«, sagte Zakos und bemühte sich zu lächeln. Diesmal gelang es ihm einigermaßen. »Also?«

»Es handelte sich eigentlich nicht um einen Urlaub, sondern um eine Geschäftsreise«, berichtete von Altenburg. »Renate war Immobilienmaklerin. Ihre Firma arbeitet mit Architekturbüros, Inneneinrichtern und auch Investoren zusammen. Renate hat sie zusammengebracht. Stets zum Vorteil aller Beteiligten. Sie kannte Griechenland sehr gut, weil sie seit ihrer Jugend häufig dort gewesen ist. Sie sprach sogar ein bisschen Griechisch. Auf Pergoussa gibt es offenbar eine Vielzahl sehr interessanter Objekte, für die sich deutsche und internationale Käufer finden lassen. Wegen der Krise in Griechenland hat sie gehofft, solche Objekte günstig erwerben zu können …«

»Zum Vorteil aller Beteiligten, wie?«, fiel ihm Zickler ironisch ins Wort.

Von Altenburg starrte ihn empört an, schwieg aber.

»Kann es sein, dass sie sich dadurch auf der Insel Feinde gemacht hat?«, fuhr Zickler fort. »Vielleicht ist ja nicht jeder erfreut gewesen, dass da jemand die finanzielle Notlage der Leute zu seinen Gunsten ausnutzen will.«

»Davon kann überhaupt nicht die Rede sein!«, entgegnete von Altenburg scharf, als wäre Zicklers Bemerkung vollkommen abwegig. »Renate ist keine rücksichtslose Spekulantin gewesen! Soweit ich weiß, handelte es sich bei den Objekten häufig um regelrechte Ruinen. Die Leute dort sind oft heilfroh, wenn sie die losbekommen. Außerdem war Renate kein Mensch, der sich Feinde schafft. Sie war sehr offen und kontaktfreudig und hatte viele alte Bekannte auf der Insel, die sie während ihres Aufenthaltes treffen wollte. Und sicher auch getroffen hat.«

»Das wissen wir. Die griechischen Kollegen haben die Handy-Kontakte und die Mails auf dem Laptop Ihrer Frau ausgewertet«, sagte Zakos. »Es wäre trotzdem von Vorteil, wenn Sie eine Liste jener Personen erstellen könnten, mit denen sie in Griechenland zu tun hatte.«

»Ich?«, fragte von Altenburg entrüstet. »Ich kenne diese Leute gar nicht. Außer einer Engländerin, Liz heißt sie, die ein Reisebüro auf der Insel führt. Sie ist eine alte Freundin von Renate gewesen, und natürlich hat sie schon mehrfach bei mir angerufen. Sie ist auch total geschockt. Vielleicht kommt sie zur Trauerfeier kommende Woche.«

An diesem Punkt angelangt, stockte der Staatssekretär. Er stand abrupt auf, ging zur Glasfront und blickte schweigend hinaus auf den See.

»Es ist mir sehr wichtig, dass die Sache aufgeklärt wird«, sagte er schließlich. »Das werden Sie tun, nicht wahr?«

»Wir tun unser Bestes«, sagte Zakos. »Darauf können Sie sich verlassen.«

»Natürlich«, sagte von Altenburg.

»Ein paar Fragen hätten wir noch«, sagte Zakos nach einer Weile. »Und vielleicht wäre es ganz gut, wenn Sie sich noch ein paar Minuten zu uns setzen könnten.« Er wollte von Altenburgs Gesicht sehen, wenn er mit ihm sprach.

Widerwillig ließ sich der Politiker wieder auf dem Ledersofa nieder.

»Was gibt es denn noch?«, fragte er, erneut ganz von oben herab. »Ich habe zu tun.«

Zickler übernahm. Zakos konzentrierte sich darauf, von Altenburg zu beobachten.

»Zunächst mal Folgendes: Was können Sie uns über Ihre Ehe erzählen? Würden Sie sagen, es war eine glückliche Ehe?«

Von Altenburg riss die Augen auf, seine Empörung war nicht gespielt.

»Wie bitte?«

»Sie haben mich schon ganz richtig verstanden«, sagte Zickler.

»Das klingt ja, als würden Sie mich verdächtigen?« Von Altenburg stieß ein höhnisches Lachen aus. »Muss ich als Nächstes etwa ein Alibi vorlegen?«

»Das ist das übliche Prozedere, ja«, sagte Zickler. »Es handelt sich schließlich um Ermittlungen in einem Mordfall.«

»Es geht um einen Mordfall in Griechenland! Und genau dort sollten Sie meiner Meinung nach ermitteln! Doch während kostbare Zeit verstreicht, sitzen Sie hier bei mir und stellen merkwürdige Fragen. Aber bitte, wenn Sie wissen möchten, wo ich mich während Renates Griechenlandreise aufgehalten habe, können Sie sich selbstredend an mein Büro wenden. Dort sind alle Termine dokumentiert. Und was unsere Ehe angeht: Wir haben eine absolut harmonische und glückliche Beziehung geführt. Dazu können Sie befragen, wen Sie möchten.« Von Altenburg erhob sich. »Sonst noch was?«

»Ja«, schaltete sich Zakos wieder ein. »Hatte Ihre Frau einen Geliebten?«

Er hätte diese Frage nicht stellen müssen, das war ihm völlig klar. Doch irgendwie tat es ihm heute gut, einen Mann wie von Altenburg zu reizen.

Der Staatssekretär starrte Zakos an. Dann rollte er theatralisch mit den Augen. »Nein. Zumindest – nicht, dass ich wüsste. Und um Ihrer Frage zuvorzukommen: Auch ich habe kein außereheliches Verhältnis. Darf ich Sie nun hinausbegleiten, meine Herren?«

»Einen Moment noch«, sagte Zickler. »Wir würden gern noch mit Ihrer Tochter sprechen.«

Von Altenburgs Gesicht verdüsterte sich, »Wenn's sein muss. Aber gehen Sie bei meiner Tochter bitte ein wenig sensibler vor. Sie können sich ja vorstellen, in welchem seelischen Zustand sich das Kind befindet.« Dann läutete sein Handy. Er nahm ab, zeigte mit der Hand zur Treppe, vertiefte sich ganz in sein Telefongespräch und hatte die Kommissare offenbar sofort völlig vergessen.

Magdalena von Altenburg hatte, im Gegensatz zu ihrem Vater, ganz offensichtlich wenig Interesse am Seeblick. Die Außenjalousien in ihrem Zimmer waren herabgelassen, und an den Glasfronten hingen verschlissene Bahnen aus ausgefranstem, dunklem Stoff. Als Zakos' Augen sich an das diffuse Licht gewöhnt hatten, erkannte er, dass sie diese mit braunem Paketklebeband direkt auf die Scheiben gepappt hatte. Auch an den Wänden hingen schwarze Stofffetzen. Das Zimmer war vollkommen chaotisch, überall türmten sich Wäscheberge, und auf dem Schreibtisch standen Gläser, Tassen, verkrustete Schüsseln mit Müsliresten und Batterien von leeren Bionadeflaschen. Zickler verdrehte die Augen und setzte sich vorsichtig auf den Schreibtischstuhl, als fürchtete er, sich mit irgendetwas anzustecken.

Magdalena lag auf dem Bett und tippte in rasender Geschwindigkeit auf ihr Smartphone. Sie trug im Gesicht das, was Zakos insgeheim salopp als »Besteckkasten« bezeichnete: jede Menge Piercings, an der Unterlippe, an der Nase und an den Augenbrauen. Zakos fragte sich, wann sie wohl begonnen hatte, sich all das Blech einsetzen zu lassen – er meinte in den Unterlagen gelesen zu haben, dass sie erst vierzehn Jahre alt war. Wirklich noch ein Kind. Doch das sah man nur noch an ihren Füßen, winzige Mädchenfüße, die in geringelten Söckchen steckten.

Magdalena machte ihnen per Handzeichen klar, dass sie beschäftigt war. Dann tippte sie weiter. Erst nach einiger Zeit legte sie das Handy neben sich aufs Nachtkästchen, richtete sich auf und sagte: »Tut mir leid, aber das war wichtig!« Ob sie wohl gerade per Facebook oder WhatsApp mit ihren Freundinnen über den Tod ihrer Mutter chattete? Setzten sich junge Mädchen im Internet über persönliche Dinge auseinander, oder ging es immer nur um Belanglosigkeiten und Schultratsch? Er hatte keine Ahnung vom Seelenleben einer Vierzehnjährigen, musste Zakos sich eingestehen.

»Haben Sie eine Zigarette?«, fragte Magdalena. »Meine sind alle.«

Zickler lachte kurz auf, doch Zakos hielt ihr seine Schachtel hin, was Zickler mit einem vorwurfsvollen Blick quittierte. Magdalena holte einen überquellenden Aschenbecher unter dem Bett hervor.

»Wird jetzt so richtig ermittelt – wie im Film?«, fragte sie mit neugierigem Blick unter dem blauschwarzen Pony.

Zakos nickte, zündete sich selbst eine Zigarette an und setzte sich ans Fußende des Betts. Er hatte das Gefühl, es wäre gut, erst mal gar nichts zu sagen, sondern einfach nur zu rauchen.

Als von ihrer Zigarette nur noch ein Stummel übrig war, sagte Magdalena leise: »Mir wollten sie erst gar nicht verraten, dass es Mord war. Ich hab's nur zufällig erfahren, weil ich gehört habe, wie mein Vater es Frau Wiesend gesagt hat. Krass, oder?«

Zakos blickte sie an. Langsam war er gespannt darauf, was sie zu erzählen hatte.

»Total krass«, sagte er und kam sich ob der Wortwahl ein wenig lächerlich vor. »Du hast schließlich ein Recht darauf, darüber Bescheid zu wissen.« Kurz hatte er Angst, er würde anbiedernd klingen. Aber es war genau der richtige Tonfall, sie fühlte sich ernst genommen.

»Ja, nicht wahr? Ich meine – sie war schließlich meine Mutter! Trotz allem!«, sagte Magdalena und drückte wütend ihre Kippe aus.

»Trotz was?«, fragte er sanft.

Sie seufzte, dann sagte sie anklagend: »Man konnte nicht mit ihr reden!«

Ihre Empörung rührte ihn. Als wäre es etwas ganz und gar Ungewöhnliches, dass Heranwachsende und ihre Eltern oft Kommunikationsprobleme hatten. Aber für jedes Kind war es natürlich neu, immer wieder. Die Erfahrung, dass sich so etwas mit der Zeit von selbst gibt, würde Magdalena allerdings niemals machen können.

»Und mit ihm?«

»Mit ihm sowieso nicht. Ist ja fast nie da. Mama war aber auch nur selten da, oft waren alle beide in München. Wir haben da noch eine Wohnung. Ich hab hier meine Ruhe. Frau Wiesend macht keinen Stress«, sagte das Mädchen.

»Und wenn doch mal alle beide zu Hause waren?«

»Dann haben sie sich eigentlich immer gestritten. Voll krass!«, sagte Magdalena und griff nach der nächsten Zigarette. Wieder schwieg Zakos neben dem düster vor sich hin starrenden, qualmenden Mädchen, während Zickler, der Nichtraucher war, kopfschüttelnd aus dem Raum ging und im Flur demonstrativ hustete.

»Und du hast immer alles voll mitbekommen?«, fragte er schließlich.

Sie nickte langsam. »Total! Das war denen so was von egal, dass man ihr Geschrei im ganzen Haus hören konnte.«

»Worum ging's denn da eigentlich?«

Magdalena senkte den Kopf und blickte auf ihre Bettdecke.

»Um mich. Weil ich schon von zwei Schulen geflogen bin. Und um Mamas Trinkerei. Sie war doch Alkoholikerin!« Sie sprach das Wort aus, als sei es ein Beruf oder eine Nationalität.

Zakos machte demonstrativ große Augen, aber es schien ihr gar nicht aufzufallen. Wahrscheinlich dachte sie, dass er als Polizist von Berufs wegen bereits alles über ihre Familie wüsste, vielleicht aus irgendeiner Akte.

»Mama war ja oft in der Klinik, aber das hat nie lange geholfen. Papa sagte, wenn sie nicht endlich aufhört, dann lässt er sie für immer wegsperren. Deswegen ist sie ja auch abgehauen, nach Griechenland.«

»Krass!«, sagte Zakos. Diesmal kam ihm das Wort ganz automatisch aus dem Mund.

»Armes Kind!«

Zakos saß im Auto neben Zickler, der den Wagen zurück auf die Stadtautobahn lenkte. Der Besuch bei dem Staatssekretär hatte seine Laune nicht gebessert, im Gegenteil, er war sentimental geworden. Ein Zustand, den Zakos nur schwer ertragen konnte. Und nun meldete sich auch noch sein schlechtes Gewissen, wegen der Zigaretten, mit denen er sich das Vertrauen des Mädchens erkauft hatte.

»Ja, sehr bedauernswert. So wie all die anderen armen Schweine in diesen Luxusvillen«, meinte Zickler spöttisch. Zakos verdrehte die Augen. Sein Kollege hatte manchmal ziemlich mit Sozialneid zu kämpfen.

»Nein, ich meine es ernst – sie tut mir wirklich leid.«

»Warum? Weil sie Kette raucht und sich das Gesicht verhunzt hat? Das ist natürlich schon ein Grund, aber …«

»Nein, weil kein Mensch sich richtig um sie kümmert. So was nennt man Wohlstandsverwahrlosung.« Zakos musste an seine eigenen Eltern denken, an die ewigen Streitereien, die verpestete Atmosphäre daheim. »Ich hab ihr übrigens deine Handynummer gegeben. Falls mal was ist und sie mich in Griechenland nicht erreicht. Oder falls ihr noch was einfällt ...«

Zickler seufzte. »Von mir aus ...«

»Die Betroffenheitsshow habe ich Altenburg nicht abgenommen«, sagte Zakos. »Die Sache mit dem Alkoholismus und dem Dauerstreit dagegen klang für mich glaubhaft. Wahrscheinlich ist er ein Familientyrann, und sie konnte ihn nur sturzbesoffen ertragen.«

»Sie war vielleicht auch nicht so leicht auszuhalten«, gab Zickler zu bedenken. »Dauernd blau. Und dann dieses Haus! Das gemütlichste Zimmer war noch die muffige Gruftibude von der Kleinen. Die natürlich auch einen ziemlichen Schatten hat.«

»Hältst du ihn eigentlich für verdächtig?«, fragte Zakos.

»Ich würde dem alles zutrauen«, brummte Zickler. »Ein echter Unsympath. Aber ich glaub nicht, dass er's war.«

»Ich auch nicht. Aber mal sehen. Du sprichst noch mit der Haushälterin, oder?«, bat ihn Zakos. »Und sein Terminplan muss natürlich auch gecheckt werden, und dann wär's ganz gut, wenn ihr auch noch die Investoren von Renate von Altenburg aufsucht und euch in ihrer Immobilienfirma umhört.«

»Logisch«, sagte Zickler. »Aber denk dran, um den angekokelten Herrn vom Flaucher müssen wir uns hier auch noch kümmern. Und ob die Astrid dabei in irgendeiner Form eine Hilfe sein kann, bezweifle ich nach wie vor stark. Die hat einfach ihre Zunge verschluckt.«

»Aber auch nur, wenn du dabei bist«, entgegnete Zakos. »Astrid kannst du im Immobilienbüro der Altenburg recherchieren lassen, das kriegt die hin. Du musst halt delegieren lernen.«

»Wahrscheinlich geht's eh gar nicht um Immobiliendeals, sondern nur um eine Säuferin und einen fiesen Ehemann, vor dem sie auf eine Urlaubsinsel geflüchtet ist«, sagte Zickler. »Damit er sie nicht wegsperrt!«

»Das mit dem Wegsperren hat er doch nur gesagt, um sie einzuschüchtern«, meinte Zakos.

»Klar. Und aus Rache hat sie sich umgebracht, damit er in Verdacht gerät!«, konterte Zickler.

»Nur dass kein Mensch ihn verdächtigt! Weil sie dieses Bluthochdruckzeugs gar nicht hier, sondern in Griechenland geschluckt hat«, sagte Zakos. »Bescheuerte Idee! Hast du gerade ein Leistungstief? Unterzucker vielleicht?«

»Ich hab nie ein Leistungstief«, behauptete Zickler. »Ich hab einfach Hunger!«

Zakos musste schmunzeln. Es war das erste Lächeln an diesem Tag, das ihm leichtfiel: »Wusste ich's doch!«

In dem Moment läutete sein Handy. Zakos fischte das Gerät aus seiner Brusttasche und blickte stirnrunzelnd auf das Display. Dann drückte er den Anruf weg.

»Sarah?«, fragte Zickler.

Zakos nickte düster. Hatte er eben noch einen Anflug besserer Laune gespürt, so war dieser sofort wieder verflogen.

»Und? Wann sagst du's ihr jetzt endlich?«

»Jetzt geht das schon wieder los! Kannst du einen eigentlich nie in Ruhe lassen?«

»Ist ja schon gut!«, murrte Zickler. »Aber ich hab jetzt wirklich Kohldampf.«

Zakos entspannte sich. Zickler hatte gerade zwei Fälle am Hals. Und ob die unerfahrene Astrid ihm tatsächlich eine Hilfe sein würde, bezweifelte er im Grunde genauso wie sein Kollege.

»Weißt du was? Ich hab auch Hunger«, stellte Zakos fest. »Was meinst du, sollen wir später zu Mimi ins Pirgos fahren?

Du ziehst dir jetzt noch eine Semmel rein, und heute Abend gibt es was Gescheites. Abschiedsessen quasi!«

Zickler strahlte. »Super Idee! Aber nur, wenn ihr nicht wieder die ganze Zeit Griechisch miteinander sprecht!« Dann fiel ihm noch etwas ein. »Und sag Mimi, dass er mich nicht küssen soll, ja? Das hasse ich nämlich.«

»Schaun wir mal«, meinte Zakos und grinste zum zweiten Mal an diesem Tag.

»Nein, jetzt ganz im Ernst, die Abbusselei braucht's nicht. Sag ihm des halt!«, bat Zickler.

Zakos' Grinsen wurde noch ein wenig breiter. Vielleicht war der Tag ja noch irgendwie zu retten.

»Ich schau, was ich tun kann. Aber garantieren kann ich nix!«

Es klappte natürlich nicht.

»*Kallosta ta Pädia!*«, rief Mimi Kalogeros, als er die beiden Kriminalbeamten erblickte, und verpasste Zickler umgehend zwei dicke, saftige Schmatzer, einen auf die linke und einen auf die rechte Wange. Zickler schaute unglücklich drein und machte die Sache damit nur noch schlimmer, denn nun legte Mimi ihm auch noch den Arm um die Schultern und drückte ihn besorgt an sich.

»Nikos, was ist los mit deinem Kollegen?«, fragte er. »Ist er schlecht drauf? Hat er Probleme?«

»Er hat einfach nur Hunger!«, sagte Zakos mit einem Seitenblick auf Zickler, den Mimi erst jetzt losließ, um Zakos herzlich in die Arme zu schließen. Er hatte Mimi natürlich nicht gebeten, Abstand zu Zickler zu halten. Mimi war Grieche durch und durch. Genauso gut könnte er einen Fisch bitten, das Schwimmen sein zu lassen.

»Wenn's weiter nichts ist«, sagte Mimi. »Wir haben heute *Paidakia* vom Grill, Ali. Die magst du doch so gern!«

Bei diesen Worten hellte sich Zicklers Gesichtsausdruck sofort auf. Die Lammkoteletts, die Mimis Frau Roula in einer speziellen Sauce marinierte, fand er unwiderstehlich.

Über dem Gartenbereich im Hinterhof des griechischen Restaurants lag ein verlockender Grillduft, zwei Kellner eilten geschäftig durch die Reihen, und Mimis Tochter, die elfjährige Annoula, ging gerade von Tisch zu Tisch und verteilte Windlichter. Ein Summen wie von einem Bienenstock lag über der Szenerie. Zakos musste lächeln: Sein Freund und seine Frau hatten das Beste aus dem Lokal herausgeholt, das früher von Mimis verstorbenem Vater als unscheinbare Eckkneipe geführt worden war. Fast jedes Mal entdeckte Zakos eine kleine Veränderung. Diesmal waren es üppige Basilikumstauden, die einen Sichtschutz zum hinteren, nicht bewirtschafteten Teil des Hofes bildeten. Alles hier wirkte, als wäre man nicht in München, sondern auf einer griechischen Insel. Nur mit einem Unterschied: Um halb elf abends musste Mimi im Garten rigoros abkassieren – wegen der Anwohner.

»In Griechenland würde es das niemals geben!«, empörte er sich jeden Abend, und Zakos gab ihm jedes Mal im Brustton der Überzeugung recht. Ganz sicher war er sich allerdings nicht: Zakos hatte nie in Griechenland gelebt, ebenso wenig wie der Wirt. Mimi lebte schon seit seiner Kindheit im ersten Stock des Hauses in einer verwinkelten Altbauwohnung. Im zweiten Stock hatte Zakos mit seiner deutschen Mutter gewohnt, nachdem seine Eltern sich getrennt hatten und sein Vater nach Athen zurückgekehrt war. Sie kannten sich demnach schon seit ihrer Teenagerzeit, und als Zakos' Mutter sich pünktlich zu seinem achtzehnten Geburtstag nach Ibiza verabschiedet hatte, um in einem Hotel zu arbeiten, war er sogar für ein Jahr bei seinem Freund Mimi und dessen Mutter Kleopatra eingezogen.

Heute nahm Kleopatra die Getränkebestellung auf, was im Falle von Zakos ebenfalls nicht ohne überschwängliche Begrüßung ablief.

»Mein Junge, *agori mou!* Lass dich küssen!«, rief sie, dann wurde Zakos geherzt, als wäre er ewig nicht mehr im Lokal gewesen. Dabei verging keine Woche, in der er nicht im Pirgos vorbeischaute.

»Was macht deine Mama?«, erkundigte sich Kleopatra.

»Macht sie gerade Stress?« Anita Zakos hatte allein in der vergangenen Dekade sechsmal den Wohnort und noch öfter den Job gewechselt, ihr unstetes Temperament war immer wieder Gesprächsthema in der Familie Kalogeros gewesen.

»Ich glaube, sie wird ruhiger«, meinte Zakos. »Sie arbeitet immer noch bei John im Bioladen am Ammersee.« Der Australier war ihr derzeitiger Lebensgefährte.

»Immer noch bei Tsson!«, freute sich Kleopatra, die englische Namen auch nach vierzig Jahren in Deutschland noch typisch griechisch aussprach. »Das ist gut! Und wo hast du Sarah gelassen?«

Genau in diesem Moment betrat Sarah den Hinterhof und bahnte sich einen Weg zu Zakos' Platz. Sie trug ein atemberaubendes helles Kleid mit schmalen Trägern, und wie immer folgten ihr die Blicke von den Nachbartischen, die Sarah allerdings nicht wahrzunehmen schien. Stattdessen verteilte sie Küsschen an Mimi, der noch immer an Zakos' Tisch lehnte. Sie musste sich dazu ein wenig hinabbeugen. Sarah war fast einen Meter achtzig groß und trug Schuhe mit Absätzen.

Dann ließ sie sich auf einen der meerblau gestrichenen Holzstühle mit der bastumwickelten Sitzfläche fallen und zwirbelte mit einer routinierten Bewegung die langen honigblonden Haare im Nacken zusammen.

»Was für eine Hitze!«, stöhnte sie mit ihrer tiefen Stimme.

Diese Stimme, die im Kontrast zu ihrem elfenhaften Äußeren stand, fand Zakos besonders anziehend an ihr. »Nur gut, dass wir bald in Frankreich sind. Die Atlantikluft wird uns so richtig durchpusten!«

Es war nur ein winziger Moment, doch in ihm geschah zu vieles gleichzeitig: Zickler scharrte unter dem Tisch nervös mit den Schuhen. In Zakos' Gesicht trat ein schuldbewusster Ausdruck, den er sofort mit einem Lächeln überspielte. Mimi, der von Zakos am Vortag in das Urlaubs-Problem eingeweiht worden war, blies unbewusst die Backen auf.

Sarah verstand in Sekundenschnelle. Noch so etwas, was Zakos eigentlich an ihr schätzte: ihre fixe Auffassungsgabe. Diesmal hatte er sie allerdings nicht einkalkuliert.

»Nein, Nicki, nein! Nicht schon wieder!«, rief sie.

»Hör zu, Schatz, es ist … Ich kann … Ich wollte …«, stammelte er. Eigentlich hatte er sie vorsichtig vorbereiten wollen, am Ende eines schönen Sommerabends unter Freunden. Nach ein paar Gläsern Wein und einem leckeren Essen. Wenn sie milde gestimmt war. Das war sein Plan gewesen. Offenbar kein besonders guter Plan, wie ihm jetzt klarwurde, während er nervös nach der Zigarettenschachtel in seiner Brusttasche griff.

»Sag, dass es nicht wahr ist!«, sagte Sarah mit vor Empörung bebender Stimme. »Sag jetzt sofort, dass das nicht wahr ist!«

3. Kapitel

Der Sommerhimmel über Griechenland war nicht blau, sondern strahlend weiß. Wie pures Sonnenlicht, sinnierte Zakos. Sonderbar, dass ihm das bei seinen früheren Reisen nie aufgefallen war. Aber vielleicht hatte er damals auch gar nicht auf solche Details geachtet.

Er saß auf dem Vorderdeck einer kleinen Fähre, die so alt war, dass sie scheinbar nur von zentimeterdicker weißer Ölfarbe zusammengehalten wurde, und blinzelte in das überwältigende Panorama: dunkelblaue Meerestiefen mit sahnigen Schaumkronen, dazu karstige Felsformationen, die wie Riesenkiesel ins Wasser gestreut schienen, und über allem dieses ungeheuerliche Himmelsgleißen, das selbst hinter der dunklen Sonnenbrille blendete. Plötzlich konnte er nicht anders als grinsen, von einem Mundwinkel zum anderen, so dass seine Zähne mit dem weißen T-Shirt um die Wette strahlten.

Er drehte den Kopf und sah, wie Sarah mit zwei Plastikkaffeebechern in der Hand die enge Treppe hinaufstieg. Der Wind fuhr ihr durchs Haar, und ihre langen Beine wurden durch die kurzen Hosen noch vorteilhaft betont. Zakos' Mundwinkel bewegten sich noch ein Stückchen weiter Richtung Ohren, und er dachte plötzlich, dass es keinen besseren Platz auf der Welt geben konnte als das Deck einer kleinen Autofähre mitten in der Ägäis, eingehüllt in warmen Fahrtwind und den brummigen Sound des Schiffsmotors, in den sich die Schreie der Möwen mischten.

Sarah fing seinen Blick auf, auch sie strahlte. »Ich liebe dein

Lächeln!«, rief sie ihm übermütig zu und küsste ihn, als sie ihn erreicht hatte. »Du hast das schönste Lächeln der Welt! Und als Zahnärztin weiß ich, wovon ich spreche!«

Sie setzte sich neben ihn auf einen ausgeblichenen Kunststoffsitz und legte ihm die Arme um den Hals. »Ich bin sehr glücklich, dass es doch noch geklappt hat!«, flüsterte sie ihm ins Ohr. »Unser erster gemeinsamer Urlaub!«

Zakos wand sich ein wenig. »Na ja, ein echter Urlaub ist es nicht, das weißt du ja.«

»Aber fast!«, sagte sie schelmisch.

Zakos war froh, dass Sarah bei ihm war, und er fühlte sich ein wenig schuldig, als er klarstellte: »Sarah, es tut mir total leid, aber ich muss wirklich arbeiten, die Aufklärung eines Mordfalles kann man nicht so nebenher ...«

»Schon klar, mein schöner kleiner Polizist. Aber ich mache Urlaub!«

Es war Mimis Idee gewesen, und Mimi hatte auch die Überzeugungsarbeit geleistet. »Leute«, hatte er gesagt, »ich verstehe euch nicht. Ist doch alles kein Problem! Nikos nimmt Sarah einfach mit!«

»Ausgeschlossen! Wenn das der Chef erfährt ...«, erwiderte Zickler wie aus der Pistole geschossen.

»Stimmt, das wäre schon ganz schön unprofessionell«, seufzte Zakos. Auch Sarah blickte zweifelnd. Nachdem Zakos ihr wortreich seine Untröstlichkeit geschildert und Mimi ihr einen Schnaps gebracht hatte, hatte sie sich ein wenig beruhigt. Verdaut hatte sie die Schreckensnachricht aber noch lange nicht.

»Du sollst ja auch professionell sein!«, sagte Mimi. »Aber doch nicht ununterbrochen! Oder was meinst du, Sarah?«

»Ich hab mich einfach total auf Frankreich gefreut!«, erwiderte sie. »Und jetzt muss ich alleine fahren. Ich kann den Urlaub auch nicht verschieben. Ich hab ihn ja schon bei den Kollegen angemeldet!« Sarah teilte sich ihre Zahnarztpraxis mit zwei weiteren Zahnmedizinern.

»Du? Allein in Frankreich? Das geht natürlich gar nicht!«, sagte Mimi im Brustton der Überzeugung. »Wenn du bei Nick mitfährst, dann bist du wenigstens morgens und abends nicht alleine. Und irgendwann wird er doch wohl auch Mittagspause machen ...«

»Mittagspause?«, meinte Zickler, der dem Gespräch mit wachsender Befremdung gelauscht hatte. »Hör mal, in unserem Job gibt es keine Mittagspause! Wenn du Glück hast, kannst du dir zwischendurch ein Sandwich reinziehen. Ich glaube, du stellst dir unsere Arbeit nicht ganz richtig vor. Man kann bei der Aufklärung eines Mordfalls nicht seine Freundin dabeihaben. Das geht einfach nicht!«

»Hier in München vielleicht nicht«, meinte Mimi. »Aber wer sagt dir denn, dass der zuständige griechische Kripomensch nicht auch seine Freundin dabeihat? Oder seine Ehefrau und die Schwiegermama, weil die auch schon lange nicht mehr am Meer waren! Oder alle drei gleichzeitig!«

»Du spinnst ja!«, sagte Zickler.

»Gar nicht! Ich erzähle euch jetzt mal was: Als wir vor zwei Jahren auf Karpathos im Urlaub waren, da ging das Internet nicht. Auf der ganzen Insel nicht. Mitten zur Hochsaison. Also schickte die OTE – das ist die Telefongesellschaft – zwei Techniker aus Athen, und was meint ihr? Der eine hatte seine Frau und seine beiden Töchter dabei! Er hat gearbeitet, und die Frauen haben gebadet!«

»Ja, aber hier geht's nicht ums Internet, sondern um Mord«, wandte Zickler nüchtern ein.

»Ach, Ali, du bist doch sonst auch keine Spaßbremse!«,

stöhnte Mimi. »Natürlich soll Nick den Mord unbedingt aufklären. Aber irgendwann muss er essen. Irgendwann muss er sich ausruhen. Irgendwann muss er schlafen. Das macht er eben alles mit Sarah!« Er zwinkerte ihr zu. »Und alle sind chappy!« Mimi beherrschte zwar akzentfreies Deutsch, doch englische Wörter sprach er so griechisch aus wie seine Mutter.

»Ich weiß nicht so recht ...«, sagte Sarah. »Was meinst du, Liebling?«

Nun saß sie neben ihm im salzigen Fahrtwind und hielt die beiden Plastikbecher hoch.

»Ich frag mich, was da drin ist. Eiskaffee?«

Fast jeder der Fahrgäste auf der Fähre hielt einen Becher aus glänzendem Kunststoff in der Hand und trank aus einem dicken Strohhalm, der in dem Loch des hochgewölbten Deckels steckte. Sarah kostete, verschluckte sich und stieß einen feinen, milchkaffeefarbenen Sprühregen aus, der ihre apricotfarbene Bluse benetzte. »Nescafé!«, schimpfte sie. »Igitt!«

Zakos musste sich ein Lachen verkneifen. »Schatz, das ist Frappee. Das ist eine griechische Spezialität!« Selbstredend kannte er den eiskalt aufgeschlagenen Kaffee mit der dicken Schaumkrone, den die Griechen so liebten, noch von früher. Die moderne Version im transparenten Kunststoffbecher hingegen war auch ihm neu. Er war wirklich schon eine Weile nicht im Land gewesen. Zakos spürte dem Geschmack des süßen, eiskalten Getränks nach, das ihn auf angenehme Weise an die Besuche bei seinen griechischen Großeltern erinnerte.

Beim Gedanken an das Telefonat mit dem griechischen Kommissar auf Rhodos, der für den Fall zuständig war, musste er wieder grinsen. Der Kollege, Tsambis Jannakis, ein Mann mit einer derart dröhnenden Stimme, dass Zakos bei dem Gespräch unbewusst den Hörer ein Stückchen vom Ohr weggehalten hatte, hatte signalisiert, dass er vor Montag keine Zeit für den Kollegen aus München aufbringen könne. Umso besser, fand Zakos. Er war also erst einmal auf sich gestellt, konnte aber die Hilfe der zwei ansässigen Dorfpolizisten beanspruchen. Er würde sie nach der Ankunft kontaktieren, vielleicht auch erst am frühen Nachmittag. Zakos nahm Sarahs Hand und stieg mit ihr die Treppe hinauf aufs Oberdeck. Sie stellten sich an die Reling, saugten an ihren Strohhalmen und sahen aufs Meer hinaus. Nach einer Weile stellte sich Zakos hinter Sarah und schloss sie in die Arme. Sie legte den Kopf in den Nacken und schloss die Augen. Zakos fühlte sich leicht und glücklich.

Zakos hatte sich geirrt. Es gab natürlich noch einen viel besseren Ort als die alte Fähre. Als das Schiff eine gute Stunde später in den Hafen einer kleinen Insel steuerte, bot sich ihm ein Anblick wie auf einer Postkarte: eine tief in die Karstinsel reichende Bucht, in der sich bis ans Wasser gebaute pastellfarbene Häuschen aneinanderreihten. Linker Hand ragte ein Uhrenturm aus dem Flickenteppich der Ziegeldächer, auf der anderen Seite eine weißgetünchte Kirche. Sanfte Wellen plätscherten gegen Bootsstege und Badeplattformen. In der Mitte der Hafenfront lag ein kleiner Platz, auf dem sich Tavernen mit blauen und roten Holzstühlen aneinanderreihten.

»Was sagst du jetzt?« Zakos legte Sarah den Arm um die Schulter, während die Fähre zum Anleger manövrierte.

»Ich muss mich dringend duschen und umziehen!«, sagte Sarah und strich sich mit der Hand über das von Kaffeespritzern verunzierte Oberteil. »Und vor allem muss ich aufs Klo!«

Die Tür der Damentoilette auf der überfüllten Fähre war blockiert gewesen, und nun hatte Sarah es unglaublich eilig, an Land zu gelangen. Die beiden hetzten an den Fahrgästen, die gemächlich das Schiff verließen, und der kleinen Traube von Zimmervermietern vorbei, die sich an der Mole mit ihren Lockangeboten auf die Touristen stürzten.

Den Großteil der Fahrgäste stellte eine Gruppe von russischen Tagesausflüglern, die sich zuerst um eine laut rufende Führerin unter einem aufgespannten Regenschirm scharten und dann wie eine Gänseschar hinter ihr davontrabten. Sarah hatte einen kleinen Imbiss entdeckt und war ebenfalls verschwunden. Und plötzlich hatte Zakos Lust auf ein Bier.

Tagsüber Bier zu trinken entsprach eigentlich nicht seinen Gewohnheiten, doch heute war alles anders als sonst. Die neue Umgebung erschien ihm völlig unwirklich, und er kam sich vor wie in einem Traumreiseprospekt. Sicher würde es ihm helfen, sich zu akklimatisieren, wenn er sich erst einmal wie ein ganz normaler Tourist benahm, dachte er. An so einigen Tischen des Imbisses, in den Sarah gelaufen war, saßen die Gäste bereits beim Bier.

Zakos manövrierte seine Umhängetasche und Sarahs großen roten Rollkoffer neben einen freien Tisch und setzte sich auf einen jener meerblau gestrichenen Stühle mit Bastsitzfläche, wie sie so typisch für Griechenland waren. Ein üppiger Baum spendete angenehmen Schatten. Der Platz hatte eine unglaublich entspannende Wirkung auf Zakos. Er atmete tief durch und streckte die Beine aus.

Das kleine Lokal befand sich ziemlich genau in der Mitte der Hafenbucht, im Zentrum des Dorfes, das sich rechts und links davon ausbreitete. Die Fähre hatte sich inzwischen offenbar geleert bis auf zwei Männer, die Säcke mit Mehl und schwere Pappkartons von Bord trugen und sie auf einen dreirädrigen Pick-up luden. Ansonsten wurde es allmählich ruhig. Ein paar Fischer räumten auf ihren Booten herum oder entwirrten Netze. Vereinzelt sah man Touristen mit Badetaschen oder gerollten Bastmatten auf dem Weg an irgendeinen Strand. Etwas weiter weg tollten direkt im Hafenbecken ein paar Familien in den sanften Wellen, Kinderlachen und das Geräusch von spritzendem Wasser trieben zu ihm herüber. Nebenan, vor einem Kurzwarenladen, standen Stühle in Reih und Glied, auf denen drei alte Damen in schwarzen Kleidern saßen, die stickten und sich unterhielten. Bisweilen erhob sich eine von ihnen schwerfällig und begleitete einen Kunden in den Laden.

Auf Zakos wirkte die ganze Kulisse so, als wäre die Zeit stehengeblieben. Er hatte sich Pergoussa nicht derart beschaulich vorgestellt. Es erschien kaum vorstellbar, dass sich in diesem Paradies ein Mordfall ereignet haben sollte.

Noch während Zakos seinen Gedanken nachhing, stellte sich ein schmaler, aber drahtiger Kellner mit tiefen Augenringen neben ihn.

»Ein Bier, bitte«, sagte Zakos auf Griechisch.

Der Kellner begann in schneller Sprache etwas zu nuscheln. Zakos sah ihn verständnislos an. Der Kellner schwieg und begann noch einmal von vorn. Zakos begriff, dass es sich bei dem Monolog um die Auflistung erhältlicher Biersorten handelte. Er verstand: Heineken, Amstel, Nissos. Der Rest ging im Genuschel unter. Zakos zuckte mit den Schultern. Der Kellner schlurfte wieder davon. Kurz darauf kam er zurück und knallte eine Flasche auf den Tisch.

»Nimm ein Nissos! Die sind im Moment am längsten in der Kühlung!«

»Nissos?«, sagte Zakos, der die Marke nicht kannte. »Noch nie gehört!«

»Das kommt aus Tinos. Wird aber bis nach London exportiert. Liest du keine Zeitung? Wo kommst *du* denn her?«

»Ich bin Grieche!«, sagte Zakos feierlich.

»Ha, ha!«, sagte der Kellner und ließ sich schwer auf einen Stuhl an Zakos' Tisch fallen. »Tsermany, oder? Sieht man!«

Zakos war verblüfft und blickte an sich hinunter. Er trug eine stinknormale Jeans und ein ganz normales weißes Hemd, nichts sonderlich Deutsches, fand er.

»Ich sehe so was einfach. Routine. Ich kann dir genau sagen, wer wo herkommt!«

Zakos lachte. Der Kellner fing an, ihm Spaß zu machen. »Und von wo ist der Mann mit dem Schlapphut, der da vorne, der gerade auf uns zukommt?«

»Das ist einfach: ein Engländer! Sieht man unter anderem an den Schuhen!« Der Mittfünfziger mit dem Schlapphut und einem unübersehbaren Sonnenbrand auf Schultern und Armen hatte graue Trekkingsandalen an den Füßen.

»Diese Schuhe sind aber auch in Deutschland beliebt ...«, wandte Zakos ein.

»Absolut, die Deutschen sind auch berühmt für hässliche Schuhe«, meinte der Kellner. »Aber sie gehen nicht so achtlos mit der Sonne um, die haben echte Panik vor Hautkrebs und cremen sich ständig ein. Den Briten ist so was ganz egal! Und außerdem haben wir fast keine Deutschen hier.«

»Und die Frauen dort im Café?« Zakos wies auf den kleinen, runden Metalltisch eines benachbarten Lokals. »Italienerinnen, oder?«

»Ganz falsch, mein Freund!«, verneinte der Kellner gestenreich. »Das sind Spanierinnen. Schau dir doch mal die markante Nase von der einen an! So was gibt es nur in Spanien!« Er lachte. »Komm, frag weiter! Ich werde gerade warm!«

»Na gut«, sagte Zakos. »Was ist mit der Dunkelhaarigen dort?« Er zeigte auf eine ausgesprochen schlanke, braungebrannte Frau mit langen Haaren, die gerade mit einem Eis in der Hand an ihnen vorbeischlenderte. Sie trug einen transparenten kanariengelben Kaftan über dem schwarzen Bikini und Flip-Flops. »Athenerin, oder?« Sie erinnerte ihn an die stets leicht überheblichen Hauptstädterinnen, die in dem Ort auf dem Peloponnes Urlaub machten, wo seine Großeltern ihr Häuschen gehabt hatten.

»Gar nicht so schlecht, mein Freund!«, sagte der andere und schlug Zakos anerkennend auf die Schulter. »Sie sieht wirklich so aus. Aber ich als Profi kann dir sagen: Sydney! Das ist eine Australierin mit griechischen Wurzeln, eindeutig!«

»Und woran erkennst du das, bitte? An der Wölbung der Augenbrauen? Oder an der typischen Handbewegung, mit der sie das Eis zum Mund führt?«, spottete Zakos.

»Das erkenne ich, weil das meine Cousine Katherina ist. Die macht hier Urlaub!« Der Kellner brach in Gelächter aus. In einer kurzen Atempause fügte er hinzu: »Und die Spanierinnen dahinten im Café kommen seit zehn Jahren hierher, das sind Stammkundinnen! Ich habe dich einfach ein bisschen auf den Arm genommen. Zigarette?«

Zakos nahm dankend an, dann sagte er: »Vielleicht seh ich nicht so aus, aber ich bin wirklich Grieche, mein Vater ...«

»Schon gut, ich glaub's dir ja. Sonst könntest du auch nicht richtig Griechisch. Du sprichst übrigens ziemlich gut für einen Ausländer!« Dann drehte er sich um und rief einem alten Mann mit grauem Stoppelbart, der hinten im Lokal herumwerkelte, etwas zu: »Pappous! Übernimm du mal! Ich plaudere hier ein wenig mit dem Deutschen!«

Zakos zuckte mit den Schultern. Dann war er hier eben der Deutsche.

»Sotiris«, stellte der Kellner sich vor. »Das ist übrigens mein Laden! Der bringt mich eines Tages noch um. Schon wieder sechsundzwanzig Stunden ohne Schlaf! Und so geht das dauernd!«

»Warum denn das?«, wunderte sich Zakos. Jetzt war immerhin klar, warum der Kerl so überdreht war.

»Na, Saison eben. Gestern Abend haben urplötzlich dreißig Briten einer organisierten Segeltour hier angelegt. Eine Riesenjacht von hier bis dort unten. Da kann ich doch nicht einfach zusperren!«

Auf Zakos wirkte der verschlafene Ort gar nicht so, als würde er auf feierlustige Briten in Luxusjachten anziehend wirken, aber Sotiris sagte: »Die Briten sind mein linkes Standbein!« Er zeigte nach unten. »Und die Russen mein rechtes. Und nun darfst du raten, wen ich lieber mag!«

Zakos zuckte die Schultern. »Keine Ahnung.«

»Ist mir ganz egal! Alle Menschen sind gleich! Deswegen habe ich auch mit euch Deutschen kein Problem. Trotz Merkel!«, meinte Sotiris lachend. »Willkommen auf Pergoussa! Noch ein Bier?«

Da trat Sarah an den Tisch.

»Bier?« Sie blickte erstaunt auf die bereits leere Flasche auf dem Tisch. »Es ist elf Uhr morgens!«

»In Deutschland. Hier ist es schon zwölf«, sagte Zakos. »Wenn du willst, bestelle ich dir auch eins und dazu ein paar Pita-Souvlaki! Oder einen Gyros?« Mitterweile hatte sich der köstliche Duft von gebratenem Fleisch aus dem Inneren des Ladens, in dem sich der Gyros-Spieß drehte, nach draußen in den Sitzbereich unter dem Baum ausgebreitet. »Riecht lecker, oder?«

»Trieft aber auch alles vor Fett, das habe ich drinnen schon bemerkt«, sagte Sarah. »Außerdem: Wenn ich jetzt ein Bier trinke, kippe ich um! Ich bin wirklich fertig!«

Die pralle Sonne auf der Fähre hatte ihr sichtlich zugesetzt, ihr Kopf, so schien es Zakos, glühte regelrecht. Plötzlich spürte auch Zakos die Erschöpfung. Sie waren bereits seit vier Uhr morgens auf den Beinen. Der Alkohol und Sotiris' Redestrom hatten ihn zusätzlich ermattet. Doch es war kein unangenehmer Zustand. Zakos hätte gern noch länger dagesessen und die Atmosphäre des Orts aufgesaugt. Sarah allerdings hatte noch keinen Blick für die pittoreske Schönheit um sie herum; sie wollte ins Hotel, sich frisch machen und den Koffer auspacken.

»Aber im Hotel gibt's sicher gar keine Zimmer mehr«, sagte Sotiris. »Oder seid ihr Optiker?«

»Nein, wieso?«, wunderte sich Zakos.

»Weil dort eine Tagung für Optiker abgehalten wird, wie jedes Jahr um diese Zeit. Die dauert noch das ganze Wochenende.«

»Eine Tagung? Auf solch einer Mini-Insel?«, wunderte sich Sarah, als Zakos übersetzt hatte.

»Bei uns finden öfter Tagungen oder auch Firmenausflüge statt«, bekräftigte Sotiris. »Ohne die wäre das Hotel wohl längst pleite.«

»Aber für uns ist ein Zimmer reserviert!«, sagte Zakos.

»Ach, da hat sicher mal wieder jemand was verschusselt. Das passiert denen im Hotel dauernd, seit die dieses neue Computerbuchungssystem haben. Ich weiß definitiv, dass es ausgebucht ist«, sagte Sotiris.

»Gibt's Probleme?«, wunderte sich Sarah, die das Gespräch zwar nicht verstand, aber Zakos' besorgten Gesichtsausdruck sah.

»No rooms in Pergoussa. But you can have sleeping bags from me. Sleeping on the beach is very nice here, believe me!« Sotiris zwinkerte.

»Um Himmels willen!«, sagte Sarah. »Wenn ich am Strand schlafen muss, betrinke ich mich jetzt auch!«, sagte sie mit einem schiefen Grinsen. Dann nahm sie das Bierglas vom Tisch und leerte es in einem Zug.

Wenige Sekunden später kippte sie um. Besser gesagt, sie

rutschte vom Stuhl, sanft und langsam, aber dennoch zu schnell und zu überraschend, als dass Zakos sie daran hätte hindern können. Erschrocken sprang er auf und riss dabei seinen Stuhl um, doch da lag sie bereits auf dem Steinboden. Ohnmächtig.

»Sarah!«, stieß er aus. »Um Himmels willen!« Er hörte den Puls in seinen Ohren hektisch pochen.

Auch Sotiris war sofort auf den Beinen. Er beugte sich über Sarah, dann drehte er sich um und ließ einen markerschütternden Ruf los.

»Pappous! Bring Wasser, schnell!« Jetzt sah auch Zakos, dass Sarah an der Stirn blutete. Sie musste sich den Kopf bei ihrem Sturz aufgeschlagen haben.

Auf Sotiris' Ruf hin kam Leben in das verschlafene Dörfchen. Um Sarah, Zakos und Sotiris bildete sich in Windeseile eine Menschentraube. Zuerst gruppierten sich die Gäste aus dem Imbiss um Sarah, dann sprangen die beiden Spanierinnen aus dem Café gegenüber auf und eilten herüber. Aus dem nahegelegenen Supermarkt kamen Hausfrauen und Badeurlauber, ein paar Fischer liefen von ihren Booten heran. Alle schrien nach Hilfe, rangen die Hände oder schlugen sich beim Anblick der jungen Frau erschrocken vor den Mund. Noch vor wenigen Minuten hätte Zakos niemals geglaubt, dass sich überhaupt so viele Menschen auf der Insel aufhielten.

Endlich erschien der alte Pappous mit einem blauen Eimer voller Wasser, und bevor Zakos oder irgendwer ihn davon abhalten konnte, schüttete er Sarah den kompletten Inhalt über den Kopf.

»Du lieber Himmel!«, meldete sich die Stimme einer der drei schwarzgekleideten Alten, die gerade noch stickend vor dem Kurzwarenladen gesessen hatten. »Du musst sie doch nicht gleich ersäufen!«

Immerhin schlug Sarah nun die Augen auf und versuchte, sich hustend aufzurichten. Ein paar Männer klatschten und schlugen Pappous auf den Rücken, wofür sie von den drei Alten schrill ausgescholten wurden.

Irgendwer hatte den halbvoll beladenen Pick-up von der Mole geholt. Und dann ging es ganz schnell: Noch während Zakos und Sotiris vorsichtig versuchten, Sarah vom Boden aufzuheben, nahmen zwei Männer sie ihnen regelrecht aus den Händen und trugen sie auf die Ladefläche des Pick-ups, auf der die Mehlsäcke aus der Fähre standen.

»Nick!«, schrie Sarah und wollte sich wieder aufrichten, aber da kauerte bereits eine alte Frau neben ihr und drückte sie entschlossen zurück in die Mehlsäcke.

Sogar Sotiris war baff.

»Leute!«, rief er. »Was macht ihr denn?«

Doch da war der Wagen bereits losgefahren, und die Umstehenden bekamen einen ordentlichen Schwall Auspuffgase ab.

»Doktor! Doktor!«, rief die Alte noch erklärend, dann beschleunigte das Gefährt.

»Sotiris, hast du ein Moped?«, schrie Zakos.

»Natürlich nicht! Wer braucht hier schon ein Moped?«, rief Sotiris. Zakos fluchte und rannte los, hinter dem Pick-up her.

Von Sarah sah er nur die langen Beine, die in flachen Sandalen steckten. Sie rührten sich nicht, und Zakos fürchtete, sie könnte erneut in Ohnmacht gefallen sein.

»Ihr könnt euch Zeit lassen!«, schrie Sotiris ihnen nach. »Der Arzt ist sowieso gerade beim Schwimmen!«

Zakos folgte dem Pick-up auf der ansteigenden Straße durch die Mittagshitze, umnebelt von einer blauschwarzen, stinkenden Abgaswolke. Als sich der Wagen eine Serpentinenstraße hocharbeitete, ging ihm schließlich die Puste aus. Der

Pick-up bog knatternd hinter einem Schulgebäude ab, auf dessen staubigem Innenhof ein paar Kinder in der Gluthitze Basketball spielten, und verschwand. Ein alter Mann auf einem Esel kam Zakos entgegen und schenkte ihm ein zahnloses Lächeln. Von irgendwoher hörte man Hundebellen.

Es dauerte eine Viertelstunde, bis Zakos die Arztpraxis im Gewirr der Gässchen gefunden hatte. Er entdeckte Sarah auf einer Holzbank, die alte Frau saß neben ihr. Sie drückte sich ein altmodisches, mit Blumen besticktes Stofftaschentuch an die Schläfe. Nur der Pick-up war nirgends zu sehen, offenbar hatte der Wagen einen anderen Rückweg genommen.

»Sind die Leute hier eigentlich vollkommen irre?«, rief Sarah, sobald sie Zakos erblickte. »Das ist ja wie in einem schlechten Film! So was hab ich in meinem ganzen Leben noch nicht...«

»Pst, ganz ruhig«, machte Zakos und nahm sie in den Arm. »Zum Glück geht's dir besser.« Er war erleichtert, sie wohlbehalten vorzufinden. Er hatte sich ernsthafte Sorgen gemacht.

Doch Sarah wollte nicht ruhig sein. Sie regte sich furchtbar auf und schimpfte über den »alten Trottel«, der ihr das Wasser über den Kopf geschüttet hatte, über »die schwarze Hexe«, die sie im Transporter festgehalten hatte, als sei sie verrückt, und die nun reglos neben ihr saß und glücklicherweise kein Wort zu verstehen schien. Dann beschwerte sie sich über die staubigen Straßen und über den Arzt, der noch immer nicht erschienen war und ein »unverantwortlicher Idiot« sein musste. Sie war eindeutig in Hochform.

»Wo warst du eigentlich die ganze Zeit?«, herrschte sie Zakos schließlich an.

»Na, hör mal! Ich bin hinter dem Transporter hergelaufen! Ich habe mir Sorgen gemacht!«

»Dann wundere ich mich wirklich, warum du so lange gebraucht hast! Ich kann mich doch hier gar nicht verständlich machen, hast du darüber mal nachgedacht? Wo bin ich überhaupt gelandet?«

»Hallo?!«, sagte Zakos, der sich langsam ärgerte. »Es hat dich niemand gezwungen mitzukommen!«

»Soll das jetzt heißen, ich bin selbst daran schuld, dass ich umgekippt bin?«

»Nein, natürlich nicht, ich sage doch bloß ...«

Es ging noch eine Zeitlang hin und her. Die alte Frau, die Sarah begleitet hatte, saß immer noch auf der Bank. Sie wirkte ein kleines bisschen amüsiert.

Schließlich wandte sich Zakos auf Griechisch an sie: »Vielen Dank, dass Sie meiner Freundin geholfen haben, aber Sie müssen nun wirklich nicht länger hier mit uns warten, das ist gar nicht nötig!«

Ein breites Strahlen zog über ihr faltiges Gesicht.

»Du bist Grieche! Das hätte ich sofort merken müssen!«

In diesem Moment bog eine Vespa um die Ecke. Der Fahrer schaltete den Motor aus und rollte die letzten Meter geräuschlos heran. Es gab also doch jemanden mit einem Moped auf der Insel: den Doktor.

»Da ist er ja! Andreas! Schnell, schnell!«, rief die Alte ihm zu. »Wir haben eine Verletzte!« Das war eine Übertreibung, denn es gab lediglich eine winzige Stelle an der Schläfe, an der Sarah ein wenig geblutet hatte: dort, wo sie das Taschentuch an den Kopf presste.

Der Doktor aber zeigte sich höchst alarmiert. Er wuchtete das Gefährt eilig auf den Ständer und stand im nächsten Moment bei ihnen.

Zakos wäre nie auf die Idee gekommen, dass der schmalbrüstige Kerl mit den glatten Wangen und den großen Knopfaugen bereits Arzt sein könnte. Dieser Jungspund konnte sein Studium jedenfalls noch nicht lange abgeschlossen haben, das war klar. Zakos hatte sich den Mann, dessen Initiative die Untersuchungen zu einem Mordfall ausgelöst hatte, reifer und gesetzter vorgestellt. Trotzdem, es gab keinen Zweifel: Das musste Andreas Makariadis sein, der Renate von Altenburgs Leichnam in die Pathologie auf der Nachbarinsel geschickt hatte – und damit alles ins Rollen gebracht hatte.

»Ssssorry! I was swimming for wan minit!«, erklärte er, während er in seinen Shorts nach dem Schlüssel kramte. Er hatte im Englischen den gleichen Akzent wie Mimi in München.

»A lot of minutes!«, korrigierte Sarah, was der Arzt geflissentlich überhörte. Er sperrte auf und winkte alle drei hinein.

Der Raum hätte die perfekte Kulisse für einen Fünfziger-Jahre-Film abgegeben: Die Wandschränkchen bestanden aus Blech, der gelblich verblichene Lack war an den Ecken bereits abgeschlagen. Der hölzerne Bürodrehstuhl glänzte an manchen Stellen durch die jahrzehntelange Beanspruchung wie poliert. Sogar das Telefon auf dem Tisch wirkte museumsreif: ein schwarzes Monstrum mit Wählscheibe und knochenförmigem Hörer.

Der junge Doktor hielt sich nicht lange damit auf, einen Kittel über seine Badeshorts zu ziehen; er desinfizierte sich lediglich die Hände und begann mit der Untersuchung. Zuerst zückte er das Stethoskop und hörte Sarahs Herzschlag ab, er fühlte ihren Puls, leuchtete in ihre Augen und Ohren. Dann kontrollierte er ihre Haltung und drückte am Bauch herum. Er untersuchte und untersuchte. Es dauerte eine halbe Ewigkeit.

Als er schließlich an Sarahs Hals nach geschwollenen Lymphknoten tastete, läutete Zakos' Handy. Es war Baumgartner.

»Moment«, antwortete Zakos und stand auf.

»Why are you looking into my throat?«, hörte Zakos Sarah im Hinausgehen sagen. »I have absolutely no problems there!« Sie klang streitlustig.

Doch der junge Arzt sagte nur: »Shhh!!«

Dann war Zakos draußen und presste sich das Gerät ans Ohr.

Es war das übliche »Wohlfühlgespräch«, wie Zakos und Zickler es unter sich nannten. Baumgartner wollte kundtun, dass er intensiv Anteil an der Arbeit und dem Wohlergehen seiner Mitarbeiter nahm, gleichzeitig wollte er erfahren, ob alles gut angelaufen war, was wiederum sein persönliches Wohlfühlgefühl garantieren würde. Dann konnte er nämlich in Seelenruhe seine nächste Mountainbike-Tour planen. Es gab definitiv unangenehmere Chefs, fand Zakos.

»Alles läuft nach Plan«, sagte Zakos daher. »Bin gerade angekommen und habe bereits erste Eindrücke von der Insel gesammelt«. »Jetzt muss ich aber aufhören. Bin gerade bei dem Inselarzt, der die Obduktion des Opfers beantragt hatte, du weißt schon.«

»Natürlich«, antwortete Baumgartner. »Wunderbar. Lass dich nicht aufhalten!« Er klang zufrieden.

Von dem momentanen Chaos erzählte Zakos dem Chef deshalb lieber nichts. Dass Sarah dabei war, wusste der ohnehin nicht. Und das war auch besser so. Umso lieber hätte er Zickler von dem zunächst so verträumt wirkenden Kaff berichtet, in dem plötzlich ein völlig unerwarteter Riesentrubel entstanden war, und von dem Arzt Andreas, der in seinem Anfängereifer offensichtlich ganz zufällig auf einen Mordfall gestoßen war. Die Gespräche mit Zickler, das gemeinsame Abwägen der Sachverhalte, auch die gegenseitigen Frotzeleien waren Zakos' Art, Gedanken und Eindrücke zu sortieren.

Doch Zickler war weit weg und außerdem mit einem anderen Fall befasst, und schon jetzt kam Zakos sich irgendwie verwaist vor. Sarah jedenfalls würde keinen adäquaten Gesprächsersatz für Zickler bilden, so viel war klar.

Von drinnen waren die Stimmen von Sarah und dem Arzt zu hören, und mittlerweile schwang in beiden ein unverkennbar gereizter Tonfall mit. Zakos verspürte kein großes Bedürfnis, zu ihnen zurückzukehren. Er fischte eine Zigarette aus seiner Hemdtasche, zündete sie an und ließ den Blick schweifen. Offenbar lag die Praxis an der Rückseite der herausgeputzten Inselfront, im Bauch des Dorfes. Zakos zählte fünf verfallene Häuser, richtige Ruinen. Einige andere wirkten zwar noch nicht baufällig, aber dennoch verlassen, mit verrammelten Fensterläden und struppigem, vertrocknetem Unkraut, das aus Ritzen und Vorsprüngen kroch.

Mit den würfelförmigen, weißgekalkten Arme-Leute-Behausungen, wie sie auf den Kykladeninseln typisch waren und wie sie ausländische Touristen gemeinhin für landestypisch hielten, hatten diese Gebäude wenig gemein. Die Häuser hier waren pastellfarben getüncht und teilweise mit großzügigen hohen Fenstern und aufwendig geschnitzten Holztüren ausgestattet, auf denen jedoch dicker Staub lag. Er kannte diesen klassizistischen Stil aus Athen und vom Peloponnes. Außerdem konnte man gewisse italienische Einflüsse ausmachen. Die italienische Besatzung der griechischen Inseln war ein Dauerthema seines griechischen Großvaters gewesen, eines ehemaligen Studienrats, der unablässig über die neuere griechische Geschichte doziert hatte, um die Wissenslücken bei seinem deutschen Enkel zu füllen. Wenn Zakos ein wenig nachdachte, würden ihm vielleicht sogar die Jahreszahlen wieder einfallen.

»*Ola einai endaxi!* Alles in Ordnung!«, riss ihn die Stimme der alten Frau, die nun zu ihm nach draußen kam, aus seinen Überlegungen. »Sie wird wieder gesund!«

»Da bin ich aber ausgesprochen erleichtert!«, sagte Zakos todernst. Tatsächlich hätte er grinsen können über die typisch griechische Neigung zur Übertreibung. Die Annahme, dass Sarah, die man schon wieder sehr vital mit dem Doktor streiten hören konnte, ernsthaft gefährdet gewesen sein könnte, war etwas lächerlich. Aber er wollte die alte Inselbewohnerin, die die ganze Zeit bei ihr ausgeharrt hatte, nicht kränken. Sie erinnerte ihn außerdem an seine eigene Großmutter, die zwar etwas fülliger und nicht so leichtfüßig gewesen war wie diese Frau, doch auch sie hatte stets dieselbe Art dunkler Kleider mit winzigem Muster darauf getragen und sogar denselben Duft verströmt – nach einem Zitronenparfüm, von dem sie sich jeden Morgen ein paar Spritzer über das graue Haar zu streichen pflegte. Er erinnerte sich noch genau an den Flakon, eine große eckige Glasflasche, die sicherlich einen halben Liter Duftwasser fasste.

»Ich hätte wirklich gleich darauf kommen können, dass du Grieche bist!« Als die alte Dame näher kam, verstärkte sich der Zitronenduft noch.

»Wieso eigentlich? Woran kann man das denn erkennen?«, fragte Zakos. Klar, er war nicht gerade blond und blauäugig, aber Sotiris vom Hafen hatte dennoch etwas Deutsches bei ihm ausgemacht. Und nun kam er dieser Frau typisch griechisch vor.

»Das kann ich ganz genau sagen!«, antwortete sie und blickte ihn aus ungewöhnlich hellen Augen an. »Ich sehe es an deinem Lächeln. Das ist kein ausländisches Lächeln. An deinem Lächeln erkenne ich, dass du Grieche bist!«

Zakos wusste nicht, was er erwidern sollte. Er war fast ein bisschen gerührt.

»Wie heißt du, mein Junge?«, fuhr die Alte fort.

»Nikos«, sagte er, fast automatisch.

»Wie mein verstorbener Mann!«, erwiderte die alte Frau. »Wenn ihr beide irgendetwas auf der Insel braucht: Ihr findet mich vor dem Kurzwarenladen meiner Freundin Chariklia unten am Hafen oder bei mir daheim. Mein Haus ist das letzte auf der linken Seite in der Hafenbucht, direkt am Wasser, nicht zu verfehlen. An der Tür steht mein Nachname, Ioannidis, aber den benützt hier niemand. Wenn du es nicht gleich findest: Frag einfach nach Frau Alekto. Ihr könnt jederzeit bei mir vorbeikommen, auf einen Kaffee und ein *Gliko!*«

»Herzlichen Dank. Das werden wir. Ganz bestimmt!« Zakos meinte es ernst: Es wäre ohne Zweifel interessant und nützlich, mit der alten Dame über den Ort und seine Bewohner zu sprechen. Und außerdem hatte er schon seit Ewigkeiten kein *Gliko* mehr gekostet, jene in Zuckersirup eingemachten Früchte, die Besuchern in winzigen Schälchen serviert werden. Seine Großmutter war auf grüne Orangen spezialisiert gewesen. Er hätte nicht geglaubt, dass es noch Menschen gab, die diese altmodische Süßigkeit herstellten.

Lächelnd sah er der alten Frau nach, wie sie die Gasse entlangging. Erst als sie abbog, kehrte er zu Sarah und Andreas in die Praxis zurück.

4. Kapitel

Und keiner von Ihnen beiden hat eine Theorie, was vorgefallen sein könnte?«, fragte Zakos zum dritten Mal.

Schweigen.

»Sie müssen sich doch irgendwas gedacht haben! Ich meine, in diesem Dorf ist vermutlich ein Mord geschehen. War's ein Liebesdrama? Eifersucht? Raubmord? Irgendwas muss Ihnen durch den Kopf gegangen sein!«

Zakos war für seine Verhältnisse bereits erstaunlich frustriert. Das demonstrative Desinteresse der Inselkollegen ging ihm auf die Nerven. Er erwartete keine dezidierte Analyse. Er wollte einfach nur mit den beiden griechischen Polizisten, die Kommissar Jannakis für ihn abgestellt hatte, ins Gespräch kommen, herausfinden, wie sie tickten. Doch es war, als würde er gegen eine Wand reden. Lefteris, ein blasser Typ mit Ziegenbärtchen und einem Tribal-Tattoo auf dem Unterarm, gab eigentlich nur ein Geräusch von sich: ein Luftausstoßen, das Zakos als ratloses »Puh« deutete. Seine Kollegin Fani, eine kleine, kompakte Brünette mit olivfarbenem Teint, hatte seit der Begrüßung noch gar nichts gesagt. Als befände sie sich im Dämmerschlaf, dachte Zakos.

Dass sie überfordert waren, damit hatte er gerechnet. Er hatte aber auch gehofft, dass sie sich freuen würden, einmal etwas Anspruchsvolleres zu tun zu bekommen. Zu Beginn seines Polizeidienstes hatte er auf jeden neuen Fall mit Neugier und Tatendrang reagiert. Aber offenbar fanden nicht alle Polizisten die Ermittlungstätigkeit spannend, und erst recht nicht auf einer griechischen Insel. Doch Fani und Lefteris waren ihm von Jannakis nun einmal als Helfer zugeteilt worden. Allerdings fragte er sich ernsthaft, ob sie überhaupt zum Helfen in der Lage waren.

»Es ist doch sicher nicht alltäglich, dass hier ein Mord geschieht, oder? Erzählen Sie mir doch bitte einfach, was Sie spontan gedacht haben, als Sie davon hörten. Waren Sie geschockt? Waren Sie ungläubig?«

Fani zuckte mit den Achseln. Lefteris blies die Backen auf. Und da hieß es immer, die Griechen seien kommunikativ, dachte Zakos. Wenn das stimmte, bildeten die beiden hier die absolute Ausnahme. Er gab es auf und ging zum offiziellen Teil über: »Wie auch immer. Hier haben wir also die Auswertung der Handykontakte und des Computers der Toten. Mit wem davon haben Sie denn bereits gesprochen?«, fragte Zakos. Die ausgedruckten Seiten waren ihm von Fani mit einer feierlichen Geste überreicht worden. Ihrem erschrockenen Blick nach zu urteilen, hatten sie selbst aber noch gar nicht in die Mappe geblickt.

Zakos schlug den Schnellhefter auf. Ganz oben fand sich ein Blatt mit ein paar Handynummern und den entsprechenden Kontaktdaten. Viele waren es nicht.

»Das ist ja überschaubar«, sagte Zakos.

Zu seinem Erstaunen begann Fani zu sprechen: »Kein Wunder, bei dem Alter der Toten!« Es klang ein bisschen überheblich. »Meine Mutter telefoniert auch wenig mit ihrem Handy und schickt nie SMS. Sie sagt, man läuft sich auf der Insel doch sowieso über den Weg. Wahrscheinlich dachte diese Frau genauso!«

»Verstehe«, entgegnete Zakos und strahlte sie demonstrativ an. Er war froh über jeden Kommentar. »Dann sollte einer von Ihnen mir als Allererstes eine Liste darüber erstellen, mit wem

Renate von Altenburg auf der Insel sonst noch Kontakt gehabt haben könnte. Ich kümmere mich dann über unser Büro in München um die Personen, mit denen das Opfer sich per E-Mail ausgetauscht hat. Also, wer macht die Insel-Liste?«

Nun meldete sich auch Lefteris zu Wort: »Ich möchte lieber eine andere Aufgabe übernehmen.«

Zakos sah ihn irritiert an: »Aha. Und warum, bitte?«

»Kenn mich noch nicht so aus hier. Bin erst seit acht Wochen auf Pergoussa. Komme eigentlich aus Drama.«

Zakos blickte verständnislos.

»Vom Festland«, erklärte Lefteris. »Nicht weit von Komotini.«

Zakos hätte fast losgebrüllt. Die Renitenz dieses Mannes machte ihn fertig. Außerdem reizte ihn die dösige Stimmung in dem kleinen Polizeibüro mit seinen abgestoßenen Möbeln und den zugezogenen Fensterläden. Er brauchte frische Luft.

»Könnten wir unsere Besprechung vielleicht an einem anderen Ort fortsetzen?«, fragte er die beiden Polizisten. »Gibt's hier keine Terrasse oder so was?«

»Wir können unters Dach«, sagte Fani. »Aber da arbeiten wir nie.«

»Ab jetzt schon!«, sagte Zakos und stand auf.

Widerwillig nahmen die beiden Schreibzeug und ihre Holzstühle mit, und Fani trabte ihnen voran, eine Wendeltreppe nach oben. Lefteris machte vor der Treppe jedoch plötzlich halt und fluchte.

»*Skata!* Wollte doch noch Zigaretten besorgen! Bin gleich zurück.« Er drehte sich um, stellte den Stuhl vor der Wendeltreppe ab und verließ gemächlichen Schrittes das Polizeigebäude. Fani blickte sich von oben nach Zakos um, der fassungslos dreinschaute, und zuckte mit den Schultern. Nach einer Stahltür gelangten die beiden schließlich auf eine Art Loggia.

Es war herrlich dort oben. Die Polizeistation war eines der Häuser, die direkt am Wasser standen. Hier oben fühlte man sich wie am Bug eines Bootes. Die leichte Nachmittagsbrise strich Zakos übers Gesicht. Er lehnte sich an die Balustrade und ließ den Blick schweifen. Die Sonne warf bereits längere Schatten zwischen die bunten Häuschen, und das Blau des Meeres wirkte noch satter. Noch immer schien Mittagsruhe zu herrschen, schläfrige Stille lag über dem Ort wie Watte.

Sarah hat sich sicherlich hingelegt, dachte Zakos. Von hier aus konnte er direkt hinüber zum Hotel blicken, das gleich nebenan lag. Es war sehr wohl ein Zimmer reserviert gewesen, trotz der Optikertagung, Jannakis' Büro hatte das ordentlich erledigt. Dass Zakos nicht alleine, sondern in Begleitung erschienen war, hatte an der Rezeption nur einen kurzen Moment für Verwirrung gesorgt, dann hatte man nach einer Frau im himmelblauen Putzkittel gerufen, die ihnen zusätzliche Handtücher ins Zimmer bringen sollte. Zum Glück gab es im gesamten Hotel ohnehin nur Räume mit Doppelbetten.

»Gefällt Ihnen Pergoussa?«, drang Fanis Stimme an Zakos' Ohr. Die Polizistin lehnte neben ihm, die Brise zerzauste ihr kinnlanges schwarzes Haar.

Zakos nickte. »So einen Ort wie diesen habe ich noch nie gesehen!«

»Wir sind eben einmalig!« Fani lachte zum ersten Mal und entblößte eine Reihe schiefer, aber schneeweißer Zähne. Hier draußen schien die Lethargie von ihr abzufallen.

»Das gibt's selten, dass Häuser so nah ans Wasser gebaut sind. Außer vielleicht in Venedig«, sagte Zakos. Jedes der Gebäude, die in erster Reihe am Meer standen, hatte einen Zugang zum Wasser, einen kleinen Steg, manchmal auch nur eine Badeleiter, die direkt von der Hausterrasse oder dem Balkon nach unten führte. »Sind das Fischerhäuser?«

»Ganz und gar nicht«, erklärte Fani. »Die Fischer lebten in kleinen, einfachen Hütten, ebenso wie die Tagelöhner und die anderen armen Leute. Die schönen, luftigen Häuser in erster Reihe gehörten den Reichen, den Reedern. Dahinter, mit nicht ganz so perfektem Blick aufs Meer, residierten die Kapitäne.«

»Dann muss es eine Menge von denen hier gegeben haben«, staunte Zakos.

»Klar, Pergoussa war einmal eine reiche Schwammtaucherinsel. Es gab eine ganze Schwammflotte. Aber als dann die komplette Ägäis abgeerntet war und es auch an den Küsten vor Ägypten und Tunesien nicht mehr genügend Schwamm gab, sind viele Leute ausgewandert, die meisten nach Florida. Das war vor etwa hundert Jahren. Danach wurde es ziemlich still hier. Bis heute. Im Herbst, wenn die Urlauber weg sind, leben nur noch zweihundert bis dreihundert Menschen auf der Insel. Früher waren es über viertausend!«

Zakos versuchte, sich das geschäftige Treiben vorzustellen, das damals im Hafen geherrscht haben musste. Es gelang ihm nicht. Zu verschlafen und verträumt erschien ihm das Inseldorf, wie aus der Zeit gefallen.

Hinter ihnen erklangen Schritte auf der Wendeltreppe. Lefteris erschien mit einem Stuhl und reichte Zigaretten herum. Es war keine westliche Marke, sondern ein Päckchen Papastratos. Sie schmeckten kratzig und süßlich zugleich.

Nach ein paar Zügen fragte Zakos: »Und wer wohnt jetzt in den Häusern am Wasser?«

»Fast nur Touristen. Viele der Hausbesitzer haben Verträge mit einer britischen Reisegesellschaft, Delfini-Travel, die die Häuser an Urlauber vermietet. Das Büro liegt direkt am Hafen«, sagte Fani.

»Aber es gibt doch sicher auch Immobilien, die zum Verkauf stehen. Womöglich hat Renate von Altenburg versucht, mit den Besitzern Kontakt aufzunehmen.«

»Das kann ich rauskriegen. Ich bin von der Insel, und ich kann mir schon vorstellen, mit wem sie in der Sache hier zu tun hatte«, sagte sie.

»Sie kannten Renate?«, fragte Zakos überrascht.

»Es gibt ein paar Leute, die kommen jedes Jahr. Die kennt jeder hier. Aber diese Frau kam nicht jedes Jahr. Ich kannte sie nur vom Sehen«, sagte Fani.

Warum zum Teufel hatte sie das nicht gleich erzählt?, fragte sich Zakos. Doch er schwieg. Er war froh, dass sie überhaupt begonnen hatte, mit ihm zu reden.

»Gibt es viele Stammgäste?«, erkundigte er sich.

»Ein paar schon. Zwei Spanierinnen, eine belgische Richterin. Ach ja, und dieses britische schwule Paar, das sich immer um die Inselkatzen kümmert. Und noch ein paar andere.«

»Gut. Dann machen Sie die Liste. Ich will alle treffen, die mit dem Opfer in Kontakt standen. Die Stammgäste will ich auch alle sehen. Mit dem Arzt und der Engländerin vom Reisebüro spreche ich heute noch. Morgen früh treffen wir uns wieder hier und gehen die Liste durch.«

Fani nickte und räumte ihre Sachen zusammen. Auch Lefteris wollte sich schon zum Gehen wenden. Zakos kam ihm zuvor: »Und jetzt zu Ihnen, Lefteris: Sie klappern der Reihe nach jeden einzelnen Laden, jede Bar und jedes Restaurant ab und finden heraus, wer Renate von Altenburg kannte, wer sie wann zuletzt gesehen hat, wie sie wirkte. Fragen Sie ganz exakt nach, mit wem sie gesprochen hat. Was hat sie erzählt? Was hat sie eingekauft? Was hat sie gegessen? Was hatte sie an? Was hatte sie vor? Wirkte sie traurig, wirkte sie fröhlich? Mit wem war sie zusammen? Das müssen Sie alles aufschreiben. Schaffen Sie das?«

Lefteris schluckte. Er wirkte vollkommen überfordert.

»Ich werd's versuchen«, sagte er schließlich.

»Na also!«, sagte Zakos. Endlich kam ein wenig Leben in die Truppe.

Spiegelglatt und völlig bewegungslos lag das Meer in der Bucht. Am Horizont dräute eine kleine Ansammlung bauchiger Wolken, die vom Sonnenuntergang in dramatische Farben getaucht wurden. Das Bild war so schön, dass es ihr den Atem raubte. Sie versuchte, es in sich zu verschließen. Niemals durfte sie es vergessen.

Wenn die Hitze nachließ, begannen die Pflanzen zu duften, das Basilikum, das den Tag über in der Sonne geschmachtet hatte, die Minze und die Geranien, hüfthoch, fuchsiafarben oder blutrot. Dabei war die Erde in den Blechkübeln hart und rissig. Im Sommer brauchten die Pflanzen zweimal täglich Wasser.

Sie füllte die Blechkanne unter dem Wasserhahn, ein paar Spritzer fielen auf den warmen Steinboden und färbten ihn dunkel. Als sie die Töpfe versorgt hatte, tastete sie den Boden der Beete unterhalb des Jasminstrauches und der Bougainvillea ab. Er war hart, aber nicht ausgetrocknet. Hier konnte sie bis morgen früh mit dem Gießen warten. Hingegen durfte sie nicht vergessen, sich vor dem Schlafengehen noch um die Portulak-Pflanzen auf dem kleinen schmiedeeisernen Balkon im ersten Stock zu kümmern. Das Kraut mit den vielfältigen Heilwirkungen liebte sie besonders.

Unnatürlich still war es an diesem Abend, nicht einmal die Zikaden waren zu hören. So klang das Läuten des Telefons aus dem Inneren des Hauses für sie wie ein schriller Alarmruf.

Es war nur eine Ahnung, doch sie spürte, dass der Anruf nichts Gutes verhieß. Abrupt stellte sie die Gießkanne, die sie nach wie vor in der Hand hielt, auf den Boden, ging eiligen Schrittes ins Haus und hob den Hörer ab.

Zuerst war keine Stimme zu hören. Lediglich Geräusche, Schritte, die sich auf und ab bewegten. Ein Räuspern.

Sie wollte schon wieder auflegen, doch in dem Moment sagte eine Frauenstimme: »Ich habe sie gesehen. Ich habe gesehen, dass sie aus deinem Haus gekommen ist.«

Der Satz traf sie wie ein Hammerschlag und raubte ihr den Atem. Genau das, was sie die ganze Zeit über befürchtet hatte, war geschehen: Es gab Zeugen. Sie zwang sich, ruhig zu bleiben. »Wie bitte? Wovon sprechen Sie?«

Am Anfang hatte sie nicht den leisesten Gedanken an mögliche Folgen dessen verschwendet, was sie für sich die »letzte Notwendigkeit« genannt hatte. Es war ihr vollkommen gleich gewesen. Trotzdem war sie verblüfft, dass das Leben danach einfach weiterging, als wäre nichts geschehen. Jeden Moment rechnete sie damit, herausgerissen und fortgebracht zu werden aus ihrem Leben und dem Glück, hier an ihrem Platz zu sein. Die Trauer, die sie bei diesem Gedanken verspürte, hatte sich mehr und mehr wie ein dichter Stoff um sie gelegt.

Und lange geschah nichts. Bis ganz allmählich ein Hoffnungsschimmer in ihr aufkeimte und sie es vorsichtig wagte, den wunderbaren Gedanken innerlich auszuformulieren: War es möglich, dass sie davonkommen würde? Sie hatte es sich mit aller Kraft gewünscht.

Doch nun spürte sie ihre Knie weich und zittrig werden.

»Du weißt genau, wovon ich spreche«, sagte die Stimme, hart und kalt. »Die Deutsche war bei dir, bevor sie starb«, tönte es aus dem Telefon.

Doch noch war sie nicht bereit, aufzugeben. Sie würde kämpfen.

»Was soll das? Was wollen Sie von mir?«

Ein Lachen erklang, laut und aufgesetzt.

»Ich will mit dir reden. Geschäftlich, sozusagen.«

»Ich mache keine Geschäfte. Bitte rufen Sie mich nicht wieder an«, sagte sie.

»Oh, du wirst es dir schon noch anders überlegen. Denk von jetzt an immer daran: Ich habe dich in der Hand. Du entkommst mir nicht.«

Sie spürte Angst in sich aufsteigen, die sich fast im gleichen Moment in Wut verwandelte.

»Du täuschst dich«, zischte sie mit gepresster Stimme. »*Du* entkommst *mir* nicht!«

Doch die Verbindung war bereits unterbrochen.

5. Kapitel

Sarah lag lang ausgestreckt auf dem weißbezogenen Metallbett und atmete tief und regelmäßig, als er das Zimmer betrat. Auf dem Kopf trug sie einen großzügigen Verband, mit dem sie aussah wie ein blonder Pascha in einer dilettantischen Schulaufführung. Zakos musste grinsen.

Plötzlich spürte auch er die Müdigkeit wieder, doch er hatte keine Lust, ihr nachzugeben. Er war jetzt neugierig auf die Umgebung.

Draußen vor der Terrassentür gelangte er auf einen ebenerdigen Balkon, der mit zwei Baststühlen, einem kreisrunden Eisentisch und einer einzelnen Sonnenliege möbliert war. Die Sonne des Tages hatte den Platz aufgeheizt wie einen Backofen. Also schwang er die Beine über die hüfthohe weiße Begrenzungsmauer und begab sich auf die größere Fläche davor.

Er befand sich jetzt auf der Hotelterrasse. Ein halbes Dutzend weiterer Liegen standen verlassen auf der glatten Steinfläche. Auch an den kleinen Zweiertischen unter den Sonnenschirmen, die die Balustrade säumten, war niemand zu sehen. Auf diversen Tischen standen noch hohe Gläser mit Resten von Frappé darin, außerdem kleine Mokka-Tassen wie diejenigen, die Zakos bei sich im Büro verwahrte. Es war so windstill, dass sich nicht mal die zerknüllten Papierservietten auf den Café-Tischen bewegten.

Von unterhalb der Terrasse, wo eine Badeplattform an die Felsen gebaut war, hörte Zakos Planschen und die Rufe von

Kindern. Die Geräusche zogen ihn magisch an. Er stieg die Betontreppe hinunter und stellte sich direkt an den Rand.

Das Meer! Urplötzlich stieg eine unbändige Freude in ihm auf. Zakos wünschte, er hätte seine Badehose bei sich. Doch die lag in der Reisetasche im Zimmer, in dem Sarah schlief.

Die Kinder waren anscheinend Geschwister, alle mit tief braungebrannter Haut und kurzem, von der Sonne ausgeblichenem braunem Haar. Sie hatten fast identische blaue Badehosen an, doch die beiden jüngeren trugen goldene Ohrringe – zwei Mädchen. Das ältere und der Junge vertrieben sich die Zeit damit, ins Wasser zu springen, mit hektischen Armbewegungen zur Leiter nach draußen zu schwimmen – und sich erneut ins tiefe Nass zu stürzen. Unermüdlich. Die kleine Schwester, die an einer kleinen Pfütze versunken mit einem Plastiklaster spielte, beachteten sie gar nicht.

Zakos kauerte auf dem Beton und blickte aufs Wasser. Er hatte nichts Besseres zu tun. Es schien ihm gerade der einzige Ort zu sein, an dem es erträglich war – direkt am Wasser spürte man eine milde Brise.

Urplötzlich trat das kleine Kind ganz nah an den Rand der Betonplattform. Und dann passierte es – mit einem heftigen Plumps stürzte es kopfüber ins Meer.

Zakos sprang auf, sein Herz raste. In Sekundenschnelle schleuderte er die Turnschuhe von sich, und gerade wollte er hinterher – da erklang die Stimme des Jungen.

»Stopp! Nicht springen«, schrie er Zakos aus dem Wasser entgegen. »Stopp! Stopp!«

In dem Moment tauchte die Kleine auch schon wieder auf und paddelte mit Bewegungen wie ein kleiner Hund zur Leiter.

»Ach du liebe Scheiße!«, entfuhr es Zakos auf Deutsch, und die drei Kinder, die wahrscheinlich kein Wort verstanden hatten, brachen ob seines bedröppelten Gesichtes in lautes Lachen aus. Und dann sahen sie, dass er in der Eile einen Sneaker ins Wasser befördert hatte, und kriegten sich gar nicht mehr ein. Zakos war eindeutig die Lachnummer des Nachmittags.

Schließlich schwamm der Junge nach dem Turnschuh, der auf dem Wasser trieb, und schleuderte ihn zu Zakos nach oben, und alle hockten auf dem Steinboden und verschnauften – die Kinder von der Anstrengung des unablässigen Rein und Raus aus dem Wasser und Zakos vom Schock, der ihm, schon das zweite Mal an diesem Tag, in die Glieder gefahren war.

»Ähm ... die Kleine schwimmt ja schon ganz toll!«, sagte Zakos, dem die Situation etwas peinlich war. Ihm war klar, er hatte wirklich keine Ahnung von Kindern. Er hätte nicht sagen können, ob es normal war, dass so winzige Kinder auf einer Insel schon schwimmen konnten wie die Fische. Wann hatte er selbst eigentlich schwimmen gelernt? Er erinnerte sich. Es war in den Ferien bei den Großeltern auf dem Peloponnes gewesen, in der kleinen Bucht, die sein Vater mochte, weil das Wasser dort besonders klar war. Er ging regelmäßig mit Taucherbrille und Harpune fischen und brachte ab und zu erlegte Tintenfische mit, die Zakos allerdings Angst gemacht hatten. Wie alt war er damals wohl gewesen? Er wusste es nicht.

»Wohnt ihr hier?«, wandte er sich an die Kinder.

»Im Hotel? Nein! Wir wohnen dahinten!« Der Junge machte eine diffuse Armbewegung. »Aber wir sind immer hier zum Schwimmen. Das Meer gehört nämlich nicht dem Hotel, sagt mein Vater.«

»Da hat er recht!«, erwiderte Zakos. »Nikos!« Er gab ihm die Hand. »Und wie heißt du?«

»Ich bin Jeton«, sagte der andere. »Und meine Schwestern heißen Besjana und Suela.« Die Namen kamen Zakos nicht griechisch vor.

»Ihr kommt nicht von hier, oder?«, fragte er.

»Du auch nicht«, erwiderte der Junge. »Du sprichst ein bisschen komisch, so ähnlich wie mein Vater. Der ist Albaner. Aber ich bin auf der Insel geboren. Ich kenne hier jeden Stein!«

»Das ist gut, dann kannst du mir alles zeigen.«

»Natürlich!«, antwortete Jeton stolz. »Fangen wir gleich mit dem Hotel an. Das war früher mal eine Schwamm-Fabrik. Weißt du, was mit den Schwämmen gemacht wurde, bevor sie zugeschnitten wurden?«

»Nein«, sagte Zakos. »Aber ich bin sicher, dass du's mir gleich erzählst.«

»Soll ich dir sagen, warum die Schwamm-Fabrik exakt hier stehen musste?« Zakos' Wangen glühten, und er schenkte sich und Sarah die Gläser mit Weißwein voll. »Man kann das genau nachvollziehen, du musst nur in diese Richtung schauen!« Er zeigte hinter sich, dorthin, wo der Flügel der kleinen Hotelanlage sich zur Felsenklippe hin erstreckte.

Sarah hörte nicht richtig zu, sie war mit den Gedanken woanders. »Schatz, tut mir leid, aber ich glaube, ich kann den Wein nicht trinken. Mir ist noch immer total schwummrig im Kopf…«, sagte sie. Sie wirkte angeschlagen, mit angeschwollenen Augenlidern und etwas glasigem Blick. Den lächerlichen Kopfverband hatte sie abgewickelt, doch ein Heftpflaster an der Schläfe erinnerte noch an ihre kleine Verletzung.

Sie hatte heute nicht mehr ausgehen wollen. Deshalb war Zakos losgelaufen, um einen kleinen Imbiss zu besorgen, den er dann auf dem runden Metalltischchen auf der Terrasse angerichtet hatte: Oliven, Brot, Tomaten, Fetakäse, eine harte, fast schwarze Salami, die intensiv nach Knoblauch roch, und eine eisgekühlte Flasche Weißwein, die bei seiner Rückkehr schon wieder in dem kleinen Kühlschrank im Hotelzimmer nachgekühlt werden musste. Draußen herrschten immer noch über 25 Grad.

Im Ort war er empfangen worden wie ein alter Bekannter. Der Supermarktbesitzer, ein Mittfünfziger mit einer imposanten Hakennase, der morgens bei dem Vorfall mit Sarah wie so viele auf den Platz gelaufen war, hatte ihn schulterklopfend begrüßt und sich nach ihrem Befinden erkundigt. Auch die schwarzgekleideten Alten vor dem Nachbarladen saßen bereits wieder stickend an der Tür und grüßten herüber. Frau Alekto winkte zusätzlich.

Wand an Wand zu Sotiris' Imbiss hatte nun auch das Reisebüro Delfini-Travel geöffnet. Durch die offene Tür sah Zakos eine langhaarige Frau in einem weißen Kleid, die temperamentvoll mit einem grauhaarigen Pärchen debattierte. Das musste Liz sein, Renate von Altenburgs Freundin. Doch für sie hatte er nun keine Zeit: Zakos hatte Hunger! Er brauchte etwas in den Magen, und zwar sofort. Seit dem Frühstück im Flugzeug – gummiartiges Rührei und ein trockenes Vollkornbrötchen – hatte er nichts mehr gegessen!

Sotiris hatte ihm freundschaftlich auf die Schultern geschlagen, dann wirbelte er schon wieder durch seinen Laden, der sich bereits mit abendlichen Gästen füllte. Er sah aus, als käme er gerade aus der Dusche, frisch rasiert, mit feuchtem Haar und einem hellen, frischen T-Shirt – aber noch dunkleren Augenschatten als am Morgen. Am liebsten hätte sich Zakos wieder bei ihm niedergelassen, doch das ging ja nicht wegen Sarah. Wenigstens eine Wegzehrung hatte er sich gegönnt, das musste jetzt einfach sein. Pappous hatte ihm zwei Pita-Gyros »mit allem« bereitet: Tsatsiki, Zwiebeln, Tomate, Gurke und gewürztes Fleisch. Das erste hatte er mit wenigen Bissen auf dem Weg verschlungen. Das zweite, nachdem Sarah im Hotelzimmer die Nase dazu gerümpft hatte, im Stehen aus der Tüte. Jetzt endlich kehrten seine Lebensgeister zurück.

»Also, die Erklärung ist ganz einfach«, dozierte er weiter. »Das ganze Geheimnis ist: Sonne!«

»Wie bitte?«

»Na, hier scheint am längsten die Sonne. Wir befinden uns ja am äußersten Ende der Bucht. Deswegen wurden hier die Schwämme zum Trocknen ausgebreitet. Weiter drüben liegt schon alles im Schatten, sieh nur!«

Sarah wandte den Kopf nach links. Richtig, das Dörfchen lag bereits vollständig im Schatten der karstigen Hügel, die hinter dem Ort aufragten.

»Du musst dir vorstellen, dass hier draußen früher Tausende und Abertausende Schwämme ausgelegt wurden. Denn hier konnte noch der allerletzte Sonnenstrahl ausgenutzt werden. Total interessant, nicht?«

»Mhm«, machte Sarah und säbelte mit Zakos' Schweizer Messer an dem Weißbrot herum.

»Als es keinen Schwamm mehr gab, stand die alte Fabrik leer – bis sie schließlich zum Hotel umgebaut wurde. Mit Tagungsraum.« Jeton hatte ihn an der Hand in den großen Raum geführt, der offen stand. Es handelte sich um eine riesige Gewölbehalle mit unverputzten, weißgetünchten Wänden, die mit etwas dilettantisch wirkenden Ölgemälden einer kleinen Ausstellung behängt waren. Der Kleine hatte ihn stolz herumgeführt, doch als schließlich grüppchenweise Menschen hereinmarschierten und sich auf den Metallstühlen in der Mitte des Raumes niederließen – offenbar die Optiker –, war er nach Hause zum Abendessen abgezogen, und Zakos war zu Sarah ins Zimmer zurückgekehrt.

Kurz nach ihrem kleinen Picknick auf der Terrasse war es auf einen Schlag dunkel geworden, als hätte jemand einen Schalter umgelegt. Dafür waren in den Häusern und Tavernen unzähligen Lichter angegangen, die sich nun auf der Wasseroberfläche spiegelten. Ganz sachte bewegten sich dazu die blauweißen Fischerboote. Es war eine geradezu unwirklich schöne Ansicht. Die Geräusche des nahen Wassers – man hörte das sanfte Gluckern und Platschen fast wie auf einem Boot genau vor sich – verstärkten den traumhaften Effekt noch.

»Phantastisch hier, oder?«, sagte Zakos.

»Wahnsinn!«, schwärmte endlich auch Sarah. »Total romantisch!« Sie hatte alles, was Zakos ihr angerichtet hatte, aufgegessen und sich dann doch auch etwas Wein gegönnt. »Jetzt geht's mir besser!«, sagte sie. »Viel besser!«

Sie zogen mit den Weingläsern auf die Klappliege um, der Platz war eng, aber es reichte gerade so für beide. Zakos legte den Arm um Sarah. Er spürte die Berührung ihrer langen glatten Beine an seinen. Ihr schweres Haar, das im diffusen Licht silbrig glänzte, roch süß und herb zugleich, so wie Grapefruit. Hinter den Ohren verstärkte sich der Duft. Dunkel und still lag die Hotelterrasse vor ihnen.

Zakos küsste Sarah auf den Hals.

»Kuck mal, die Sterne!«, antwortete sie verträumt im allertiefsten Timbre. Aber er interessierte sich jetzt nicht für die Umgebung. Er interessierte sich nur noch für Sarah und blickte auf ihre vollen, feuchten Lippen. Dann küsste er sie auf den Mund, und sie schloss die Augen.

Sarah reagierte als Erste. Sie riss sich los und sprang auf.

»Um Gottes willen!« Sie schrie fast. »Was war das?!«

Es dauerte eine Weile, bis sich Zakos wieder sortiert hatte. Ihm war, als wäre er völlig weggedriftet, weit weg von diesem

Ort. Jetzt brauchte er einen Moment, um sich wieder in der Realität zurechtzufinden.

Es war ein Schrei gewesen. Ein gellender, entsetzlicher Schrei.

»Das ... ähm ... keine Ahnung!«, stammelte er, da ging es schon wieder los.

Wie der Klagelaut eines tödlich angeschossenen Tieres, durchfuhr es Zakos, unendlich schmerzvoll und verzweifelt und dabei gleichzeitig irgendwie unheimlich. Noch einmal erklang der gellende Laut – und ging dann in stetiges, von lauten Ahs und Achs unterbrochenes lautes Weinen über.

»Nicki, das ist ja schrecklich! Ich hab Angst!«, entfuhr es Sarah.

»Ach Quatsch, Liebling, das sind nur ... vielleicht Kinder. Jugendliche!«

»Blödsinn. So klingen doch keine Kinder. Das klingt ... wie aus einem Horrorfilm!«

Sarah beugte sich über die Balustrade und starrte mit schmal zusammengekniffenen Augen hinüber in die Mitte der Bucht. Zakos tat es ihr gleich, doch es war schwer, auf die Distanz Einzelheiten zu erkennen, besonders in der von reflektierenden Lichtern durchbrochenen Dunkelheit.

»Ich glaube, da sammeln sich Leute!«, sagte Sarah schließlich. »Du, da ist was passiert!«

Nun schwoll die Geräuschkulisse, die vom Ortszentrum herüberhallte, an. Vernehmliche Stimmen mischten sich in das Weinen, grelle Rufe, Worte, deren Sinn sich auf die Distanz nicht erschloss. Dann klang es plötzlich so, als würde jemand hysterisch lachen.

Auf einmal kam aus der entgegengesetzten Richtung Lärm und übertönte das Auf und Ab des Geschreis: Es war das kraftvolle, dumpfe Brummen eines Motors. Kaum dass Sarah und

Zakos den Kopf danach gewandt hatten, standen sie bereits im Licht der riesigen Autofähre, die urplötzlich hinter dem Felsvorsprung in die Bucht bog und mit hoher Geschwindigkeit auf die Dorfmitte und den Hafen zuhielt.

Dieser Ort ist immer wieder für eine Überraschung gut, durchzuckte es Zakos, der jetzt wieder klar denken konnte, und er hätte fast aufgelacht. Da erst bemerkte er die Schiffsgäste auf dem Außendeck, ganz genau gegenüber. In Reih und Glied standen sie an der Reling und starrten zu ihm und Sarah hinüber, dann mischten sich johlende Pfiffe in das Schiffsbrummen – ein paar nur, aber es genügte, dass er zusammenzuckte.

»Das ist ja wie in einer Peepshow!«, knurrte Sarah und tauchte blitzschnell nach unten ab, um hinter der kleinen Balkonbrüstung ihr Kleid wieder zu ordnen, das sie während der Episode auf der Liege halb abgestreift hatte, und Zakos registrierte noch, dass die helle Haut ihrer Brüste im Scheinwerferlicht kurz aufleuchtete – dann hatte sich die Riesenfähre auch schon weitergeschoben, nur um Sekunden später, als Zakos schon befürchtete, an diesem verrückten Tag auch noch Zeuge eines schrecklichen Schiffsunglücks zu werden, abrupt abzubremsen und mit erstaunlicher Passgenauigkeit an der Hafenmole anzulegen. Ein atemberaubendes Manöver!

Sarah war weitaus weniger beeindruckt. Sie hatte sich wieder an den kleinen Tisch gesetzt – weit weg von ihm – und zog eine Zigarette aus seiner Schachtel. Dabei rauchte sie fast nie. Eigentlich rauchte Sarah nur, wenn sie sehr genervt war. Die Stimmung war dahin.

Eine Zeitlang saßen sie nur schweigend da und lauschten den Lauten aus dem Dorf – mehrfachem Hupen, dem Aufheulen von Motoren, ein paar knatternden Mopeds sowie einem Stimmengewirr, in dem sich einzelne Rufe hervorhoben, und dem Brummen der Fähre. Die gellende Frauenstimme – zumindest dachte Zakos, es müsse eine Frauenstimme gewesen sein – war nicht mehr auszumachen. Vielleicht wurde sie von dem übrigen Trubel übertönt, vielleicht war sie ohnehin verstummt.

Nach einigen Minuten schließlich legte die Fähre wieder ab und verschwand so schnell, wie sie aufgetaucht war.

»Also«, sagte Zakos, »dann gehe ich jetzt mal und schaue nach, was da los war. Vielleicht gibt es eine ganz einfache Erklärung.«

»WIE bitte?!«, sagte Sarah. Nun war die schlechte Laune unüberhörbar. »Du willst mich doch wohl nicht hier allein lassen?!«

Zakos verdrehte die Augen. »Komm schon!«, sagte er. »Ich bin doch nur kurz weg!«

»Na hör mal, hier sind irgendwelche Irren unterwegs. Die brüllen rum, die tun weiß der Teufel was. Und hier ist kein Mensch!«

»Quatsch. Da wird schon irgendwer sein. Das ist schließlich ein Hotel! Es gibt eine Rezeption, es gibt eine Bar, es gibt Zimmermädchen oder Putzfrauen oder so!«

»Siehst du jemanden? Ich sehe niemanden!«, sagte Sarah.

»Komm doch einfach mit!«, schlug er vor. »Es sind nur ein paar Minuten. Wir erkundigen uns, was los war, und dann gehen wir zurück und legen uns schlafen. Komm schon!«

»Nee, das tue ich jetzt ganz bestimmt nicht«, folgte die Antwort wie aus der Pistole geschossen. »Mir geht's nicht gut, das weißt du genau. Mir geht's eigentlich immer schlechter hier.«

»Hör mal, Schatz«, sagte Zakos mit schmeichlerischer Stimme und griff über den Eisentisch, hinter dem sie sich verbarrikadiert hatte, nach ihrer Hand. »Ich bin nur kurz weg, versprochen! Und dann komme ich wieder und tue alles, damit es dir wieder gutgeht. Ich massiere dir den Nacken, wenn du willst, und den Rücken, und ...«

»Das kann ich mir vorstellen«, sagte Sarah kühl. »Aber bis du zurückkommst, bin ich vielleicht schon gar nicht mehr am Leben. Dann bin ich vielleicht auch schon eine Leiche. So wie diese Frau, wegen der wir hier sind! Das war doch auch hier im Hotel, oder?«

Zakos seufzte. War ja klar gewesen. Es gab gar kein anderes Hotel in diesem kleinen Dorf. Abgesehen vom Hotel existierten auf dieser Insel offenbar nur Apartments für Selbstversorger. Es war eine Frage der Zeit gewesen, bis Sarah eins und eins zusammengezählt hätte. Zakos hatte irgendwie gehofft, das stelle kein allzu großes Problem für sie dar.

»Schaaaatz! Jetzt beruhige dich doch! Es ist hier ganz sicher nicht gefährlich für uns«, sagte er. Es war seine feste Überzeugung. »Die Leute, die gerade am Hafen herumschreien, sind mit an Sicherheit grenzender Wahrscheinlichkeit nicht dieselben, die für diesen Mord verantwortlich sind. Und außerdem: Sie sind ja nicht hier im Hotel, sie sind ...«

»Da! Da geht es schon wieder los!«, unterbrach Sarah. Sie war aufgesprungen und hatte ihren Beobachtungsposten an der Balustrade wieder eingenommen. Tatsächlich waren erneut Stimmen vernehmbar, laut und aufgebracht. »Ich sage doch, hier stimmt was nicht!«

Diesmal schien es sich eindeutig um Männerstimmen zu handeln. Zakos konnte noch nicht ganz ausmachen, was sie brüllten. Sie schienen irgendwas zu skandieren. Und sie kamen näher, immer näher. Wollten sie zum Hotel?

»Ich will jetzt wissen, was hier los ist. Du kannst das Zimmer ja einfach absperren«, sagte Zakos mit Bestimmtheit und machte sich auf den Weg, bevor ein Einwand kommen konnte.

Er musste nicht weit gehen: Die Prozession der krakeelenden Männer war gleich neben dem Hotel zum Stehen gekommen. Genau vor der Polizeistation. Ein Dutzend aufgebrachter Kerle stand da und bildete Sprechchöre, die Zakos trotz der Lautstärke nicht verstand. Der genaue Sinn der Worte erschloss sich ihm einfach nicht. Er verstand lediglich das Wort »Schweine«. Der Rest war aufgeregtes Geschrei in einer ihm unbekannten Sprache.

Jetzt hätte er wirklich gern gewusst, was los war. Die Polizeistation betreten konnte er aber ebenso wenig wie der aufgebrachte Mob. Die Tür war abgeschlossen, sosehr die Männer auch daran schlugen und rüttelten. Oben brannte Licht, und nur schemenhaft konnte Zakos Schatten erkennen, die sich bewegten. Zum Glück hatte er die Nummer der Polizeistation. Sie war in seinem Handy eingespeichert. Es dauerte etwas, bis sein Anruf beantwortet wurde, aber schließlich meldete sich eine atemlose Fani, die stockend erzählte: Es hatte eine Schlägerei gegeben, sie und Lefteris hatten daraufhin zwei Männer verhaftet. Dagegen protestierten die Kumpane der Verhafteten nun lautstark. Die beiden befänden sich in Gewahrsam in der Polizeistation und müssten bewacht werden, sagte Fani.

»Brauchen Sie Hilfe?« Zakos konnte sich nicht vorstellen, wie die junge Frau und der phlegmatische Lefteris zwei Männer gegen den Willen der aufgebrachten Meute hierher verfrachtet haben konnten, aber im Moment war nicht die richtige Zeit, das herauszufinden.

Einen Moment lang trat Fani ans Fenster. Im Gegenlicht war sie nur als dunkle Silhouette erkennbar, wie ein Scherenschnitt. Sie winkte kurz mit einer Handbewegung, mit der anderen Hand hielt sie den Telefonhörer ans Ohr gedrückt. Sofort zog sie sich wieder zurück, weil die aufgebrachten Männer unten mit Buhrufen reagierten. Einer machte eine Bemerkung und zeigte auf Zakos. Die Männer lachten, eine Flasche machte die Runde.

»Nein, wir kommen schon zurecht!«, erklang wieder Fanis Stimme an seinem Ohr. »Die Jungs sind nur laut, die tun uns schon nichts. Aber es wird eine lange Nacht!« Da war sich auch Zakos sicher. Gerade hatte einer der Kerle eine Schubkarre, die auf dem Hof der Polizeistation herumstand, herangeschoben, auf die er nun mit einem Eisenrohr rhythmisch einschlug. Der Sprechchor nahm den Takt auf. Sie waren garantiert bis ans andere Ende der Insel zu hören.

Kapitel 6

Sarah ging mit Sonnenbrille zum Frühstück. Die Nacht war grauenvoll gewesen. Das letzte Mal hatte Zakos gegen 4 Uhr 30 auf die Uhr gesehen, da hatte nebenan noch immer der Protest getobt. Die Sache schien sich zur lautstarken Party ausgewachsen zu haben, mit Musik, schrill und orientalisch anmutend, aber schrecklich blechern aus einem schlechten Lautsprecher oder Radio.

Sarah hatte ihr Kissen über dem Kopf festgehalten, doch es hatte nichts geholfen. Beide wurden immer nur zeitweilig vom Schlaf übermannt – und schreckten immer wieder daraus empor. Gegen fünf endlich war Ruhe eingekehrt, allerdings nur kurz, denn um zehn nach sechs riss ohrenbetäubendes Kettenrasseln Zakos und Sarah erneut aus dem Schlaf. Blinzelnd schlich Zakos nach draußen auf den bereits von grellem Sonnenlicht bestrahlten Balkon und staunte: Ein rostiges Tankschiff hatte im Hafen angelegt. Kurz darauf wurden sie dann von einem neuen Geräusch – einem unüberhörbaren Pumpen – wach gehalten.

»Ich will nach Hause!«, wimmerte Sarah. »Nur noch nach Hause!«

Schließlich waren sie beide derart erschöpft, dass sie in einen komatösen Schlaf fielen und das Frühstück verpennten. Nun war es 10 Uhr 30, und der Frühstücksbereich wirkte wie nach einer Heuschreckenplage: vollkommen leer gefressen.

Offenbar bewegten sich Sarah und Zakos antizyklisch durch das Haus. Wenn sie auftauchten, waren alle anderen bereits fort. Einzig die schmutzigen Teller und Tassen zeugten davon, dass sie nicht die einzigen Gäste waren. Nur eine füllige Endfünfzigerin in einem himmelblauen Kittel befand sich in dem Raum. Sie stapelte im Zeitlupentempo gebrauchtes Geschirr auf einen Servierwagen.

»Coffee, please!«, sagte Sarah zu der Frau. Es war eher ein Stöhnen.

Die Angestellte ignorierte Sarah. Mit versteinerter Miene schichtete sie Teller um Teller auf den Wagen. Schließlich sprach Zakos sie auf Griechisch an. Die Reaktion war die gleiche wie am Tag davor bei der Alten vor der Arztpraxis: Ein strahlendes Lächeln überzog das zuvor so düstere Gesicht der Frau, und sie watschelte los Richtung Küche.

Es dauerte eine gefühlte Ewigkeit, bis sie zurückkehrte, immerhin mit einem gefüllten Tablett in der Hand: eine Thermoskanne mit Kaffee, dazu Toast, Butter, Honig und griechischer Joghurt.

»Das war alles, was ich in der Küche noch finden konnte. Diese Optiker sind ein verfressenes Pack.« Sie stemmte die Hände in die überaus stämmigen Hüften und grinste. Zakos hatte noch nie einen so stattlichen Damenbart gesehen.

»Du bist also der Polizist aus Deutschland!«, sagte sie. »Ich weiß Bescheid, ich war dabei, als der Anruf aus Rhodos kam. Und das ist deine ...« Die Frau zwinkerte. Zakos musste grinsen. Große Ehrfurcht vor der Polizei schien die Frau nicht zu haben.

»Marianthi! Wie lange dauert das denn noch!« Eine hübsche, schlanke junge Frau mit schulterlangen dunklen Haaren hatte sich im Türrahmen aufgestellt. Zakos kannte sie bereits, sie war die Rezeptionistin, Eleni. Er hatte sich gleich nach der Ankunft mit ihr über Renate von Altenburg unterhalten. Sie war sehr freundlich und hilfsbereit gewesen, hatte aber nichts wirklich Interessantes beizutragen gehabt. Heute wirkte sie nicht so höflich, sondern ziemlich ungehalten über Marianthi. »Beeil dich doch endlich! Du musst auch noch drüben im Tagungsraum Getränke aufdecken. Die Leute verdursten ja!«

Marianthi hatte wieder ihre versteinerte Miene aufgesetzt. Erst als die andere verschwunden war, kam erneut Leben in sie, allerdings nicht beim Aufräumen: Sie zog sich einen Stuhl an Zakos' Tisch, ließ sich wie ein Sack Mehl darauf fallen und sagte: »Die hat's immer eilig, die Madame! Aber ich lasse mich nicht hetzen. Ich hab's nämlich in den Beinen. Aber nun erzähl mal: Wie kommt es, dass du Griechisch sprichst? Gastarbeiter-Eltern?«

»So ähnlich. Was war denn gestern Nacht hier los?«

»Meinst du das Wasserboot? Das kommt im Sommer alle zehn Tage!« Sie deutete nach draußen, von wo immer noch das pumpende Geräusch zu hören war.

»Ach so – Wasser. Natürlich!«, entfuhr es Zakos.

»Was dachtest du, etwa Heizöl?« Sie lachte. »Das haben wir hier nicht so nötig! Aber ohne dieses Schiff da draußen sitzen wir auf dem Trockenen. Dann funktionieren nicht mal mehr die Klos. Nicht, dass das nicht ab und an auch so passieren würde, wenn zu viele Fremde im Sommer hier sind und jeden einzelnen Tropfen zum Duschen und Waschen und so weiter aufbrauchen. Da kann das schon mal vorkommen!«

»Aha«, machte Zakos. »Aber das meinte ich nicht. Ich meinte den Krach im Dorf gestern, das Geschrei. Wissen Sie darüber irgendwas?«

»O ja!« Sie nickte düster und senkte die Stimme »Das Unglück! Viel Unglück!«

Bei Marianthis Tonfall horchte Sarah auf und senkte den Joghurt-Löffel. Sie blickte zwischen der Frau und Zakos hin und her.

»Was sagt sie? Übersetz doch mal!«

Dazu kam er nicht, denn Marianthi war nicht zu bremsen. Sie war in ein lautes Wehklagen ausgebrochen, aus dem ab und zu die Laute »Papapapapa« herauszuhören waren – was so viel wie »ojemine« bedeutete. Sarah starrte die Frau mit offenem Mund an. Schließlich spitzte Marianthi die Lippen unter dem Damenbart und tat, als habe sie ausgespuckt, wobei tatsächlich ein feiner Spuckenebel aus ihrem Mund kam. »*Ftu, ftu, ftu.*«

Sarah zuckte zusammen, was Marianthi aber ignorierte. Dann bekreuzigte sie sich drei Mal und stöhnte weiter.

»Nick! Ich will jetzt endlich wissen, was los ist!«, befahl Sarah.

Marianthi kam ihm zuvor.

»Bäd laaack in Pergoussa!«, raunte sie Sarah mit tiefer Stimme in ihrem gebrochenen Englisch zu und machte mit der Hand eine allumfassende Bewegung. Sarah erstarrte.

»*Mati! Mati!* Der böse Blick. Sag ihr das!«, erklärte Marianthi und machte eine Kopfbewegung Richtung Sarah, die sie fassungslos anstarrte. »*Mati*, understand?«

»Ach ja, *Mati!* Der böse Blick! Den hatte ich fast vergessen«, stöhnte Zakos. An diesen Aberglauben konnte er sich aus seiner Kindheit noch gut erinnern. Seine Oma und alle älteren griechischen Frauen waren fest davon überzeugt gewesen. Der Unglück verheißende böse Blick konnte sich einem Menschen durch Neid, aber auch durch Komplimente anderer an die Fersen heften. Das angedeutete Anspucken sollte davor schützen.

»Aber was hat das alles mit dem Krach gestern Nacht zu tun?«

»Sie haben den armen Aris verprügelt, diese bulgarischen Barbaren, seine Arbeiter. Angeblich hat er sie um Lohn betrogen. Lüge! Aris würde niemals jemanden betrügen. Ich kenne ihn schon mein ganzes Leben lang, meine Hand würde ich für unseren Aris ins Feuer legen ...«

»Aris ist natürlich ein Verwandter, oder?«, unterbrach Zakos sie. Er hatte das Gefühl, mit den Inselgepflogenheiten allmählich vertraut zu werden.

»Cousin ersten Grades!«, nickte sie und reckte stolz die Brust. »Wir sind vom selben Blut!«

»Und wer hat so entsetzlich geschrien? War das der Cousin Aris?«

»Nein, wo denkst du hin! Das war eine von denen, eine Frau. Die bulgarischen Feiglinge, beide randvoll mit Raki, hatten sich zu zweit auf den armen Aris gestürzt, der gerade des Weges kam. Die Leute im Dorf haben sie zurückgerissen und Fani und diesem dürren Jungen, dem neuen Poizisten, geholfen, sie abzuführen. Aber dann kommt diese Frau, die Mutter der Bulgaren, sieht, wie die Polizei die Männer mitnimmt, und fängt an zu schreien und um sich zu schlagen wie eine Irre. Der Arzt musste ihr eine Spritze geben, zur Beruhigung. Dann hat er Aris einen Verband rumgewickelt und ihn gleich auf die Fähre nach Rhodos verfrachtet, damit er dort im Krankenhaus weiter untersucht werden kann. Nicht, dass etwas mit seinem Schädel ist oder so! Aber dann machten die Fremden Krach vor der Polizeistation, so war es!«

»Und was hat das alles mit dem bösen Blick zu tun?«, wunderte sich Zakos.

»Das ist eine längere Geschichte, das hat alles mit Aris zu tun«, antwortete Marianthi. »Er ist ein guter Junge, gutaussehend und klug. Was er anfasst, gelingt. So einer ist er. Solche Menschen sind immer in Gefahr, Opfer des Blicks zu werden. Neid und Missgunst! Neid und Missgunst sind eine Plage! Ftu, ftu, ftu!« Sarah zuckte wieder zusammen, doch Marianthi beachtete sie nicht mehr.

»Vor sechs Monaten ist Tante Panajota, seine Mutter, gestorben. Lungenkrebs, ein schrecklicher Tod. Aber das war nur der Anfang. Kaum waren ein paar Wochen vergangen, ist das mit der Deutschen passiert. Aber das weißt du ja, deswegen bist du ja hier!«

»Ja, nur was hat das mit Aris zu tun?«

»Na, sie war doch seine Verlobte! Früher, vor langer Zeit.«

Plötzlich fühlte Zakos sich hellwach, als wäre der Kaffee aus der Thermoskanne, den die Hotelangestellte gebracht hatte, nicht nur eine lasche Brühe, sondern ein doppelter Mokka gewesen.

»Das wusste ich ja gar nicht!«, rief er aus.

»Es ist schon lang her, aber ich erinnere mich genau. Sie war damals oft mit ihm hier. Hübsch war sie, blond und groß, nur sehr dünn. Aris hat sie sehr geliebt, er wollte vielleicht sogar nach Deutschland zu ihr, aber dann haben sie sich getrennt. Erst jetzt habe ich sie wiedergesehen. Wir haben einmal kurz geredet, hier im Hotel, über die alten Zeiten, als wir alle noch jung waren, und wie schnell alles vergeht. Jetzt sind meine Kinder schon aus dem Haus, Georgios ist ja schon beim Militär, und Iulia, die jüngste ...«

Zakos unterbrach. »Worüber hat sie gesprochen?«

Marianthi dachte nach. »Sie sagte, dass ihre Tochter nun auch schon fast so groß ist wie sie selbst, dabei kommt es ihr vor, als wäre sie eben erst eingeschult worden. Und dann sprachen wir übers Wetter. Hier war es schon so heiß wie im Hochsommer, aber in Deutschland hat es geregnet. Was man so spricht. Und das nächste Mal, als ich sie gesehen hab ...«, sie senkte die Stimme, »... da war sie tot! Gott hab sie selig, die arme Frau ...«

»Sie waren dabei, als sie gefunden wurde – hier im Hotel?«

Er wusste aus dem Bericht, dass mehrere Hotelangestellte

gemeinsam die Tür geöffnet hatten, nachdem Renate bis in den Nachmittag nicht aufgetaucht war.

»Den ganzen Vormittag habe ich gewartet, dass sie aus dem Zimmer geht«, nickte Marianthi. »Ich sollte putzen und Handtücher wechseln, ich war zuständig für das Erdgeschoss. Aber als sie nicht aufmachte und sich auf das Klopfen nicht gemeldet hat, bin ich zu Eleni. Wir haben zusammen aufgesperrt, und da lag sie. Ich wusste gleich, die lebt nicht mehr. Denn sie lag so komisch da, auf dem Boden und ganz verdreht. Ich dachte, bestimmt ein Herzinfarkt. Aber es ist alles noch viel schlimmer! Das Böse ist auf der Insel! Gott bewahre uns!«

Zakos blickte ihr nach, wie sie sich weiter bekreuzigte, als sie zurück zu ihrem Servierwagen watschelte. Sie wirkte zufrieden. Offenbar hatte sie die Rolle als Insel-Kassandra genossen. Auch Sarah starrte Marianthi nach, aber voller Entsetzen. Sie war blass geworden und griff nach Zakos' Hand.

»Was ist dieses ... *Mati*? Ist das so was wie ...«, sie zögerte, als habe sie Angst, das Wort überhaupt auszusprechen, »... Voodoo?«

»Blödsinn! Das ist nur Geschwätz.« Zakos lachte laut auf.

Sarah wirkte nicht im Geringsten beruhigt.

»Keine Sorge, hier gibt's kein Voodoo!«, betonte er noch mal. »Keine Puppen, keine Nadeln, keine Hühner, die einem an die Zimmertür genagelt werden. *Mati* heißt eigentlich einfach nur Auge, aber es bedeutet auch so viel wie ›böser Blick‹. Das ist natürlich nur dummes Gerede alter Weiber. Die glauben, wenn man jemandem ein Kompliment macht oder ihn beneidet, dann hat das den Effekt, dass er stolpert oder sich bekleckert. Ein harmloser Aberglaube. Und natürlich ist das alles Quatsch ...«

»Ganz sicher?«

»Sarah, du bist ja abergläubisch!« Zakos musste grinsen. »Total abergläubisch!«

»Pah!«, machte Sarah und stupste ihn in die Seite.

»Frau Doktor Sarah, die rationale Zahnmedizinerin, ist abergläubisch wie ein alter griechischer Eselstreiber!«, frotzelte er weiter.

»Quatsch!«, erwiderte Sarah. Aber sie kicherte. Langsam kehrte auch die Farbe wieder in ihre Wangen zurück.

»Keine Sorge, wenn ich nachher zurückkomme, dann bringe ich dir einen Talisman mit«, versprach Zakos. »Mit dem kann dir in Griechenland nichts passieren, versprochen!«

Zuerst machte Zakos einen kurzen Abstecher zur Polizeistation, doch Lefteris und Fani, die nach der langen Nacht wie erschlagen wirkten, waren gerade dabei, gemeinsam mit dem Hafenmeister Frankos, einem drahtigen Kerl mit Schnauzbart und Pilotenbrille, einen Streit zwischen einer Gruppe von Seglern und einem griechischen Fischer zu schlichten. Etwa acht Personen drängten sich in dem engen Raum und debattierten lautstark. Zakos zog sich gleich wieder zurück. Er hatte sowieso gerade wenig Lust auf die beiden Inselpolizisten und ihr stickiges Büro gehabt.

Leider kam er auch bei Liz nicht weiter, denn sie war ausgeflogen. Auf ihrem Platz im Reisebüro hockte ein gelangweilt wirkender, vollbärtiger junger Grieche im türkisfarbenen T-Shirt mit dem Aufdruck »Delfini-Travel« am Computer und gab wortkarg Auskunft: Die Chefin sei in Rhodos bei einem Treffen mit einem Reiseveranstalter und würde erst am Abend mit der Fähre zurückkehren – oder am nächsten Morgen, das war noch nicht klar.

Also setzte Zakos sich weiter in Richtung des Inselarztes in Bewegung. Schon beim Erklimmen der Anhöhe gleich hinter dem Imbiss-Lokal von Sotiris fühlte er sich in seiner langen

Jeans durchgeschwitzt. Eine kurze Hose hatte er nicht anziehen wollen, denn er fand, das wirke unseriös für eine polizeiliche Ermittlung, doch nun bereute er es. Ihm war, als würde ihm deswegen jeder Schritt besonders schwerfallen. Er spürte, wie sein Gesicht rot wurde und Schweißtropfen an seinem Rücken hinunterrannen.

Der junge Arzt saß mit einem Laptop auf dem Schoß im Schatten auf der Bank vor seiner Praxis. Er machte sich offenbar keine Gedanken um seine Außenwirkung. Neidisch blickte Zakos auf die dünnen Shorts und die hellbraunen Ledersandalen des Mediziners.

Andreas begrüßte ihn mit den Worten: »Hallo, Herr Kommissar!«

Zakos zog entschuldigend die Achseln hoch und lächelte: »Tut mir leid, dass ich gestern nichts davon gesagt habe, aber ...«

»Schon gut. Jetzt wollen Sie mich bestimmt befragen.« Der Doktor wirkte aufgeregt und eifrig. »Ich bin bereit.«

Zakos musste lächeln. Er hatte den Eindruck, dass Andreas nur deshalb vor seiner Praxis saß, weil er von hier die Gasse überblicken konnte. Er schien ihn ungeduldig erwartet zu haben. Immerhin war er höflich genug, Zakos vorher noch etwas zu trinken anzubieten. Mit schnellen Schritten verschwand er durch die Tür in den Praxisraum, um nur wenige Sekunden später mit einer beschlagenen Halbliter-Plastikflasche Mineralwasser aus dem Kühlschrank zurückzukehren, die Zakos in einem Zug leerte, bevor er sich neben dem jungen Mediziner auf der Bank niederließ. Langsam fühlte er sich wieder besser.

»Von wem wissen Sie es?«, fragte er schließlich.

»Von jedem«, antwortete Andreas. »Also von jedem, dem ich heute Vormittag begegnet bin – außer natürlich den ausländischen Touristen. Ganz frühmorgens war Eleni aus dem Hotel auf einen Kaffee hier – die hübsche Brünette vom Empfang. Das war die Erste. Dann hat's mir Giorgios aus dem Supermarkt erzählt, als er seine Frau zum Blutdruckmessen vorbeigebracht hat. Im Souvlazidiko bei Sotiris weiß man auch Bescheid. Ach ja, Jannis der Bäcker hat es ebenfalls erwähnt.«

»Den kenne ich gar nicht!«, wunderte sich Zakos.

»Er kennt Sie. Er hat gestern den Pick-up mit Ihrer Freundin gefahren.«

»Ach so!« Zakos schüttelte den Kopf. »Das hat sich ja schneller rumgesprochen, als ich dachte.«

»Das kommt, weil hier nicht viel passiert«, seufzte Andreas. »Dies hier ist das langweiligste Inselkaff der Welt. Jeder Tag ist gleich. Es gibt kein Fitnessstudio, keinen Buchladen, keine anständigen Zeitschriften. Ziemlich oft fällt sogar das Internet aus. Man kann nichts unternehmen – außer fischen, schwimmen und sich betrinken. Aber ich mag keinen Alkohol.«

»Na, na!«, machte Zakos, ein bisschen ironisch. »So schlimm?«

»Noch schlimmer!«, stöhnte Andreas.

»Und nun ist ein Mord passiert«, sagte Zakos. »Am langweiligsten Ort der Welt.«

»Ja, unfassbar. Ich gestehe, ich war's«, sagte Andreas. »Ich habe es getan, um nicht an Langeweile zu sterben. Bekomme ich jetzt mildernde Umstände?«

Zakos lachte. »Nur, wenn Sie mir verraten, was gestern Nacht hier los war.«

»Ach das!«, sagte Andreas. »Ein Streit zwischen einem Bauunternehmer und seinen Arbeitern. Ja, Streit gibt es hier schon. Aber das ist ehrlich gesagt auch nicht besonders spannend, sondern nur die logische Folge der ganzen unerträglichen Langeweile auf der Insel.«

»Und danach ist die Luft wieder rein, und alle fallen sich in die Arme?«

»Nicht unbedingt«, sagte Andreas. »Eine Menge Feindschaften hier werden seit Jahrzehnten gepflegt. Deswegen muss man auf der Hut sein, besonders als Arzt. Denn alle wollen mit dem Doktor gut stehen. Geht man zum Beispiel in den einen Supermarkt, sind die Besitzer vom anderen sauer, deswegen versuche ich zu wechseln. Aber was man auch tut – irgendwer ist immer beleidigt. Das geht mir so auf die Nerven. Ach, ich hasse dieses Kaff einfach!«

»Dann sollten Sie vielleicht woanders hinziehen? Aber wie auch immer – bevor wir auf Renate von Altenburg zu sprechen kommen, wüsste ich gern mehr über diesen Streit von gestern.«

Andreas begann zu erzählen: von dem Bauunternehmer Aris Kouklos und den betrunkenen Brüdern, von der Schlägerei. Im Grunde das Gleiche, was Marianthi bereits berichtet hatte.

Nur eine Sache war Zakos noch nicht ganz klar: »Warum waren die beiden denn eigentlich so wütend auf den Mann – Aris, oder wie er heißt? Hat er sie wirklich um ihren Lohn geprellt?«

»Wer weiß? Das haben sie zumindest lautstark behauptet. Jedenfalls hat er sie rausgeworfen. Eine Menge Leute arbeiten für ihn an einer kleinen Apartment-Anlage hier auf der Insel, und sie gehörten dazu«, berichtete Andreas. »Die Gründe für den Rauswurf kenne ich nicht, aber ich kann sie mir schon denken. Die zwei sind Säufer. Sie haben auch schon mal die Scheiben einer Taverne eingeschlagen und solche Dinge!«

»Wenn die Sache so liegt, warum haben dann so viele Menschen vor der Polizeistation randaliert?«

»Vielleicht dachten sie, man hätte ihre Leute nicht gleich einsperren müssen. Oder aber es war ihnen einfach total …«

»Langweilig?«, fragte Zakos.

»Exakt!« Der Arzt lächelte spitzbübisch. »Apropos – ich mache die Praxis über Mittag zu. Wir müssen also nicht mehr hier sitzen. Wenn Sie wollen, können wir uns in einem Café weiter unterhalten, hätten Sie Lust?«

Andreas hatte nach einer rasanten Fahrt auf der Vespa in einem Café auf der linken Seite der Bucht haltgemacht. Bis auf einen Tisch, an dem zwei alte Männer Tavli spielten, war es um diese Zeit leer. Der Kellner brachte ihnen zwei Frappé und ein Schüsselchen mit Erdnüssen und Chips, auf die Andreas sich sofort stürzte.

»Kanntest du Renate von Altenburg eigentlich – ich meine, vor ihrem Tod?«, fragte Zakos. Sie waren mittlerweile zum Du übergegangen, obwohl das für Zakos ungewohnt war – in Deutschland hätte er das bei Ermittlungen wohl kaum getan, doch hier sprach man sich meist gleich nach ein paar Sätzen so an, und Andreas hatte den Anfang gemacht. Lediglich gegenüber alten Leuten gebot in Griechenland der Respekt dauerhaftes Siezen, ebenso bei Vorgesetzten.

»Kennen wäre zu viel gesagt. Ich habe sie ein paar Mal in Begleitung von Aris und einer andern Frau gesehen – der Engländerin aus dem Reisebüro. Einmal habe ich mich mit Eleni zu ihnen an einen Tisch gesetzt. Eleni ist mit Aris ein bisschen befreundet. Aber die Deutsche ging bald, ich kann also nicht viel über sie berichten. Sie sagte, sie sei müde, aber ich glaube, sie war betrunken.«

»Wusstest du, dass Aris und die Tote früher ein Paar waren?«, fragte Zakos.

»Ach was – wirklich?« Andreas schien verblüfft. »Nein, das wusste ich nicht.«

»Hattest du das Gefühl, die beiden waren sich noch immer nahe? Oder wirkten sie distanziert – einfach alte Ex-Partner, die sich wieder trafen, aber nicht mehr viel miteinander gemein hatten?«

Andreas dachte eine Weile nach. »Wenn ich's recht bedenke, wirkten sie schon innig, aber eben nur so wie gute alte Freunde. Sehr oft habe ich sie allerdings nicht beobachten können. Ich sitze ja die allermeiste Zeit hier und warte darauf, dass jemand Durchfall bekommt oder sich am Kieselstrand einen Seeigelstachel reinzieht. Interessanteres erlebe ich nicht. Das nächste Mal, dass ich die Frau gesehen habe, war jedenfalls im Hotel. Da war sie bereits tot.«

»An Mord dachtest du zunächst nicht, oder?«, fragte Zakos.

»Selbstverständlich nicht! Ich glaubte an plötzliches Herzversagen oder einen Schlaganfall. Ein anaphylaktischer Schock wäre auch möglich gewesen, doch dafür fand ich bei der Untersuchung des Leichnams keinerlei Hinweise. Diese drei Dinge wären die wahrscheinlichsten Ursachen für einen so unerwarteten Todesfall gewesen. Dass es nun nach Mord aussieht, hat alle hier absolut überrascht.«

»Eine Person nicht!«, sagte Zakos nachdenklich. »Vielleicht ist dieser Jemand bereits über alle Berge. Vielleicht aber lebt er hier. Das werden wir erst wissen, wenn wir die Hintergründe des Mordes kennen.«

»Die Bürgermeisterin jedenfalls sagt, hier gibt es keine Mörder«, sagte Andreas in höhnischem Ton. »Du hast sie bestimmt bereits kennengelernt!«

Zakos schüttelte den Kopf: »Ich hatte noch nicht die Ehre …«

»Oh, die wird sich bestimmt melden, bei mir war sie auch schon. Sie möchte nämlich, dass möglichst wenig von der Angelegenheit öffentlich wird – wegen der Touristen. Und die Besitzerin unseres einzigartigen und – vor allem – einzigen Hotels, Frau Gousouasis, hat mich auch schon aus ihrem Refugium auf Rhodos angerufen, als die Sache mit dem Mord rauskam. Sie war nicht gerade erfreut. Um ehrlich zu sein, sie klang, als hielte sie mich für den Schuldigen – weil ich nicht kurzerhand ›Herzversagen‹ auf den Totenschein geschrieben habe. Sie fürchtet natürlich um das Renommee ihres Hauses!«

Zakos nickte. »Worüber spricht man denn im Ort – gibt es irgendwelche Verdachtsfälle?«

»Nicht dass ich wüsste. Aber die Bürgermeisterin und die Gousouasis, diese alte Ziege, waren's schon mal nicht. So viel ist sicher!«

Zakos lachte. Er war froh, jemanden gefunden zu haben, der Spaß an Gedankenspielen hatte – im Gegensatz zu den Dorfpolizisten mit ihrem demonstrativen Desinteresse, das sie ihm gestern bekundet hatten.

»Wer war es außerdem garantiert nicht?«

»Na, einfach alle, die vom Inselimage leben«, sagte Andreas. »Damit fallen schon mal die Leute aus dem Reisebüro, die Supermarktbesitzer und alle Gastwirte flach!«

»Nicht wirklich«, stieg Zakos auf seinen Ton ein. »Sie könnten ihr ja zum Essen einen todbringenden Cocktail spendiert haben.«

»Da wären die ja schön doof, wenn sie ihre Gäste ermorden würden!«, prustete Andreas los. »Nein, die dürfen ruhig draufbleiben auf unserer imaginären Liste der Unschuldigen. Jannis, der Bäcker, der kann's ebenfalls nicht gewesen sein«, fuhr er schließlich fort und leerte seinen Frappé mit einem laut schlürfenden Geräusch aus dem Strohhalm. »Aus denselben Gründen. Außerdem arbeitet er zu hart, um noch kriminelle Energie freisetzen zu können. Der geht deswegen immer schon mit den Hühnern ins Bett, genau wie die Fischer – wenn sie nicht ohnehin nachts rausfahren. Außerdem glaube ich nicht, dass die Deutsche mit den Fischern hier bekannt war.«

»Mit dem Bäcker sicher auch nur oberflächlich, wenn sie sich mal eine *Tiropita* gekauft hat. Und selbst dann ...«, gab Zakos zu bedenken.

»Wer weiß ... Jannis ist ein Schwerenöter. Der flirtet jede Frau an, die in seinen Laden kommt, der kann gar nicht anders. Die beiden kannten sich garantiert!«

»Was weniger Jannis als Jannis' Ehefrau belastet hätte«, gab Zakos zwinkernd zu bedenken.

»Die war's garantiert nicht«, sagte Andreas. »Sie hat ein Alibi.«

»Ach was – wo war sie denn?«, fragte Zakos.

Andreas zeigte mit dem Zeigefinger Richtung Himmel. »Oben. Beim lieben Gott. Sie ist schon lange tot.«

Nach dem Gespräch mit Andreas beschloss Zakos, der Bürgermeisterin zuvorzukommen und sie selbst aufzusuchen. Das Rathaus war einfach zu finden, es lag auf einer Anhöhe, die den Hafen überblickte, und verfügte über einen malerischen Uhrenturm. Im Inneren allerdings war die Einrichtung ähnlich schäbig und abgegriffen wie in der Polizeistation.

Die Bürgermeisterin, Athina Bikou, entpuppte sich als eine Dame mittleren Alters mit schmaler Brille und praktischer, grau durchwirkter Kurzhaarfrisur. Sie schüttelte Zakos kräftig die Hand und komplimentierte ihn in einen Raum im ersten Stock, der mit einer kleinen Couchgruppe möbliert war und etwas repräsentativer wirkte als die Büroräume im Erdgeschoss. Zakos erkannte in der Couch ein altes Modell von IKEA, das er in seiner ersten eigenen Wohnung stehen gehabt hatte. Dann rief Frau Bikou übers Telefon eine Frau namens Aphroditi an, die Kaffee bringen sollte. Schließlich breitete sie eine Menge Prospekte vor Zakos aus. Es waren Ansichten der Insel: die Kirche, eine Bucht, das alte Kastell.

»Wissen Sie, es ist nicht so, dass wir hier niemals Todesfälle unter den Touristen erlebt hätten«, begann sie dann. »Es kommt vor. Vor ein paar Jahren beispielsweise sind gleich zwei Mitglieder einer Reisegruppe an Herzversagen gestorben.«

»Aha«, sagte Zakos betroffen.

»Es gab damals eine Hitzewelle. Einem Herrn hat das wohl zu sehr zugesetzt. Seiner Frau wiederum hat sein überraschender Tod zugesetzt. Ein Drama. Aber die Herrschaften waren beide bereits alt, über achtzig, und sie waren unser Klima nicht gewöhnt.«

Sie breitete die Hände aus. So hatte sie etwas von einem Pfarrer. Zakos ahnte, worauf sie hinauswollte.

»Es ereignen sich auch alle paar Jahre Badeunfälle. Schrecklich! Aber Mord? Das halte ich für ausgeschlossen!«

Es klopfte an der Tür. Eine junge Kellnerin aus der Konditorei des Ortes kam herein. Zakos hatte sie am Vortag bereits im Vorbeigehen gesehen, sie war eine auffällige Erscheinung: ein Mädchen mit hüftlangen Locken und knallrotem Lippenstift. Sie trug ein mehrstöckiges Tablett mit einem Henkel oben, von dem sie zwei Tassen Frappé servierte. Sie schenkte Zakos im Gehen einen intensiven Blick, dann war sie schon wieder verschwunden. Zakos nahm das kalte Kaffeeglas in die Hand und nippte, der Höflichkeit halber. Er hatte an diesem Vormittag bereits locker mehr Kaffee intus als sonst in einer halben Woche.

»Sie glauben also nicht, dass es Mord war?«, sagte er im Plauderton zu Frau Bikou.

Sie schüttelte heftig den Kopf. »Ich habe einen Auftrag für Sie«, sagte sie. »Ich möchte, dass Sie beweisen, dass es sich um einen natürlichen Tod gehandelt hat. Oder einen Unfall, eine versehentliche Überdosierung von – was auch immer.«

Sie versuchte allen Ernstes, ihn zu ihrem Befehlsempfänger

zu degradieren. Zakos war eher amüsiert als verärgert. Er beschloss, so zu tun, als wäre ihr Ansinnen nicht ganz ernst gemeint gewesen.

»Sie müssen sich nicht die geringsten Sorgen machen. Ich werde wirklich sehr sensibel mit der Angelegenheit umgehen«, sagte er beruhigend. »Kein Tourist wird merken, dass die Polizei recherchiert, das verspreche ich Ihnen!« Er setzte ein gewinnendes Lächeln auf, das allerdings vollkommen an ihr abprallte.

»Wie Sie möchten!«, antwortete Frau Bikou eisig. »Aber erwarten Sie nicht, dass ich Sie unterstützen werde.«

Es war eine eindeutige Kampfansage. Zakos stellte das Glas ab und erhob sich.

Auch Frau Bikou stand auf. »Mir ist durchaus bewusst, dass Sie meine Unterstützung kaum brauchen. Aber falls Sie doch irgendeine Form von Anfrage oder etwas in dieser Art haben sollten – vergessen Sie's. Wenden Sie sich gleich an Rhodos. Ich werde nichts dazu beitragen, unsere Insel in einem negativen Licht erscheinen zu lassen. So viel kann ich Ihnen versprechen!«

»Ich finde den Weg hinaus«, sagte Zakos statt einer Verabschiedung und hatte bereits die Türklinke in der Hand.

»Herr Zakos, warten Sie noch einen Moment!«, sagte sie. Diesmal war sie es, die ein gewinnendes Lächeln versuchte. Es wirkte, als wäre sie nicht sehr geübt darin. »Haben Sie doch bitte Verständnis. Das ist ja alles nur das Produkt eines übereifrigen jungen Mediziners und einer sonderbaren Untersuchung in Rhodos. Dabei muss irgendein Fehler unterlaufen sein. Es passieren doch immer wieder Fehler, nicht wahr? Die Sache ist einfach lächerlich!«

»Das kann ich nicht finden«, erwiderte Zakos. »Mord ist niemals lächerlich.«

Einen Moment später, vor dem Rathaus, kam ihm sein

Pathos übertrieben vor. Doch es handelte sich um seine authentische Einstellung zu diesem Thema. Die Sache war nicht zum Lachen, man konnte sie doch nicht einfach bagatellisieren. Was bildete die Frau sich ein? Er war verärgert. Und außerdem war ihm ein wenig schlecht. Beim Frühstück hatte er ja mit Marianthi gesprochen und fast nichts zu sich genommen, und nun war bereits Mittagszeit.

Zakos erkannte Sarah bereits von weitem an ihrem hoch aufgezwirbelten blonden Dutt. Nur die Frisur erinnerte noch an die blasse Leidende vom Vormittag; sie hatte sich offenbar bereits bestens erholt. Er hörte sie ausgelassen und laut lachen. Vor sich hatte sie eine Portion frittierte *Marides*, winzige Fischchen, dazu einen Teller mit *Choriatiki*-Salat, eine Cola und drei junge Kellner. Zwei davon lehnten an der Balustrade der Tavernenterrasse mit den Rücken zum Meer, ein dritter, ein Junge mit langen schwarzen Haaren und Glutaugen, saß sogar an ihrem Tisch und gab gerade irgendeine Art Pantomime zum Besten, worauf die ganze Runde erneut in schallendes Gelächter ausbrach. Doch als Zakos an den Tisch trat, verzogen sich die drei.

»Du musst unbedingt diese Mini-Fische probieren!«, bestürmte ihn Sarah, bestens gelaunt. »Und zwar so!« Sie legte den Kopf in den Nacken und ließ sich einen der nur wenige Zentimeter großen Fische in den Mund fallen.

»Stell dir vor, man isst sie komplett, mit Kopf und allem. Schmeckt phantastisch!«

»Alles klar!«, sagte Zakos. »Dir scheint es ja wieder ganz gut zu gehen! Amüsierst du dich?«

»Och, weißt du – ein bisschen langweilig ist es hier schon, so ganz allein«, sagte Sarah, als wären die Kellner nur eine Fata Morgana gewesen.

»Aber wenigstens ist das Essen gut, und die Aussicht ist auch super!«, fuhr sie fort.

Das war unbestreitbar. Eine geradezu bilderbuchmäßige kleine Bucht mit goldgelbem Sand und türkis leuchtendem Wasser lag unterhalb der Taverne. Das Lokal selbst war mindestens so bezaubernd. Auf dem mit Bast gedeckten Sonnendach der Terrasse rankte der Wein, und in den Ecken standen große, bunte Blechkübel, in denen hohe Geranien in verschiedensten Pink-Tönen blühten und stattliche Stauden duftenden Basilikums wuchsen. Tische und Stühle waren in den Inselfarben Weiß und Blau getüncht, und ein paar faule Katzen komplettierten das malerische Bild; sie hatten sich vereinzelt unter den Tischen ausgestreckt und hielten Verdauungsschlaf – offenbar waren sie von tierlieben Tavernengästen ausreichend mit Leckerbissen bedacht worden.

Dieser Anblick versöhnte Zakos, der bei seiner Ankunft bei der Taverne durchaus einen Stich von Eifersucht verspürt hatte, fast ganz. Nur ein Fünkchen Ärger keimte noch in ihm auf, wenn er Sarah anschaute: Sie trug einen sehr knappen, marineblau gestreiften Bikini, und lediglich um die Hüfte hatte sie einen kurzen Sarong gewickelt. Einer der Kellner – es war der Spaßvogel, der zuvor am Tisch Platz genommen hatte – glotzte unverhohlen zu ihr herüber. Er saß am Eingang zur Küche an einem Extratischchen der Terrasse, rauchte und machte keinerlei Anstalten, aufzustehen und Zakos' Bestellung aufzunehmen, und die anderen beiden waren plötzlich komplett von der Bildfläche verschwunden.

»Du weißt schon, dass das hier keine Strandbar ist, sondern ein Restaurant«, entfuhr es Zakos. »Du bist die Einzige, die fast nichts anhat!« Bereits während er es aussprach, bereute er seine Worte. Aber es stimmte schließlich, sagte er sich: Die anderen weiblichen Gäste an den wenigen Tischen, die noch besetzt waren, trugen immerhin T-Shirts oder Strandkleider. Es ärgerte ihn, dass ausgerechnet seine Freundin sich hier vor aller Augen als Objekt der Begierde der Inselcasanovas präsentierte.

»Puh!«, machte Sarah und verdrehte die Augen. »Ich glaube, du solltest ganz dringend was essen und trinken. Am besten, du isst erst mal bei mir mit!« Und sie schob ihm die kleinen Fische rüber.

Der Kellner hatte sich, nachdem er seelenruhig ausgeraucht hatte, doch noch erbarmt und war lässig angeschlendert gekommen, um herunterzuleiern, welche der Gerichte von der Mittagskarte um diese Zeit noch erhältlich waren. Zakos hatte sich für eine Portion *Souzoukakia*, Hackbällchen in einer Zimttomatensauce, entschieden. Sie waren geschmacklich eine ähnliche Offenbarung wie Sarahs kleine Fischchen. Die Sauce war so köstlich, dass er sie mit dicken Scheiben des in einem Körbchen mitservierten Sesambrotes auftunkte, bis der Teller glänzte. Danach fühlte er sich allerdings total voll, und der Hosenbund kniff. Aber er war wenigstens wieder gut gelaunt.

»Jetzt erinnere ich mich wieder, warum man in Griechenland drei Stunden nach dem Essen nicht schwimmen darf!«, seufzte er und streckte sich zufrieden aus. »Sonst geht man unter wie ein Stein. Jedenfalls hat das meine Großmutter immer behauptet.«

»Drei Stunden? Auf keinen Fall!«, sagte Sarah bestimmt. »Deine Badehose habe ich mitgebracht: Wir gehen jetzt ins Wasser, auf der Stelle!«

Und das taten sie. Zakos legte Geld auf den Tavernentisch, und wenige Minuten später rannten sie auch schon Hand in Hand ins seichte Meer, dass das Wasser nur so aufspritzte.

Zakos fühlte sich wie in dem Werbefilm eines Reiseunternehmens; es war alles fast schon zu gut, um wahr zu sein: das laue, glasklare Meer, ein paar silbrig glänzende Fische darin, Sarah mit nassem Haar, lachend, die Wimperntusche ein wenig verschmiert. Sie war eine gute Schwimmerin, das wusste er, in München zog sie mehrmals wöchentlich ihre Bahnen im Müllerschen Volksbad. Aber das hier war kein Hallenbad, das war ein Traumstrand, und es war ihr allererstes gemeinsames Meeresbad. Es kam ihm paradiesisch vor.

Zuerst schwammen sie eine Zeitlang hinaus, bis der wellige Sandboden unter ihnen nicht mehr zu sehen war und das Meer sattblau unter ihnen lag. Dann kraulten sie wieder zurück und dümpelten noch lange eng umschlungen im seichten Wasser. Erst jetzt nahm Zakos im Hintergrund die hoch aufragende Berglandschaft so richtig wahr, in die sich die kleine Bucht schmiegte. Das Gebirge war karstig und nur mit verdorrtem Gestrüpp bewachsen – und doch bei aller Schroffheit von atemberaubender Schönheit. Ein paar alte Olivenbäume mit knorrigen silbergrauen Stämmen säumten den verschlungenen Steinweg, der ins Dorf hinunterführte. Hoch oben sah man ein kleines, weißgekalktes Gebäude mit einem Kuppeldach, vielleicht eine Kapelle, und auf der anderen Seite des Massivs ragten verfallene Mauern empor: die Überreste einer alten Burg. Der Kontrast zu dem abweisenden, steilen Küstengebirge ließ die Bucht noch lieblicher erscheinen.

»Das ist ab sofort mein Lieblingsstrand!«, erklärte Sarah und küsste ihn mit offenem Mund. Sie schmeckte kühl und salzig.

»Geht's dir gut?«, raunte er ihr nach dem Kuss ins Ohr. Das war eine rhetorische Frage: Es ging ihnen beiden phantastisch. Noch ein Viertelstündchen oder so, dachte Zakos, könnten sie jetzt hier noch gemütlich im weichen Sand liegen, dann wäre es sicherlich die ideale Zeit für einen kleinen Mittagsschlaf im

Zimmer. Es war ja Samstag, normalerweise hätte er heute sowieso freigehabt. Außerdem, um diese Uhrzeit erreichte man hier sicher ohnehin nichts. Der Strandabschnitt lag auch ganz verlassen da; alle Liegen, die bunt verstreut herumstanden, waren leer und die Schirme zugeklappt. Nur am anderen Ende der kleinen Bucht schmorte ein puterroter, beleibter Tourist auf seinem Handtuch in der Sonne und schlief.

Sarah lehnte sich an Zakos, und ihre hellen Augen leuchteten. Zärtlich strich er mit der Hand über ihren bereits getrockneten, sonnenwarmen Rücken bis zum Bikinihöschen. Das kleine Etikett darin hatte sich beim Schwimmen nach außen gestülpt, und liebevoll beförderte er es wieder dorthin, wo es hingehörte. Da nahm er aus den Augenwinkeln etwas wahr.

»Das ist doch!«, rief Zakos aus, rückte ein wenig von Sarah ab und zeigte nach oben. »So ein Vollidiot!«

»Was? Was ist denn los?!«, fragte Sarah und blickte suchend in die Richtung, in die Zakos gezeigt hatte. Dort lehnte der langhaarige Kellner rauchend an der Balustrade des Lokals und blickte nach unten.

»Siehst du nicht, wie der dich schon wieder angafft!«, sagte Zakos. »Der ist ja wirklich total daneben!«

»Ich sehe nur eines«, erwiderte Sarah, ziemlich kühl. »Dass du dich bereits in den allerersten vierundzwanzig Stunden in diesem Land schlagartig in einen eifersüchtigen Macho-Griechen verwandelt hast.«

»Macho-Grieche, ich?«, erwiderte Zakos. »Warum ich und nicht diese Typen da oben, die sich dir vorhin im Lokal beinahe auf den Schoß gesetzt hätten, Miss Mini-Bikini!«

Sarah schüttelte den Kopf und stand auf. »Nicki, ich weiß wirklich nicht, was mit dir heute los ist. Es war gerade so schön hier, und du machst so einen Wind wegen … na ja, egal. Ich gehe jetzt jedenfalls mal aufs Zimmer und … Autsch! Verdammt!« Sie ließ den Umhängekorb mit den Strandsachen, den sie sich gerade umgeworfen hatte, wieder zu Boden sinken und inspizierte ihre Schulter.

»Schatz, was ist denn los?«, rief Zakos. Urplötzlich schämte er sich für sein Verhalten. Er wusste gar nicht, was auf einmal in ihn gefahren war. Übertriebene Eifersuchtsanfälle waren ihm normalerweise ganz unbekannt.

»Ich glaub, mich hat's erwischt: Sonnenbrand!«, klagte Sarah.

»Lass sehen!«, sagte Zakos besorgt. »Stimmt, du bist wirklich knallrot auf den Schultern!«

»Komisch, ich hab mich doch eingeschmiert. Schutzfaktor 30«, wunderte sich Sarah. »Ich verstehe das gar nicht, wir waren doch nur kurz im Wasser, und dann das Viertelstündchen am Strand. Aber wahrscheinlich habe ich mir den Sonnenbrand schon vor dem Essen auf dem Weg hierher geholt, anders kann ich es mir nicht erklären!«

»Sonnencreme allein reicht hier eben nicht, bei deiner hellen Haut. Da muss man vielleicht zusätzlich was drüberziehen.«

»Danke, das sagtest du bereits. Am besten verschleiern, oder?«, giftete Sarah.

»Nein, so meine ich das gar nicht! Ich mein doch nur: Hier reicht Schutzfaktor 30 vielleicht nicht aus, um keinen Sonnenbrand zu kriegen. In Griechenland ist es eben anders als bei uns.«

»Das habe ich wirklich auch schon gemerkt! In jeder Hinsicht«, entgegnete Sarah.

»Sarah, jetzt dreh mir doch nicht das Wort im Mund um«, flehte Zakos. »Sarah!«

Aber sie hatte bereits die Tasche in der Hand und stapfte

mit schnellen Schritten über den Strand Richtung Straße, und Zakos musste sich beeilen, sie einzuholen.

Heute waren Fani und Lefteris offenbar ganz von alleine auf die Idee gekommen, auf der Terrasse alles für eine Besprechung vorzubereiten: Es gab einen kleinen Klapptisch, auf dem Schreibblöcke und Bic-Kugelschreiber auslagen, außerdem standen Wasser, Cola und Limonade bereit. Als Zakos sich die Wendeltreppe nach oben gekämpft hatte, versuchte Fani gerade, ein paar ineinandergesteckte weiße Plastikbecher so zwischen den Flaschen einzuklemmen, dass der Wind sie nicht davontrug. Bei seinem Gruß drehte sie sich erschrocken zu ihm um, als hätte sie gerade etwas sehr Peinliches getan.

Sie hatte noch nasses Haar – offenbar hatte sie die Mittagszeit dazu genutzt, sich frisch zu machen. Auch ihr Kollege hatte sich allem Anschein nach Mühe gegeben und sogar sein Bärtchen frisch getrimmt. Doch er rieb sich immer wieder die von der langen Nacht geröteten Augen. Und dann begann die Besprechung. Fani ergriff das Wort.

Die beiden Bulgaren – es waren tatsächlich Brüder – hatten, wie Zakos bereits von Andreas bei ihrer Unterredung vor der Arztpraxis erfahren hatte, schon öfter Probleme gemacht, und es war auch nicht das erste Mal gewesen, dass die Dorfpolizei hatte eingreifen müssen. Bisher aber hatten Fani und Lefteris es dabei bewenden lassen, sie zur Ausnüchterung nach Hause zu ihrer Mutter zu begleiten.

»Doch diesmal sind sie zu weit gegangen!«, sagte die Polizistin mit Bestimmtheit in der Stimme. »Darum mussten wir ein Exempel statuieren!«

Zakos gab ein paar zustimmende Laute von sich, und es entging ihm nicht, dass Fani sich in der Anerkennung sonnte. Tatsächlich waren ihm junge Osteuropäer mit Alkoholproblemen erst mal ziemlich einerlei – sofern es keine Verbindung zu seinem Fall gab, doch ein Lob war hilfreich für ein besseres Verhältnis zueinander, dachte er.

Dann lehnte sich Fani zurück und klappte einen der Schreibblöcke auf. »Wir haben versucht, einen typischen Tagesablauf der Toten hier auf der Insel zu rekonstruieren«, sagte sie. »Darf ich referieren?«

»Ich bitte darum!«, sagte Zakos mit feierlichem Ernst.

»Renate von Altenburgs Anreise erfolgte am 12. Mai; an der Fähre erwartet wurde sie von Liz Penrose-Panajotopoulos, der das Reisbüro auf der Insel gehört – Sie finden es gleich am Hafen, neben einem Lokal, in dem Souvlakia …«

»Ich weiß Bescheid, danke. Weiter!«, bat Zakos.

»Sie bezog das Zimmer Nummer 5 im Erdgeschoss des Hotels – es ist das letzte Zimmer an der hinteren Ecke. Das Frühstück ließ sie meistens ausfallen, sie kam immer erst gegen elf Uhr aus dem Zimmer und trank Kaffee. Lefteris, jetzt bist du dran. Lefteris!«

»Hm? Ach so. Also – Zigarettenmarke: Marlboro Light. Die hat sie immer am Kiosk geholt. Supermarkt: entweder bei Giorgios am Hafen oder der Mini-Market auf dem Weg zum Sandstrand.«

»Welche Alternative gibt es sonst?«, fragte Zakos.

»Keine. Das sind die einzigen Lebensmittelgeschäfte. Sie hat aber nie viel eingekauft, nur Joghurts, Pfirsiche, Wasserflaschen und Wein, und zwar Retsina der Marke Cair.«

»Vormittags ist sie dann meist am Strand gewesen, wo sie auch zu Mittag gegessen hat. Manchmal hat sie offenbar Hausbesichtigungen gemacht – auch nachmittags oder abends«, fuhr Fani fort.

»Was für Hausbesichtigungen?« Zakos wurde hellhörig.

Fani zuckte die Schultern. »Alle möglichen Immobilien,

denke ich. Die halbe Insel steht ja zum Verkauf. Da gibt's renovierte Häuser zu astronomischen Preisen, es gibt aber auch alte, leerstehende Häuser, und es gibt Ruinen. Ich weiß aber nicht, was genau sie gesucht hat. Das mit den Häusern hat mir Eleni vom Hotel vorhin am Telefon erzählt. Und Lefteris hat einen Spaziergang durch den Ort gemacht und in den Geschäften nachgefragt. Aber ich bekomme das noch raus, versprochen!«

»Natürlich!«, beschwichtigte Zakos. »Es war ja noch nicht viel Zeit. Dafür habt ihr doch schon einiges gearbeitet, super!«

»Ich habe noch mehr«, fuhr Fani eifrig fort. »Abends hat sie meistens früh im Afra gegessen, manchmal alleine, aber oft gemeinsam mit Liz Penrose-Panajotopoulos, und manchmal kam der Bauunternehmer Aris Kouklos nach, der ...«

»... der ihr Ex-Freund war! Vor langer Zeit«, ergänzte Zakos – und ergötzte sich ein wenig an ihrem Staunen.

»Nein – wirklich?«, staunte Fani. »Woher wissen Sie das?«

»Och, ich hab selbst ein paar kleine Recherchen angestellt!«, erklärte Zakos. »Mit Kouklos spreche ich persönlich – sobald er wieder auf der Insel ist. Aber nun würde ich gern zu den beiden Bulgaren.« Er wollte hören, was sie so über den Bauunternehmer zu sagen hatten.

»Ach, die!«, machte Leftris. »Keine Ahnung, wo die sich gerade rumtreiben!«

Zakos war baff. Er war davon ausgegangen, die beiden in jedem Fall auf dem Polizeirevier anzutreffen, aber Fani erläuterte ihm, sie hätten es vorgezogen, die jungen Männer zu entlassen – und Aris Kouklos hätte bereits telefonisch klargemacht, dass er auf eine Anzeige ohnehin verzichten würde.

»Sehr nobel!«, sagte Zakos mit spöttischem Unterton. Er

fragte sich, ob dieser Kouklos aus irgendeinem bestimmten Grund ein schlechtes Gewissen gegenüber den Schlägern hatte – oder was sonst der Grund dafür sein könnte, keine rechtlichen Schritte einzuleiten. Langsam war er wirklich gespannt darauf, diesen Bauunternehmer persönlich zu sprechen.

Zakos und Sarah hatten sich zwar schon auf dem Rückweg vom Strand wieder miteinander versöhnt, aber trotzdem lastete die schlechte Stimmung des Nachmittags noch auf ihnen. Zakos hatte deshalb vorgehabt, Sarah zu einem besonderen Versöhnungsmahl auszuführen, doch als er sich nun nach seiner Unterredung mit den beiden Inselpolizisten in der Konditorei mit ihr traf, war sie bereits satt. Sie hatte einen großen Milchreis mit Zimt verdrückt, war müde und hatte einen heftigen Sonnenbrand. Ihr Gesicht konkurrierte farblich mit den roten Kissen auf den Bastmöbeln, auf denen sie saß. Sie bestellte sich zwar noch einen frisch gepressten Orangensaft bei Aphroditi, der Kellnerin mit den schönen langen Locken, die Zakos freundlich zunickte, aber auch der Saft zeigte keine belebende Wirkung. Zu ihrer allgemeinen Schlappheit und Müdigkeit aufgrund ihres zu langen Aufenthalts in der prallen Sonne gesellten sich schließlich noch starke Kopfschmerzen.

»Es hat keinen Sinn, ich gehe jetzt besser schlafen – dann bin ich wenigstens morgen endlich mal wieder richtig fit!«, sagte sie schließlich.

Zakos aber wollte keinesfalls noch einen Abend auf der Hotel-Terrasse verbringen, obwohl er leichte Schuldgefühle gegenüber seiner Freundin verspürte. Doch Sarah war offenbar zu kaputt, um ihm irgendetwas übelzunehmen, und es schien ihr auch ganz gleich zu sein, ob sie heute alleine im Hotel blieb oder nicht. Immerhin. Beim Abschied wollte er sie tröstend in den Arm nehmen, aber Sarah entwand sich ihm mit einem vernehmlichen »Autsch, mein Sonnenbrand!«. Er begleitete sie noch bis ins Hotel zurück und zog dann alleine los. Auch er hatte einen frisch gepressten Saft konsumiert, aber im Gegensatz zu Sarah fühlte er sich davon regelrecht aufgeputscht.

Gerade erst hatte die Dämmerung eingesetzt, und der Horizont wartete mit dramatischen roten Farbschattierungen auf, die sich später in ein spektakuläres Violett verwandelten. Doch als Zakos am Hafen ankam, herrschte dort bereits Dunkelheit – die Nacht brach hier im tiefen Süden Europas auf einen Schlag herein. Diese Erfahrung war ein wenig ungewohnt für Zakos, dem die langen süddeutschen Sonnenuntergänge vertrauter waren.

Er wusste nicht recht, wohin er gehen sollte, spürte aber bereits Appetit. Am besten, er besuchte heute das Lokal mit den roten Tischdecken, das Afra, in dem Renate angeblich regelmäßig gespeist hatte. Vielleicht konnte er sich ja gleich mit jemandem vom Personal über ihre Besuche dort unterhalten. Doch er hatte die Rechnung ohne Sotiris gemacht. Der Chef des Imbiss-Lokals winkte ihn schon von weitem zu sich. »Herr Kommissar, treten Sie ein«, sagte er salbungsvoll, sobald Zakos näher gekommen war, und ging dann sofort wieder zum Du über. »Ab jetzt hast du bei mir natürlich stets Anspruch auf den allerbesten Tisch! Du weißt doch, Vertreter der Staatsgewalt genießen in diesem Land Sonderbehandlung!«, fuhr er zwinkernd fort und übersah geflissentlich, wie Zakos die Augen verdrehte. »Setz dich schon mal hin, ich komme dann gleich zum Verhör, sobald ich dahinten die Bestellung aufgenommen habe«, fügte er hinzu. »Was kann ich dir in der Zwischenzeit bringen: Bierchen? *Fakelaki*?«

Zakos musste laut auflachen. *Fakelaki* war in Griechenland die Umschreibung für Bestechungsgeld.

Eigentlich hatte er gar keine Lust, alleine im Afra herumzusitzen. Sein Besuch dort konnte warten, wahrscheinlich wäre der Vormittag, wenn das Personal mehr Zeit hätte, sowieso der geeignetere Zeitpunkt. Jetzt aber war ihm eher nach menschlicher Gesellschaft und Trubel zumute, und bei Sotiris im Lokal waren bereits zu so früher Stunde fast alle Tische besetzt, während in den anderen, den besseren Restaurants mit den Stofftischtüchern und dem frischen Fisch in den Glasvitrinen, noch Ruhe herrschte.

»Zögere nicht – das erste Bier geht heute für dich aufs Haus!«, lockte Sotiris.

Warum eigentlich nicht? Heute Abend jedenfalls würde er früh ins Hotel zurückkehren, um bei Sarah zu sein, seiner bedauernswerten Freundin mit dem Sonnenbrand. Jetzt wollte er aber erst mal noch schnell etwas trinken und ein paar von Sotiris' köstlichen *Souvlakia* verputzen.

»Na gut«, sagte er daher zu Sotiris und setzte sich auf den angebotenen Stuhl. »Ein Bierchen kann nicht schaden!«

In griechischen Lokalen herrscht die Gepflogenheit, dass der Tisch erst abgeräumt wird, wenn die Gäste das Lokal verlassen. Vielleicht war das ja der Grund, warum die Griechen nicht so viel Alkohol tranken, sinnierte Zakos mit Blick auf die stattliche Flaschenparade auf seinem Tisch. Allerdings hatte er nicht alle selbst ausgetrunken, denn Sotiris gehörte offenbar zu jenen Griechen, die das Bier ähnlich wie die Bayern konsumierten: Er schüttete eine Heineken-Bottel nach der anderen mit rekordverdächtigem Tempo die ausgedörrte Kehle hinunter, so dass auch er eine stattliche Menge zu der Anzahl an Flaschen beigetragen hatte. Und sogar das Ärztchen, wie Sotiris ihn nannte, hatte sich dazugesellt und sich zu ein paar Fläschchen Fix überreden lassen – nicht ohne zu jammern, dass er statt des bitteren Zeugs lieber eine Fanta gehabt hätte. Aber das ließ Sotiris an diesem Abend nicht gelten.

»Es gibt was zu feiern!«, hatte er gesagt, wollte aber nicht verraten, was.

Mittlerweile hatte sich das Lokal ziemlich geleert. Nur etwas weiter vorne im Dorf, an der letzten Bar in der Bucht, schienen noch einige Menschen zu zechen. Es gab sogar welche, die trotz der Dunkelheit ins Hafenbecken sprangen. Sie lachten und kreischten und ließen das Wasser aufspritzen. Neben diesen ausgelassenen Stimmen hörte man noch ab und an das Knattern von ein paar Rollkoffern, denn ein kleines Grüppchen von Menschen versammelte sich an der Mole, um die große Fähre nach Piräus zu besteigen.

Zakos hatte seine Rechnung bereits beglichen. Nur die Ankunft des Riesenschiffes, die ihn bereits gestern so fasziniert hatte, wollte er gern von diesem optimalen Platz aus noch beobachten – gleichzeitig wusste er aber, dass er innerlich nur nach einer Ausrede suchte, um die schon ziemlich schweren Beine nicht gleich Richtung Hotel bewegen zu müssen.

Es war dasselbe Schiff, das einige Stunden zuvor bereits aus der entgegengesetzten Richtung hier haltgemacht hatte, und es fuhr auch diesmal so flink ein, dass Zakos erneut einen Moment lang erschrak und todsicher war, dass es gleich in die Hafenmole krachen würde. Doch einmal mehr gelang das atemberaubende Manöver punktgenau, und die bereits halb heruntergefahrene Ladeklappe senkte sich vollends. Ein weißgewandeter Steward, der sich darauf positioniert hatte, pfiff auf einer Trillerpfeife und gab dann den Weg frei.

Nur ein einziger Fahrgast entstieg dem Schiff, ein hell gekleideter Mann mit Glatze, einem großen Heftpflaster über dem linken Auge und einer Plastiktüte in der Hand. Er kam geradewegs auf sie zu, holte sich einen Stuhl an Zakos' Tisch, zog eine Flasche Bushmills Whiskey aus der Tüte und wandte sich an Sotiris: »Hallo, mein Junge! Bring uns allen Eis und Gläser.«

Es war Aris Kouklos.

Kapitel 7

Der kleine Jeton saß an diesem Morgen bereits unten an der Badeplattform, allerdings schien er nicht besonders gesprächig zu sein. Er grüßte lediglich knapp und ging dann wieder seiner Beschäftigung nach: dem Angeln. Er hatte einen kleinen Kescher, einen mit Wasser gefüllten roten Eimer und eine durchsichtige Plastiktüte mit einer weißen Masse darin neben sich platziert und konzentrierte sich gerade voll darauf, Haken und Blei seiner Wurfangel möglichst weit ins Wasser zu katapultieren.

Zakos konnte das nur recht sein, denn auch ihm war noch nicht nach Gesprächen zumute. Er gehörte nicht zu den Menschen, die einen Kater durch eine gehörige Mütze Schlaf kurieren konnten, im Gegenteil – wenn er zu viel getrunken hatte, schlief er meist miserabel und wachte viel zu früh am Morgen auf. Heute war er gegen acht mit einem bitteren Geschmack im Mund und stechenden Kopfschmerzen hochgeschreckt und hatte gewusst, dass es gar keinen Sinn hatte, länger liegen zu bleiben. Also hatte er sich aus dem Bett gewälzt, seine Badehose angezogen und war über die Terrasse nach draußen getappt.

Die Helligkeit dort hatte ihn wie ein Hammerschlag getroffen und seine Schläfen erst recht zum Pochen gebracht, und schon der kurze Weg nach unten zur Badeplattform war ihm unendlich weit vorgekommen. Aber sobald er ins kühle Nass eingetaucht war und die ersten Schwimmzüge gemacht hatte, ging es ihm etwas besser.

Einen Moment lang überlegte Zakos, die kleine Bucht ganz

zu durchqueren – das mussten etwa vierhundert oder fünfhundert Meter sein, also eine Distanz, die durchaus zu bewältigen wäre, zumal das Meer relativ ruhig war. Doch bei dem Gedanken daran, wie unberechenbar schnell die großen Fähren hier immer wieder eingefahren waren, änderte er seinen Plan; er schwamm parallel zu der ans Wasser grenzenden Häuserreihe Richtung Hafen und ließ in Gedanken den vergangenen Abend Revue passieren.

Kouklos – von kräftiger Statur, mit Glatzkopf, buschigen Augenbrauen und grauen Bartstoppeln – war ihm sofort sympathisch gewesen. Der leicht derbe Eindruck verschwand, wenn er lächelte – ein besonders herzliches Lächeln, bei dem sich markante Fältchen um die schwarzen Augen legten. Er mochte gute fünfzig sein und war dabei fraglos noch ein Typ, den Frauen interessant und anziehend finden konnten. Zakos und auch Andreas, den er ja noch nicht so gut kannte, hatte er umgehend wie alte Freunde behandelt, und als sie auf den Grund für Zakos' Anwesenheit auf der Insel zu sprechen kamen, den Tod Renate von Altenburgs, hatte Aris Kouklos unvermittelt die kahle Stirn auf die Fäuste gestützt und ein paar heiße Tränen vergossen. Sie liefen ihm über die braunen, kräftigen Hände und die massiven Silberringe an den Fingern. Sotiris hatte ihm immer mal wieder tröstend auf die Schultern geklopft und treusorgend Whiskey nachgeschenkt. Zakos hatte über so viel offen präsentierte griechische Männergefühle nur so gestaunt.

»Tut mir leid!«, hatte Kouklos danach geschnieft. »Aber ich kann es immer noch nicht so recht glauben, dass Renata tot ist. Wisst ihr, wie lange wir uns kannten?«

Er wartete die Antwort nicht ab. »Ein ganzes Leben lang! Wir waren noch halbe Kinder, als wir uns verlobten, hier, auf dieser Insel, wo ich geboren bin. Da drüben, wo heute das *Za-*

charoplastio ist, da war damals eine kleine Taverne, und dort haben wir gefeiert, die ganze Nacht!« Noch eine Träne lief ihm aus dem Augenwinkel.

»Sie war damals die tollste Frau, die ich kannte – ich war neunzehn und sie schon zweiundzwanzig. Aber das war uns ganz egal.«

»Wo habt ihr euch kennengelernt?«, fragte Zakos, und so wurde der launige Abend unvermittelt zu einer Art Verhör – doch Kouklos schien sich nicht daran zu stören.

»Es war auf Rhodos. Ich hatte dort Arbeit als Anstreicher bei einem Onkel gefunden, der ebenfalls aus Pergoussa stammt, und sie arbeitete für Neckermann in einem Hotel. Abends sind wir immer mit einer großen Clique in die Diskotheken gezogen. Wir Jungs waren *Kamakia*! Schon mal davon gehört? Wir waren die Helden des Nachtlebens!«

»Aufreißer wart ihr. Weiberhelden!«, grinste Sotiris, aber Aris ignorierte ihn.

»Einmal sah ich sie dort tanzen, so blond und so langbeinig wie ein Engel. Das war's, ab dem Zeitpunkt waren wir zusammen.« Kouklos schniefte noch einmal und blickte träumerisch in die Ferne.

»Zwei Jahre lang lebten wir zu zweit in dem winzigen Hotelzimmer auf Rhodos, das sie gestellt bekam, und das war die schönste Zeit unseres Lebens. Für mich jedenfalls! Wir waren so jung, wir waren jeden Abend unterwegs. Es war wunderbar! Damals ging der Tourismus hier in der Gegend erst los, und die Saison lief damals fast das ganze Jahr über. Nur an Weihnachten flog Renata für ein paar Wochen nach Hause. Aber dann zog sie plötzlich ganz zurück nach Deutschland. Sie hatte einen anderen Job angenommen, mit mehr Geld. Ich besuchte sie einmal in München, sie kam auch noch ein paar Mal hierher, aber so langsam ging es auseinander.«

»Dramatisch?«, fragte Zakos.

»Ehrlich gesagt, nein!«, erwiderte Kouklos. Sein Gesicht hatte einen schelmischen Ausdruck angenommen. »Ich war jung! Als Renata weg war, hab ich mich schnell getröstet. Ist eben passiert. Und sie war ja auch kein Kind von Traurigkeit. Irgendwann war sie dann verheiratet. So ist das Leben nun mal!«

»Und dann tauchte sie jetzt plötzlich wieder hier auf?«, fragte Zakos.

»So kann man das nicht sagen. Sie machte ja immer wieder mal Urlaub auf Rhodos, als ihr Kind, die kleine Magdalena, noch *so* war.« Er streckte die Hand etwa in Stuhlhöhe aus, und erst jetzt wurde es Zakos bewusst, dass Andreas gar nicht mehr am Tisch saß und Sotiris am Tisch eingenickt war.

»Wir blieben immer in Kontakt. Sie war eine gute alte Freundin. Und nun das!« Er griff nach Zakos' Hand und drückte sie fest.

»Du musst herausfinden, wer's war!«, sagte er mit Inbrunst. »Du musst. Tu es für mich!«

Das war dann doch eine deutliche Spur zu theatralisch gewesen, reflektierte Zakos, während er schwimmend auf eine kleine Boje kurz vor dem Hafen zusteuerte. Er hielt sich daran fest, machte einen Moment Rast und ließ den Blick schweifen. Vom Wasser aus konnte man direkt auf die Terrassen der angrenzenden Häuschen blicken. Allerdings waren die meisten noch ganz unbelebt. Dafür wurde im Ort gerade einiges geboten: Das Morgen-Boot – das kleine, mit dem er angereist war, und nicht die gigantische Fähre – war gerade eingetroffen und mit ihm ein Grüppchen von Touristen, die von einer Frau angeführt wurden. An den langen Haaren und der großen, schmalen Statur erkannte Zakos die Besitzerin des Reisebüros, Liz, die er schon am ersten Abend in ihrem Geschäft hatte sitzen sehen. Nur dass sie diesmal nicht ganz in Weiß, sondern in

Türkis gekleidet war. Jedenfalls war es gut zu wissen, dass er sie heute auf der Insel antreffen würde.

Als er sich anschickte, wieder zurück in Richtung Hotel zu schwimmen, dachte er weiter über das Pathos von Kouklos' Bitte nach, das ihm nun so aufgesetzt vorkam. Wäre er in Deutschland gewesen – er hätte geschworen, dass es sich um reine Theaterspielerei handelte. Hätte sich in München jemand so aufgeführt, wäre Zakos wohl von einer Show ausgegangen, denn wirklich trauernde Menschen trugen das, seiner Erfahrung nach, nicht auf diese Weise nach außen. Aber hier? Er wusste es nicht und fühlte sich verunsichert und verwirrt, und das nicht nur wegen seines Hangovers. Er konnte die Menschen auf der Insel nicht wirklich einschätzen. Zwar verstand er die Sprache und kannte viele Gepflogenheiten. Doch funktionierte hier auch sein lang geschulter polizeilicher Instinkt? Verstand er die Inselbewohner gut genug, um einen Mord aufzuklären?

Auf jeden Fall wäre es sicher sinnvoll, sich nicht mehr derart mit Sotiris' Bier zuzuschütten, denn nach wie vor fühlte er sich irgendwie benebelt, selbst im kühlen Wasser. Tiefblau lag es unter ihm, und er wünschte, er hätte eine Taucherbrille dabei. Aber es würde auch so gehen. Er holte tief Luft, tauchte unter und versuchte, auf den Grund zu gelangen, doch nach ein paar kräftigen Stößen gab er es auf. Es war zu tief, er konnte den Meeresboden nicht einmal richtig erkennen. Als er schließlich wieder auftauchte, brannten seine Lungen, und der Kopfschmerz meldete sich stechend zurück, aber gleich darauf fühlte er sich endlich wirklich besser. Er verschränkte die Arme hinter dem Kopf, ließ sich in der Toten-Mann-Stellung auf den Wellen treiben und blickte in den Himmel, der um diese Uhrzeit noch nicht sein gleißendes Weiß angenommen hatte, sondern unfassbar hellblau strahlte.

Zakos wollte Kouklos eigentlich nicht misstrauen. Der Mann hatte sehr herzlich und vollkommen unprätentiös gewirkt in der Art und Weise, wie er mit Sotiris, Andreas und auch mit Zakos umgegangen war – und er hatte ein offenes, herzerwärmendes Lachen.

Allerdings hatten sie über die Immobilien-Projekte der Deutschen noch gar nicht geredet; es war doch schon sehr spät gewesen, und ziemlich bald nach Aris' Gefühlsausbruch war eine junge, etwas breitschultrige Frau an den Tisch getreten. Sie trug ein rückenfreies, mit Sonnenblumen bedrucktes T-Shirt, sehr lange Ohrringe und eine Menge Lipgloss. Kouklos stand leicht schwankend auf, nickte Zakos und Sotiris, der gerade wieder aufgewacht war und sich die Augen rieb, zu und ließ sich von ihr wegführen. Sie überragte ihn gut um einen halben Kopf.

»*Gomena*«, hatte ihm Pappous, der plötzlich aufgetaucht war und die Flaschen abräumte, mit Blick auf die junge Frau zugeraunt.

Zakos, der nun bereits wieder in Richtung Hotel kraulte, dachte darüber nach, was für ein schillerndes Wort das doch war, für das ihm kein deutsches Äquivalent einfiel. Die Bedeutung changierte zwischen Freundin, Geliebter und Affäre, und aus Pappous' Mund klang es abfällig und anerkennend zugleich.

Nicht nur Liz' Sommerkleid war stechend türkisfarben, sondern auch ihre Sandalen, und sie hatte sogar ihre Augen mit Kajalstift und Lidschatten in dieser Farbe dick umrandet. Der knallige Ton stand in krassem Kontrast zu ihrem schwarz gefärbten langen Haar und dem tiefbraunen Teint. Zakos wurde es regelrecht ein wenig schwummrig, wenn er sie ansah, aber das lag fraglos auch am Restalkohol.

Das Reisebüro bestand nur aus einem einzigen Raum, in dem trotz der beiden geöffneten Fenster und der offenstehenden Tür Rauchschwaden waberten. Sowohl Liz als auch ihr junger Mitarbeiter, der die ganze Zeit über schweigend in seinen Computer hackte, qualmten – in Liz' Fall waren es zahnstocherdünne Glimmstängel, die Zakos als »Frauenzigaretten« kannte. Sofort verspürte Zakos leichte Übelkeit; an Tagen wie diesen konnte er, obwohl er sonst selbst Raucher war, keinen Zigarettendunst ertragen.

»Renate war ein Drunkhead«, sagte Liz und saugte mit aller Kraft an der dünnen Zigarette, so dass sich ihre Oberlippe in tiefe Senkrechtfalten legte. »Eine Säuferin!« Sie sprach ganz passables Deutsch – wahrscheinlich eine Begleiterscheinung ihres Berufes in der Reisebranche.

»Das klingt ganz schön hart!«, entgegnete Zakos. »Ich dachte, sie war Ihre Freundin!«

»Das war sie auch, schon seit Ewigkeiten. Ich mochte sie, sie war treu. Sie hielt immer den Kontakt, schickte Weihnachtskarten und so. Aber zu einer Freundschaft gehört auch Ehrlichkeit. Finde ich jedenfalls. Vielleicht ist das auch der Grund, warum ich nicht so viele Freundschaften habe, wer weiß ...«

»Sie haben sie also angesprochen auf ihr Alkoholproblem?«

»Problem – das ist vielleicht das diplomatischere Wort. Ja, ich habe versucht, mit ihr zu reden. Ich kenne mich aus mit Alkoholproblemen, meine erste Ehe ist deswegen auseinandergegangen. Das war noch zu Hause in Brighton. Aber Renate sagte, sie hätte kein Problem. Das sagen ja alle!«

»Kam es deswegen zum Streit?«, fragte Zakos und rutschte mit seinem Stuhl unauffällig etwas näher an die offene Tür – da war die Luft besser.

Sie blickte genervt: »Oh God, nicht wirklich, aber ich

komme mir jetzt vor wie in einem Krimi. Wenn ich ja sagen würde – stehe ich dann auf der Verdächtigen-Liste?«

»Keine Panik!«, sagte Zakos freundlich. »Es gibt gar keine solche Liste. Ich will mich erst mal einfach nur unterhalten und herausfinden, was für ein Mensch sie war. Was für ein Typ war Renate denn so – damals als junge Frau?«

Liz wirkte besänftigt. Sie pustete sich den schwarzen Pony aus der Stirn und erzählte: »Renate war früher ein richtiges Partygirl, ein bunter Vogel. Und auf Rhodos war damals immer Party, jeden Tag. Das war eine super Zeit!«

Sie lächelte etwas wehmütig.

»Wir lernten uns bei einem einwöchigen Griechischkurs drüben auf der Insel kennen – sie kam damals als schüchternes Ding zum Arbeiten, aber innerhalb von ein paar Wochen wurde sie zum Vamp. Jedes Mädchen wurde damals zum Vamp, das lag an den Männern. Überall waren diese schönen griechischen Jungs, die uns Ausländerinnen anhimmelten. Das stieg den Mädchen zu Kopf. Ein paar Wochen später schnitt sie sich die Jeans ab – ganz knapp unterm Po. Mann, hatte die Beine! Die Typen sind vor ihr niedergekniet.« Liz lachte.

»Getrunken hat sie damals schon ein bisschen zu viel. Wie wir alle. Wir hätten auch gekifft und andere Dinge getan, aber es gab nichts. Es gab nicht mal losen Tabak und Papers, um Zigaretten zu drehen. So etwas durfte hier nicht verkauft werden, damit man nicht auf schlechte Gedanken kam. Also haben wir mit Alkohol Party gemacht. Und mit Jungs!« Sie kicherte.

»Aber Renate war schon früh verlobt!«, wandte Zakos ein.

»Egal, sie hatte trotzdem ihren Spaß. Damals war alles viel lockerer als heute. Außerdem, was heißt schon verlobt? Das war nur ein Witz. Renate hat das nie ernst genommen.«

»Und Aris Kouklos?«

»Ach was! Aris ist ein alter Weiberheld. Der war tausendmal verlobt. Aber noch kein einziges Mal verheiratet!«

»Wenn es so toll hier war – warum ging sie dann zurück?«, wunderte sich Zakos.

Liz zuckte die Achseln. »Tja, gute Frage. Warum sind die einen zurückgegangen, und die anderen sind hiergeblieben? Ich kann es nicht sagen. Vielleicht, weil sie schlau war?«

Zakos staunte. »Das verstehe ich nicht. Was ist daran schlau, einen Ort, an dem es einem gutgeht, zu verlassen?«

»Es ist ein bisschen kompliziert!«, antwortete Liz. »Und ich habe nicht viel Zeit. In ein paar Minuten kommt eine Gruppe britischer Touristen, die wollen, dass ich sie zum alten Kastell hochfahre, und Wassilis hier hat keinen Führerschein«, sie wies auf ihren Mitarbeiter, der reglos in den PC starrte. »Die Briten wollen allen Ernstes bei der Hitze dort oben Fotos machen. Auf solche Ideen können nur meine Landsleute kommen. Dabei ist das Licht abends sowieso viel schöner. Jedenfalls muss ich sie rauffahren.«

»Noch sind sie nicht da!«, wandte Zakos ein und probte seinen charmanten Augenaufschlag. »Also, was war auf Rhodos das Problem?«

»Ich wollte aber vorher noch ... na gut. Das kann ich auch später machen. Also, das Problem ist: Egal, wie lange du bleibst – du bist hier nie ganz zu Hause. Nur: Zu Hause bist du auch nicht mehr zu Hause.« Sie lachte, etwas bitter.

»Und das hat Renate schon so jung geahnt?«

»Vielleicht. Vielleicht hatte sie auch einfach nur Heimweh, wer weiß. Jedenfalls fühlte sie sich eingeengt auf Rhodos. Letztlich ist das ja nur ein Provinzkaff. Renate kam aus einer Großstadt – und dorthin wollte sie zurück. Sie fing einen neuen Job als Maklerin an, und irgendwann lernte sie diesen Spießer mit dem Adelstitel kennen und heiratete ihn. Ich denke, weil er Geld hatte und weil klar war, dass er Karriere in der Politik machen würde. Renate stand auf Geld, das war ihr extrem wichtig. Leider langweilte sie sich mit diesem Idioten halb zu Tode – und den Frust darüber ertränkte sie im Alkohol, das ist zumindest meine Theorie. Bei dem hätte ich wahrscheinlich auch angefangen zu saufen, ha!«

Einen Augenblick hielt Liz nachdenklich inne, dann fuhr sie fort: »Jedenfalls hatte ich sie ein paar Jahre lang nicht gesehen, und als sie dann wieder herkam, war ich erschrocken über das Ausmaß von ihrem ... Problem. An manchen Abenden konnte sie gar nicht mehr richtig gehen und schwankte so, dass ich Angst hatte, sie fällt ins Hafenbecken und ertrinkt. Als sie starb, da dachte ich, sie hat sich vielleicht totgesoffen ... oh, sorry, da sind sie ja!«

Drei britische Männer mittleren Alters, ausgerüstet mit Sonnenhüten und Kameras, spazierten in das kleine Büro, in dem man sich nun kaum mehr umdrehen konnte. Die dazugehörenden Damen waren draußen stehengeblieben. Zakos hörte sie laut und ausgelassen plaudern.

»Ich würde Sie ja mitnehmen, dann sehen Sie was von der Insel – aber der Minibus ist voll«, entschuldigte sich Liz.

»Kein Problem – ich komme wieder«, erwiderte er. »Sagen wir, in einer Stunde?«

»Sie sind mir einer!«, gurrte Liz und drohte ihm schelmisch mit dem Zeigefinger, und Zakos erschrak ein wenig bei dem Gedanken, dass sie ihn allen Ernstes anflirtete. »Sie lassen nicht locker, stimmt's?«

»Erraten!«, sagte er und grinste tapfer.

»In zwanzig Minuten bin ich wieder bei Ihnen. Versprochen!« Bei diesen Worten blickte Liz ihm tief in die Augen.

»Ich nehm Sie beim Wort!«, erwiderte er.

Zakos war froh, dem Qualm zu entkommen und sich ein wenig auszulüften. Er hockte sich auf die Bank unter den Schatten spendenden Baum, der den Platz dominierte und der ihn schon am ersten Tag wie magisch angezogen hatte. Dort atmete er tief durch und ließ den Blick schweifen. Er war noch an keinem Tag seit seiner Ankunft so früh am Morgen hier gewesen – die Uhr zeigte noch nicht mal zehn. Es war Sonntag. Eine neue, beschauliche Atmosphäre lag nun über der Insel. Der Supermarkt am Hafen war zwar offen, es handelte sich ja um einen Touristenort. Doch ein Souvenirshop und der Kurzwarenladen, der direkt neben Liz' Reisebüro lag, hatten geschlossen. Ohne die Ständer mit Postkarten, billigem Schmuck und kleinen Andenken wirkte der Platz viel aufgeräumter. Außerdem war nun, wo die britischen Urlauber mit Liz in dem Minibus verschwunden waren, kaum ein Tourist zu sehen. Zwei streunende Hunde, ein großer gelber und ein kleiner schmutzigweißer, jagten sich die Straße auf und ab und balgten um ein Stück altes Tau.

Die Leute, die den Platz überquerten, sahen nach Einheimischen aus. Ein alter Herr, die Hände hinter dem Rücken verschränkt, watschelte ganz langsam am Wasser entlang; eine voluminöse Frau in geblümtem Kleid schleppte schwitzend eine Sechserpackung Mineralwasser-Plastikflaschen, und zwei kleine Mädchen schoben geschäftig und mit wichtigtuerischer Miene einen ausgeblichenen Buggy mit einem quengelnden Kleinkind darin vor sich her. Und da flanierte ja sogar noch die Bürgermeisterin über die Hafenpromenade. Heute wirkte sie besser gelaunt als bei seinem Besuch im Rathaus. Sie war eingehängt bei einem drahtigen älteren Herrn mit dichtem grauem Haar und lachte in regelmäßigen Abständen über irgendwelche Bemerkungen, die er ihr ins Ohr zu raunen schien. Zakos identifizierte ihn bei genauerem Hinsehen als Jannis, den Bäcker.

»Guten Morgen, mein Junge! Wie geht es deiner verletzten Verlobten?«, hörte er plötzlich eine Stimme an seinem Ohr. Neben ihm war Frau Alekto aufgetaucht, unverkennbar an den hellen Augen, die ihrem Blick etwas Vogelhaftes gaben. Sie stützte eine andere alte Frau, die ebenso wie sie ganz in Schwarz gekleidet war und noch älter wirkte, denn sie ging gebeugt, hielt einen Krückstock an der Hand und bewegte sich steif und schwerfällig. Der dezente Geruch nach Zitronenparfüm und einem Hauch Naphtalin stieg Zakos in die Nase und löste wie beim ersten Treffen sofort unverkennbare Assoziationen zu einer anderen alten Frau in Zakos' Jugend aus, seiner griechischen Yiayia.

Er lächelte die beiden Frauen strahlend an. »Alles bestens – und bei Ihnen?«

»Ausgezeichnet!«, erwiderte Frau Alekto. »In unserem Alter ist man um jeden Tag froh, an dem man gesund ist. Wir kommen gerade aus der Kirche, und nun helfe ich Chariklia, ihr Geschäft aufzumachen. Sie braucht mich, denn ihre Schwester Paraskewi ist bei einer Taufe in Athen. Aber danach musst du unbedingt zu mir kommen, auf den versprochenen Kaffee!«

»Vielen Dank«, sagte Zakos. »Aber heute kann ich leider nicht. Ich muss arbeiten! Sie haben ja vielleicht gehört, dass hier ein Mord geschehen ist.«

»Schlimme Zustände sind das – fast wie in Faliraki, drüben auf Rhodos!«, klagte Frau Alekto düster, und ihre Freundin, Chariklia, stimmte ein: »Sodom und Gomorrha!«, seufzte sie.

»Was war denn in Faliraki?«, fragte Zakos alarmiert.

»Die englischen Touristen dort, da ist viel Abschaum dabei«, erklärte Frau Alekto. »Sie tanzen auf den Straßen und machen alles kaputt, sie nehmen Drogen, und alle schlafen mit allen. Und nun fangen sie an, sich gegenseitig durch die Stadt zu prügeln. Massenschlägereien. Dabei ist einer abgestochen worden. Wir wissen alles darüber. Sie haben es im Fernsehen gezeigt!«

Chariklia nickte heftig: »Wir haben Angst. Vielleicht kommen sie auch zu uns, diese Drogensüchtigen, und urinieren in die Blumentöpfe oder übergeben sich überall auf die Straße. Ich habe eine Nichte in Faliraki – die kann ein Lied davon singen! Und auf Kreta ist es mancherorts auch nicht besser. Wer weiß, wann das zu uns kommt?! Bald muss man Angst haben, dass sie einem nachts im Schlaf die Kehle durchschneiden.«

Zakos ließ den Blick über den ruhigen Platz schweifen. Auf ihn wirkte der schläfrige Ort keineswegs, als würde er jeden Moment von Randalierern überschwemmt. »Und was hat das alles mit Pergoussa zu tun?«, fragte er.

In diesem Moment bog der Minibus von Liz um die Ecke, und augenblicklich wurden die beiden Alten wortkarg. Chariklia sperrte ihren Laden auf und verschwand schwerfällig im Inneren, aus dem sie im Zeitlupentempo nacheinander einige leicht eingestaubte Ständer mit Postkarten herausrollte. Frau Alekto kramte in ihrem schwarzen Stoffbeutel und hielt den Kopf gesenkt. Erst als Liz einen Anruf von ihrem Handy annahm und sie sich telefonierend im Fahrersitz des stehenden Wagens zurücklehnte, kehrte Chariklia zurück zu Zakos und wandte sich in verschwörerischem Ton an ihn. »Wir haben ja an sich nichts gegen Engländer«, raunte sie.

»Nein, es gibt großartige englische Damen«, bestätigte Frau Alekto, die mittlerweile ihre Tasche beiseitegelegt hatte.

»Aber manche Engländerinnen ... nun ja! Zum Beispiel diese Liz und ihre englischen Freundinnen ...«, Chariklia rümpfte die Nase. »Das sind keine anständigen Frauen. Die lassen sich mal ein mit dem und mal mit jenem. Wer weiß, wer jede Nacht bei dieser toten Engländerin im Hotelzimmer ein und aus gegangen ist!«

»Aber – die war überhaupt keine Engländerin. Sie war Deutsche!«, wandte Zakos ein.

»Egal«, sagte Chariklia. »Die sind alle gleich!«

»Renate, ein Verhältnis? Das hätte sie sich vielleicht gewünscht!«, sagte Liz wenige Minuten später zu Zakos, als die beiden ihr Gespräch im Reisebüro fortsetzten. »Wer wünscht sich das nicht?! Aber ich bezweifle, dass sie eines hatte, und schon gar nicht mehrere. Wenn sie nicht mit mir oder Aris aus war, dann blieb sie alleine. Sie sagte oft, ihr sei etwas langweilig, denn wir beide haben gearbeitet und waren tagsüber beschäftigt. Oder wir hatten drüben auf Rhodos zu tun.«

»Hatte sie nicht auch eigene Projekte, die sie verfolgte?«, wunderte sich Zakos. »Angeblich war sie doch hergekommen, um Immobilien zu kaufen!«

»Ja, sie hatte die Idee, sich von ihrem Mann finanziell unabhängig zu machen, vielleicht mit einer kleinen Hotelanlage. Eventuell wollte sie auch bei Aris mit einsteigen – der baut gerade drüben am Kieselstrand. Ihre tollen Großinvestoren, mit denen sie sich hier treffen wollte, um sie vor Ort von den Vorzügen der Insel zu überzeugen, haben sie aber mehrfach versetzt. Die kamen einfach nicht.«

»Und trotzdem reiste sie nicht ab?«, wunderte sich Zakos.

»Vielleicht wollte sie die Hoffnung nicht aufgeben, dass sie doch noch erscheinen? Oder sie hatte einfach keine Lust, ihren Mann wiederzusehen?«, gab Liz zu bedenken. »Außerdem hat sie ja auch versucht, sich ein paar Privatimmobilien billig unter den Nagel zu reißen. Aber dabei hat sie sich nicht besonders beliebt gemacht, denn sie wollte den Leuten nicht so viel zahlen, wie sie haben wollten. Deswegen lästerten schon einige hier über sie.«

»Hat sie sich Feinde gemacht?«

»Feinde, oh God, nein! Feindschaft würde ich das nicht nennen«, sagte Liz. »Aber die Leute mochten sie nicht. Es hieß, sie sei arrogant und sie wolle die finanzielle Notlage der Menschen ausnützen. Aber das heißt es hier über jeden, der eine Immobilie kaufen will. Die Leute lästern eben.«

»Lästern ist nicht tödlich!«, sagte Zakos.

»Nein«, erwiderte Liz und starrte mit zusammengekniffenen Augen durch die offene Tür nach draußen, wo die beiden Alten mittlerweile auf ihren Stühlen saßen und miteinander tuschelten. »Sonst wäre schon die halbe Insel tot!«

Auf dem Weg zurück ins Hotel lag die Polizeistation, und eigentlich hatte er vorgehabt, kurz hineinzuschauen, aber die Tür war abgesperrt. Er hatte keine Ahnung, ob seine Kollegen sonntags grundsätzlich freihatten – besprochen hatten sie nichts – oder ob sie irgendwo im Einsatz waren, aber er beschloss, Fanis Handynummer zu wählen. Er hatte Lust, sich mit jemandem über die Gespräche, die er mittlerweile geführt hatte, auszutauschen.

Fani ging an den Apparat und erschien kurze Zeit später in Shorts und Flip-Flops im Hof der Polizei. Das feuchte Haar und die dunklen Flecken, die sich auf ihrer Kleidung bildeten, zeugten davon, dass er sie offensichtlich gerade von einem Strandbesuch herbeordert hatte, aber das war ihm einerlei. Er wollte einfach die Meinung eines Menschen hören, der die Inselbewohner kannte.

Sie hockten sich auf eine kleine Mauer unterhalb des Gebäudes und blickten aufs Meer, und Zakos fasste alles zusammen, was er seit dem Vortag erlebt hatte. Als er bei Liz und ihrer Aussage, dass Renate sich bei der Dorfbevölkerung wegen der Immobilienanfragen unbeliebt gemacht hatte, angelangt war, stöhnte Fani auf: »Das sagt die Richtige«, meinte sie. »Dabei macht sie es selbst nicht anders! Das weiß doch jeder.«

»Interessant – Liz will also ebenfalls Immobilien kaufen? Was wissen Sie sonst über sie?«

»Bisher vermietet sie Häuser, die Leuten aus dem Dorf gehören. Viele meinen aber, dass sie von ihnen dafür eine viel zu hohe Provision abkassiert. Andererseits brauchen die Dorfbewohner sie. Bevor Liz hier die Sache in die Hand genommen hat, hatten sie noch keine Webseite. Liz macht viel Werbung und holt eine Menge Briten auf die Insel – kultivierte, ältere Briten mit Geld, keine jungen Party-People wie die in Faliraki auf Rhodos, von denen die Frauen am Hafen Ihnen erzählt haben. Aber jetzt will Liz ebenfalls selbst Häuser kaufen und renovieren lassen und den Touristen als Ferienvillas anbieten. Da ist die Gewinnspanne natürlich höher. Und außerdem sind Häuser gerade billig zu haben, die Preise sind im Keller – das liegt an der Krise.«

»Kann es sein, dass sie mit Renate von Altenburg konkurriert hat?«, fragte Zakos.

»Gut möglich«, antwortete Fani. »Wir werden uns erkundigen, ob es irgendein Haus gab, an dem alle beide dran waren.«

»Genau – vielleicht gibt es ja ein Traumobjekt, das beide unbedingt haben wollten, weil der Kauf sie sanieren würde. Ein Haus oder ein Stück Land, das so wichtig und wertvoll für einen potentiellen Käufer wäre, dass er deswegen mordet.«

Fani lachte spöttisch auf: »Das wüsste ich aber! Nein, ich glaube, hier gibt es nichts wirklich Wertvolles mehr. Die paar Sahnestückchen am Wasser sind schon längst verkauft – meist an reiche Italiener, die nur ein paar Tage im Jahr anreisen. Die Insel war nämlich mal sehr beliebt bei italienischen Urlaubern, aber das ist nun schon ein paar Jahre her. Die meisten attraktiven Häuser unten am Wasser gehören jedoch seit Generationen den Inselfamilien, die sie an Touristen vermieten und keinesfalls verkaufen würden – wovon sollten sie denn sonst leben?«

Zakos hatte sich bereits verabschiedet und war auf dem Weg ins Hotel, als Fani ihm nachgelaufen kam. »Eine Sache ist mir noch eingefallen«, sagte sie atemlos. »Und zwar, sie war da, in der Nacht, als es passiert ist. Liz. Das war ja ein Dienstag, und von Dienstag bis Samstag war sie zu der Zeit immer auf der Insel. Jetzt in der Hauptsaison wohnt sie die ganze Woche hier, aber in der Vorsaison bleibt sie immer auch ein paar Tage auf Rhodos. Dann kommt sie erst am Dienstagnachmittag auf die Insel zurück. Sie war also hier.«

Zakos musste an Andreas' imaginäre Liste der Abwesenden und daher Unverdächtigen denken. Liz stand nicht darauf. Sie befand sich demnach tatsächlich auf der Liste der Verdächtigen.

Den Rest des Tages verbrachte er mit Sarah am Hotel. Auch hier herrschte an diesem Sonntag eine friedliche, unaufgeregte Atmosphäre. Bis auf ein paar Besucher hatten sie die Hotelterrasse für sich, denn die übrigen Gäste befanden sich in den Tagungsräumen und verließen diese nur im Pulk, um im Ort zu Mittag zu essen.

Zakos döste. Sarah las in einem dicken Buch, das sie nur aus der Hand legte, um ab und an die dicke Sonnencreme-Schicht auf ihrer Nase zu erneuern. Sie hatte sich in eines seiner langärmeligen weißen Hemden gehüllt und ihren Sarong so gewickelt, dass er wie ein schützender langer Rock wirkte: der Sonnenbrand! Irgendwann hielt sie es trotz allem nicht mehr draußen aus, ging ins Hotelzimmer und las dort.

Zakos wurde es langweilig. Er sprang immer wieder ins

Wasser und ließ sich danach in der Sonne trocknen. Dann kletterte er ein wenig an den Felsen herum, die den äußeren Rand der Hotelanlage begrenzten, und holte an der Bar Frappé und Sandwiches für Sarah und sich. Eine Zeitlang beobachtete er danach Krebse auf den Klippen neben der Badeplattform. Als er wieder einmal aus dem Meer stieg, kam eine junge Frau mit schnellen Schritten die Treppe hinunter ans Wasser. Ihr hellblauer Kittel, der sie als Hotelangestellte auswies, hatte dunkle Flecken unter den Achseln. Sie holte eine Packung Zigaretten aus der aufgenähten Tasche, zündete sich eine an und inhalierte in tiefen Zügen, so dass der leichte Wind Zakos den Qualm direkt in die Nase trieb.

Es gab offenbar überhaupt niemanden hier, der nicht unablässig rauchte, dachte sich Zakos etwas entnervt, da fiel ihm erst auf, dass er die Frau kannte: Es war Aris Kouklos' Freundin vom Vorabend. Sie erkannte ihn ebenfalls.

»*Yiassou!*«, sagte sie und blickte sich nach dem Hotel um. »Ich bin nicht hier. Du kannst mich nicht sehen!«

Zakos runzelte fragend die Stirn. Da erklang von oben die Stimme von Marianthi: »Tessa? TESSA? Wo bist du? Du musst mir mit der Wäsche helfen!«

Tessa verdrehte die Augen. »Alles soll ich machen!«, erklärte sie Zakos. Ihr Griechisch hatte einen Akzent, wenn auch keinen starken. Sie war nicht von hier, aber das hatte Zakos gleich vermutet. Das Mädchen sah heute abgekämpft und ungepflegt aus, mit fettig herabhängenden Haaren und fahler, leicht aknenarbiger Haut. »Sie denkt, ich bin eine Sklavin!«, seufzte sie.

Zakos konnte sich lebhaft vorstellen, dass Marianthi es genoss, jemanden zu haben, den sie herumkommandieren konnte.

»Seit wann bist du hier im Hotel?«, fragte er Tessa.

»Seit Mai – ich wollte nach Rhodos, aber das Hotel, wo ich früher war, hat zugemacht. Jetzt bin ich hier, aber ich verdiene weniger Geld! Und ich brauche Geld, im Herbst studiere ich Medizin in Mailand. Ich habe einen Platz!« Sie lächelte stolz. »Ich will Hautärztin werden. Hautarzt ist ein schöner und sauberer Beruf: wenig Blut.«

»Aber du kommst nicht aus Italien, oder?« Es war eher eine rhetorische Frage. Obwohl Italien ebenso in einer Wirtschaftskrise steckte wie Griechenland, machten die niederen Arbeiten für die Hungerlöhne im griechischen Tourismus immer noch die Osteuropäerinnen, seit einigen Jahren auch Pakistanis. Selbst in den europäischen Krisenländern existierte nach wie vor die unerbittliche Zweiklassengesellschaft des Globalisierungszeitalters.

»Ich bin aus Brasov, doch da gibt's keine Jobs«, sagte Tessa. »Mailand ist teuer. Ich bekomme zwar ein Zimmer im Studentenwohnheim, aber auch das kostet Geld. Deswegen putze ich hier im Hotel, und abends arbeite ich in der Bar – dort drüben!« Sie zeigte mit dem Finger quer über die Bucht.

Zakos fragte sich, wie sie es schaffte, in diesem Zeitplan auch noch einen Liebhaber unterzubringen. Aber wahrscheinlich war Aris ja auch eher so was wie ein Sugardaddy, jemand, der ihr vielleicht weiterhelfen konnte auf ihrem ehrgeizigen Weg zum Traumjob in Weiß.

Arme deutsche Studenten bezogen einfach Bafög. Und die griechischen? Soweit Zakos das wusste, sorgte in Griechenland die ganze Familie dafür, dass der Nachwuchs finanziell durchs Studium kam. Es war das Land mit der höchsten Akademikerrate in Europa, das wusste er von Mimis Mutter, Kleopatra, in München, die diesen Fakt unablässig und voller Stolz wiederholte.

Er blickte Tessa nach, die sich schließlich müde mit einem

Kopfnicken verabschiedet hatte und dann die Treppe nach oben auf die Hotelterrasse gehuscht war, um Marianthis Rufen zu folgen. Zakos verspürte Mitleid mit der jungen Frau und zugleich Respekt vor ihrer Zielstrebigkeit.

Kapitel 8

Zakos hatte noch nie zuvor einen griechischen Kommissar gesehen, noch nicht mal im Kino. Dennoch hatte er sofort das Gefühl, dass es sich bei seinem Kollegen Tsambis Jannakis um einen Prototypen handelte – so und nicht anders hatte er sich einen griechischen Kriminalbeamten unbewusst vorgestellt. Der Mittfünfziger wirkte mit seinem etwas zu weit aufgeknöpften weißen Hemd, aus dem dichte schwarze Brustbehaarung quoll, wie ein astreiner südländischer Macho. Sogar das obligatorische Goldkreuz – ein stattliches Exemplar im orthodoxen Stil – blitzte daraus hervor.

»Tsambis!«, sagte er jovial mit lauter Stimme und drückte Zakos so fest die Hand, dass dieser sie anschließend unauffällig schüttelte.

Dass auch Tsambis Raucher war, wunderte Zakos kaum, das war hier ja fast jeder. Erstaunlich fand er nur, dass er beim Kettenrauchen fast keinerlei Pausen einlegte. Kaum war eine seiner griechischen Zigaretten mit dem weißen Filter zwischen seinen Fingern heruntergebrannt, so fischte er bereits die nächste aus der Schachtel und entzündete sie mit einem goldenen Dunhill-Feuerzeug – alles mit der rechten Hand, denn mit der anderen hielt er einen Frappé-Becher umklammert. Es war 7 Uhr 30 am Montagmorgen, und der Kollege aus Rhodos war gerade erst der kleinen Fähre entstiegen, also musste er schon seit Tagesanbruch unterwegs sein. Doch Jannakis wirkte äußerst vital: Als erste Amtshandlung der Woche stauchte er mit Inbrunst die Dorfpolizei zusammen.

Zakos verstand nicht genau, worum es ging – seine Griechischkenntnisse waren dem rasenden Stakkato von Jannakis' Ausbruch nicht ganz gewachsen. Aber es schien sich um rein bürokratische Dinge zu handeln: Irgendein Bericht war nicht in der korrekten Form abgefasst worden. Die Standpauke endete schließlich mit einer abfälligen Schimpftirade.

Danach stand Fani mit gesenktem Blick und zitternder Unterlippe stocksteif im Raum, und sogar der schlaksige Lefteris hatte so was wie Haltung angenommen. Jannakis allerdings zeigte sich, nachdem er so Dampf abgelassen hatte, in bester Laune, als er sich an Zakos wandte. »Solche Schlampereien gibt es in Deutschland nicht. Deswegen liebe ich Deutschland!«, sagte er. »Ich kenne Deutschland, weil meine Schwester und mein Schwager in Stuttgart leben. Sehrrr guttt!« Letzteres sagte er auf Deutsch. »Saubere Straßen, keine beschmierten Wände, Pünktlichkeit. Super!« Jannakis strahlte. »Und außerdem baut ihr großartige Autos! Was fährst du, Kollege? Mercedes oder eine Beba?«

»Eine Beba? Was soll das für eine Automarke sein?«, wunderte sich Zakos. Das Wort bedeutete auf Griechisch Baby.

»Na, ein BMW natürlich!«, antwortete Jannakis. »Hätte ich mir natürlich denken können, dass du BMW fährst, du bist ja aus München. Wunderbare Stadt, dieses München! Ich war zwar noch nicht dort, aber ich weiß Bescheid: Oktoberfest, FC Bayern, Bäckenbauähr ...«

»Nein, nein«, sagte Zakos, den der Verlauf des Gesprächs nervte. »Ich fahre keinen BMW. Und es ist natürlich nicht so, dass jeder in Deutschland ...«

»Keine Beba? Verstehe!«, sagte Tsambis. »Dann vielleicht sogar ... Porsche!?«

»Herr Jannakis, hören Sie ...«

»Tsambis, mein Junge, und ich nenne dich Nikos. Also,

mach's nicht so spannend: kein Porsche, kein Mercedes, kein BMW – jetzt weiß ich's: Du fährst einen Audi!«

Zakos machte einen ertappten Gesichtsausdruck.

»Ahhhh, Deutschland! Was seid ihr doch für Glückspilze! Willst du wissen, was ich fahre? Ich kann es dir sagen. Ich fahre Schrott auf vier Rädern. Und selbst dafür sind die monatlichen Finanzierungsraten zu hoch. Und wenn ich nur daran denke, wie lange ich die Karre noch abbezahlen muss! Bis ich schuldenfrei bin, ist sie längst auf dem Schrottplatz! So ist das hier in diesem Land, nicht mal ein anständiges Auto kann man sich leisten, und das nach über dreißig Jahren Knochenjob im Dienst! Aber was soll's, jetzt geht's an die Arbeit!«, schloss er.

Tsambis wollte Zakos den Raum, in dem Renate aufgefunden worden war, zeigen, das war bereits telefonisch verabredet. Allerdings handelte es sich um eine reine Routineangelegenheit, denn Zakos erhoffte sich davon keinen großen Erkenntnisgewinn. Den Bericht über die Untersuchung des Zimmers hatte ihm Kommissar Jannakis, der den Fundort der Leiche bereits mit einem Spurensicherungsteam gesichtet hatte, per Fax nach München geschickt, und wie zu erwarten, hatte es keinerlei brauchbare Spuren gegeben. Nach dem Todesfall war das Zimmer nämlich noch eine Zeitlang an Hotelgäste vermietet und regelmäßig vom Hauspersonal geputzt worden. Die griechische Polizei stand bereits in Kontakt mit den Vor- und Nachbewohnern des Hotelzimmers, um deren genetisches Material mit den rudimentären Spuren aus dem Raum abzugleichen. Aber natürlich musste Zakos den Raum wenigstens gesehen haben. Die Dorfpolizei gedachte Tsambis aber offenbar nicht mitzunehmen.

»Du!« Jannakis machte eine Kopfbewegung in Richtung Lefteris: »Du bewachst das Telefon, solange wir fort sind. Und die Kleine kann im Ort schon mal Frappés für mich und den Herrn Kommissar aus Deutschland holen. Ich will meinen süß und ohne Milch.« Dann schmiss er die Bürotür geräuschvoll zu. Zakos erhaschte noch einen Blick von Fani: Ihre Augen waren zu Schlitzen zusammengekniffen.

Die beiden Kommissare waren erst ein paar Schritte Richtung Hotel gegangen, als Jannakis seinen deutschen Kollegen verschwörerisch ansprach: »Mal ganz ehrlich – was hältst du von Frauen bei der Polizei?« Er wartete dessen Antwort gar nicht erst ab, sondern posaunte drauflos: »Ich persönlich halte nichts davon!«

Zakos hatte auf solche Diskussionen gar keine Lust. »Wo ist das Problem?«, fragte er, etwas ungehalten.

»Versteh mich nicht falsch, ich habe nichts gegen Frauen. Ich liebe Frauen! Aber wenn die Kleine meine Tochter wäre, dann würde ich ihr so eine Arbeit verbieten! Seien wir mal ehrlich: Wenn's ernst wird, dann hat doch so ein zartes Ding einem Verbrecher nichts entgegenzusetzen!«

»Fani? Och, ich glaube, die weiß sich schon zu helfen!«, wandte Zakos ein und dachte an Samstagabend.

Jannakis blickte zweifelnd: »Sag mir nicht, Frauen wären genau wie Männer! Frauen sind natürlich anders! Nicht nur, weil sie körperlich schwächer sind. Das ließe sich ja noch mit der Waffe wettmachen. Nein, die Frau an sich ist einfach sensibler. Und außerdem sind Frauen ja nicht jeden Tag gleich!«, er zwinkerte. »Mal sind sie gut gelaunt, mal sind sie betrübt, dann haben sie Migräne oder was weiß ich – was Frauen eben so haben. Schön und gut! Aber in unserem Job muss man jeden Tag hundertprozentig einsatzbereit sein, nicht wahr?« Er senkte die Stimme: »Das ist eine Arbeit für Männer und nicht für Mädchen!«

»In Deutschland würde man sich mit einer solchen Äußerung echten Ärger einhandeln«, wandte Zakos ein.

»Jaja, ich weiß schon!«, murrte Jannakis. »Hier auch! Gleichberechtigung um jeden Preis! Na ja, was soll's, kann mir scheißegal sein. Ich hab den Verantwortungsbereich Pergoussa erst vor ein paar Monaten übernehmen müssen und hab mich, ehrlich gesagt, nicht gerade drum gerissen. Ist auch so schon genug zu tun. Normalerweise lese ich einfach die Berichte und hoffe, dass die beiden hier zurechtkommen und mir keinen Ärger machen. Aber wer hätte hier schon mit einem Mord gerechnet?« Er schüttelte den Kopf.

»Wenigstens kennt die Kleine sich auf der Insel aus – im Gegensatz zu dem langen Elend aus Nordgriechenland. Ein Mädchen und ein Bergbauer – ein schönes Gespann. Aber so ist das nun mal, andere Verstärkung kann ich dir nicht anbieten. Ich hatte zwar versucht, einen fähigen Kollegen aus Kreta für dich zugeordnet zu bekommen, aber es klappt nun doch nicht. Und aus Rhodos kann ich niemanden abziehen. Uns steht das Wasser bis zum Hals, überall türmen sich die Aktenberge, weil unserer Sekretärin gekündigt wurde und wir nun keine Unterstützung bei den Berichten mehr bekommen, sondern alles alleine machen müssen. Dabei arbeiten wir sowieso seit zwei Jahren nur noch in einer Notbesetzung, weil derzeit Pensionisten aus Kostengründen nicht mehr ersetzt werden. Ich frage mich oft, wie lange das noch gutgeht. Bald sind wir eine Greisentruppe, weil keine neuen Leute nachkommen.«

Er saugte geräuschvoll an dem Trinkhalm seines Frappé-Bechers, in dem klein geschmolzene Eiswürfel in bräunlichem Eiswasser schwammen. »Aber so was kennt ihr ja nicht, ihr Glückspilze! In Deutschland ist alles perfekt, das weiß man ja. Nun ja, unsere personelle Notlage ist ja auch der Grund, warum wir euch Deutsche um Unterstützung gebeten haben.

Aber ich bin natürlich auch noch da für dich und helfe, ich bin ja zuständig für den Fall und bleibe zuständig!«

»Jannakis, hören Sie mal ...«, wollte Zakos einwenden. Es gab da ein paar Dinge, die er unbedingt ansprechen wollte – zum Beispiel, dass er derzeit noch ganz gut ohne Unterstützung von der Nachbarinsel auskam. Doch er kam nicht zu Wort.

»Tsambis«, sagte der Grieche. »Ich weiß genau, was du meinst, Kollege. Darüber reden wir später. Aber nun, der Tatort!«

Sie hatten mittlerweile die Hotelrezeption erreicht. Jannakis meldete sich bei Eleni, die ihn vom vorangegangenen Besuch offenbar bereits kannte, und holte den Schlüssel. Dann marschierten sie beide den Gang entlang zur hintersten Tür, wo der griechische Kommissar seine heruntergerauchte Kippe auf den Marmorboden schnippte und mit seinem etwas abgetragenen schwarzen Lederhalbschuh austrat. Er sperrte auf und öffnete vor Zakos die Tür mit übertriebenem Schwung, als sei er ein Hotelportier, der gerade die Suite eines Luxushotels präsentiert.

Drinnen war es schattig und kühl, die Fenster standen offen, nur die Läden waren verriegelt. Das Sonnenlicht zeichnete Lamellenmuster auf den glattpolierten Steinfußboden. Der Raum glich dem, den Zakos und Sarah bewohnten, bis aufs Detail, allerdings war hier alles seitenverkehrt angeordnet: das Badezimmer links von der Tür statt rechts, das Bett – unbezogen und mit neuer Matratze – rechts statt links. Ein ganz normales Hotelzimmer, das nichts von seinem Geheimnis preisgab.

»Der Tatort!«, sagte Jannakakis mit theatralischer Stimme. »Welche Assoziationen löst er in dir aus, Nikos? Du bist Polizist! Was sagt dein Instinkt?«

Zakos' Instinkt reagierte gereizt.

»Wir wissen beide, dass das nicht unbedingt der Tatort gewesen sein muss – die Tote kann auch vorher an das Clonidin gekommen sein.«

»Wie dem auch sei«, erwiderte der griechische Kollege. »Ich finde es immer gut, ganz nah dran zu sein und zu lesen, was uns ein Fundort zu sagen hat. Er hat eine Botschaft für uns. Es muss uns nur gelingen, sie zu entziffern!«

Zakos schwieg. Sonst hätte er zugeben müssen, dass auch er dieser Meinung war. Er hätte es nur niemals so theatralisch formuliert. An Jannakis' Seite fühlte er sich ein bisschen wie in einem Film – allerdings in einer Low-Budget-Produktion. Er fand den Mann anstrengend: zu laut, zu pompös, zu geschwätzig.

Er durchschritt den Raum und öffnete die Fensterläden zur Terrasse. Der kleine Vorplatz war bereits jetzt, am frühen Morgen, von der Sonne aufgewärmt. Zakos spannte den Sonnenschirm auf und hockte sich darunter auf die Begrenzungsmauer.

Auch hier draußen glich die Möblierung der von Zakos' Terrasse, lediglich die Farbe des Schirms unterschied sich von dem Zimmer ein paar Türen weiter: beige statt weiß. Er blickte in das schattige Zimmer, dann wieder nach draußen, wo gerade eine ältere Dame im Badeanzug über die Terrasse zum Wasser spazierte: eine frühe Schwimmerin.

Zakos versuchte sich vorzustellen, es wäre die Nacht von Renate von Altenburgs Tod. Was war vorgefallen? War sie wirklich alleine gewesen?

Er spielte gedanklich jede Möglichkeit durch: Vielleicht war tatsächlich ein Mann bei ihr gewesen – so wie die alten Damen gemutmaßt hatten. Oder vielleicht eher eine befreundete Person, zum Beispiel Liz. Vielleicht hatten alle beide am Abend hier draußen auf der Terrasse gesessen, die Deutsche und ihr Mörder – beziehungsweise ihre Mörderin.

Eleni jedenfalls hatte nichts bemerkt, aber das hätte Zakos auch verwundert. Er wusste aus eigener Erfahrung, dass es an den Abenden schwer war, jemanden vom Hotel anzutreffen. Zwar gab es eine Art Nachtdienst, allerdings bestand dieser mehr oder weniger aus einer Handy-Bereitschaft. Die beiden jungen Männer, die tagsüber abwechselnd an der kleinen Kaffee-Bar im Haus arbeiteten, gingen um 17 Uhr, ebenso wie Marianthi und Tessa. Dann gab es noch eine weitere Service-Angestellte, die hauptsächlich für das Frühstück zuständig war, aber gegen 14 Uhr Feierabend machte.

Was war mit Tessa? Sie musste Renate gekannt haben. Immerhin war sie die neue Geliebte von Aris Kouklos, und Renate seine frühere Freundin. Sie mussten sich auf der Insel bereits begegnet sein, hier oder in der Bar, wo Tessa arbeitete. Vielleicht waren die beiden Frauen in Streit geraten? Tessa wollte Medizin studieren. Konnte man davon ausgehen, dass sie Vorkenntnisse mitbrachte? Dann hatte sie vielleicht Renate das Clonidin in den Drink geschüttet! Es war eine Möglichkeit, rein theoretisch.

Jannakis telefonierte, ziemlich lautstark, doch Zakos hörte ihn kaum. Er war vollständig in sein Gedankenspiel vertieft. Er musste herausfinden, ob Tessa an jenem Abend in der Bar gearbeitet hatte.

Er hatte die junge Frau wieder vor Augen, so aufgeputzt wie bei seiner ersten Begegnung mit ihr – die langen Ohrringe, das auffällige Make-up. Etwas wild Entschlossenes lag in ihrem Gesichtsausdruck. Was machte sie so hart? Vielleicht nur die Arbeit, der Stress, die Müdigkeit. Der Überlebenskampf. Doch worin bestand die Verbindung zwischen Renate und ihr? Wusste Tessa überhaupt, dass Renate einmal Aris' Verlobte gewesen war? Und wenn ja, was hatte das heute noch zu bedeuten?

Er sah kein Motiv, oder wenn es doch eines gab, erkannte Zakos es nicht. Doch es war immerhin ein Anfang. Tessa und Liz! Eine von beiden könnte es theoretisch gewesen sein. Aber er wollte seine Spekulationen nicht mit Jannakis teilen. Er hatte keine Ahnung, zu was der Mann fähig war.

»Wir müssen wissen, ob die große Fähre in jener Nacht hier vorbeigekommen ist, und ob jemand an Deck etwas bemerkt hat«, sagte er stattdessen, als der Kollege sein Telefongespräch beendet hatte. Zakos dachte an die erste Nacht hier mit Sarah ein paar Terrassen weiter und an den Moment, als sie beide sich vor den Passagieren auf der Fähre wie ausgestellt vorgekommen waren. Wenn Renate von Altenburg Besuch gehabt hatte, dann hätte man das von der Fähre aus sehen können.

Jannakis nickte. »Darum werde ich mich von Rhodos aus kümmern!«, sagte er. »Aber meistens laufen solche Recherchen ins Leere.«

Als ob Zakos das nicht wüsste.

»Das ist bei uns nicht anders!«, erwiderte er. »Aber wir müssen es versuchen.«

In der Polizeistation wurden die beiden von Fani mit Kaffee erwartet, von Lefteris jedoch war keine Spur – er habe am Hafen etwas zu regeln gehabt, erklärte die junge Frau. Jannakis wurde umgehend wieder laut. Mittendrin schrillte erneut sein Telefon.

Kam es Zakos nur so vor, oder war das Handyklingeln in Griechenland grundsätzlich lauter als in Deutschland? Jannakis' Handy-Geräusch jedenfalls übertraf alle anderen, es fuhr Zakos durch Mark und Bein. Er spürte eine immer stärkere Gereiztheit.

Das Telefongespräch nahm kein Ende. »Sag ihm, ich hab

einen Termin und muss schon mal los«, wies Zakos schließlich Fani an. »Er erreicht mich übers Handy, wenn er will.« Fani nickte tapfer, konnte dabei aber einen etwas panischen Gesichtsausdruck nicht überspielen. Die Aussicht, mit Jannakis allein zu bleiben, schien ihr alles andere als angenehm zu sein, aber darauf konnte Zakos jetzt keine Rücksicht nehmen.

Eine Sekunde später war er bereits draußen. Jannakis hatte es nicht mal bemerkt. Er telefonierte mit dem Rücken zu ihm und blickte dabei nach unten aufs Meer.

Der Trampelpfad zum Kieselstrand begann gleich hinter dem Hotel und führte durch eine von Felsadern durchzogene Karstlandschaft. Zakos war froh, Jannakis erst mal losgeworden zu sein. Der Mann nervte ihn mit seiner polternden Art. Nun wollte Zakos den Kopf frei bekommen und einen Moment Ruhe haben. Er setzte sich auf einen kleinen Felsen.

Noch brannte die Sonne nicht, sondern wärmte angenehm seine Arme. Er blickte um sich: Aus der Nähe erkannte man, dass das Gestrüpp, das hier überall in der roten Erde wuchs, aus silbrig glänzenden Disteln und niedrigen Oreganobüschen bestand. Zakos zerrieb ein paar Oreganoblätter zwischen den Fingern, führte die Hand an die Nase und atmete tief ein. Der intensive Duft und der Anblick der glitzernden kleinen Kieselbucht, die sich hinter dem Hügel auftat, verbesserten seine Laune wieder. Er zog sein Handy heraus, denn er hatte Sehnsucht danach, Sarahs Stimme zu hören.

Sie hob gleich beim ersten Läuten ab und klang etwas atemlos, als sei sie gerade aus dem Bad oder von draußen gekommen. »Hi, Schatz«, sagte Zakos. »Bist du noch sauer?«

Es hatte am Abend davor mal wieder Streit gegeben. Sarah hing das deftige Essen auf der Insel bereits jetzt zum Hals heraus. »Ich kann ja auch nicht in München jeden Tag bei Mimi

Souvlakia und Gyros essen, das hält ja kein Mensch aus!«, stöhnte sie. Sie hatte sich lange für kein Restaurant entscheiden können, also waren sie ausgiebig zwischen den ausgestellten Speisekarten hin und her gependelt. Schließlich hatte sie sich für eine Taverne entschieden, in der Fischsuppe auf der Karte stand, die in der für Touristen übersetzten Spalte sogar als *Bouillabaisse* angepriesen wurde. Doch als sie bestellen wollten, stellte sich heraus, dass es an diesem Abend keine Suppe gab. Also waren sie, die verärgert blickende Bedienung ignorierend, an einen der angrenzenden Tische des Neben-Lokals umgezogen, denn hier gab es die größte Auswahl an Pasta.

»Wenn schon nichts Französisches, dann wenigstens Italienisch«, hatte Sarah gesagt, aber die Spaghetti mit Gemüsesauce nach Art des Hauses waren verkocht, fand sie, und die Champignons nicht frisch, sondern aus der Dose. Zakos, der während der abendlichen Wanderschaft von Lokal zu Lokal stoisch gelächelt hatte und der nun ein durchaus gelungenes griechisches Zitronenhuhn verspeiste, war dann eine einzige kleine Bemerkung herausgerutscht, die er sogleich wieder bereut hatte: »Im bayerischen Dorfgasthof isst man doch auch nicht asiatisch, sondern am besten einen Schweinsbraten.« Danach war der Abend ziemlich unschön geworden, ein Wort hatte das andere gegeben, und auch der Besuch des kleinen *Zacharoplastios* und Zakos' Versuch, Sarah zuerst mit einem Milchreis und dann mit einem Rotwein milde zu stimmen, war misslungen. Sie waren immer wieder über Kleinigkeiten aneinandergeraten und schließlich beide im Hotel schmollend zu Bett gegangen. In der Früh war Zakos losgezogen, als Sarah noch geschlafen hatte, und nun hoffte er, sie könnten den gestrigen Abend einfach abhaken und vergessen.

»Ich bin etwas angespannt wegen des Falles, weil ich ja noch keinen Schritt weiter bin. Tut mir leid«, sagte er. »Und du bist ja auch nicht so fit gewesen, da waren wir eben vielleicht beide ...«

»Ja, aber ich habe nicht angefangen mit den doofen Bemerkungen ...«, zickte Sarah wie aus der Pistole geschossen los, und dann kabbelten sie sich noch eine Weile weiter darüber, wer mit was angefangen hatte, und als Zakos sich verabschiedete und auflegte, war er wieder genauso geladen wie am Abend davor. Er holte eine Zigarette aus seiner Brusttasche und rauchte sie in hastigen, tiefen Zügen. Prompt fühlte er sich schlecht, und der stechende Kopfschmerz setzte wieder ein. Er stand auf und machte sich weiter auf den Weg, doch die Schönheit der Umgebung konnte ihn nun nicht mehr über seine schlechte Laune hinwegtrösten.

Treffpunkt mit Kouklos war die Kantina am Kiesel-Strand. Zakos hatte gedacht, »Kantina« sei in diesem Fall der Name einer Taverne oder einer Strandbar, doch dann erkannte er, was im Griechischen damit gemeint war: Es handelte sich um einen Imbisswagen, in diesem Fall ein etwas verrostetes Gebilde in Silbermetallic, das als Strandbar fungierte. Ein junger Grieche, der trotz der Hitze eine Mütze auf dem Kopf und einen sonderbaren Backenbart trug, versuchte gerade, eine Markise aufzuziehen. Schon von weitem vernahm Zakos dröhnende Reggae-Rhythmen. Kouklos saß im Schatten von ein paar Tamarisken an einem der Klapptische und trank Tee. Er war der einzige Gast. Weiter oben an einer kleinen Straße, wo ein paar noch kahl wirkende quadratische Häuser aus Naturstein aufragten, war eine Gruppe von Arbeitern dabei, eine kleine Mauer zu errichten.

Der Glatzköpfige begrüßte den Kommissar mit einer Umarmung, als würden sie sich bereits seit langem kennen, und rief dem Mützenträger zu, er möge noch eine Tasse bringen und die Musik leiser drehen. Eine Zeitlang saßen sie schweigend nebeneinander, und Zakos genoss den Tee, den Kouklos eingeschenkt hatte. Nach all den starken eisgekühlten Frappés und Zigaretten der letzten Tage empfand er das warme Getränk als reinstes Labsal.

Aris Kouklos trug wieder strahlendweiße Kleidung und wirkte frisch und jugendlich, doch das grelle Sonnenlicht beleuchtete auch die silbernen Stellen in seinem Dreitagebart. Außerdem hatte sich als Nachwirkung der Schlägerei ein mittlerweile lila schimmerndes Veilchen an seinem linken Auge entwickelt, was ihm einen verwegenen Ausdruck verlieh.

»Tessa?«, erwiderte er auf Zakos' Frage. »Keine Ahnung, ob sie das mit mir und Renate wusste. Aber was macht es für einen Unterschied? Es ist lang her ...«

Zakos zuckte mit den Achseln. »Es ist nicht so, dass wir irgendjemanden konkret verdächtigen würden – aber Eifersucht ist ein gängiges Motiv! Vielleicht hat Renate sich Hoffnungen gemacht? Schließlich hatte sie sich von ihrem Mann mehr oder weniger getrennt. Vielleicht gab es Streit zwischen den Frauen?«

Kouklos brach in schallendes Lachen aus.

»Ich fühle mich wirklich geschmeichelt – aber ich kann mir nicht vorstellen, dass die Frauen so verrückt nach mir altem Kerl sind, dass sie sich gegenseitig umbringen! Und schon gar nicht, dass ein so junges Ding wie Tessa für mich zur Mörderin wird! Das wäre ja lächerlich. Wie findest du sie übrigens? Ist sie nicht super?«

Zakos nickte anerkennend. Ihm war klar, dass nicht seine wirkliche Meinung gefragt war. Er hatte die junge Frau eher als hart und etwas verzweifelt empfunden.

»Natürlich hatte sie mitbekommen, dass Renate und ich

alte Freunde waren, das schon. Wir haben ja ständig in der Bar gesessen, in der sie arbeitet. Tolles Mädchen, diese Tessa. Weißt du, dass sie angehende Medizinstudentin ist?«

»Wie alt ist sie eigentlich?«, fragte Zakos.

Aris feixte. »Nicht so jung, wie du vielleicht denkst! Sie ist schon dreiundzwanzig oder vierundzwanzig. Ich glaube, sie hat zu Hause in Rumänien bereits eine Zeitlang in einem Hotel gearbeitet. Oder war sie Kindergärtnerin?« Er zuckte mit den Achseln. »Ehrlich gesagt weiß ich es nicht mehr genau. Wenn der Sommer vorbei ist, studiert sie jedenfalls, und wir gehen auseinander. So ist das Leben! Wir genießen nur einfach gemeinsam die Zeit als zwei ungebundene, erwachsene Menschen. Ist es dann nicht ganz egal, wer wie alt ist?«

Zakos lächelte höflich. Es war Zeit, auf andere Dinge zu sprechen zu kommen: Er wollte nicht riskieren, dass Jannakis plötzlich auftauchte und sich mit seiner ruppigen Art in Zakos' Recherchen einmischte.

»Was für Geschäfte waren das eigentlich, die Renate hier mit dir zusammen plante?«, fragte er geradeheraus.

»Renate überlegte, in mein kleines Bauvorhaben einzusteigen!« Er wies mit dem Kopf nach oben, zu den Steinbungalows. »Wir haben ja alle beide im Immobiliensektor gearbeitet. Daran erkannte man unsere Seeelenverwandtschaft!«

Er goss Tee nach und schüttete sich selbst zwei Tütchen Zucker in die Tasse, in der er lange Zeit nachdenklich rührte, bevor er weitersprach.

»Als seinerzeit die Baubranche auf Rhodos boomte, verdiente mein Onkel mit seinem Handwerksbetrieb immer besser, und schließlich, als er zu alt war, setzte er mich als Firmenleiter ein. Er hatte selbst keine Kinder. Ich will nicht prahlen, aber ich habe das Unternehmen erst so richtig vorangebracht. Zunächst haben wir nur kleine Renovierungen und Malerarbeiten ausgeführt, aber die Bank gewährte mir einen Kredit, und ich fing an, selbst zu bauen. Nur kleine, übersichtliche Apartmentanlagen mit überschaubarem Risiko, die ich dann weiterverkauft habe. Das Modell ging auf. Bis zur Krise!«

»Hast du Geld verloren?«

»Nicht einen Euro! Das war nicht das Problem«, sagte Aris. »Mir geht es finanziell bestens, ich kann nicht klagen. Und nach wie vor gibt es genug Touristen auf Rhodos. Derzeit ist die Insel bei Osteuropäern beliebt, besonders bei den Russen. Die bringen gutes Geld. Das Problem ist ein ganz anderes. Die Banken geizen mittlerweile mit Krediten. Aber ich kann ja schlecht ein ganzes Bauvorhaben aus eigener Tasche vorfinanzieren, so reich bin ich nicht! Deswegen konzentriere ich mich nun ganz auf Pergoussa, die Insel, auf der ich geboren wurde.«

»Und für diese Insel gibt es Bankkredite?«, wunderte sich Zakos.

»Nein, das ist ebenfalls schwierig. Aber hier brauche ich gar nicht so viel Geld. Der Vorteil für mich auf Pergoussa ist: Hier besitze ich selbst Land. Da – der ganze Hügel bis dort hinten gehört meiner Familie. Jahrhundertelang war das vollkommen unbrauchbarer Boden, höchstens dazu gut, um eine Handvoll Ziegen satt zu bekommen!« Er lachte zufrieden.

»Und nun macht der Grundbesitz dich reich?«, fragte Zakos.

»Reich ist übertrieben. Aber das Land ist brauchbar, und das Beste daran ist: Man bekommt dafür leicht Baugenehmigungen. Das ist im Dorfzentrum, wo alles unter Denkmalschutz steht, nämlich fast ein Ding der Unmöglichkeit. Auch hier müssen wir uns dem Inselstil unterwerfen und dürfen nicht irgendeinen hässlichen Klotz aufstellen – aber das macht auch Sinn. Die Touristen, die zu uns kommen, sind eher Individualreisende mit gewissen Ansprüchen, die kann man nicht in moderne Betonburgen quetschen. Aus diesem Grund bin ich allerdings auch abhängig von den ausländischen Arbeitern – diese Leute beherrschen noch die alten Bauweisen. Sie errichten Häuser aus Natursteinen der Region, genau so, wie man sie vor zweihundert Jahren gebaut hat! Eine sehr mühselige Arbeit.«

Zakos war überrascht. »Ich dachte eher, die Arbeiter sind von dir abhängig – wie kam es denn neulich zu der Schlägerei?«

»Das war eine ganz traurige Sache. Eigentlich habe ich die beiden bulgarischen Jungs nur eingestellt, weil mir ihre Mutter so leid tut. Sie sollten den anderen als Hilfsarbeiter zur Hand gehen. Aber es klappte nicht, oft erschienen sie erst gar nicht auf der Baustelle. Ich musste sie entlassen. Deswegen gingen sie im Suff auf mich los. Das hat man davon!«

»Du verzichtest aber auf eine Anzeige?«

»Sie haben sich längst entschuldigt, unter Tränen. Und was soll mir eine Anzeige bringen? Die arme Mutter weint sich auch so schon die Augen aus. Ich lasse die Familie in zwei Zimmern in einem alten Häuschen wohnen, das ich meinen Arbeitern zur Verfügung stelle. Die Frau hat überhaupt kein Geld, und sie ist krank – sie hat einen schlimmen Rücken und kann selbst nicht arbeiten. Wenn die beiden Kerle jetzt Ärger mit dem Gesetz bekommen und gar nicht mehr verdienen können, dann muss ich die ganze Bande am Ende vielleicht noch selbst durchfüttern. Man kann sie ja nicht verhungern lassen, zumindest die arme Frau hat das nicht verdient. Aber so können die Burschen wenigstens mal einem Fischer zur Hand gehen, oder irgendwo Teller waschen. Ich wünschte nur, es würde sich niemand mehr finden, der ihnen Alkohol ausschenkt«, er seufzte. »In den beiden Supermärkten bekommen sie schon nichts mehr. Wenn sie nüchtern sind, sind sie nämlich lammfromm.«

»Immerhin hat die Sache zu einem halben Volksauflauf geführt!«, wandte Zakos ein und fragte sich, warum Aris die Sache derart verharmloste.

»Ach was, außer ein bisschen Krach ist doch gar nichts vorgefallen«, erwiderte der und fuhr fort: »Die beiden sind sowieso nur Hilfskräfte, wichtig sind für mich die anderen, besonders die Albaner. Die sind wahre Profis.«

»Was war Renates Part?«, unterbrach ihn Zakos.

»Sie sollte Geld herbeischaffen«, gab Kouklos unumwunden zu. »Ich bin ja kein Multimillionär! Ich habe diese Häuser hier oben komplett vorfinanziert, aber mehr will ich erst mal nicht aus eigener Tasche investieren. Aber hier ist Platz für mindestens zwei oder drei weitere Reihen mit Bungalows. Es ging also darum, Menschen zu überzeugen, Geld in diese wunderbare Insel zu stecken. Renate hatte gute Kontakte, vor allem zu einem großen deutschen Tourismuskonzern. Das wäre der nächste Schritt gewesen. Sobald die Bungalows hier oben komplett fertig gewesen wären, wollten wir sie den Reiseunternehmern präsentieren, aber so weit waren wir noch nicht. Immer ein Schritt nach dem anderen. Wir dachten, wenn es uns gelingt, Finanziers auf die Insel zu bringen, dann verlieben sie sich sofort in den Ort, und wir haben gewonnen!«

»Aber es ist nicht gelungen«, gab Zakos zu bedenken. »Renate war sicherlich sehr enttäuscht. Du auch?«

»Man braucht Geduld«, sagte Kouklos. »Ich habe damit gerechnet, dass es nicht so leicht wird. Wer hat heute schon den Mut, tatsächlich in Griechenland zu investieren?«

Er griff nach einem Strohhut, der neben ihm auf dem Stuhl lag, und fächelte sich Luft zu.

»Aber es drängte uns ja niemand! Das habe ich Renate auch immer wieder gesagt. Für sie war das allerdings schwierig zu akzeptieren. Sie war unruhig, nervös!«

Zwei Familien mit kleinen Kindern waren mittlerweile an den Strand gekommen und verteilten bunte Luftmatratzen und Strandtücher auf dem Kies; der Blick auf den kleinen Hügel zeigte, dass noch mehr unterwegs waren. Kouklos wies mit der Hand auf sie: »Genau das ist unsere Klientel: Familienurlauber, die ungestört sein wollen. Die Häuser eignen sich für ganz große Familien, die zum Beispiel mit den Großeltern gemeinsam verreisen, wie auch für kleinere Familien. In jedem Haus sind zwei Wohnungen untergebracht, und zwar eingerichtet mit allem, was man braucht: Komfort-Küchen, Kamin ...«

»Lass uns zu Renate zurückkehren«, sagte Zakos. »Sie hat sich auch für alte Privathäuser interessiert. Was weißt du darüber?«

»Sie überlegte, ein oder zwei zu kaufen und zu Touristen-Apartments umbauen zu lassen, und ich hätte sie dabei unterstützt«, sagte Kouklos. »Renate hatte ein klein wenig Kapital. Und ein altes Häuschen gibt es ja schon ab dreißig- oder vierzigtausend Euro – oft sogar mit einem Fitzelchen Meerblick. Das Problem aber war, dass ziemlich häufig die Besitzverhältnisse unklar sind, denn ein Grundbuch gab es hier lange Zeit nicht. Es kam also noch zu keinem Abschluss. Ich habe Renate damals mit ein paar Leuten zusammengebracht, die verkaufen wollten. Seit man für jeden Immobilienbesitz Steuern zahlen muss, wollen viele die unbewohnbaren alten Bruchbuden ihrer verstorbenen Oma, die sie oft aus sentimentalen Gründen behalten haben, loswerden. Kann sein, dass sie noch ein paar weitere alte Anwesen angeschaut hat, an denen die Besitzer ein Verkaufsschild aufgehängt haben. Aber das kann man sicher herausbekommen.«

»Liz sagt, Renate habe sich bei den Leuten unbeliebt gemacht ...«

»Ach Liz!«, erwiderte Aris. »Die kann man nicht ernst nehmen. Liz ist immer so negativ! Das liegt daran, dass ihr Mann schon vor so langer Zeit gestorben ist und sie keinen neuen findet. Sie ist frustriert. Ich sage ihr ständig, dass sie sich ein Beispiel an mir nehmen soll: Ich bin immer optimistisch!«

»Was könnte sie gemeint haben?«

Kouklos seufzte. »Es ist doch so: Manche Menschen tendieren dazu, neidisch zu sein auf diejenigen, die etwas geschafft haben im Leben. Das ist hier nicht anders als überall auf der Welt. Nehmen wir die bulgarischen Jungs: Man hilft ihnen – und zum Dank wird man verprügelt! Ähnlich ist es bei den Leuten, die Geld brauchen und ihre baufälligen Häuser verkaufen müssen. Sie sind undankbar. Insgeheim hassen sie dich, weil es dir bessergeht als ihnen, und sie verdächtigen dich, dass du sie über den Tisch ziehen und dich an ihrer Notlage bereichern willst. Ich habe das selbst erlebt. Noch vor zehn Jahren gab es hier in schönster Meereslage heruntergekommene Bruchbuden. Wie faule Zähne sahen sie im Dorfbild aus. Ich habe damals einige gekauft und liebevoll restauriert und sie dann an Ausländer weiterverkauft, die meisten an Italiener. Die hatten damals noch Geld. Und was passierte? Natürlich schimpften einige gleich, das sei ein Ausverkauf der Insel. Aber heute ist Pergoussa ein wahres Schmuckstück – und den Anfang habe ich damals mit meinen Renovierungen gemacht! Vom gestiegenen Niveau profitieren mittlerweile alle hier, die Tavernen, die Cafés. Und was ist der Dank? Der Dank ist, dass sie mich Aris, den Haifisch, nennen! Aber das ist mir egal!«

Er lachte, ein wenig bitter. Irgendwie verstand er es, das Gespräch immer wieder auf sich zu lenken, dachte Zakos, aber dank des netten Lächelns und des treuen Augenaufschlags wirkte er dennoch nicht eingebildet.

»Lass uns zu Renate zurückkommen«, bat Zakos sein Gegenüber.

»Natürlich. Wie gesagt, sie hatte noch kein geeignetes Objekt gefunden. Aber ein oder zwei Mal erzählte sie, es hätte

Auseinandersetzungen um den Kaufpreis gegeben. Ein paar Leute wurden offenbar pampig, als sie den herunterhandeln wollte. Hätte sie das allerdings nicht versucht, dann wäre sie ja dämlich gewesen. Aber um dir zuvorzukommen: Ich kann mir nicht vorstellen, dass so was zu dem Mord geführt hat. Wieso sollte jemand seinen potentiellen Hauskäufer umbringen? Dafür gibt es keinen vernünftigen Grund!«

»Jedenfalls kennen wir keinen«, sagte Zakos.

»Könnte es nicht sein, dass das alles ein Irrtum ist? Dass alles ganz anders war?«

»Denkst du an Selbstmord?«, fragte Zakos. »Danach sieht es nicht aus.«

»Nein, das meinte ich nicht!«, sagte der Bauunternehmer. »Dazu war sie überhaupt nicht der Typ. Aber ebenso wenig geht es mir in den Kopf, dass jemand sie getötet haben soll – hier, auf unserer wunderschönen kleinen Insel!«

Zakos verstand genau, was er meinte. Er ließ den Blick zur Badebucht schweifen und zu den Familien mit ihren Kindern, die mittlerweile mit bunten Schwimmflügeln im türkisfarben glitzernden Meer planschten. Fröhliche Rufe mischten sich in das stetige Plätschern von sanften Wellen auf glattgeschliffenen Kieseln. Wie das Musterbild einer heilen Welt, dachte Zakos, aber ebenso trügerisch wie jedes andere Idyll.

Rund dreihundert Meter den Schotterweg hinauf herrschte glühende Hitze auf der schattenlosen Baustelle, über der eine dichte Staubglocke hing. Es war Zakos ein Rätsel, wie Menschen bei diesen Extremtemperaturen körperlich arbeiten konnten. Warum verschob man solche Aktivitäten nicht auf den Winter?

Der Vorarbeiter Markos, ein stämmiger Mann mit buschigen graumelierten Augenbrauen, lachte: »Jetzt nicht heiß!«, sagte er in gebrochenem Griechisch. »Komm wieder in August, dann sind vierzig Grad!«

»Das überlebt man nicht!«, war Zakos überzeugt.

»Nein, wir auch nicht. In August, wir machen Urlaub«, lachte der Mann, und die ganze Runde stimmte ein. Er ächzte spaßhaft, verdrehte die Augen und ließ die Zunge heraushängen, und die Gruppe johlte. Es war offensichtlich, dass alle froh waren, eine kleine Abwechslung von der Schufterei genießen zu können. Allerdings ergab sich nichts Interessantes aus ihrer Befragung – keiner hatte Renate von Altenburg gekannt, keiner hatte irgendwas gesehen oder gehört, und die meisten wussten noch nicht mal, dass überhaupt jemand auf der Insel umgekommen war.

Bei der Randale vor ein paar Tagen dagegen waren einige zugegen gewesen. Zakos hätte sie nicht wiedererkannt, dazu war es zu dunkel und die Gruppe zu groß gewesen, doch vier von den jüngeren Männern gaben unumwunden zu, eine Zeitlang dort gestanden zu haben. »Wir haben ein kleines Konzert gegeben. Hat es Ihnen gefallen?«, sagte einer, der sich als Antonis vorgestellt hatte, ein breitschultriger Bursche mit pickliger Haut. Die anderen lachten.

»Warum?«, fragte Zakos nach.

»Warum nicht?«, meinte Antonis. »Zum Spaß!« Die jungen Männer sprachen perfektes Griechisch – soweit Zakos das beurteilen konnte, nur bei den älteren haperte es.

»Was hat alles das mit tote Deutsche zu tun?«, fragte Markos.

»Nichts«, sagte Zakos. Es war nur so ein Gefühl, dass da irgendein Zusammenhang bestand. Doch wie sollte er das erklären?

»Diese Jungs aus Bulgarien, die Kouklos geschlagen haben – was könnt ihr sagen über sie?«

»Arme Idioten«, sagte Markos. »Wenn es meine Jungs wären …!« – er machte eine vielsagende Bewegung mit der flachen Hand –, »ich würde rechts und links und …«

Die vier Jüngeren johlten und taten, als würden sie ihn fürchten. Das machte den Vorarbeiter ungehalten.

»Ruhe!«, herrschte er sie an und fragte dann, an Zakos gerichtet: »Ist noch etwas? Wir haben Arbeit!« Zwei der älteren Arbeiter hatten sich ohnehin bereits wieder der Baustelle zugewandt, wo sie begannen, ihr Werkzeug zusammenzusuchen.

»Nur noch kurz. Ich wollte wissen, ob ihr gut klarkommt mit dem Chef – mit Kouklos? Was ist er für ein Chef?«, fragte Zakos. Er war einfach neugierig. Noch immer konnte er Aris nicht richtig einschätzen.

Markos blickte nach unten zum Strand, wo Kouklos gesessen hatte.

»*Endaxi, endaxi!*«, sagte er. »Netter Mann. Ist immer freundlich. Kein Problem. Und jetzt bitte arbeiten.«

»Sag's ihm doch, Baba!«, erklang die Stimme von Antonis. Sie hatte einen aufsässigen Ton angenommen.

Markos blickte ihn eindringlich an, aber der Jüngere ließ sich nicht bremsen. »Na los, der Mann ist Polizist! Der will alles wissen!«

»Was?«, wandte sich Zakos an Antonis. »Was soll dein Vater sagen? Was gibt es für ein Problem mit Kouklos?«

»Ooooch nichts, er ist *endaxi*«, sagte Antonis spöttisch. »Aber leider total pleite!«, fügte er hinzu, und die anderen Burschen johlten.

»Ihr haltet die Klappe!«, zischte Markos, aber es war bereits zu spät.

»Warum? Sag doch, dass er uns Geld schuldet! Viel Geld, für das wir hart gearbeitet haben. Und der feine Herr sitzt unten im Schatten und trinkt Tee!«

Dies war also die Art, wie Kouklos seine begehrten Arbeiter auf Händen trug, dachte Zakos. Kouklos hatte gelogen. Er hatte sehr wohl Geldsorgen.

»Warum bleibt ihr dann hier? Gibt es keine Arbeit auf anderen Inseln? Ich dachte, euer Handwerk ist so begehrt?«, erkundigte sich Zakos.

»Ist es auch!«, brummte der Junge. »Warum gehen wir nicht weg? Das frage ich mich auch jeden Tag!« Aber schließlich verstummte er und wandte sich ebenfalls wieder der Arbeit zu. Gemeinsam mit einem anderen jungen Mann passte er schwere Holzblöcke auf einer erhöhten Mauer ein, offenbar sollte hier eine Pagode oder ein Schattendach entstehen.

Schließlich blieb nur Markos zurück. Er trank verlegen aus seiner Wasserflasche und warf die Stirn in Falten.

»Dumme Jungs! Sie glauben, sie wissen alles. Aber nichts wissen sie! Verstehen Sie?«

»Nein«, sagte Zakos. »Erklären Sie es mir.«

»Wer weiß, ob es wirklich gut ist auf andere Baustelle. Im Moment ist überall schlecht.«

»Es wird nicht gebaut?«, fragte Zakos.

»Doch, viel gebaut. Aber nicht immer bezahlt!« Er lachte bitter. »Aris zahlt jetzt nicht ganze Geld, sondern nur halbes. Aber vielleicht besser als gar nicht, sage ich. Aris sagt, es kommt noch. Ganz sicher. Ich glaube ihm. Aris ist immer korrekt gewesen, viele Jahre. Jetzt Problem, aber wir machen hier alles ganz fertig«, er zeigte auf die bereits fertiggestellten Häuser. Offenbar ging es nur noch darum, Terrassen und Einfriedungen fertigzustellen. Der Beton der frisch errichteten Bereiche zwischen den gelblichen Steinen wirkte dunkelgrau und war noch feucht. »Ich sage, wir lassen Aris jetzt nicht im Stich! Und später – wir sehen!«

Zakos wunderte sich. Er fand die Sache merkwürdig. Doch

Markos hatte entschuldigend auf die Baustelle gezeigt, er wollte weitermachen und sich nichts mehr entlocken lassen.

Zakos hatte sich bereits entfernt, da kam der Mann ihm plötzlich doch noch nach.

»Bitte, eine Moment«, rief er.

»Ja?« Zakos ahnte, was jetzt kommen würde.

»Sie nicht sagen zu Aris, dass wir haben erzählt. Bitte sehr!«

Zakos blickte ihn mitfühlend an. Versprechen wollte er nichts, aber er sagte, er werde es versuchen.

Nachdenklich machte er sich auf den Weg zurück. Er konnte eigentlich zufrieden sein: Dank des aufmüpfigen Sohnes von Markos hatte er etwas erfahren, das vor ihm verborgen gehalten werden sollte. Das war ein Erfolg. Dennoch war er nicht froh. Es war vielleicht dumm von ihm, dachte Zakos, aber er fühlte sich von Aris enttäuscht.

Erst als er wieder bei der Polizeistation ankam und diese verschlossen vorfand, checkte er sein leise gestelltes Handy: kein Anruf von Jannakis, doch vier Nachrichten von Fani. Die neueste war eine SMS in sogenanntem Greeklish: Weil Zakos die griechischen Buchstaben nicht gut lesen konnte, hatten sie sich darauf geeinigt, dass Fani griechische Worte mit lateinischen Buchstaben formulieren sollte. Die Nachricht lautete: »Treffen baldmöglichst am Hafen bezüglich Abfahrt Hauptkommissar J.« Das klang vielversprechend, fand Zakos.

Er entdeckte Jannakis schließlich ganz alleine unter dem großen Baum am Platz, wo er sich mit Appetit über ein Sandwich hermachte. Ein frisches Frappé stand neben ihm auf der Bank. Sobald er Zakos erblickte, ließ er die Papiertüte mit dem Sandwich sinken und winkte ihn zu sich. Dann begann er, in gewohnt hektischer Manier auf ihn einzureden.

Zakos verstand auch diesmal wieder nicht alles, es reichte aber, um sich einen Reim darauf zu machen: Zwei heroinabhängige junge Männer waren tot in einem Zimmer am Ortsrand von Lindos auf Rhodos aufgefunden worden, außerdem gab es ein Eifersuchtsdrama, das zwar glimpflich ausgegangen war, aber immerhin zu einer Verhaftung geführt hatte. Und zu allem Unglück war Jannakis' Kollege auch noch ins Krankenhaus eingeliefert worden: Auffahrunfall, Schleudertrauma.

»Ich wollte eigentlich bis Mitte der Woche hierbleiben, aber das ist jetzt natürlich nicht mehr möglich. Ich muss sofort zurück! Ein Schnellboot ist auf dem Weg, um mich abzuholen«, erklärte Jannakis. »Ich kann schlecht die ganze Arbeit auf Rhodos stehen und liegen lassen wegen eines einzigen Falles auf Pergoussa! Dafür werde ich nicht bezahlt!«

»Mhm!«, nickte Zakos.

»Wenn man das überhaupt noch Bezahlung nennen kann«, fuhr der andere düster fort. »Rund 35 Prozent weniger vom Netto! Mit euren Bezügen ist das jedenfalls nicht zu vergleichen. Ach ja, Deutschland! Dort müsste man leben! Aber es hilft ja nichts!« Jetzt schlug er einen geschäftsmäßigeren Ton an: »Lefteris und das Mädchen sollen mir mindestens alle zwei Tage den aktuellen Stand mailen. Und natürlich kannst du mich jederzeit anrufen, wenn du Rat brauchst.«

Zum Abschied klopfte er Zakos auf die Schulter. »Ich weiß, du kommst auch ohne mich zurecht. Du schaffst es. Auf die deutsche Weise!«

Zakos verdrehte die Augen. »Hören Sie, Jannakis ...«

»Tsambis, Kollege, Tsambis. Ja, ich höre. Was möchtest du mir sagen?«

Zakos blickte ihn an und besann sich. Es hatte keinen Sinn! Was auch immer er über Deutschland und die »deutsche

Weise« hätte erklären wollen – der andere hätte es ohnehin nicht verstanden. Außerdem: Wo hätte er anfangen sollen?

»Nichts«, sagte Zakos. »Alles *endaxi*. Gute Fahrt!«

Erst als das kleine dunkelblaue Polizei-Schnellboot sich ein gehöriges Stück von der Insel entfernt hatte, tauchte Fani wieder auf und setzte sich neben ihn. Versonnen blickte sie aufs Wasser hinaus. Eine Weile saßen sie schweigend nebeneinander, und Zakos freute sich über die Ruhe. Er musste sich einfach von der lärmenden Art des griechischen Kollegen erholen. Schließlich brach Fani das Schweigen.

»Ich dachte vorhin, Sie hätten vielleicht Lust, die beiden bulgarischen Jungs zu sprechen«, sagte sie. »Aber anscheinend sind die noch gar nicht aufgestanden. Das hat mir eine Frau im Nachbarhaus oben verraten.«

»Soso«, meinte Zakos. »Und?«

»Vielleicht wäre es das Beste, wenn wir sie zusammen wecken?«

»Gute Idee!«, fand Zakos. »Wo ist eigentlich Lefteris?«

»Keine Ahnung!«, sagte Fani. »Aber jetzt, wo ER weg ist«, sie zeigte mit dem Daumen vielsagend aufs Wasser, »taucht er sicher gleich wieder auf!«

Zakos verkniff sich einen Kommentar. »Er soll herausfinden, was Liz und Tessa am Abend von Renates Tod unternommen haben.«

»Tessa?« Fani machte große Augen, sparte sich aber jeden Kommentar und nickte.

»Aber er soll sensibel vorgehen«, fuhr Zakos fort. »Ich will nicht, dass die beiden das Gefühl bekommen, sie seien verdächtig.«

»Wir lassen uns was einfallen«, sagte Fani. »Am besten, wir setzen uns mit Lefteris gleich zusammen.«

»Gut. Und was Kouklos an dem Abend so gemacht hat, würde mich ebenfalls interessieren. Können Sie sich unauffällig umhören?«

Fani machte wiederum große Augen, aber sie nickte.

»Also, dann sprechen wir erst mal mit den Bulgaren«, entschied Zakos. »Und danach gehen wir im Büro alles durch, was ich gestern und heute erfahren habe.« Er wollte gern Fanis Meinung zu den Gesprächen mit Kouklos und Liz und den Arbeitern hören.

»Brauchen Sie sonst noch irgendwas – ein Frappé vielleicht?«, fragte sie.

»Nein!«, sagte Zakos. »Doch! So ein Sandwich, wie Jannakis gerade eines hatte. Das sah gut aus, wo kriege ich das her?«

»Von Jannis, in der Bäckerei. Er hat auch *Tiropites*. Soll ich welche besorgen?«

»Wir gehen zusammen«, sagte Zakos.

Kapitel 9

Hallo, Urlauber«, tönte die Stimme Zicklers am Handy an sein Ohr. »Bist schon ganz braungebrannt?« Es war ein gutes Gefühl, ihn zu hören, auch wenn er Zakos natürlich aufzog, gleichzeitig war es aber auch irgendwie merkwürdig. Als wäre es nicht erst ein paar Tage her, seit sie sich gesehen und zusammengearbeitet hatten, sondern viele Wochen, ja sogar Monate.

»Klar, ich lieg hier am Meer in der Sonne!«, stieg Zakos ein, und es war nicht mal gelogen. Als das Handy geläutet hatte, war Zakos schnell nach draußen auf die Hotelterrasse getreten und hatte sich auf einen der frühmorgens noch leeren Liegestühle gesetzt, um ungestört telefonieren zu können. Wenn Zickler ihn hätte sehen können, wäre er sicher gelb vor Neid geworden. Aber das Urlaubsambiente war hier nun mal allgegenwärtig – man konnte es nicht ausblenden. Zakos war dennoch weit davon entfernt, sich in irgendeiner Weise entspannt zu fühlen.

»Wird Zeit, dass du Skype aktivierst – dann kann ich dein Griechenlandwetter einfach zuschalten«, tönte es aus München. »Hier schifft's nämlich scho wieder!«

»Ja, wenn das so einfach wäre!«, stöhnte Zakos. Obwohl angeblich überall auf der Insel und im Hotel im Besonderen WLAN-Anschluss bestand, war es ihm bisher kein einziges Mal geglückt, mit seinem mitgebrachten Laptop ins Internet zu kommen. An seinem Rechner schien es nicht zu liegen – mit dem Handy klappte es ebenfalls nicht.

»Außerdem gibt's noch einen Grund dafür«, sagte Zickler. »Der Chef flippt sonst wegen der Telefonkosten aus. Er lässt übrigens grüßen, und die Astrid auch. Und es gibt Neuigkeiten!«, berichtete der Münchner.

Astrid hatte recherchiert, dass von Altenburg für die Tatzeit ein absolut wasserdichtes Alibi hatte, weil er an einer mehrtägigen Klausur des Stadtrats teilgenommen hatte. Außerdem gab es keinen Hinweis bei den Airlines, dass er zu dem Zeitpunkt nach Griechenland oder in die von Pergoussa nur ein paar Dutzend Kilometer entfernte Türkei geflogen sein könnte – auch das hatte die junge Mitarbeiterin sicherheitshalber geprüft. Und dass er einen falschen Pass besaß oder einen Killer engagiert hatte, diese Alternativen konnte man in seinem Fall als unwahrscheinlich verwerfen.

»Er kommt also tatsächlich als Täter nicht in Frage, was ich persönlich eigentlich schade find. Aber so kannst du wenigstens noch ein bisschen auf der Inserl bleiben«, meinte Zickler.

»Mei, Ali, du nervst!«, stöhnte Zakos, und Zickler kicherte zufrieden.

»Des is mein Job. Übrigens habe ich für dich mit der Haushälterin gesprochen, aber sie sagt eigentlich nix andres, als was wir schon wissen«, erklärte Zickler. »Nämlich dass es ständig Streit gab und dass sie Massen Weißweinflaschen im Container entsorgen hat müssen.«

»Und das hat sie unumwunden erzählt?«, wunderte sich Zakos.

»Logisch!«, bestätigte Zickler. »Die war angefressen. Anscheinend hat die Altenburg sie nämlich immer recht rumschikaniert. Die Frau sagt, sie ist eigentlich nur noch da wegen dem Kind, dem Mädel.«

»Wie alt ist diese Haushälterin eigentlich?«, fragte Zakos.

Zickler erriet, was er gerade dachte: »Naaaa, wenn du

denkst, die hat was mit dem Alten – des is Schmarrn. Die Frau ist gut über sechzig. Die kocht bestimmt spitzenmäßig, so schaut sie jedenfalls aus – vom Umfang her. Also, die und der Altenburg geben kein Paar ab«, urteilte Zickler.

»Und in dem Immobilienbüro von Renate? Habt ihr da was rausbekommen?«

»Also, des Büro, des gibt's jetzt gar nicht mehr. Der Altenburg hat's aufgelöst und sucht gerade einen Nachmieter für die Räumlichkeiten. Aber die Astrid hat die beiden früheren Angestellten kontaktiert. Das war zum einen ein Lehrling, der weiß nix. Und dann gab's noch eine ältere Mitarbeiterin. Die konnte uns immerhin Ansprechpartner nennen, mit denen die Altenburg wegen Bauprojekten in Griechenland in Kontakt stand. Unter anderem eine Firma Borano. Und stell dir vor, die ist grad in die Insolvenz gegangen!«

Zakos pfiff durch die Zähne. »Na, dann wundert mich natürlich nicht, dass dort vor kurzem keiner mehr Interesse daran hatte, Geld in Griechenland zu investieren!«, sagte er.

»Klar. Aber wir haben von denen noch niemanden gesprochen. Die anderen waren ein Unternehmen namens Ebau, eine Firma aus Regensburg. Die haben noch nie im Ausland investiert, nun hatten sie aber Interesse gezeigt. Man kannte die Tote dort gut, von früheren Projekten und so. Aber so scharf drauf, wie die Altenburg es sich gewünscht hätte, waren die nicht auf die Sache. Der Geschäftsführer sagte, die Insel wär reizvoll, aber problematisch, weil es keine direkte Flugverbindung gibt. Und anscheinend ist auch noch nicht geklärt, ob der Bauherr eine Straße direkt zur Anlage bauen darf. Dennoch sei man offen gewesen, und blabla – du kannst es dir vorstellen.«

Das konnte Zakos.

»Dann gab's noch einen einzelnen potentiellen Geldgeber, eine Privatperson, Alfons Grasser, aber der war nicht mehr gut zu sprechen auf die Tote. Also, *jetzt schon* – wo sie tot ist. Er sagt, da will er nix Schlechtes nachreden, aber dann hat er's doch getan: Er hätt sich halt gewünscht, dass sie ihn mehr hofiert und ihm das Flugticket und den Aufenthalt bezahlt hätt, aber das hat sich hingezogen! Wurde offenbar nie so ganz klar, ob sie ihn nun einlädt oder nicht. Deswegen hatte er keine Lust mehr, dorthin zu reisen, sagte er, weil ihn der Spaß einer Besichtigung nur unnötig Geld gekostet hätt.«

»Vielleicht hatte sie keine Kohle?«

»Sie hatte um die hunderttausend Euro. Also nicht die Welt. Und auf die Konten ihres Mannes hatte sie keinen Zugriff. Gütertrennung – das hat der Altenburg der Astrid ganz unumwunden am Telefon erzählt. Sie sagt, er klang so, als sei er stolz drauf.«

»Hm!«, machte Zakos. Irgendwie tat Renate ihm leid, diese Frau, die anscheinend mal ein lebensfrohes, ausgelassenes junges Ding gewesen war und dann den Weg der materiellen Absicherung durch einen letztlich wohl kaltherzigen Ehemann gewählt hatte – damit aber offenbar nicht gut gefahren war.

»Aber jedenfalls hat die Altenburg über die Jahre mit ihrem Maklerjob nicht schlecht verdient, sagt die Angestellte«, fuhr Zickler fort. »Sie hat wohl selber einige Immobilien gehabt, die sie vermietete, und sie hatte auch einen recht aufwendigen Lebensstil: Mercedes-SUV, Designersachen aus der Maximilianstraße und so. Aber noch was anderes hat sie gesagt: Die Altenburg ist manchmal richtig abgestürzt, des hat jeder gewusst. Und ab dem Nachmittag hat sie sowieso immer mit dem Picheln angefangen, auch an ganz normalen Tagen. Weißwein meist, auch im Büro, und dann immer schön angesoffen mit dem fetten Benz zu den Wohnungsbesichtigungen. So ist es halt: Als Makler kannst du in München nix falsch machen, schätz ich, noch nicht mal, wenn du Suchtprobleme hast oder sonst was. Die rennen einem doch sowieso die Bude ein, bei der Wohnungsnot. Nur unsereins schuftet sich ab und ...« Zakos kannte das Lamento. Zickler stimmte es gegenüber jeder erfolgreichen Berufsgruppe an, deswegen galt es, ihn schnell auszubremsen.

»Du, noch ganz kurz: Wie läuft's eigentlich mit deinem Fall – die Brandleiche von der Isar?«

»Geht so. Die Boulevardpresse macht eine ganz große Sache draus, deswegen stresst der Chef rum – abartig!«

»Oje!«, sagte Zakos. Er wusste, mit der Aufmerksamkeit der Öffentlichkeit konnte Baumgartner nicht gut umgehen. In solchen Zeiten wich seine sonstige Gelassenheit einer Daueranspannung, in der er ständig aufbrausend reagierte.

»Aber das Ganze hat auch Vorteile – wir haben nämlich bereits den Radlanhänger. Der ist in der Altstadt in einem Hinterhof aufgetaucht, da stand er unbeachtet in einer Garageneinfahrt. Gehört einer Familie aus Obergiesing. Die hatte ihn bereits als gestohlen gemeldet.«

»Gibt's wegen den Altenburgs auch Presse-Rabatz?«, fragte Zakos.

»Wenn, dann wüsstest du es bereits, dann wär der Chef bei dir auf Standleitung. Aber Gott sei Dank hat das noch keiner spitzgekriegt. Bist halt ein Glückspilz, wie immer«, meinte Zickler lakonisch. »Und sonst so? Was macht die Romantik? Hast einen schönen Liebesurlaub?«

»Kein gutes Thema!«, sagte Zakos düster, und Zickler machte mitfühlend »O ohhh – diese Weiber«, bevor sie sich verabschiedeten und auflegten.

Zakos seufzte. Der vergangene Abend war mal wieder vollkommen misslungen gewesen. Sie waren sich bereits auf dem Weg in das Restaurant mit den roten Stühlen am Hafen in die Haare geraten, als Sarah nachdenklich feststellte, dass viel zu viele griechische Kinder fett seien. »Was, bitte, willst du damit wieder sagen?«, brauste Zakos auf.

»Wieso? Guck dir doch die armen Kinder an!« Sie zeigte auf zwei Mädchen, die Hand in Hand vor ihnen gingen und zugegebenermaßen etwas übergewichtig waren. »Ich sage doch nur die Wahrheit!«

»Es gibt überall auf der Welt dicke Kinder, und zwar immer mehr davon, das weiß wohl jeder, der ab und zu in die Zeitung guckt«, empörte sich Zakos. »Worum geht's eigentlich wirklich? Was passt dir denn nicht?! Du hast doch was?«

Sarah wand sich eine Zeitlang und schmollte, schließlich brach es aus ihr heraus: »Wenn du nicht selbst darauf kommst, tut's mir leid!«

»Ah, komm mir bloß nicht so! Du weißt genau, wie ich so etwas hasse!«, rief Zakos aus. »Sag, was du mit dir rumschleppst! Ist es immer noch wegen dem Streit in der Strandtaverne?« Er meinte seinen kurzen Eifersuchtsanfall, als sie sich vor diesen Kellnern produziert hatte – so zumindest hatte er es an jenem Tag empfunden. »Dafür habe ich mich doch wohl tausendmal entschuldigt, oder? Ich weiß auch nicht, was da in mich gefahren ist. Aber jetzt könntest du's endlich mal ruhen lassen!«

»Ja, klar hast du dich entschuldigt, aber es dauert eben ein bisschen, bis man so was vergisst. Das war so machomäßig! Aber es ist ja nicht nur das. Ich vereinsame hier total. Mir ist schon klar, dass du arbeiten musst, aber dass du mich zum Beispiel sogar abends ganz alleine lässt, wenn ich den schlimmsten Sonnenbrand meines Lebens habe und es mir so schlecht geht! Und dann bist du obendrein erst mitten in der Nacht total betrunken...«

»Ach, daher weht der Wind! Seitdem bist du mies drauf! Dabei hast *du* doch gesagt, geh ruhig. Soll ich jetzt bei jedem Wort überlegen, ob du's vielleicht doch ganz anders meinst?«

»Ich habe mich eben an dem Abend total verlassen gefühlt. Außerdem bist du hier ganz anders als zu Hause. Ich erkenne dich gar nicht wieder. Du machst ja schon sooo ein Gesicht, weil ich euer Essen nicht liebe. Ich muss doch nicht alles mögen, nur weil es griechisch ist!«

»Ach, Sarah, das ist doch Quatsch! Mich stört nur, dass du alles aus Prinzip schrecklich findest!«

»Ich finde doch gar nicht alles schrecklich. Diese kleinen bunten Häuser hier am Wasser sind hübsch«, beteuerte Sarah. »Und auch der Strand ist nett. Ich meine, er ist natürlich winzig, nicht zu vergleichen zum Beispiel mit Biarritz, diesem kilometerlangen, herrlichen Sandstrand ...«

»Ja, wenn man lieber in Fankreich wäre, dann ist natürlich jeder Ort schlecht, einfach weil ... es ist ja nicht Frankreich!«

»Daran liegt es nicht! Du weißt, dass ich auch immer gerne in die Toskana gefahren bin«, empörte sich Sarah. »Und wahrscheinlich würde es mir auch auf Mykonos oder so ganz gut gefallen, aber Pergoussa ist nun mal total öde! Es gibt ja nicht mal Wassersport, sonst könnte ich vielleicht Windsurfen lernen oder einen Tauchkurs machen. Es gibt auch keinen einzigen hübschen Laden, wo ich ein Mitbringsel für meine Mutter oder für eine Freundin bekommen könnte. Und das Publikum ist soooo – wie soll ich sagen: unglamourös. Total uninspirierend!«

Zakos verdrehte die Augen. »Du verstehst offensichtlich immer noch nicht, dass wir hier nicht im Urlaub sind. Es geht dir nicht in den Kopf, dass ich mir das hier nicht ausgesucht hab! Es gibt einen Grund dafür, dass ich hier bin. Und ehrlich gesagt, *ich* finde es schön hier!«

»Ja, aber deswegen muss ich es ja nicht genauso schön finden, oder? Allein schon diese alten Weiber überall«, stöhnte sie, als sie am Kurzwarenladen vorbeikamen, wo sich an diesem Abend besonders viele alte Damen zum Plausch eingefunden hatten. »Ich bekomme hier regelrechte Depressionen, wenn ich ständig überall diese schwarzgekleideten Krähen sehen muss!«

»Ich frage mich wirklich, ob es nicht doch ein Fehler war, dass du mitgekommen bist!«, stöhnte Zakos.

»Ich frage mich das längst nicht mehr«, parierte Sarah spitz. »Ich bin mir absolut sicher!«

Als er nun nach dem Telefonat mit dem Münchner Kollegen in den Frühstücksraum trat, zeigten Sarahs Mundwinkel wieder mal nach unten.

»Schau dir das bitte an!«, empfing sie ihn und wies auf ihre Tasse, in der eine gelblich-grüne Flüssigkeit schwamm. »Grüner Tee! Ich wollte aber schwarzen. Einfachen schwarzen Tee. Ich hab sie gefragt, was daran so schwierig sein soll, aber sie hört nicht mal zu, wenn ich mit ihr spreche!«

Zakos seufzte. In den letzten Tagen hatten sich Sarah und Marianthi nahezu allmorgendlich einen Kleinkrieg geliefert, den allerdings stets Marianthi gewann, weil sie sich einfach taub stellte, wenn es ihr zu stressig wurde. Nicht nur bei Sarah. Seit die Optiker abgereist waren und stattdessen einige Familien mit Kindern im Haus residierten, kam Marianthi mit den Sonderwünschen und Extrabestellungen nicht mehr hinterher.

»Schatz, du darfst hier nicht zu viel erwarten!«, versuchte Zakos sie zu beschwichtigen. »Du sagst ja selbst – das hier ist ja nicht Mykonos oder so!« Er wollte vermitteln. Er hatte einfach keine Lust mehr auf schlechte Laune. Doch es funktionierte nicht.

»War ja klar, dass du nicht auf meiner Seite bist!«, giftete Sarah.

Zakos starrte sie an. »Weißt du was, irgendwann reicht's einfach!«, sagte er schließlich. »Mir ist soeben der Appetit aufs Frühstück vergangen. Ich geh Zigaretten holen.« Er stand auf und ging sehr schnell aus dem Raum.

Das Maß war voll, fand er. Er war so sauer, dass er die Strecke vom Hotel ins Ortszentrum in Rekordgeschwindigkeit zurücklegte. Erst nach einiger Zeit machte er eine Pause und setzte sich auf eine weißgetünchte Treppe, die zum höher liegenden Bereich des Dorfs führte, und zündete sich eine Zigarette an: Tatsächlich hatte er noch ein fast volles Päckchen, er wollte einfach nur weg von Sarah.

Die Dauerkabeleien hatten ihn zermürbt, mittlerweile explodierte er in immer kürzeren Abständen. Seit er die Insel betreten hatte, ging es von allen Seiten permanent um sein Griechischsein oder sein Deutschsein – je nachdem, mit wem er es gerade zu tun hatte. Er wusste nicht, was ihn mehr nervte, das oder Sarahs Zickigkeit, die er so auch noch nie erlebt hatte wie hier. Gut, ganz einfach war sie nie gewesen, aber nun fand er sie regelrecht unerträglich.

Mit einer Sache hatte Sarah allerdings recht gehabt: Es war wohl wirklich nötig gewesen, endlich mal länger am Stück zusammen zu sein, als es im ganz normalen Münchner Alltag möglich war – nun hatten sie sich ganz anders kennengelernt. Allerdings war daraus nicht gerade eine größere Nähe entstanden, sondern das krasse Gegenteil. Zakos fragte sich ernsthaft, ob die Beziehung mit Sarah überhaupt Sinn machte.

Das Schlimmste war allerdings im Moment für ihn, dass ihn die ständigen Spannungen so beschäftigten und ärgerten, dass er sich gar nicht mehr richtig auf die Ermittlungen konzentrieren konnte. Ständig musste er über Sarah nachdenken.

Zum Beispiel hatte er gestern eigentlich vorgehabt, endlich mal zu erfragen, ob Renate von Altenburg am Abend vor ihrem Tod in ihrem Lieblingslokal gewesen war. Sträflicherweise hatte das in all der Zeit offenbar noch niemand eruiert.

Doch was hatte er stattdessen getan? Nichts! Er und Sarah hatten schweigend ihr Abendessen in sich hineingeschlungen, und er hatte nicht im Geringsten mehr an seine Recherchen gedacht. So ging es nicht weiter, er musste sich jetzt einfach zusammenreißen. Und zwar ab sofort!

Gerade wollte er von den Treppenstufen aufstehen, als ihm jemand auf die Schulter tippte. Zakos drehte sich um und sah eine kleine weißhaarige Frau mit einem verwitterten Gesicht hinter sich stehen.

»Brauchen Sie Hilfe? Soll ich Ihnen bei der Treppe zur Hand gehen?«, fragte er die Alte und dachte, dass die Insel tatsächlich nur so vor Greisinnen wimmelte – auch darin hatte Sarah recht gehabt.

Die Frau schüttelte heftig den Kopf und ließ sich neben ihm auf den Stufen nieder. »Warte«, sagte sie und holte einen kleinen Beutel aus Leinen aus einer Tasche an ihrem Kleid. Endlos nestelte sie daran herum. Zakos verlor die Lust, zu warten. Doch als er Anstalten machte, sich zu erheben, packte sie ihn fest am Unterarm und hielt ihn zurück. »Warte!«, wiederholte sie herrisch. Schließlich hatte sie einen kleingefalteten Zwanzig-Euro-Schein hervorgeholt, den sie Zakos in die Hand drückte.

»Joghurts!«, sagte sie. »Die von Fage. Das sind die besten. Hol sie bei Michalis im Laden, dem kann man trauen, dem anderen nicht.« Zakos seufzte. Er hatte wirklich keine Lust. Die Alte war weder besonders freundlich, noch schien sie auf Hilfe angewiesen zu sein – so behände, wie sie sich auf der niedrigen Stufe niedergelassen hatte. Aber er brachte es dennoch nicht übers Herz, sie einfach so sitzen zu lassen.

»Wie viele Joghurts möchten Sie denn haben?«, fragte er schließlich.

»Viele! So viele du bekommen kannst!«

Michalis, ein dicklicher Mann mit einem dichten schwarzen Haarkranz, der sich um seine gerötete Halbglatze rundete, betrieb ausgerechnet den Supermarkt, der weiter entfernt war: Es war der Minimarkt auf halbem Weg zum Sandstrand. Als Zakos endlich eine große Menge der Joghurts aus seinem Einkaufskorb auf die Theke mit der Registrierkasse stapelte, wusste der Mann sofort, für wen Zakos einkaufen ging.

»Ahhhh – Joghurts für Xanthi!«, sagte er. »Hat sich also mal wieder jemand gefunden, der ein Herz für die alte Frau hat!« Zakos fühlte sich ertappt. Eigentlich hatte er anderes zu tun, als sich um wildfremde Omis zu kümmern. Er hatte einfach wieder mal nicht nein sagen können.

Der andere hatte mittlerweile munter weitergeplaudert: »Ich würde mich ja selbst um sie kümmern, und manchmal bringe ich ihr auch etwas vorbei, aber jetzt, mitten in der Saison, komme ich natürlich gar nicht hier raus. Ich glaube, sie lebt ausschließlich von Joghurts, schon seit vielen Jahren!« Michalis schüttelte den Kopf. »Alte Menschen haben nicht mehr viel Appetit – das war bei meiner Mutter genauso, aber wir haben uns wenigstens um sie gekümmert. Aber die arme Xanthi – das ist ein trauriger Fall. Die ist ganz allein!«

Zakos schleppte schließlich eine ziemlich stattliche Tüte zurück. Sobald die Alte ihn gesehen hatte, stand sie auf und machte ihm ein Zeichen, ihr den Einkauf nach oben zu tragen. Erst jetzt bemerkte er, dass sie gebückt ging, aber ihre Beine waren offenbar noch schnell und stark. Sie bewältigte die steile Treppe flink und ohne Probleme.

Nach einigen Windungen endete der Anstieg auf einem kleinen Platz, an dem er noch nie gewesen war: Es gab eine

Bank, die jemand mit Graffiti besprüht hatte, davor ein Beet mit Löwenmäulchen. Die Erde sah rot und feucht aus. Die Hafenmole war von hier oben nicht zu sehen, sie wurde von einer Reihe von Häusern verdeckt, doch man hatte Sicht auf den hinteren Teil der Bucht.

Die Alte kramte aus ihrer Tasche einen großen Schlüssel hervor und öffnete das Tor einer hohen Mauer. Dann winkte sie ihn hinein in einen gepflegten, überraschend grünen Garten mit Feigenbäumen und Blumen, der ein stattliches zweistöckiges Haus umgab. Xanthi zückte wieder den Schlüssel, dann standen sie in einer mit glänzenden Bodenkacheln ausgelegten Halle. Zakos kannte das Muster, er hatte es zuletzt in seiner Kindheit gesehen: hellgraue und dunkelgraue grafische Sterne.

Xanthi war währenddessen im Haus verschwunden, und er erwog, die Tüte, die er immer noch in der Hand hielt, abzustellen und zu gehen. Es war so still hier, dass es ihm nicht ganz geheuer war. Da kam die Alte plötzlich wieder und brachte ein Getränk mit Eiswürfeln in einem Kristallglas. Zakos lächelte ihr zu, was sie nicht erwiderte, und probierte: selbstgemachte Zitronenlimonade. Sie war etwas zu süß, aber köstlich und frisch. Er trank das Glas in einem Zug leer, draußen war es heiß gewesen. Dann stellte er es auf einer Anrichte ab.

Die Alte murmelte etwas, was er nicht verstand.

»Wie bitte?«, fragte Zakos.

»Viel zu lange Haare!«, sagte die Frau. »Hast du kein Geld für einen Haarschnitt?«

Fast unwillkürlich fasste Zakos sich in den Nacken. Besonders lang waren seine Haare gar nicht. Und er würde sich bestimmt nicht wegen ihr den Nacken ausrasieren lassen. Er wollte jetzt endlich gehen. Aber die Frau musterte ihn immer noch missbilligend.

»Du musst zu Dinos. Dinos verpasst dir einen ordentlichen Schnitt. Dann siehst du wieder anständig aus und kannst unter die Leute!«

»Ja, ja«, machte Zakos und hob die Tüte neben das leere Glas auf die Anrichte. Dann gab er Frau Xanthi das Restgeld – einen Euro und ein paar Cent – in die Hand. Verständnislos starrte sie die Münzen an.

»Was soll ich damit? Wo sind meine Drachmen?«, fuhr sie ihn an, und Zakos fragte sich, was er wohl falsch gemacht hatte. Hätte er alles ausgeben sollen? Oder ganz anders: Hätte er vielleicht nicht das ganze Geld verbrauchen sollen? Hatte er vielleicht ihr letztes Geld ausgegeben? Aber sie hatte doch gefordert, dass er so viele Joghurts wie möglich kaufen sollte! Oder sollte er sie erinnern, dass es keine Drachmen mehr gab, sondern den Euro, *Evro*, wie die Griechen sagten. Aber irgendwie wusste er schon, Erklärungen hatten hier keinen Sinn.

»Was ist das? Wo sind nur meine Drachmen?«, wiederholte die Frau. »Die Drachmen. Meine Drachmen. Meine Drachmen. Wo sind sie?« Sie starrte auf die Münzen und zählte sie von einer Hand in die andere, und er bemerkte, dass sie ebenso schmale grüne Augen hatte wie die andere alte Frau, die er so nett fand – die Dame, die immer unten vor dem Geschäft ihrer Freundin saß und die Sarah am ersten Tag geholfen hatte. Doch Frau Xanthi war anders. Etwas stimmte nicht mit ihr.

»Ich muss jetzt gehen«, sagte Zakos. »Ich habe noch zu tun. Aber wenn Sie mal wieder meine Hilfe brauchen ...« Er hatte sich, während er sprach, der Tür genähert, nun wollte er wirklich nach draußen. Der Anblick der alten Frau, die immer noch das Geld mit ihren Händen befühlte, war so bizarr und dabei von so großer Traurigkeit, dass er gar nicht mehr hinsehen mochte.

»Adio«, sagte er und fürchtete einen Moment, dass sie ihn zurückhalten würde, dass sie schreien oder zu ihm kommen und sich an ihm festklammern könnte und er sich mit Gewalt entwinden müsste. Aber sie interessierte sich gar nicht für ihn. Frau Xanthi sprach mit sich selbst und wusste nicht mehr, dass er da gewesen war.

Nach diesem Zwischenspiel hatte er noch weniger Lust, zu seiner schlechtgelaunten Freundin zurückzukehren. Er brauchte Aufmunterung und ging zu Sotiris.

Sotiris hatte seinen Gyrosgrill gerade angeworfen, die Tische waren frisch abgewischt und alle morgendliche Arbeit getan. Er saß im Schatten und schlürfte *Frappé*. Pappous, der Opa, fegte den Boden.

»Kuck ihn dir an, das macht er am liebsten!«, sagte Sotiris leise und zeigte mit dem Kinn auf seinen Großvater. »Drei, vier, fünf Mal am Tag, ach was – hundert Mal! Auch wenn ich ihn gerade in der Küche brauche oder im Service. Wie oft habe ich schon zu ihm gesagt, lass den verdammten Boden. Du fegst mir ja nur den Staub ins Gesicht. Aber er lässt sich nicht abbringen. Verrückter alter Mann!«

Mit verrückten Alten hatte Zakos mittlerweile ebenfalls seine Erfahrungen. Er erzählte von seiner Begegnung mit Frau Xanthi.

Sotiris schüttelte den Kopf. »Ich hatte mal einen Großonkel, der war auch so wie sie. Total wirr im Kopf. Eines Tages im Winter machte er ein Feuerchen im Kleiderschrank. Hat ihn wohl mit dem Kamin verwechselt. Die Nachbarin hat den Rauch entdeckt, und dann haben sie ihn rausgeholt, aber es war zu spät, er starb an Rauchvergiftung.«

Sotiris schüttelte wieder den Kopf. »So weit kommt es mit meinem Pappous nicht – der soll im Lokal arbeiten, bis er hundert ist, das hält den Kopf wach. Auch wenn ich deswegen eine Staublunge kriege!«

Sie mussten beide lachen.

»Du wohnst schon immer hier?«, wollte Zakos wissen.

Sotiris nickte. »Mit Unterbrechungen. Es war so: Heute kann man ja auf jeder noch so kleinen griechischen Insel Abitur machen – selbst wenn dazu mehr Lehrer nötig sind, als Kinder auf der Insel leben. Aber noch vor ein paar Jahren war das anders. Deswegen bin ich mit meiner Mutter als Kind nach Rhodos gezogen, um dort zur Schule zu gehen. Und dann habe ich Informatik studiert, in Athen. Jaha, da staunst du, was? Ich habe auch ein Jahr in einer Firma gearbeitet, aber das Leben in der Stadt hat mir nicht gefallen. Ich brauche die Ruhe!«

»Man merkt es!«, kicherte Zakos. »Du führst hier ein sehr ruhiges Leben!«

Sotiris stimmte zu. »Na gut – jedenfalls gibt's hier keinen Verkehrslärm und keinen Smog und keine Staus. Deswegen haben meine Frau und ich beschlossen, dieses Lokal zu eröffnen.«

»Du bist verheiratet?«, wunderte sich Zakos.

Sotiris nickte. »In ein paar Wochen kommt mein zweiter Sohn auf die Welt, aber Sofia hat Schwangerschaftsprobleme und muss liegen. Sie ist mit dem 3-Jährigen in Athen bei ihrer Mutter, und ich habe sie seit Ostern nicht mehr gesehen. Aber wenigstens ist alles mit dem Baby okay. Das war es, was ich neulich zu feiern hatte, wenn du dich erinnerst.«

»Warum hast du denn nichts erzählt?«, fragte Zakos.

»Ach, was soll ich die Leute mit meinen privaten Sorgen und Nöten unnötig belästigen«, meinte Sotiris. »Die meisten hier wollen einfach einen unbeschwerten Urlaub verbringen – da hat so was doch keinen Platz. Aber bei dir ist das anders – du bist ja ebenfalls nicht zum Spaß hier!«

Zakos nickte etwas düster.

»Dir kann ich's ja sagen«, fuhr Sotiris fort. »Am liebsten würde ich zusperren! Wenn man nicht so gut drauf ist, dann ist das hier alles auch nicht so schön wie für einen Feriengast. Dann legt sich die Enge manchmal direkt auf deine Brust!« Er klopfte sich auf den schmalen Brustkorb. »Aber zusperren und nach Athen zu Sofia fahren, das geht nicht – wir brauchen das Geld. Das letzte Jahr lief nur mäßig, und das davor eigentlich auch.«

»Das verstehe ich nicht. Du bist doch im Dauerstress!«

»Ja, aber nur jetzt. Die Saison ist viel kürzer geworden. Das liegt daran, dass die Italiener und die Engländer, die früher zu uns kamen, jetzt weniger Geld haben und zu Hause bleiben. Und die Griechen sowieso: Früher sind sie eine Woche geblieben, jetzt kommen sie nur noch ein Wochenende, wenn überhaupt. Drüben auf Rhodos gibt es jetzt immer mehr russische Urlauber, auch Polen und Ungarn. Aber die stehen alle einfach nicht auf Pergoussa. Die machen höchstens Tagesausflüge hierher, dann wollen sie wieder zurück in ihr großes Hotel mit Pool und All-inclusive-Buffet. Das trifft uns alle hier hart.« Er machte eine Armbewegung über den Platz. »Uns steht allen das Wasser bis hier!« Sotiris legte die flache Hand unter seine Nase. »Bei mir gab's dieses Jahr Probleme mit dem Ablauf im Klo, und ich musste alles aufreißen lassen und ... ach, lass uns nicht darüber reden. Zum Glück hat Aris ausgeholfen. Er ist ein echter Freund, ein guter Mensch!«

Zakos nickte. Diese Arie kannte er bereits.

Eine Weile saßen sie schweigend nebeneinander und genossen die friedliche Stimmung und die Frische des Morgens. Schließlich erklang ein Motorengeräusch, kurz darauf sah Zakos den Minibus des Reisebüros den Berg hinauffahren.

»Wie läuft es eigentlich bei Liz so? Hat die auch Probleme?«

»Ach, die! Die sieht aus wie ein altes Blumenkind, aber im Herzen ist sie eine ganz berechnende Geschäftsfrau. Das muss sie allerdings auch sein.« Sotiris senkte die Stimme. »Die hat vor einiger Zeit ihr ganzes Geld in ein Bauvorhaben in Rhodos gesteckt – aber mittendrin ist sie pleitegegangen. Den Rohbau gibt's noch, da wird jetzt langsam eine Ruine draus, und sie kriegt nicht mal das Grundstück los. Darum muss sie hart arbeiten!«

»Woher weißt du das?«

Der andere setzte ein Sphinx-Gesicht auf. »Kann ich nicht sagen.«

»Hör mal – ich bin von der Polizei!«, sagte Zakos.

»Und wenn du mich folterst …«, lachte Sotiris. »Quellen werden nicht preisgegeben.«

Allmählich mussten die Salate vorbereitet werden, und Sotiris ging in die Küche. Zakos blieb alleine zurück. Es ging ihm besser jetzt, wie immer nach einem Gespräch mit Sotiris, doch in dem Maße, in dem seine Wut verrauchte, wuchs die Wehmut: Es tat ihm leid, wie die Dinge sich zwischen ihm und Sarah entwickelt hatten, und er wünschte, er könnte die Uhr zurückdrehen auf den Moment, als sie beide so glücklich und zuversichtlich auf der kleinen Fähre im warmen Fahrtwind gestanden hatten. War das wirklich erst vier Tage her? Was war nur mit ihnen los?

Vielleicht lag es nicht nur an ihnen. Die gesamte gemeinsame Reise hatte von Anfang an unter einem schlechten Stern gestanden – andauernd hatten sie Pech gehabt. Erst Sarahs kleiner Unfall, als sie umgekippt war und sich den Kopf gestoßen hatte. Dann die sonderbare Nacht, in der sie beide nicht in den Schlaf gefunden hatten. Schließlich ihr heftiger Sonnenbrand, der erst einmal ausheilen musste, weswegen sie sich nicht voller Erkundungsdrang über die ganze Insel bewegen konnte. Sie hatten bisher wirklich eine »super« Zeit zusammen verbracht, dachte Zakos mit bitterem Spott. Aber das musste sich doch irgendwie ändern lassen! Er hatte keine Lust mehr, so weiterzumachen wie in den vergangenen Tagen. Also wählte er Sarahs Handynummer, und zum Glück klang auch ihre Stimme nicht mehr angesäuert und schnippisch, sondern nachdenklich.

»Lass uns endlich einen Schlusspunkt unter die ganzen Streitereien setzen. Wir vergessen das alles und fangen die Reise neu an«, sagte er, und Sarah war einverstanden. »Im Moment hab ich noch etwas zu tun. Aber heute Mittag könnten wir doch in das Strandlokal, das dir so gefällt. Was meinst du? Zum Versöhnungsessen!«

»O ja, unbedingt! Ich bin so froh, dass du das sagst!«, sagte Sarah, und sie klang sehr erleichtert. »Ich konnte schon nicht mehr!«

Nun ging es Zakos besser. Es war allerdings auch höchste Zeit, weiterzuarbeiten. Mit dem nächsten Anruf zitierte er Fani und Lefteris zu Sotiris ins Lokal. Oben in der Polizeistation fühlte er sich immer so abgeschnitten von der Welt, und hier im Schatten des riesigen Baumes saß man nicht nur entspannter, sondern erlebte außerdem das Kommen und Gehen im Ort mit. Zakos hatte das Gefühl, hier näher am Puls der Insel zu sein.

Fani stand schon zwei Minuten später mit hochrotem Kopf und etwas verschwitzt am Tisch – sie kam soeben von den beiden jungen bulgarischen Arbeitern, die sie davor nicht angetroffen hatten. Die beiden halfen mittlerweile auf einer kleinen Fischfarm aus, ein paar Kilometer entfernt auf der unbewohnten Seite der Insel.

»Die Mutter ist auch dort und sitzt auf einem Stuhl im Schatten. Die Jungs sagen, sie bewacht sie!«, lachte Fani. Ansonsten gab es nichts, was sie weiterbrachte: Die beiden gaben an, ihre Tat schwer zu bereuen und sich künftig Mühe zu geben. Sie waren offenbar ziemlich erleichtert, dass Kouklos keine Anzeige erstattet hatte. Die Mutter allerdings hatte sich geweigert, mit Fani zu sprechen – sie nahm ihr die Verhaftung vom Wochenende übel.

Endlich stieß auch Lefteris zu ihnen, doch nur wenige Minuten später wurde er vom Hafenmeister zu Hilfe geholt.

»Irgendwie bringt das nichts«, sagte Zakos. »Wir müssen mal die Zuständigkeiten verteilen. Ich würde sagen, Sie unterstützen mich ausschließlich in der Mordsache, und Lefteris kümmert sich nur noch um die übrigen Inselangelegenheiten, einverstanden?«

Fani nickte. So langsam hatte ihr Gesicht wieder eine normale Farbe angenommen. Doch jetzt wirkte sie völlig kaputt, mit tiefen Ringen unter den Augen.

»Alles okay bei Ihnen?«, fragte Zakos. »Sind Sie krank?«

Fani schüttelte den Kopf und setzte sich kerzengerade auf. »Und wie geht's jetzt weiter?«, fragte sie schnell. Zakos erzählte von Liz' finanziellem Debakel, und sie wirkte erstaunt.

»Das wusste ich nicht«, sagte sie. »Ich glaube, das wissen hier nicht so viele Leute. Ich dachte, sie hat jede Menge Geld und will in Immobilien investieren. Woher haben Sie das?«

Zakos zog es vor, sie erst mal noch nicht ins Vertrauen über seine Informanten zu ziehen – hauptsächlich, weil Sotiris gerade am Nebentisch zugange war –, und zuckte kryptisch mit den Schultern. »Ich will, dass Sie mit ihr darüber reden.« Er selbst wollte sich bei Liz nicht unbeliebt machen – seine Intuition sagte ihm, das wäre für die Ermittlungen besser so. »Ist das okay für Sie?«

Fani nickte. Es war nicht zu übersehen, dass der Auftrag sie stolz machte. Zu Recht, wie Zakos fand. Sie hatte sich noch kein einziges Mal dumm angestellt, was für eine Dorfpolizistin, die von Ermittlungsarbeit wenig Ahnung hatte, an sich schon hervorhebenswert war. Er legte mittlerweile echten Wert auf ihre Meinung, zumal sie ja auch von der Insel stammte und die Hintergründe kannte. Er konnte nur nicht verstehen, warum eine so junge Frau permanent so fertig aussah. Setzte ihr die Polizeiarbeit derart zu?

»Zuerst recherchieren Sie die Angelegenheit vor, wenn nötig mit Hilfe des Büros in Rhodos. Kriegen Sie raus, ob Liz die Sache auf Rhodos damals allein finanziert hat oder ob irgendjemand sie dabei unterstützt und sich dann plötzlich zurückgezogen hat. Ob die Bank sie im Stich gelassen hat. Einfach alles, was Ihnen an Fragen zu dem Thema einfällt. Erst dann sprechen Sie mit ihr selbst. Gehen Sie vorsichtig vor, bleiben Sie höflich und respektvoll, doch wenn sie Ihnen etwas verschweigt, konfrontieren Sie sie mit den Fakten, die Sie bereits kennen. Worauf ich hinauswill, ist Folgendes: Steckte damals Renate mit drin? Oder vielleicht Kouklos? Das sollen Sie herausfinden.«

Fani nickte.

»Und noch was. Kouklos soll uns sagen, wem er Renate wegen Immobilienverkäufen auf der Insel vorgestellt hat. Und dann wüsste ich noch gern, welche Objekte sie sonst noch besichtigt hat. Geht das?«

»Klar! Kein Thema«, sagte Fani.

Zakos lächelte. Ihre Souveränität tat ihm gut. *Jetzt muss ich nur noch die Sache mit Sarah in Ordnung bringen*, dachte er. Er legte schnell ein paar Münzen auf den Tisch und brach auf. Natürlich trat er den Weg zum Sandstrand mal wieder in der schlimmsten Mittagshitze an, doch heute machte es ihm nicht so viel aus wie sonst: Offenbar hatte sich sein Organismus bereits an das südeuropäische Klima gewöhnt. Der Weg machte ihm regelrecht Spaß. Er fühlte sich wieder zuversichtlich und gut gelaunt. Alles würde gut werden, er war sich ganz sicher.

Bei einem kleinen Andenkenladen – dem einzigen außerhalb des Hafens – machte er kurz halt und erstand eine Halskette mit einem blauen Glasstein, auf dem ein Auge aufgemalt war. Es bot symbolisch einen Schutz gegen den »bösen Blick«, und er hatte seiner Freundin ein solches Schmuckstück schon die ganze Zeit über schenken wollen. Er glaubte zwar nicht daran, aber schaden konnte es ja nicht. Seine eigene Yiayia hatte ihn in der Kindheit mit zahlreichen solcher Schutzmitteln ausgestattet. Eines davon, ein goldgefasstes »Auge des Meeres«, mit einer himmelblauen Seidenschleife verziert, lag noch irgendwo in einer Schachtel bei ihm zu Hause in München. Es wurde traditionell Neugeborenen ans Hemdchen geheftet.

Dieses hier für Sarah hing an einer Kordel mit hübschen türkisfarbenen Glassteinen. Es würde ihr sicher gefallen.

Heute hatten sich keine Kellner um sie gruppiert, und das lag nicht nur daran, dass Sarah einfach mehr anhatte – sie trug jetzt eine Tunika gegen die Sonne –, sondern weil gerade reger Betrieb herrschte. Zwar lagen viele Badegäste noch am Strand, doch die Plätze auf den Liegestühlen begannen sich bereits zu lichten, und im Lokal waren nur noch wenige Tische frei. Eine geschäftige und zugleich entspannte Atmosphäre lag in der Luft.

Sarah lächelte Zakos schon von weitem an, und als er am Tisch ankam, stand sie von ihrem Stuhl auf und nahm ihn in den Arm.

»Ich weiß gar nicht, was mit uns los war. Ich will doch auch nicht dauernd mit dir streiten!«, sagte sie. »Ich war deswegen so unglücklich, und dann habe ich immer blöder reagiert!«

»Ach, ich war doch genauso doof! Aber das ist ja jetzt vorbei. Wir vergessen die Sache und genießen unsere gemeinsame Zeit. Zumindest die Abende haben wir ja zusammen. Und jetzt zum Beispiel. Das ist doch auch was!«

»Absolut! Es war einfach nur ... egal, vergessen wir's.«

Es war Zakos, als sei eine große Last von ihm genommen. Er war extrem harmoniebedürftig und hasste Streit, besonders mit Sarah. Die wütende und beleidigte Sarah ertrug er nicht. Aber er liebte sie, wenn sie gut drauf war, so wie jetzt: Ihre grünen Augen blitzten, sie lachte viel, redete schnell, zwirbelte ihre Haare hoch. Dann küsste sie ihn wieder, erzählte lustige Anekdoten. Zakos genoss es. Er fühlte sich rundum glücklich.

»Ich habe das Gefühl, dass jetzt alles gut anläuft«, sagte er, als sein Essen vor ihm stand: gefüllte Paprika. Der langhaarige Kellner, der ihm heute viel sympathischer vorkam und der Sarah auch nicht mehr so aufdringlich anstarrte, hatte dieses Gericht wärmstens empfohlen. Zakos spürte, wie hungrig er war.

»Die Dinge spielen sich ein«, erklärte er. »Fani wird immer besser einsetzbar. Die wächst an ihrer Aufgabe.«

»Das finde ich toll!«, freute sich Sarah. »Dann hast du mehr Zeit für uns. Wobei ich mich frage, wie sie das schafft. Schläft sie eigentlich nie?«

»Wieso? Der Job ist zwar anstrengend, aber bis auf die erste Nacht, als dieser Vorfall war – du weißt schon –, hatte ich nicht den Eindruck, dass der Dienst in so einem kleinen Dorf ...«

»Nein, das meine ich nicht. Ich denke daran, dass sie doch abends in dieser Bar arbeitet!«

Zakos war perplex. »Fani? Du verwechselst sie.«

»Ganz bestimmt nicht«, sagte Sarah. »Ich erkenne sie doch, auch ohne Uniform. So eine Kleine mit schwarzen Haaren. Eher kräftig. Ich habe sie ja mit dir und dem anderen Polizisten zusammen im Ort gesehen. Aber gestern Abend, als wir essen waren, da hat sie nebenan gekellnert. Da wo diese riesigen Sportbildschirme sind. Du hast mit dem Rücken zu ihr gesessen – wahrscheinlich konntest du sie gar nicht sehen.«

»Na, dann wird mir ja einiges klar!«, sagte Zakos. Daher also die Augenringe, die Schlappheit. Er schüttelte den Kopf.

Nach dem Essen erschien der langhaarige Kellner wieder am Tisch. »Wie sieht's aus, Kinder?«, sagte er. »*Ouzaki* aufs Haus? Ich verrate es auch nicht!«

Zakos blickte ihn verwundert an. Was meinte der Mann?

»Na, du bist doch der Kommissar. Und im Dienst darf man nichts trinken. Zumindest sagen das immer die Kommissare im Film.«

»Stimmt schon. Aber heute geht das in Ordnung!«, lachte Zakos. »Also dann: Zwei *Ouzo*!«

Stattdessen kamen drei, und der Mann setzte sich dazu. Er war viel jünger, als Zakos zunächst angenommen hatte, wahrscheinlich erst Anfang zwanzig.

»Und, schon was herausgefunden?«, fragte er, als er den Schnaps hinuntergestürzt hatte.

Zakos lächelte verbindlich und zuckte mit den Schultern.

»Verstehe! Das ist natürlich geheim. Aber einen Verdacht hast du doch bestimmt schon!« Er wirkte wie elektrisiert.

»Du bist ein Krimi-Fan, stimmt's?«, fragte Zakos, und der andere nickte heftig. »Aber ich muss dich warnen. Im wahren Leben ist alles natürlich oft nicht so aufregend wie im Film oder im Roman, da besteht unsere Arbeit die meiste Zeit aus Routine und oft auch mühseligen ...«

»O nein, nicht schon wieder!«, unterbrach der Kellner und sprang auf. Er hatte etwas in der Bucht gesehen, nun hielt er die Hand über die Augen und versuchte, Genaueres zu erkennen.

Zakos tat es ihm nach. Dann sah er es auch: Da war etwas im Meer.

Noch mehr Menschen hatten es bemerkt. Plötzlich fing eine

Frau, die in der Nähe auf einer Luftmatratze im Wasser trieb, gellend an zu schreien. Kinderweinen mischte sich in die Hilferufe.

»Scheiß Ziegen!«, entfuhr es dem Langhaarigen. »Schon die zweite in diesem Sommer! Die Biester fallen beim Klettern an der Steilküste ins Wasser und ersaufen, und dann treiben sie immer hierher und verscheuchen uns die Gäste.« Er stöhnte. »Ich und meine Brüder müssen die bescheuerten Viecher dann immer entsorgen!«

Aber es war keine Ziege, die tot im Meer trieb. Es war ein Mensch.

Kapitel 10

Zakos war es, der die Leiche mit Hilfe des Kellners aus dem Lokal an Land zog. Der junge Mann war mit ihm losgelaufen, nachdem Zakos aufgesprungen war und dabei seinen Stuhl und noch ein paar weitere umgerissen hatte. Voll bekleidet waren sie ins Meer gerannt. Die Bucht fiel nur ganz langsam ab, und sie brauchten eine Weile, um watend und schwimmend den toten Körper zu erreichen.

Zakos vermied es, zu genau hinzusehen, er schnappte sich einfach einen Zipfel der Kleidung und zog. Aber so ging es nicht, die Leiche begann sich zu drehen. Schließlich packte der Langhaarige sie beherzt von hinten, als wäre er ein Rettungsschwimmer, und Zakos half ihm und erhaschte einen kurzen Blick auf die Vorderseite. Es war eine Frau.

»O mein Gott!«, rief der junge Mann plötzlich entsetzt. »Ich weiß, wer das ist! Ich erkenne das T-Shirt. Es ist Tessa!

O mein Gott!«

Nun erkannte auch Zakos die Kleidung. Es war das T-Shirt mit den auffälligen Sonnenblumen, in dem er Tessa das erste Mal gesehen hatte. Doch ihr Gesicht war kaum noch zu erkennen. Zakos versuchte, nicht hinzusehen, aber das war kaum möglich. Sein Magen meldete sich, er würgte. Aber er musste weitermachen. Er musste durchhalten. Es war sein persönlicher Alptraum.

Ein Toter, der im Wasser gelegen hatte, war sein allererster Ermittlungsfall gewesen, und er war trotz seiner Ausbildung nicht auf das gefasst gewesen, womit er dabei konfrontiert wurde. Damals war es ein Mann gewesen, ein Obdachloser, im Streit erschlagen und in einen Tümpel geworfen. Zakos hatte den Starken spielen wollen. Er wollte sich unter Beweis stellen vor den Älteren und Erfahrenen, also war er tapfer gewesen; er hatte es geschafft, sich nicht zu übergeben und zu funktionieren. Danach hatte ihn der Anblick dieses Mannes jahrelang heimgesucht, nachts, in wiederkehrenden Träumen, wie ein alltäglicher Horrorfilm.

Auch jetzt riss er sich zusammen, irgendjemand musste die Sache ja in die Hand nehmen. Er tat das, ohne nachzudenken. Aber diesmal war alles noch schlimmer. Diesmal war es kein fremder Mensch, sondern jemand, den er kurz zuvor noch lebend gesehen hatte. Und diesmal kam er mit der Leiche direkt in Berührung, mit ihrer Haut, die kalt und auf eine Weise weich war, die er niemals vergessen würde, und mit ihren langen Haaren, die sich um seine Handgelenke schlangen. Als sie den Körper schließlich ins Trockene gezogen hatten, musste er sich erst behutsam davon befreien.

Es ist merkwürdig, was einem in solchen Momenten durch den Kopf schießt, dachte Zakos später. Diesmal war es der Gedanke gewesen, wo nur plötzlich all die Menschen hingegangen waren. Erst war der Strand voll gewesen, alle waren herbeigeströmt, von ihren Liegestühlen, aus dem Restaurant, er hatte Rufe gehört, Weinen, entsetzte Schreie. Er hatte gehört, wie Menschen sich übergaben.

Als er das nächste Mal aufblickte, war die Bucht menschenleer und still. Nur er und der junge Kellner saßen neben der Leiche und bewachten sie, und schließlich kamen Fani und Lefteris, die den Leichnam vorsichtig inspizierten. Tessas Körper wies eine Reihe von Verletzungen auf, die ganze rechte Seite war betroffen, ebenso der Hinterkopf der jungen Frau.

Nach einem Telefonat war dann sehr bald Jannakis mit einem Team aus Rhodos oberhalb der Bucht mit dem Helikopter gelandet. Der Strand war mit rot-weißem Plastikband abgesperrt worden, dann wurde Tessa untersucht, und schließlich hatte man sie in einem Aluminiumsarg im Helikopter abtransportiert.

Mittlerweile stand die Sonne bereits tief am Himmel, doch Zakos hatte kein rechtes Zeitgefühl mehr. Noch immer lagen vergessene, sandbesudelte Handtücher herum, deren Besitzer fluchtartig den Strand verlassen hatten, und der Boden war aufgewühlt und dampfte feucht. Alles kam Zakos unwirklich vor. Sein Körper und sein Gesicht fühlten sich taub an.

Der junge Mann aus dem Lokal hatte irgendwann Nerven gezeigt und begonnen, hysterisch zu weinen und mit den Zähnen zu klappern. Ein paar Leute aus dem Lokal führten ihn nach oben, und Zakos dachte, er hätte nicht zulassen sollen, dass ein so junger Kerl sich dieser Sache aussetzte. Aber es gab eben Menschen, die in solchen Situationen eine Art Lähmung packte, und andere, die aktiv wurden, und der junge Mann gehörte wohl zu letzterer Kategorie. Er hatte instinktiv gehandelt und nicht nur geglotzt. Und es ließ sich sowieso nichts mehr rückgängig machen.

Dann begann auch Zakos plötzlich zu zittern, regelrechte Schauder durchliefen seinen Körper. Fani packte ihn ganz fest an beiden Händen und versuchte ihn zu beruhigen. Jannakis holte ihm Wasser und redete ebenfalls auf ihn ein. Schließlich kam Andreas, der nicht viele Worte machte, sondern ihm eine Spritze gab. Danach ging es wieder.

Zakos klopfte sich den Sand von den Sachen, die mittlerweile schon fast wieder trocken waren, aber verfleckt von den weißen Spuren des Salzwassers. Auch dem Handy, das in seiner Hosentasche gesteckt hatte, war das Meeresbad schlecht bekommen, wie er nach kurzem Test erkannte. Dann ging er nach oben ins Lokal, um nach dem Langhaarigen zu sehen.

Der Junge hatte offenbar ebenfalls eine Spritze bekommen, und er wirkte wieder gefasster. Nur als Zakos auf ihn zutrat und sich bei ihm bedankte, fiel er ihm mit einem einzigen, aus tiefer Seele kommenden Schluchzer um den Hals. Dann klopften sich beide gegenseitig wortlos auf die Schultern, und Zakos ging zurück zu Jannakis, der irgendwoher einen Minibus rekrutiert hatte. Im Wegfahren fiel ihm ein, dass er den jungen Kellner nicht mal nach seinem Namen gefragt hatte.

Erst jetzt dachte er wieder an Sarah. Wo war sie eigentlich?

Der Minibus, den Jannakis rekrutiert hatte, steuerte ein Gebäude auf der linken Seite der Bucht an. Es lag so weit oben am Berg, dass sie das Fahrzeug verlassen und ein Stück zu Fuß bergauf gehen mussten. Hier wohnten ein paar Putzkräfte, die den Sommer über auf der Insel arbeiteten. Einer der Räume diente offenbar als eine Art Wäscherei. Zakos sah eine Reihe von Waschmaschinen, Behälter mit Waschpulver, außerdem eine Wäschemangel, die den restlichen Raum ausfüllte. Zwei der Maschinen waren erst vor kurzem angestellt worden, aber es war kein Mensch zu sehen.

In dem zweiten Raum standen drei Betten, ein weiteres gab es in der kleinen Küche. Tessas Bett war offenbar das erste neben der Tür. In einem Schränkchen daneben lagen ihr Pass, ausgestellt auf Teresa Sandu, geboren am 27. 10. 1992 in Brasov, außerdem ein Einwegfeuerzeug und ein kleines Goldkreuz, dessen feine Kette gerissen war. Ansonsten hatte sie nicht viel nach Griechenland mitgebracht. Ein leerer Rollkoffer lag unter dem Bett, und in einem kleinen Regal am Fußende fanden sich eine Handvoll T-Shirts, zwei Hosen, Unterwäsche. Das war alles, was von der jungen Frau geblieben war, dachte Zakos, von ihren Träumen, ihrer Entschlossenheit. Er fühlte sich ungeheuer deprimiert.

Auch Jannakis war heute viel stiller als sonst. Er gab kurze, knappe Kommandos, rauchte schweigend und blickte düster vor sich hin. Nachdem er, sein Kollege Valantis, ein dürrer Mann mit krausem grauem Haar und schmalem Mund, und auch Zakos sich ausführlich umgesehen hatten, übernahm das Spurensicherungsteam. Es bestand aus nur zwei Leuten, einem spitznasigen kleinen Mann namens Ioannis, der unfreundlich grüßte und Jannakis giftig anstarrte, und einer drallen, stark geschminkten, rotblond gefärbten Mittvierzigerin namens Paraskewi. Zakos beachtete die beiden kaum. Er war noch ganz okkupiert von dem schrecklichen Erlebnis des Tages.

Sie überließen den Forensikern den Bus und gingen zu Fuß in den Ort, wo Fani in der Polizeistation bereits die Vernehmungen organisiert hatte. Lefteris, Valantis und der Hafenmeister sollten bei den Fischern und anderen Bootsbesitzern recherchieren. Zakos und Jannakis wollten zuerst mit Eleni und Marianthi vom Hotel sowie den Leuten von der Bar sprechen. Mit wenig erhellenden Ergebnissen. Nur eine Sache wurde klar: Ein Badeunfall war unwahrscheinlich – Tessa schien eine exzellente Schwimmerin gewesen zu sein, wie Eleni zu berichten wusste: »Sie hat mir einmal erzählt, dass sie in Rumänien als Kind im Schwimmkader war. Sie hat sogar einige Meisterschaften gewonnen.« Zakos dachte an die breiten Schultern der jungen Frau und daran, wie sie hier gelebt hatte: tagsüber und abends hart arbeitend, um sich den Traum vom Medizinstudium erfüllen zu können. Ja, das passte zu einer ehemaligen Leistungssportlerin.

Zakos glaubte ohnehin nicht an einen Badeunfall, keiner tat das. Denn selbst wenn jemand bekleidet schwimmen gehen sollte, was nachts ab und an auf der Insel durchaus vorkam – Zakos hatte öfters erlebt, wie die jungen Leute von hier nach dem Feiern zuweilen noch zur Abkühlung ins Wasser sprangen –, die Schuhe würde man dazu wohl ausziehen. Tessa aber trug Ledersandalen an den Füßen. Und da waren natürlich auch die Verletzungen am Körper und am Kopf. Die vielen Schnitte an Tessas rechtem Arm und im Schulterbereich konnten von scharfen Felsecken stammen, aber die Kopfverletzung hatte ganz anders ausgesehen: Es war eine große, tiefe Wunde. Die Ergebnisse der Untersuchung in Rhodos würden allerdings noch auf sich warten lassen. Danach würde man mehr wissen.

Marianthi hatte Tessa gegen 18 Uhr noch gesehen: Sie hatten gemeinsam das Hotel verlassen. Um 21 Uhr war sie in der Bar erwartet worden, aber dort nicht erschienen. Aus diesem Grund war Fani für sie eingesprungen, eigentlich war sie für jenen Abend nicht eingeteilt gewesen.

Zakos hatte zunächst Ärger verspürt, als er von Sarah erfuhr, dass sie Fani bei der Arbeit als Kellnerin gesehen hatte. Kein Wunder, dass sie ständig so fertig aussah. Außerdem konnte sie auf diese Weise auch ihrem Posten als Polizistin nicht gerecht werden. Aber nun hatte er gerade andere Sorgen, und die Lage hatte sich zudem völlig geändert. Fani war in dieser Sache nicht mehr nur Teil des Ermittlungsteams, sondern gleichzeitig Zeugin.

Viel wusste sie allerdings nicht zu berichten – die beiden Frauen waren nicht gerade Freundinnen gewesen. Fani sagte, sie hätten immer nur das Nötigste miteinander gesprochen, denn Tessa sei ihr gegenüber sehr zurückhaltend und kühl gewesen. »Sie hat sich nicht für Gespräche mit Frauen interessiert.«

»Soll heißen?!«, blaffte Jannakis sie an. »Sprich nicht in Rätseln, Mädchen!«

»Soll heißen, dass sie nur zu Männern freundlich war«, sagte Fani ziemlich laut und etwas trotzig. Jannakis' Umgangston ihr gegenüber schien sie allmählich nicht mehr aus der Fassung zu bringen. »Und erzählen Sie mir ja nicht, dass Sie nicht genau verstehen, was ich meine!« Jannakis zuckte herablassend mit den Schultern.

»Jedenfalls weiß ich, dass sie sich am Abend davor heftig mit Aris gestritten hat«, fuhr sie fort – und schien daraufhin sogleich zu erschrecken. »Damit möchte ich natürlich nicht behaupten, dass er sie ...«

»Schon gut«, unterbrach Zakos sie. »Worum ging's dabei?«

Fani wusste es nicht. Aber das ließ sich sicherlich eruieren. Kouklos stand ohnehin ganz oben auf der Liste derjenigen, die sie befragen wollten – allerdings war er gerade nicht auf der Insel und wurde erst mit der Abendfähre zurückerwartet.

Nach Eleni und Marianthi vom Hotel betrat ein Mann mit halblangen, von silbrigen Fäden durchzogenen Locken den Raum – Stelios, der Besitzer der Bar, in der Tessa gearbeitet hatte. Zakos kannte ihn bereits vom Sehen. Während dieses Gesprächs spürte Zakos allerdings, dass er sich nur noch schlecht konzentrieren konnte. Die Ereignisse des Tages hatten ihn mitgenommen. Er bat den Kollegen aus Rhodos, ihn für kurze Zeit zu entschuldigen; er wollte duschen, sich frische Sachen anziehen und versuchen, wieder einigermaßen fit zu werden, bevor er später wieder zu den anderen stoßen würde.

Sarah saß im Hotelzimmer auf dem Bett und hatte verquollene Augen vom vielen Weinen. Zakos sah sie an und seufzte tief.

»Schatz, alles okay?«, fragte er und versuchte dabei tröstend zu klingen. Eigentlich hatte er jetzt im Moment absolut keine

Kraft dazu, sich auch noch um ihre Befindlichkeiten zu kümmern.

»Es war so … schrecklich!«, wimmerte sie, und sofort rannen ihr wieder dicke Tränen über die Wangen. »Ich konnte den Anblick gar nicht ertragen. Ich bin sofort weggelaufen, um die Leiche nicht weiter sehen zu müssen. Ich konnte schon im Studium den Anblick von …«

»Ich muss dringend unter die Dusche!«, unterbrach Zakos sie. Er verschwand ins Badezimmer und ließ seine Sachen einfach fallen. Es war immer noch eine Menge Sand in den Hosentaschen gewesen, der nun auf den Boden rieselte, aber Zakos hatte keinen Blick dafür. Er duschte so heiß, dass der Badezimmerspiegel beschlug, dann drehte er noch kurze Zeit das kalte Wasser auf und ließ es sich über den Kopf laufen. Es wurde nicht richtig kalt – aber es half.

Als er zurück ins Zimmer kam, hatte sich die Szenerie nicht im Geringsten verändert: Sarah kauerte nach wie vor heulend auf dem Bett und jammerte.

»Ich hab ungefähr tausend Mal versucht, dich zu erreichen, aber da kam nur eine komische Ansage auf Griechisch, und ich hab mich so verlassen gefühlt …«

»Das Handy ist abgesoffen«, erklärte Zakos lapidar und zog, ohne recht hinzusehen, eine frische Hose und ein Hemd aus dem Kleiderschrank.

»… und dann ist mein Kreislauf wieder total in den Keller gesackt.« Sarah schniefte und tastete nach einem der vielen zerknüllten Papiertaschentücher auf dem Bett. »Das war alles viel zu heftig für mich, ich kann so was nicht, ich …«

»Ich, ich, ich!«, brauste Zakos auf. »Ist dir eigentlich mal aufgefallen, dass du nur von dir sprichst? Immer geht es nur um dich! Um deine Wehwehchen, um deine Befindlichkeiten, um deinen ganzen Mist. Immer nur Madame Sarah, die Prinzessin auf der Erbse. Hallo, aufwachen, diesmal spielst du nicht die Hauptrolle! Kapierst du das eigentlich? Schnallst du das? Da ist jemand gestorben, eine junge Frau, quasi vor unseren Augen. Aber Madame hat Kreislaufprobleme, das ist jetzt das Wichtigste auf der Welt!«

»Ich musste mich übergeben!«, sagte Sarah empört.

»Ich musste mich ebenfalls übergeben, wenn du's genau wissen willst«, rief Zakos mit mühsam beherrschter Stimme. »Der halbe Strand hat gekotzt, was dir vielleicht aufgefallen wäre, wenn du dich auch mal für andere interessieren würdest!« Er spürte, er hatte gerade null Kraft, sich auch noch um sie zu kümmern. Es war vielmehr so, dass er mal jemanden gebraucht hätte, der ihn nun aufrichtete. »Denkst du vielleicht auch mal an mich?! Ich habe heute einen toten Menschen aus dem Wasser gezogen. Ist dir das überhaupt klar?!« Nun war er doch ziemlich laut geworden. »Ich muss mich damit beschäftigen, und ich kann mich jetzt nicht ins Bett legen und vor mich hin heulen und leiden«, fuhr Zakos fort. »Dann kannst du dich wenigstens auch mal zusammennehmen!«

Er stand bereits an der Tür, da rief sie ihm hinterher: »Nicki! Nicki, bitte warte, ich wollte ja nicht …«

Aber er knallte nur die Tür mit aller Wucht ins Schloss, dass es in dem leeren, steingekachelten Hotelflur hallte, und ging mit schnellen Schritten weg.

Diesmal hatte der Streit ihm auf sonderbare Weise gutgetan. Er hatte das Gefühl, die Luft habe sich geklärt. Seine Konzentrationsfähigkeit war wieder da, er fühlte sich fitter und plötzlich vollkommen ruhig. Und er hatte nicht die geringste Lust, im Moment auch nur einen weiteren Gedanken an Sarah zu verschwenden. Es gab Wichtigeres.

Jannakis hielt mittlerweile in einem Lokal unweit von Sotiris Hof, Fani und der schweigsame Valantis flankierten ihn links und rechts. Die junge Frau weihte Zakos ein, was als Nächstes geplant war.

»Wir wollen Kouklos mit dem Geschehen konfrontieren, bevor er es von jemand anderem hört. Gleich, wenn er von der Abendfähre steigt.«

»Das klappt nicht!«, sagte Zakos. »Der weiß das garantiert bereits. Es wird ihn doch sicher jemand angerufen haben.«

»Es ist einen Versuch wert«, sagte Jannakis. »Wir haben diesen Barbesitzer und einige Leute, die ansonsten mit ihm in Kontakt stehen, instruiert, nichts zu verraten. Manchmal ist es ganz brauchbar, eine erste Reaktion mitzuerleben. Dann können wir uns ein Bild machen. Wir müssen ja sowieso mit ihm sprechen.«

»Aber jetzt wollen wir was essen«, sagte Valantis, und es war das erste Mal, dass Zakos ihn sprechen hörte. »Ich hatte heute früh ein *Kruassant* und seither nichts.«

»Was bitte hatten Sie?«

Statt des Polizisten wandte sich Fani an ihn.

»Kennst du kein *Kruassant*?«, wunderte sie sich. »Die französischen Dinger vom Bäcker? Gibt es die da, wo du lebst, nicht?« Es war das erste Mal, dass sie ihn duzte, und von da an blieb sie dabei.

Das Experiment funktionierte nicht, Kouklos wusste natürlich schon Bescheid – ganz wie Zakos sich gedacht hatte: Irgendwer hatte ihm am Telefon bereits von Tessas Tod berichtet.

Seine Ankunft auf der Insel wirkte dementsprechend wie ein trauriges Déjà-vu auf Zakos: Kouklos kam zwar mit großen, selbstbewussten Schritten von der Fähre, aber nicht lachend und zuversichtlich, wie er ein paar Tage davor trotz seiner Blessuren gewirkt hatte, sondern mit hängenden Schultern und tief bekümmert. Es war sofort klar, dass er Bescheid wusste. Zakos fühlte sich schon bei seinem Anblick melancholisch, er litt regelrecht mit: Heute würde keine Tessa den Bauunternehmer nach ihrer Abendschicht abholen, um Händchen haltend und küssend mit ihm nach Hause zu gehen, wie unlängst erst …

Die Polizisten hatten sich an der Mole postiert, und Kouklos stapfte schnurstracks auf sie zu. Als er näher kam, erkannte Zakos, dass Aris wieder geweint hatte, wie in der Nacht, als sie über Renates Tod gesprochen hatten. Auch jetzt schüttelten ihn Schluchzer, als er Zakos und dann Fani in den Arm fiel, und er hätte sich vielleicht noch lange nicht beruhigt, wenn Jannakis nicht eingeschritten wäre.

»Reißen Sie sich zusammen, Mann!«, fuhr er ihn an, und Zakos dachte, dass er wahrscheinlich in erster Linie sauer war, dass sein Plan mit dem Überraschungseffekt nicht geklappt hatte. »Wir haben einige Fragen an Sie.«

Aris nickte, und so gingen sie an den Tisch, an dem Zakos und die übrigen Polizisten vorher gegessen hatten. Mittlerweile waren die meisten Nachbartische in der Taverne leer, sie waren also fast ungestört, und es hatte einfach keiner von ihnen Lust, zur Polizeistation zu marschieren.

Kouklos zog sich einen Stuhl heran und riss umgehend das Kommando an sich: »Zuallererst habe *ich* ein paar Fragen. Ich will wissen, was genau passiert ist! Sie war doch eine phantastische Schwimmerin. Was war nur los?«

»Die Fragen stellen wir!«, blaffte Jannakis ihn an, aber Zakos, der die barsche Art des Kollegen nicht eben zielfördernd fand, legte ihm beschwichtigend die Hand auf den Arm und blickte ihn eindringlich an. Jannakis zuckte die Schultern und nickte fast unmerklich. Also übernahm Zakos.

»Aris, es heißt, ihr hattet Streit, neulich abends in der Bar.

Worum ging es?«, wandte er sich dann in verbindlichem Ton an Tessas Ex-Liebhaber.

»Was hat das denn jetzt damit ... ich verstehe nicht?«, stammelte Kouklos.

»Brauchst du erst mal auch gar nicht!«, sagte Zakos. »Trink einfach einen Schluck!« Über Aris' dunklen Brauen standen Schweißperlen, und Zakos schenkte ihm ein Glas Wasser ein, das er hinunterstürzte.

»Tut mir leid, ich bin vollkommen fertig. Auf der Fähre bin ich auf und ab gelaufen wie verrückt, weil ich nirgends Empfang hatte: Ich habe es ungefähr tausend Mal bei dir und Fani versucht, bin aber nirgends durchgekommen. Ich war kurz vor dem Durchdrehen. Liz hat es mir am Telefon erzählt, kurz bevor ich eingestiegen bin. Das ist ja alles nicht auszuhalten, so ein junges Mädchen ...« Kouklos atmete tief durch.

»Also, erzähl mal«, sagte Zakos. »Der Streit ...«

»Ja, mein Gott, was soll ich sagen? Ich hab einfach überreagiert. Ich hab ihr geradeheraus gesagt, dass sie mich nur ausnutzen will. Kann sein, dass ich ihr ein paar heftige Wörter an den Kopf geworfen habe ...«

»Nämlich?«

»Okay, ich habe sie eine *Putana* genannt. Ich geb's ja zu. Das war falsch, ich mache mir totale Vorwürfe deswegen. Aber sie hat nun mal versucht, mich reinzulegen. Sie hat behauptet, sie wäre schwanger – und zwar von mir. Ich habe ihr aber gesagt, wenn, dann ist das Baby garantiert von einem anderen. Daraufhin ist sie ziemlich ausgeflippt und hat mit einem Glas nach mir geworfen, sie hat aber zum Glück nicht getroffen. Dann bin ich aus der Bar und zu Sotiris, wo ich etwas zu viel Whiskey erwischt habe. Schließlich bin ich dort eingeschlafen. Jedenfalls bin ich am nächsten Morgen auf der Bank unter dem Baum aufgewacht – das kann das ganze Dorf bezeugen!«

Er schnaubte spöttisch. »Weiß doch hier sowieso jeder, was der andere tut!«

Schön wär's, dachte Zakos. Dann müsste ich nicht mehr hier sitzen und ermitteln.

»Was macht Sie so sicher, dass Sie nicht der Vater von Tessas ungeborenem Kind waren?«, fragte Jannakis.

»Mein Gott, muss ich das erklären – wir sind doch alle erwachsene Menschen hier am Tisch!«, echauffierte sich Kouklos. »Oder soll ich jetzt jedes einzelne Detail meines Privatlebens lüften?«

»Ich bitte darum!«, konterte Jannakis kühl.

»Freunde, ihr nervt!«, sagte Kouklos. »Na gut, wenn ihr es genau wissen wollt: Fakt ist, ich hab mich schon vor Jahren sterilisieren lassen. Genügt das?«

Zakos nickte. Er schenkte Kouklos noch ein Glas Wasser ein.

»Was hätte das Mädchen davon haben können, so etwas zu behaupten?«, fragte Jannakis.

»Darauf könnt ihr euch selbst einen Reim machen!«, stöhnte Kouklos entnervt. »Oder habt ihr gar keine Phantasie?«

»Verstehe. Sie wollte Sie also erpressen?«, fragte der griechische Kommissar.

»Quatsch. Wahrscheinlich wollte sie einfach nur eine gute Partie machen, was weiß ich. Vielleicht wollte sie Geld für eine Abtreibung. Wir haben das Thema nicht gerade ausführlich ausdiskutiert, das hab ich ja gerade erklärt. Aber jetzt will ich endlich wissen, was genau passiert ist.«

»Wir müssen zunächst den Bericht der Untersuchung abwarten«, sagte Zakos. »Aber es kann sein, dass sie nicht ertrunken ist, sondern dass sie bereits tot war, als sie ins Wasser gelangte. Mehr darf ich zum jetzigen Zeitpunkt nicht sagen.«

Kouklos nickte und rang um Fassung, doch schon wieder liefen ihm Tränen über die Wangen.

»So ein junger Mensch!«, sagte er. »Sie hatte doch das ganze Leben noch vor sich.«

»Jetzt tun Sie mal nicht so, als würde Ihnen das Herz brechen!«, giftete Jannakis. »Die große Liebe wird's wohl kaum gewesen sein!«

»Doch!«, sagte Kouklos leise und würdig. »Wie jede Frau, mit der ich zusammen war. Ich habe jede einzelne von ganzem Herzen geliebt und werde sie nie vergessen. Das schwöre ich bei Gott!«

»Entschuldigung, aber ich kann diese Hippietypen einfach nicht ausstehen«, sagte Jannakis, als Kouklos weg war und Fani und Valantis sich ebenfalls verabschiedet hatten.

»Von wegen, sie lieben alle Frauen von Herzen! Denen geht es doch nur darum, so viele wie möglich flachzulegen. Aber Verantwortung übernehmen sie nicht! Nicht *so* viel.« Er redete sich in Rage. »Dabei ist er auch nicht mehr gerade ein Jüngling! Aber solche Typen werden nie erwachsen. Ich sage dir, die sind schuld, wenn unsere Gesellschaft von innen heraus erodiert, die und ihre lockeren ...«

»Ach, Jannakis ...«, meinte Zakos müde.

»Aber ich hab doch recht, oder etwa nicht? Da sieht man doch wieder mal, wozu das alles führt! Zwei Tote, und beide waren mal mit diesem verblühten Casanova zusammen!«

»Ich kann mir aber wirklich nicht vorstellen, dass der Tod dieser Frauen etwas mit Sitte und Moral zu tun hat!«, erwiderte Zakos. »Ich frage mich eher, wer davon profitieren könnte. Vielleicht gibt es jemanden, der Kouklos schaden möchte?«

»Wahrscheinlich der Vater von irgendeinem Mädchen, das er mal vernascht und dann links liegengelassen hat, dieser Mistkerl«, schimpfte Jannakis. »Ich bekomme immer öfter

Lust, solchen Kerlen einfach eine reinzuhauen, aber so was darf man natürlich nicht sagen.«

Zakos hatte keine Lust mehr, sich das Gerede anzuhören. »Kollege – ich gehe jetzt ins Bett!«, sagte er.

»Warte«, sagte Jannakis. »Ich muss mich entschuldigen. Ich bin nun mal seit ungefähr einem gefühlten Jahrhundert im Dienst. Und da schrumpft einfach die Toleranz gegenüber den Leuten, mit denen ich zu tun haben muss, stündlich!«, echauffierte er sich erneut. »Besonders, wenn ich immer weniger auf dem Konto habe, dank der Kürzungen. Ich würde schon lange gern alles hinwerfen. Aber wie? Ich habe drei Söhne, einer studiert noch, und zwei sind arbeitslos!«

»Das tut mir leid. Aber jetzt möchte ich doch endlich ...«

»Nein, ich wollte dir noch was sagen: Du gehst das alles genau richtig an, mit deinem Verständnis und deiner ruhigen Art. *Endaxi* – es ist vielleicht nicht mein Stil. Aber es gefällt mir. Doch, doch! Ich sehe, dass du ein gutes Gespür für Menschen hast. Du hast mein vollstes Vertrauen!«

Zakos lächelte ein wenig gequält.

»Und jetzt trinken wir beide einen schönen *Tsipuro*!«

Zakos wollte widersprechen – er war nach den Ereignissen des Tages fix und fertig –, aber Jannakis hatte dem Kellner bereits ein Zeichen gegeben.

Drei Schnäpse später saßen sie immer noch da, und Jannakis fragte ihn über seine Familie aus: Welches seiner Elternteile von griechischer Abstammung war, ob beide noch am Leben und zusammen seien, ob die griechischen Großeltern noch lebten und so weiter. »Dein Vater ist sicher wahnsinnig stolz auf dich!«, beendete er das kleine Verhör schließlich.

»Weiß ich nicht. Ich hab ihn schon ein paar Jahre nicht mehr gesehen. Wenn ich ehrlich bin, haben wir seit Ewigkeiten nicht mal mehr telefoniert.«

»Das muss sich ändern!«, rief Jannakis entsetzt. »Ein Vater und ein Sohn dürfen niemals den Kontakt zueinander aufgeben!«

Zakos verstand später selbst nicht ganz, warum er ausgerechnet Jannakis von seinen Familienangelegenheiten erzählt hatte, einem Mann, der ihm in keiner Weise nahestand, ja ihm nicht mal sympathisch war. Vielleicht einfach, weil der griechische Kommissar der gleichen Generation wie sein Vater angehörte und ihn irgendwas an dem alten Haudegen aus Rhodos sogar an seinen Vater erinnerte – vor allem die Art, wie er sprach, und auch sein betont maskulines Gehabe.

Tatsächlich dachte er sehr oft an seinen Vater, seit er auf der Insel war. Alle möglichen Ereignisse aus seiner Kindheit kamen Zakos wieder in den Sinn. Wie der Vater ihn auf seine Schultern gesetzt hatte, damit der kleine Nikos die Feigen im Garten des Ferienhauses in Kalamata pflücken konnte. Wie sie zusammen *Tavli* gespielt hatten. Aber das waren allesamt Erinnerungen, die aus der Zeit der Ferien in Griechenland stammten, und nun war er eben das erste Mal nach langer Zeit wieder dort. Da war es sicher nur natürlich, sich daran zu erinnern.

Tatsächlich war er immer gut ohne Vater ausgekommen, sagte sich Zakos nun auf dem Weg ins Hotel. Er fehlte ihm nicht im Geringsten, im Gegenteil. Bei vielen Freunden hatte er erlebt, wie schwer es ihnen fiel, sich von ihren Vätern loszulösen. Wie sehr die Erwartungen und das Ego der Väter manche Söhne belasteten. Er hingegen hatte sich frei entwickeln können. Was er brauchte, das waren seine Freunde und außerdem eine funktionierende Beziehung.

Ganz leise drehte er den Schlüssel zum Hotelzimmer im Schloss, um Sarah nicht zu wecken. In dem kleinen Vorraum streifte er im Dunkeln die Schuhe ab und tastete sich ins Bad.

Erst als er die Tür geschlossen hatte, machte er Licht und begann, sich über dem Waschbecken die Zähne zu putzen.

Es lag an seiner Müdigkeit und vielleicht an den drei *Tsipouro*, dass er eine Weile brauchte, um zu bemerken, dass etwas nicht stimmte. Endlich wurde ihm klar, was es war: Das kleine Brett unter dem Spiegel, auf dem zuvor zahlreiche Fläschchen und Tiegelchen gestanden hatten, war bis auf Zakos' eigene wenige Toilettensachen leer.

Er stutzte, spülte den Mund aus, tapste in den Schlafraum und lauschte auf Sarahs Atem. Es war nichts zu hören. Erst jetzt machte er Licht.

Das Bett war leer. Sarah war fort.

Kapitel 11

*E*ine Woche nach Sarahs Abreise wurde Zakos frühmorgens davon geweckt, dass jemand kräftig an seinen Fensterladen pochte. Er öffnete ihn einen kleinen Spaltbreit und blickte hinaus ins grelle Sonnenlicht. Auf der Terrasse stand Fani. »Er ist weg«, sagte sie.

»Moment«, murmelte Zakos. Er zog sich schnell eine Hose und ein T-Shirt an und trat nach draußen, wo er versehentlich eine der leeren Bierflaschen vom Vorabend umstieß. Als Erstes zündete er sich eine Zigarette an, denn seit Sarah weg war, rauchte er schon nach dem Aufstehen. Er wusste, dass das nur dazu beitrug, sich noch schlechter zu fühlen als ohnehin schon, aber er konnte irgendwie nicht anders.

Fani hockte auf der kleinen Terrassenmauer und ließ die Beine baumeln. In diesem Moment erhob sich der Lärm eines Helikopters, der kurz darauf hinter dem Hügel emporstieg und über das Dorf aufs offene Meer hinausflog. Die Polizistin steckte sich die Finger in die Ohren. Erst als der Hubschrauber die Insel ein Stück hinter sich gelassen hatte, sprach sie wieder.

»Das war er!«, sagte sie und deutete auf die überdimensionierte Libelle, die nun über dem Meer verschwand. »Dein Handy spinnt immer noch – er konnte dich nicht erreichen!« Zakos nickte. Zwar hatte sein Gerät, nachdem es getrocknet war, wie durch ein Wunder wieder funktioniert, allerdings nicht besonders zuverlässig. Und ein neues war noch nicht angekommen.

»Es gab einen Raubüberfall auf Rhodos«, fuhr Fani fort.

»Ein Geldtransporter. Zwei Tote. Er musste sofort weg.« Sie wirkte aufgekratzt.

Jannakis und sie waren in der Zwischenzeit keine Freunde geworden – ihre gegenseitige Abneigung war nicht zu übersehen. Allerdings schien Jannakis generell niemanden leiden zu können. Er fuhr Valantis über den Mund oder lästerte über Lefteris, den er in dessen Abwesenheit als »den Bauern« bezeichnete. Das Spurensicherungskommando nannte er abfällig »die Pinsel«. Mehrfach am Tag bekam er cholerische Anfälle, begann wegen kleinster Anlässe loszubrüllen, wobei er sich knallrot verfärbte, so dass Zakos regelrecht um seine Gesundheit fürchtete – zumal der Mann Kettenraucher und hochgradig koffeinabhängig war. Nur Zakos selbst blieb als Einziger von seinen Attacken verschont, denn er hatte Jannakis einmal heftig angeherrscht, als es um eine eher unwichtige zeitliche Absprache ging. Instinktiv wusste er, dass er Typen wie ihm gegenüber einfach auf den Tisch hauen musste – die zehn Jahre im Polizeidienst hatten seine Durchsetzungsfähigkeit geschult. Deshalb wohl begegnete ihm der Kommissar aus Rhodos mit gewissem Respekt. Zakos fand ihn dennoch furchtbar anstrengend.

Fani zeigte immer offener, dass sie ihren Chef mindestens ebenso verabscheute wie er sie. Wenn er sprach, verdrehte sie die Augen oder schnaubte genervt. Wenn er sie zurechtwies, schwieg sie zwar, doch sie starrte ihn hasserfüllt an. Nur Lefteris blieb relativ gelassen angesichts der Anwesenheit von Jannakis, weil er sich am besten entziehen konnte. Er hatte sich wieder den Alltagsaufgaben zugewandt oder ging dem Hafenmeister Frankos zur Hand. Die beiden hatten auch die zwei Kollegen von der Spurensicherung, Ioannis und Paraskewi, unterstützt, die nach Hinweisen dafür gesucht hatten, ob Tessa von einem Boot aus ins Wasser befördert worden war.

Doch die Untersuchungen hatten nichts ergeben, und die Fachleute waren abgereist.

Immer noch hatten sie keine Ahnung, von wo aus Tessa ins Wasser gekommen war. Vermutlich irgendwo an der Westküste der Insel oder davor von einem Boot aus, doch Genaueres wussten sie nicht. Nur zwei Dinge standen außer Zweifel. Erstens: Tessa war nicht ertrunken. Ganz sicher rührte die Verletzung an ihrem Kopf auch nicht von einem Kopfsprung ins zu seichte Wasser her, denn dabei wäre ihr Genick gebrochen. Ein heftiger Schlag auf den hinteren Kopfbereich hatte den Schädelknochen zertrümmert und den sofortigen Tod verursacht.

Die zweite Gewissheit: Sie war nicht schwanger gewesen. Und es war unwahrscheinlich, dass sie selbst geglaubt hatte, ein Kind zu bekommen, denn in ihrer Gebärmutter war eine funktionsfähige Spirale gefunden worden. Sie hatte also gelogen. Überrascht davon war niemand wirklich.

Jannakis hielt Aris Kouklos folglich für verdächtig. »Er hat ihr einfach was auf den Kopf geknallt. Baaam!«, sagte er und hieb mit der Faust auf den Tisch, dass die anderen zusammenzuckten. »Vielleicht im Affekt – vielleicht geplant. Seine Motive waren Wut, Hass, gekränkte Eitelkeit. Starke Emotionen! Da kann man schon mal durchdrehen!«

»Ich weiß nicht …«, gab Zakos zu bedenken. Er schätzte Kouklos anders ein. Tessa war für ihn vermutlich doch nur eine nette Affäre gewesen – trotz seiner Äußerung, er hätte sie geliebt, was doch eher galant gemeint war. Darum dachte Zakos, so groß konnte die Enttäuschung nicht gewesen sein. Außerdem wusste Kouklos sowieso ganz genau, dass er nicht der Vater eines Kindes von Tessa sein konnte. Warum also derart ausflippen?

»Na hör mal!«, beharrte der andere. »Sie hat ihn belogen. Sie wollte ihn ausnutzen! Wahrscheinlich wollte sie Geld, oder vielleicht wollte sie einfach nur einen Pass: Durch eine Heirat wäre sie EU-Bürgerin erster Klasse geworden. Aber dass sie ihn nur dafür brauchte – das hat ihn tief gekränkt und in seiner Männlichkeit verletzt. Das würde er ihr nie verzeihen!«

Tatsächlich befand sich Kouklos aber zum Zeitpunkt von Tessas Tod – laut gerichtsmedizinischer Erkenntnis zwischen 18 Uhr und 24 Uhr eingetreten – gar nicht auf der Insel, sondern in Rhodos bei einem Termin mit dem Bürgermeister von Faliraki. Dazu hatte er bereits am späten Vormittag die kleine Fähre auf die größere Insel genommen. Das konnten diverse Personen bezeugen. Er kam also nicht als Mörder in Frage. Doch Jannakis hing an seiner Theorie. »Mit einem schnellen Boot hätte er es schaffen können!«, beharrte er. »Mit einem Boot hätte er bis 18 Uhr 30 zurück auf der Insel und dann rechtzeitig wieder auf Rhodos sein können!«

»Denkfehler«, parierte Zakos. »Hätte er ein Boot gehabt, warum hätte er sie dann nicht weiter draußen ins Wasser werfen sollen? Dann wäre sie wahrscheinlich niemals aufgetaucht.«

»Hm, da ist was dran, leider«, gestand Jannakis. »Aber trotzdem glaube ich, dass der Kerl damit zu tun hat. Ich hab das im Gefühl. Außerdem: Wer soll es sonst gewesen sein?! Wer hatte Interesse an ihrem Tod?«

Vielleicht hatte jemand Aris durch ihren Tod schaden wollen, überlegte Zakos. Das Motiv – die alles entscheidende Frage!

Sie hatten in alle Richtungen recherchiert. Valantis hatte bei Bootsverleihern auf Rhodos nachgefragt, ob Aris am entsprechenden Tag ein Boot gechartert haben könnte. Auf Pergoussa hatten Zakos und Fani sich die Arbeiter von Kouklos vorgenommen. Immerhin hätte es theoretisch sein können, dass sich einer der unterbezahlten Männer an ihm rächen wollte. Aber sie gaben an, allesamt bei einer kleinen Feier, einer Kindstaufe, gewesen zu sein, den ganzen Abend über – auch die beiden Jungen aus Bulgarien, die mittlerweile in der Fischfarm arbeiteten. Zakos glaubte zwar nicht ganz an diese seltsam lückenlosen Alibis, doch er dachte auch nicht wirklich, dass die Arbeiter etwas mit der Sache zu tun hatten. Allerdings fiel ihm auch keine andere einleuchtende Theorie ein. Die Verbindungsliste der Telefongespräche, die Tessa von ihrem Handy aus geführt hatte, brachte sie ebenfalls nicht weiter. Sie hatte fast nur mit ihrer Familie in Brasov telefoniert, und auch das meist nur kurz. Um Verabredungen auf der Insel zu treffen, hätte Tessa außerdem die Festnetzanschlüsse im Hotel und in der Bar nutzen können, was für sie im Vergleich zu den Handygesprächen günstiger gewesen wäre. Doch die Anschlüsse wurden vom Personal des Hotels und des Lokals häufig benutzt. Es war ein Ding der Unmöglichkeit, festzustellen, ob oder wann Tessa hier kommuniziert hatte. Der Fall blieb ein Rätsel.

Dann hatten sie sich einmal mehr Eleni aus dem Hotel vorgenommen, die aber eigentlich gar nichts beizutragen wusste, und Jannakis hatte sogar die Hotelbesitzerin Aliki Gousouasis, eine stark geschminkte ältere Dame, die wallende Leinenkleider und eine dicke rotgerahmte Brille trug, extra aus Rhodos kommen lassen und sie zu Tessa befragt. Anschließend hatte Jannakis sie bei den Kollegen der Finanzbehörde angezeigt, denn Tessa war nicht angemeldet gewesen.

Dann gab es da noch die zwei Frauen, die mit Tessa das kleine Häuschen am Berg geteilt hatten, eine Chinesin und eine Russin. Die Chinesin war verschwunden, doch das musste nicht heißen, dass sie etwas mit dem Mord zu tun hatte. Höchstwahrscheinlich war sie nur nicht darauf erpicht gewesen, in polizeiliche Ermittlungen involviert zu werden. Offenbar arbeitete auch sie illegal auf der Insel, doch bis dato hatten sie nicht herausfinden können, für wen, und auch Fani sagte, da müsse sie passen: »Ich bin doch keine Hellseherin!«, hatte sie Jannakis auf seine Frage hin angeblafft.

Die Russin Alona aber, eine Mittvierzigerin mit blonden Haaren und auffälligem goldenem Schneidezahn, die mit einem Festlandgriechen verheiratet war, hatte keine Angst. Sie hatte Tessa gern gehabt und wirkte sehr bestürzt über den Tod der jungen Frau. »Arme Mama zu Hause in Rumänien!«, hatte sie gesagt und sich die Augen gewischt. Tessa hatte in ihrer Gegenwart regelmäßig mit ihrer Familie telefoniert, und offenbar war sie der Stolz und die Hoffnung ihrer Familie gewesen – die Erste in der Familie mit Abitur und mit der Absicht, ein Studium zu beginnen. Alona wurde von Schluchzern geschüttelt, als sie darüber sprach. Viel mehr wusste sie allerdings nicht über Tessa zu erzählen, außer dass sie sich oft tagelang kaum blicken ließ. Sie übernachtete dann bei Kouklos und kam nur in ihr karges Kabuff, um sich nach der Arbeit im Hotel zu duschen und sich für die Bar umzuziehen.

Die Russin arbeitete nicht für das Hotel, sondern kümmerte sich als Putzkraft um Apartments, die Liz mit ihrem Reisebüro vermittelte. Zwar war sie legal im Land, arbeitete aber dennoch schwarz, was sowohl ihr als auch Liz eine Anzeige von Jannakis bei der Finanzbehörde einbrachte – und das, obwohl er wusste, dass die Angelegenheit wohl kaum weiterverfolgt würde: »Wenn wir all diese Fälle in unserem Land ahnden würden, dann bräuchten wir mehr Personal als Einwohner«, hatte er Zakos erklärt. Und auch Liz schien nicht wirklich verängstigt – aber sie war stocksauer und zeterte, dass der griechische Staat schon sehen würde, was dabei herauskäme, wenn man sie bei ihrer Arbeit behinderte.

Eines Nachmittags erschien sie erbost in der Polizeistation: Ein paar ihrer Urlauber waren verfrüht abgereist, und sie gab Jannakis dafür die Schuld. Er weigerte sich nämlich noch nach Tagen, den Strand wieder freizugeben. Wahrscheinlich aus reiner Bosheit, wie Zakos mutmaßte, denn ermittlungstechnisch bestand gar kein Grund mehr dazu.

Es war auch nicht so, dass irgendein Beamter dort abgestellt gewesen wäre und die Urlauber davon abgehalten hätte, im Meer zu baden, und einige taten das auch. Aber die Absperrung aus weiß-rotem Plastikband war noch vorhanden und flatterte im Wind, ein mahnender Hinweis auf den schrecklichen Tod der jungen Frau. Da wollten Liz' Feriengäste dann doch lieber noch ein paar unbeschwerte Tage auf der Nachbarinsel verbringen, und sie waren nicht die Einzigen, die so dachten: Strand und Lokal lagen ziemlich ruhig da, und lediglich der junge Mann mit der Kantina am kleinen Kieselstrand freute sich: Er hatte in diesen Tagen mehr zu tun denn je.

Liz trug an diesem Tag Pink mit orangefarbenem Batikmuster, so grell, dass Zakos bei ihrem Anblick fast zurückgeschreckt wäre, und als Verstärkung hatte sie einen zierlich wirkenden alten Mann mit schütterem Haar im Schlepptau, den Zakos schon in der Küche des Strandlokals gesehen hatte – Herr Kostas war dessen Besitzer und der Vater der kellnernden Brüder. Doch das Sprechen übernahm Liz allein: »Wenn das so weitergeht, können wir alle hier bald dichtmachen – und Sie sind schuld!«, keifte sie Jannakis an, was der sogleich mit lautstarkem Poltern beantwortete, und Zakos floh aus dem Raum nach oben auf die Terrasse, um sich mal wieder eine Zigarette anzuzünden. Seine Augen brannten, er schlief seit Tagen schlecht und fühlte sich vollkommen ausgelaugt.

Dass auch die Bürgermeisterin kurz darauf in der Polizeistation erschien, um sich über die Absperrung zu beschweren, war keine große Überraschung – ebenso wenig wie der Fakt, dass Jannakis sie in Grund und Boden brüllte, bis sein Gesicht rot anlief und Zakos sich einmal mehr ernsthafte Sorgen um ihn machte. Ansonsten musste er zugeben, dass er diesen Auftritt ein wenig genoss. Als Athina Bikou ziemlich kleinlaut aus dem Raum schlich, fühlte er Genugtuung. Und er musste neidlos zugeben: Bei manchen Zeitgenossen war Jannakis' Art offenbar erfolgreicher als seine.

Nach ein paar Tagen allerdings waren die Polizisten wegen Jannakis' penetranter Art im ganzen Ort verhasst. Das freundschaftliche Schulterklopfen, mit dem Zakos in den Läden und den Cafés bedacht worden war, gehörte der Vergangenheit an, und wenn sie alle gemeinsam in einem Restaurant einkehrten, wurde ihr Essen meist erst gebracht, wenn die anderen Gäste bereits zahlten. Sogar Sotiris grüßte Zakos nur noch knapp, und Pappous brummelte unfreundlich vor sich hin, wenn sie an ihm vorbeigingen. Besonders unbeliebt war natürlich Jannakis.

Zakos befand sich deswegen in einer echten Zwickmühle. Er hasste es, wenn sich Polizisten auf diese Weise produzierten, wie es der griechische Kollege tat. Dieser krasse Konfrontationskurs war einfach nicht sein Stil. Auf der anderen Seite musste er seinem Kollegen zugutehalten, dass dieser unermüdlich arbeitete und dass Zakos auf sich alleine gestellt ganz sicher nicht so viele Befragungen hätte durchführen können. Darum hatte er ihn zähneknirschend ertragen.

Aber nun hatte sich das Problem ja von selbst gelöst. Als der Heli nicht mehr zu sehen und zu hören war, lächelten Fani und Zakos sich an, und er sagte: »Als Erstes sollten wir vielleicht mal diese Absperrung am Strand beseitigen, was meinst du?«

»Schon passiert!«, sagte Fani. »Ich habe vorhin im Lokal angerufen und Bescheid gegeben, dass das Band nicht mehr gebraucht wird. Und weißt du was? Es war schon weg! Sie sagen, der schlimme Sturm gestern Nacht hat es weggerissen!« Fani lachte. Tatsächlich war es gerade dann besonders heiß und stickig gewesen, und kein Lüftchen hatte sich geregt.

»Na, dann ist ja gut!«, schmunzelte Zakos. »Ich gehe da heute mal vorbei. Wollte sowieso mal nach Vangelis sehn.« Das war der langhaarige Kellner, der ihm geholfen hatte, Tessa zu bergen – mittlerweile wusste Zakos seinen Namen. »Aber zuerst möchte ich noch mal mit Aris sprechen.«

»Schon wieder?!«, erwiderte Fani. Sie zuckte die Achseln und holte ihr Telefon heraus, und Zakos ging kurz ins Bad, um zu duschen.

»Er ist oben in seinem Haus im alten Dorf«, sagte Fani, als er zurückkehrte – diesmal in einem frischen T-Shirt, aber in den gleichen ausgebeulten kurzen Khaki-Hosen, die er am Vortag schon angehabt hatte, und in Flip-Flops. Er gab sich keine Mühe mehr, seinem Status als Kommissar äußerlich gerecht zu werden. Seit er Tessa tot aus dem Wasser gezogen hatte und seit Sarah abgereist war, waren ihm Äußerlichkeiten vollkommen einerlei.

Die beiden Ereignisse hatten sich für ihn auf sonderbare Weise verknüpft; und obgleich die viele Arbeit und die nicht zu verachtende Menge an Bier und Wein, die Zakos seither abends konsumierte, um überhaupt schlafen zu können, seine Gefühle betäubte, fühlte er sich nach wie vor grauenvoll: traumatisiert, verletzt und vollkommen allein gelassen.

Am schlimmsten waren die frühen Morgenstunden, wenn er alleine in dem großen, zerwühlten Bett aufwachte und wieder realisierte, dass Sarah nicht bei ihm war. Nur schwer konnte er dann zurück in den Schlaf finden, immer wieder schreckte er hoch, von Alpträumen geplagt, in die sich Szenen ihrer Streitgespräche mischten; dazu kamen Bilder vom Strand von dem entsetzlichen Tag, als er Tessa aus dem Wasser gezogen hatte. Meist stand er früh auf und versuchte, all das von sich zu schieben. In Bezug auf Sarah funktionierte es einigermaßen. Zwischen ihnen herrschte seit Sarahs Abreise Funkstille, sie hatten nicht mal telefoniert, und auch wenn nachts im Schlaf Trauer darüber in ihm hochkroch – die Wut überwog. Er war immer noch ungehalten über sie. Was dachte sie eigentlich, wer sie war? Die Welt drehte sich doch nicht nur um sie!

Noch schwerer fiel es ihm allerdings, die Sache mit Tessa zu vergessen. Zakos hatte schon viele Leichen gesehen, aber noch nie zuvor einen Ermordeten, der ihm bereits als Lebender begegnet war. Die Bilder ihres Leichnams verfolgten ihn den ganzen Tag. Zum Beispiel die sonderbare Haltung, mit der sie im Wasser getrieben hatte – auf dieselbe schreckliche Weise, wie alle Wasserleichen im Meer treiben: die Beine nach unten gerichtet wie Bojen, die Arme ausgebreitet vor sich auf der Wasseroberfläche – fast wie eine Lebende, die sich treiben ließ. Wenn da nicht dieses eine, schreckliche Detail wäre: Das Gesicht war tief ins Wasser getunkt.

Für Zakos war ein solcher Anblick das Grauen schlechthin, noch viel schlimmer als alle Bilder von Verletzungen, die er in seiner Laufbahn bereits hatte mit ansehen müssen. Er wusste nämlich: Das, was zunächst nicht zu sehen war – das im Wasser befindliche Gesicht –, war das Schlimmste. Auch Tessas Gesicht war entsetzlich zugerichtet gewesen – schon aufgequollen vom Salzwasser und von kleinen Fischen oder sonstigen Meeresbewohnern an den Nasenflügeln und am Mund angefressen, so dass zentimetergroße Teile der Haut einfach fehlten.

In der Früh gelang es Zakos immerhin meist, mit einem Sprung ins Wasser die morgendliche Erschöpfung und Benommenheit abzuschütteln, und er kraulte schnell und effizient vom Hotel bis zum Hafen und zurück, ohne an irgendwas zu denken als an die Bewegungsabläufe und die Atmung. Doch einmal, als er sich bereits dem Hotel wieder näherte und zum kurzen Verschnaufen auf dem Rücken treiben ließ, berührte ihn etwas unter Wasser am Arm, und ein blindes Entsetzen befiel ihn. Er schrie auf, schlug um sich – und musste erkennen, dass ihn nur ein algenbewachsenes Tau gestreift hatte, mit dem eine Boje verankert war.

Der kleine Jeton, der wie an den meisten Tagen schon früh draußen war und mit seinen Schwestern auf den Klippen neben der Badeplattform spielte, lachte und rief etwas zu ihm herüber. Zakos beruhigte sich wieder, aber ihm war klar, dass die Zeit, in der ihn dieses Grauen immer wieder befallen würde, noch lange andauern würde.

Zakos hatte gar nicht gewusst, dass im alten Dorf am Fuße des Kastells überhaupt Menschen wohnten – man hatte ihm erzählt, es sei verlassen, und tatsächlich bestanden die meisten der Gebäude hier aus Ruinen, von denen teilweise nur noch niedrige Überreste der Außenwände erhalten waren. Doch es gab auch zwei Rohbauten und zwei oder drei bereits wieder aufgebaute Häuser. Das größte war das von Aris Kouklos, klar erkennbar an der davor geparkten Yamaha Enduro, mit der Zakos ihn bereits des Öfteren durch den Ort hatte brausen sehen.

Kouklos wirkte auch um diese frühe Uhrzeit wie aus dem Ei gepellt, wie immer ganz in Weiß gekleidet, die braungebrannte Vollglatze wie mit Öl poliert, der Dreitagebart akkurat getrimmt, die Silberringe glänzend. Doch er zeigte einen Gesichtsausdruck, den Zakos auf Bayerisch insgeheim als »grantig« deutete: Die Brauen waren gerunzelt, die Augen ärgerlich zusammengekniffen.

»Ihr schon wieder!«, brummte er. Aber er bat sie herein.

Jannakis hatte Kouklos mehrfach einbestellt, er hatte ihn offen verdächtigt, ungestüm angeschrien, verhöhnt, beschimpft – kurz, er hatte sämtliche Register gezogen. Zakos kam heute zur Schadensbegrenzung. Er hatte das Gefühl, er müsste die schlechte Behandlung wiedergutmachen.

Es gab aber auch noch einen anderen Grund: Er hatte sich seine eigenen Fragen an Kouklos während der Gespräche in der großen Runde fast ganz verkniffen und sie sich für später aufgespart. Es war eine ganz automatische, instinktive Entscheidung gewesen. Er wusste, dass Kouklos in Jannakis' Gegenwart total dichtmachen würde, und genauso war es auch gewesen.

»Hör mal, Aris«, sagte er nun. »Der Kollege ist ein Raubein. Nimm es ihm nicht übel, er tut nur seine Pflicht …«

»Ach ja!?«, schnauzte Aris. »Unbescholtene Leute unflätig beschimpfen und sie von der Arbeit abhalten, das nennst du seine Pflicht? Das ist doch …«

»Na ja …« Zakos versuchte ein zerknirschtes Lächeln. »Er ist eben ein bisschen … wie soll ich sagen …«

»Ein *Malakas* ist er, dein Kollege!«, brach es aus dem anderen heraus, und Zakos hörte, wie Fani neben ihm losprustete.

»Was soll ich dazu sagen?«, stöhnte Zakos und breitete Entschuldigung heischend die Arme aus.

»Sag nichts, ich hab schon verstanden!«, seufzte Kouklos. »Trotzdem sollte ich euch rauswerfen. Aber was soll's? Wollt ihr einen Kaffee? Ich war gerade dabei, mir einen zu kochen. Kommt rein.«

»Wie hat es dich hier rauf verschlagen?«, wunderte sich Zakos, als er das Haus betrat.

»Das hier ist mein Elternhaus, ich bin sogar hier geboren!«, sagte der andere. »Ich hänge an dem alten Dorf, ich kann hier wunderbar entspannen. Erst war es nur mein Wochenendhaus. Aber zurzeit wohne ich ausschließlich hier.«

Zakos blickte sich um. Das Stockwerk, in dem sie sich befanden, bestand aus einem großen, luftigen Raum, der von einem Tisch aus alten, abgeschliffenen Holzplanken dominiert wurde, umgeben von alten griechischen Stühlen mit Bastsitzfläche und geschnitzten Lehnen. Die großzügige Küchenzeile war aus Edelstahl, was einen fast industriellen Eindruck entstehen ließ, der aber durch gemütlich wirkende strahlendweiße Leinensofas gemildert wurde. Hinter einem Paravent verbarg sich ein altes, aufpoliertes Eisenbett – das war alles.

»Sehr geschmackvoll!«, sagte Zakos bewundernd. Er konnte sich keine perfektere Einrichtung für diesen Ort, dieses Haus denken.

»Oh, danke!«, sagte Kouklos und rührte in dem kupfernen Kaffeetöpfchen, das auf der Gasflamme schnell aufschäumte. »Ich habe zum Glück die Gabe, stets mit wunderbaren Menschen zusammenzuarbeiten. Das alles hier« – er machte eine Armbewegung, die das Haus umfasste –, »das hat sich eine sehr begabte junge Innenarchitektin aus Thessaloniki ausgedacht, Alexandra heißt sie. Sie setzt bewusst auf eine Kombination aus traditionellen und modernen ...«

Es wurde ein längerer Vortrag, und sie traten hinaus auf die Terrasse des Hauses. Kouklos reichte das Tablett mit den dampfenden Tässchen herum und brachte schließlich noch eine Schale mit *Zurekia*, Frühstücksgebäck, das er vor sie hinstellte. »Großartig hier oben, nicht wahr?«

Zakos nickte. Schon die kurze Fahrt war ihm wie eine Reise in eine andere Welt vorgekommen. Fani hatte ihnen von einem Verwandten ein Mofa geborgt, das sich ziemlich abmühen musste, um die steile Straße zu bewältigen. Auf dem Weg waren sie dem alten Mann auf dem Esel begegnet, den Zakos bereits an seinem allerersten Tag auf der Insel gesehen hatte, und sie waren an einem bunt bemalten VW-Bus vorbeigekommen, in dem offenbar ein Aussteigerpärchen hauste. Die beiden waren schon grauhaarig und werkelten in ihrem Gemüsegarten. Außerdem liefen immer wieder Ziegen über die Straße. Aber je weiter hoch sie kamen, umso verlassener wirkte alles, und als sie das vom Meer aus uneinsehbare kleine Tal erreicht hatten, in dem sich das alte Dorf befand, umgab sie nur noch das Krakeelen der *Korakia* – der griechischen Krähen, die zierlicher und kleiner waren als jene, die Zakos aus München kannte –, nur ein wenig größer als Amseln. Es war grüner hier oben als auf der übrigen Insel; ein kleiner Bach nährte das Tal, dessen Bett zwar momentan ausgetrocknet dalag, doch in den Uferbereichen wucherten rosa blühende Oleanderbüsche.

»Einst gab es Piraten in dieser Gegend – ach was, überall im Mittelmeer«, erzählte Kouklos. »Damals war der Hafenort nicht zu halten, deswegen zogen die Menschen hierher, wo sie vom Meer aus nicht gesehen werden konnten. Und wenn wirklich Piraten im Anmarsch waren, dann gingen sie allesamt oben in die Burg und schmissen den Eindringlingen ihre Nachttöpfe auf den Kopf! Oder so ähnlich.« Er lachte. »Und jetzt ist es mein Königreich!«

»Ist es dir nicht manchmal zu einsam hier?«

»Ich bekomme ja bereits Nachbarn, immer mehr wollen hier rauf. Aber seit Tessa tot ist, fühle ich mich manchmal komisch. Hier lenkt einen nichts ab vom eigenen Gedankenkarussell, das ist im Moment einfach beschissen. Dabei mochte sie diesen Platz gar nicht. Er erinnerte sie an die Dörfer in Rumänien. Sie wollte lieber mit der Fähre nach Rhodos mit mir, zum Bummeln und zum Ausgehen. Haben wir aber nie geschafft, wir kannten uns ja noch nicht so lange. Sie war eben ein junges Mädchen, hatte viel Power. Und ich werde immer ruhiger.«

Er seufzte. »Ehrlich gesagt gingen wir uns bereits etwas auf die Nerven. Aber trotzdem bin ich total fassungslos über das, was geschehen ist. Ich habe noch nicht mal ihre Sachen von der Wäscheleine abgehängt. Ich bringe es einfach nicht übers Herz!« Er wies auf die Terrasse, auf der ein dunkelblauer Badeanzug und ein rosa T-Shirt mit Spaghetti-Trägern hingen.

»Es gab also öfter Streit?«, fragte Zakos vorsichtig.

»Was ihr immer mit eurem Streit habt!«, fuhr Kouklos auf, plötzlich wieder verärgert. »Nein, es gab keinen Streit, nur dieses eine Mal, als sie behauptete, schwanger zu sein. Und das nehme ich ihr nicht mehr übel. Ich kann das verstehen. Sie hat eben nach jedem Strohhalm gegriffen, um weiterzukommen. Ich habe mein Leben lang auch nichts anderes getan. Darin waren wir uns ähnlich. Oder was denkst du, wie ich es vom Sohn eines Ziegenhirten zu etwas gebracht habe?«

»Hör mal, Aris, ich glaube nicht, dass du etwas mit dem Mord an dem Mädchen zu tun hast, aber du musst offen zu mir sein!«, sagte Zakos eindringlich und blickte dem anderen ins Gesicht. »Sag mir, gibt es jemanden, der dir schaden will?«

»Das hat Mr Machismo aus Rhodos mich doch schon tausendmal gefragt …«, antwortete Kouklos müde.

»Jetzt frage ich dich! Aris, kann es sein, dass deine Arbeiter damit zu tun haben? Ich weiß, dass du sehr wohl wirtschaftliche Probleme hast, obwohl du es nicht zugeben willst.« Er erwartete, der andere würde wieder wütend reagieren, doch stattdessen lächelte Kouklos. Ein undurchdringliches Lächeln wie das einer Sphinx.

»Jedenfalls kannst du deine Leute nicht bezahlen, das ist ein Fakt. Ich will wissen, was dahintersteckt, und wie lange es bereits so geht.«

»Ich finde zwar nicht, dass dich meine Geschäfte irgendwas ...«

»Aris, ich will dich schützen!«, unterbrach ihn Zakos. »Ich glaube, du bist in Gefahr. Wir müssen endlich wissen, was wirklich vorgeht!«

Kouklos ließ sich mit der Antwort Zeit, und als er endlich sprach, klang seine Stimme kühl und von oben herab. »Ich habe dich nicht angelogen, ich habe nur nicht alles erzählt, was ja mein gutes Recht ist. Aber es ist nicht, wie du denkst. Wenn du auf die Bauarbeiter anspielst: Ich schulde denen keinen einzigen Euro. Es ist andersrum, sie schulden mir Geld. Ich habe dem Vorarbeiter eine große Summe geliehen für seinen Betrieb. Er brauchte Werkzeug, Geld für einen Wagen und so weiter. Er hat nichts zurückgezahlt, deswegen hole ich mir das Geld jetzt anders. Aber ich bin fair – ich zweige ja nicht alles ab. Ich lasse ihnen schon genug, keine Sorge.«

Zakos nickte. Aber er war unzufrieden. Aris klang für ihn nicht wie ein Lügner. Das, was er sagte, klang logisch, es konnte so sein. Dennoch gefiel ihm irgendwas nicht an der Erklärung. Es war etwas in Kouklos' Gesicht, eine minimale Veränderung, die er zu überspielen nicht fähig gewesen war. Plötzlich hatte Zakos eine Eingebung.

»Zu wie viel Prozent Zinsen verleihst du Geld? Du kannst es ruhig sagen, wir bekommen es sowieso heraus ...«

Das war es! Zakos hatte richtiggelegen. Einen Moment lang verstärkte sich der schwer zu deutende Gesichtsausdruck auf Kouklos' braungebranntem Gesicht, wie das Zusammenzucken bei einem kurzen Schmerz. War es Schuldbewusstsein? Oder einfach nur das unangenehme Gefühl, bei etwas ertappt worden zu sein? Zakos wusste es nicht. Er spürte nur, er hatte richtiggelegen!

»Du berechnest Wucherzinsen, das ist es, nicht wahr?«,

sagte Zakos hart. »Wie viel verlangst du den Leuten ab? 40 Prozent? Oder gleich 50?« Er hörte, wie Fani neben ihm ein zischendes Geräusch abgab. Als hätte ihr gerade jemand einen Schrecken eingejagt.

»*Aman*, was wollt ihr denn!«, entfuhr es Kouklos. »Ich leihe Leuten Geld, na und? Von der Bank hätten sie sowieso nichts gekriegt, noch nicht mal ich kriege was von der Bank. Manche Leute haben Hypotheken, die sie abzahlen, oder sie haben mal in der Jugend eine Dummheit gemacht und waren im Knast oder so. Oder sie haben keinen Aufenthaltsstatus. Dann kommen sie zu mir. Ich helfe ihnen. Was ist daran so schlimm? Es kann doch wohl niemand von mir verlangen, dass ich gar nichts davon habe. Ich muss auch von was leben!«

Zakos' Blick schweifte über das kleine Tal. Einen Moment war ihm, als sei das Zetern der *Korakia*, die sich auf einer Platane unweit von Kouklos' Haus gesammelt hatten, lauter geworden. Er fand jetzt, dass der Ort eine düstere Anmutung besaß, trotz des strahlendblauen Himmels und der Oleanderbüsche. Aber eine Frage hatte er noch.

»Die Sicherheit?«, fragte er an Kouklos gewandt, und seine Stimme klang jetzt heiser und enttäuscht. »Was geben dir die Leute als Sicherheit?«

»In jeder Familie gibt es doch noch irgendwas«, antwortete Kouklos betont unbeschwert, als wäre alles ganz harmlos. »Einen Acker zu Hause in der Heimat. Oder es gibt ein Fischerboot, und man macht deswegen einen kleinen Vertrag. Irgendeine Motivation muss es ja geben, das Geld zurückzuzahlen. Das ist ein Geschäft. Ich bin Geschäftsmann. Dachtet ihr, ich bin Jesus Christus, oder was? Und jetzt starrt mich doch nicht so an!«

Fani und er schwiegen, bis sie das Mofa vor dem Strandlokal abgestellt hatten.

»Er darf das doch nicht tun, oder?«, fragte die junge Polizistin dann.

»Nein, das ist Wucher. Das ist hier ganz bestimmt ebenso verboten wie in Deutschland.«

»Und – wirst du ihn anzeigen deswegen?«

Er nickte. »Aber nicht jetzt. Erst wenn die Sache hier abgeschlossen ist. Jetzt brauche ich erst mal ein richtiges Frühstück. Was ist mit dir?«

»Ich will lieber zurück ins Büro«, sagte Fani. »Ich will endlich die Sache mit Liz herausfinden.« Es ging um Liz' gescheitertes Bauvorhaben auf Rhodos. Als Jannakis da gewesen war, hatte sie in diese Richtung nicht weiterrecherchiert. Anderes war vorrangig gewesen. Doch nun wollten sie auch in dieser Richtung weiterforschen. »Meinst du, Liz hat auch Geld von ihm bekommen?«, fragte sie Zakos.

»Gut möglich«, erwiderte er. »Du wirst es bestimmt herausfinden!«

Sie nickte ernst. Dann stieg sie wieder auf das Mofa und fuhr knatternd davon.

Unwillkürlich blickte er im Lokal als Allererstes zu dem Tisch, an dem Sarah gern gesessen hatte, und es versetzte ihm einen Stich, an sie zu denken. Aber mit Gefühlsduseleien konnte er sich jetzt nicht aufhalten. Der Langhaarige – Vangelis – saß im Schatten und füllte aus einer Großpackung Papierservietten in die dreieckigen Behälter, die zur Essenszeit auf den Tischen standen. Als er Zakos sah, sprang er auf, umarmte ihn mit großer Geste und rief in die Küche, wo der zierlich wirkende alte Herr Kostas arbeitete.

»Baba! Sieh mal, wer da ist!«

Der Mann nickte mit starrem Gesicht. Es war klar, dass er

den Nachmittag mit Zakos' Kollegen nicht vergessen hatte, aber er rang sich einen kargen Gruß ab.

»Geht's gut?«, fragte Zakos und setzte sich zu Vangelis. »Den Schock einigermaßen überstanden?«

Der Junge warf sich in die Brust. »Kein Thema, wirklich! Ich komme zurecht«, sagte er. »Aber traurig ist es schon! Wir kannten Tessa doch alle aus der Bar. Sie war lustig. Einmal waren wir alle auf Kreta, mit der großen Fähre – nachts hin, rein in einen Club zum Tanzen, am nächsten Morgen zurück. Ohne eine Minute Schlaf. Aphroditi aus dem *Zacharoplastio* war auch dabei, und Wassilis aus dem Reisebüro.« Er seufzte: »Es gibt nicht viele Leute in unserem Alter, die hier leben. Da freut man sich immer über Gesellschaft. Aber als sie sich mit Aris zusammentat, hat sie uns alle ziemlich links liegen gelassen.«

»War sie denn vorher mit jemand anderem von der Insel zusammen – mit dir vielleicht?«

»Nein. Da waren Fani und ich ja noch ein Paar. Das war am Anfang der Saison, so im Mai oder Juni.«

Zakos war überrascht, aber er versuchte, es sich nicht anmerken zu lassen. Natürlich, warum sollte Fani nicht auch einen Freund auf der Insel haben – oder gehabt haben. Wenn es ihm auch schwerfiel, sie sich an der Seite dieses Jünglings vorzustellen. Sie war immer so ernst und ein wenig melancholisch, fand Zakos, ganz anders als Vangelis, der meist munter vor sich hin plapperte. Vangelis war Krimifan, wie sich Zakos wieder erinnerte, und nun wollte er ganz genau wissen, was die Ermittlungen ergeben hatten.

»Waren ihre Lungen voller Salzwasser? Oder vielleicht Süßwasser? Das könnte ja nämlich bedeuten, dass Tessa ...« Zakos setzte ein undurchdringliches Lächeln auf; er wollte keineswegs die Untersuchungsergebnisse mit dem Jungen diskutieren. Aber der wurde dadurch eher angestachelt und fragte nach, wie viele Tote Zakos schon gesehen und wie viele Morde er insgesamt bereits aufgeklärt habe. Er wurde immer neugieriger. Schließlich kam sein Vater aus der Küche geschlurft und setzte sich mit an den Tisch.

»Vangelis, Schluss damit!«, rief er. »Das, was hier passiert ist, ist keine von deinen Kriminalserien!«

»Aber ich habe doch nur den Kommissar ...«

»Scht!«, machte der Alte erstaunlich autoritär, und Vangelis verstummte, allerdings nicht, ohne eine Grimasse in Zakos' Richtung zu verziehen.

Sein Vater tat, als bemerke er nichts. »So was kann einem den ganzen Sommer verderben ...«, sagte er und zeigte mit dem Kinn zum Strand, und Zakos war nicht klar, ob er Tessas Tod oder die inzwischen verschwundene Absperrung meinte. Mittlerweile sonnten sich da, wo sie Tessa abgelegt hatten, bereits die ersten Urlaubsgäste des Tages, ein älteres Paar. Von den Vorfällen wussten die beiden sicherlich nichts, sonst hätten sie wohl ein Plätzchen etwas weiter links oder rechts gewählt.

»Willst du ihm denn nicht einen Kaffee anbieten, Baba?«, fragte der Junge. »Er hat mir schließlich geholfen, das tote Mädchen rauszuholen.« Eigentlich war es andersherum, dachte Zakos, aber gegen Kaffee hatte er nichts einzuwenden und auch nicht gegen die Spiegeleier, die der Alte ihm schließlich in der Küche briet. Dazu reichte er ihm getoastetes Brot vom Vortag – die anderen beiden Söhne waren gerade dabei, aus dem Ort eine frische Lieferung zu holen. Zakos war noch beim Essen, als Vangelis plötzlich einen verschwörerischen Ton anschlug.

»Es gibt noch ein Geheimnis, und es wird Zeit, dass wir es dir erzählen. Nicht wahr, Baba ...«

Der alte Mann verdrehte die Augen. »Was mischst du dich

in die Angelegenheiten der Polizei ein«, wies er seinen Sohn zurecht. »Das ist doch bestimmt nicht wichtig für den Herrn Kommissar, also warum musst du …«

»Doch, doch, vielleicht schon! Vielleicht kann er was damit anfangen.« Und an Zakos gewandt: »Komm, ich zeige es dir!«

Zakos wischte mit einem Stückchen Brot noch schnell einen Rest auf dem Teller zusammen, dann folgte er den beiden in die Küche. Zur Terrassenseite hin war sie geöffnet wie eine Art Theke – Zakos hatte schon bei früheren Besuchen gesehen, wie Herr Kostas hier arbeitete.

Anscheinend war er am Morgen schon fleißig gewesen. In mehreren großen Blechtöpfen simmerten bereits die Speisen für den Mittag, und Zakos erhaschte einen Blick auf ein appetitlich wirkendes Gericht mit Artischocken und auf einen großen Topf mit frischen *Fassolakia* – grünen Bohnen. In einer Ecke saß außerdem eine alte Frau, die Kartoffeln für den in ein paar Stunden zu erwartenden Ansturm der Mittagsgäste kleinschnipselte.

Aber das war es nicht, was Vangelis ihm zeigen wollte, sondern das etwas staubige Fenster zur Straßenseite. Von hier aus konnte man den Weg ins Dorf überblicken, der zunächst nach oben auf den Hügel und dann, wie Zakos wusste, auf der anderen Seite hinunter zum Hafen führte. Zuerst verlief die kleine Straße durch Felder, durch staubige rote Erde mit ein paar Bäumen, Oliven und Tamarisken, aber nach etwa hundert Metern Richtung Hügel kam eine Reihe mit den ersten Steinhäusern.

»Sieh mal, hier – Baba ist es als Erstem aufgefallen, er verbringt ja die ganze Zeit in der Küche. Jeden Tag um etwa 15 Uhr ist sie dort oben links in die Gasse eingebogen und erst eine Stunde später wieder rausgekommen!«

»Tessa?«

»Nein, nein, eure Deutsche. Die andere Tote!«

»Ihr seid euch ganz sicher?!«, fragte Zakos aufgeregt.

»Klar! Wir alle haben unsere Witzchen darüber gemacht. Sie kam immer alleine zum Baden und Essen hierher, und nach dem Essen verschwand sie eine Ewigkeit auf der Toilette und machte sich schön und hinterließ eine Parfümwolke, und dann ging sie hoch und bog in die Gasse ein. Genau eine Stunde lang blieb sie dort. Man konnte beinahe die Uhr danach stellen. Baba sagt, die hatte da oben sicher ein Verhältnis! Takis, einer meiner Brüder, ist sogar mal schnell mit dem Moped raufgefahren, um herauszubekommen, wer's war. Hat ganz unauffällig getan, und wir standen alle hier und haben uns kaputtgelacht. Er war schrecklich neugierig und wollte ihr Geheimnis unbedingt herausfinden. Aber als er in die Straße bog, war sie schon in irgendeinem Haus verschwunden.«

»Wer wohnt denn dort oben?«

»Alle möglichen Leute. Die Straße ist ja lang. Wer weiß, vielleicht hatte sie mehrere Männer? Vielleicht wollte sie sich durchs ganze Dorf vögeln und hat einfach in der ersten Straße hier unten angefangen.« Er lachte. »Nein, im Ernst, wahrscheinlich war's nur einer, sie war ja nicht die Jüngste. Jedenfalls muss es jemand von hier gewesen sein. Da oben sind keine Fremdenzimmer. Das ist doch eine Spur, oder nicht?«, fragte er aufgeregt.

»Absolut!«, antwortete Zakos und verkniff sich die Bemerkung, dass er gern früher davon erfahren hätte. »Wir werden der Sache auf jeden Fall nachgehen!«

Kapitel 12

Zakos marschierte danach umgehend los, um sich die betreffende Gegend selbst anzusehen. Das allererste Mal seit Tagen hatte er wieder das Gefühl, dass irgendwas voranging.

Die Gasse lag ruhig da, im Moment noch ganz im Schatten der Häuser auf der linken Seite. Aber in den frühen Nachmittagsstunden, in denen Renate dort ein Stelldichein gepflegt hatte, musste sie gnadenloser Sonne ausgesetzt sein. Die Gebäude am Anfang standen Wand an Wand, winzige einstöckige Häuschen. Fast alle besaßen hübsche, aufwendig geschnitzte Holztüren, meist dunkelgrün oder blau gestrichen. Die meisten waren sehr staubig, und bei einigen blätterte bereits die Farbe ab. Aber die Häuser waren keine Ruinen, sie waren bewohnt, das konnte man sehen. Etwas weiter hinten in der Straße gab es dann ein paar größere Gebäude, die von Gärten umgeben waren. In einem der Häuser saß eine ältere Frau mit ein paar Kindern unter einem pflanzenumrankten Dach.

Zakos grüßte und fragte, ob er näher kommen dürfe, und die Frau bat ihn zu sich in den Schatten. Es duftete nach Jasmin, der an der Hauswand empor und übers Dach rankte.

»Es gibt keine Zimmer hier, die Pension ist geschlossen!«, sagte sie. »Wir haben zugemacht, als mein Mann starb – also schon vor zehn Jahren. Und trotzdem stehen wir noch in den Reiseführern!« Sie lachte. »Aber ich kann Ihnen ein Zimmer bei meiner Tochter vermitteln, wenn Sie wollen.« Die Frau war wohl um die sechzig, vermutete Zakos, und gerade dabei, mit ihren Enkeln den Tisch zu dekorieren. »Stavros hat heute seinen zehnten Geburtstag«, erklärte sie, und der ältere der Jungen nickte ernst und verteilte für seine Feier kleine Kuchengabeln neben den Tellern. Von der toten Deutschen hatte die Frau natürlich gehört, aber gesehen hatte sie sie angeblich nie, schon gar nicht hier in der Straße.

Danach traf Zakos noch eine alte Frau in einem Haus an, eine der vielen Greisinnen der Insel, aber sie war zu taub, um überhaupt zu verstehen, worum es ging. Und am Ende der Straße machte ihm schließlich ein junges Mädchen in einem schenkellangen T-Shirt mit Angry-Birds-Aufdruck und fester Zahnspange die Tür auf. Sie wirkte verschlafen. Ein paar Minuten später scharten sich zwei weitere junge Mädchen um sie, aber keines von ihnen konnte Zakos weiterhelfen – sie waren erst seit ein paar Tagen auf der Insel und machten gemeinsam Ferien im Haus ihrer verstorbenen Großeltern.

In den anderen Häusern öffnete niemand. Aber Zakos war zuversichtlich, dass er in den nächsten Tagen mehr herausfinden würde – auch wenn er und die Dorfpolizisten noch einige Besuche absolvieren mussten.

Er ging ein Stück den Weg weiter und kam ganz am Ende an einem freien Grundstück vorbei, auf dem unter einem Baum ein braun gefleckter Jagdhund angeleint war. Als Zakos näher kam, fing dieser an, wie verrückt loszubellen. Erst nach einer Weile beruhigte sich das Tier wieder und bewegte sich an seiner Kette zu einem Verschlag in der Mitte des Grundstücks und damit aus Zakos' Sichtfeld heraus.

Hier endete die kleine Straße, die ganz am Schluss nur noch ein unasphaltierter Pfad war. Dann kamen Steinbrocken und ausgetrocknetes Gestrüpp, und schon begann der nackte Fels des Berghangs. Und da würde Renate ja wohl kaum hinaufgeklettert sein.

Fani machte große Augen, als Zakos im Büro von den Neuigkeiten erzählte, aber sie sagte, sie könne die Sache nicht glauben. »Wohnen dahinten nicht nur uralte Leute?«

»Hm!«, machte Zakos nachdenklich. Von Fanis Warte aus waren wahrscheinlich die allermeisten »uralte Leute«, aber er erklärte ihr, es ließe sich nicht ausschließen, dass auch Menschen jenseits der fünfunddreißig Geschlechtsverkehr ausübten.

»Wahrscheinlich schon«, erwiderte Fani todernst. »Trotzdem kann ich mir nicht vorstellen, wer es gewesen sein könnte.«

Auch einen Tag später waren sie nicht viel weiter, obwohl sie Rhodos eingeschaltet und, unter dem missbilligenden Blick der Bürgermeisterin, die Melderegister im Rathaus durchforstet hatten. Denn nicht mal Fani wusste genau, wer alles in den Häusern wohnte und wo die Besitzer sich momentan aufhielten.

Wie sich herausstellte, gab es doch nicht nur Greise in der Straße. Neben den Schülerinnen mit den Zahnspangen wohnte in einem der kleineren Häuser außerdem Wassilis, der junge Angestellte von Liz, der dort ein Zimmer von einer alten Frau gemietet hatte. Es stellte sich aber heraus, dass er in der fraglichen Zeit noch in einem Reiseunternehmen in Athen gearbeitet hatte. Doch auch wenn es anders gewesen wäre, konnte sich niemand vorstellen, dass er ein Verhältnis mit Renate oder irgendeine andere Form der Beziehung mit ihr unterhalten haben könnte.

Die übrigen Häuser wurden tatsächlich von älteren Menschen bewohnt – mehrheitlich von Frauen, aber es waren auch fünf Männer darunter. Einer davon saß im Rollstuhl, einer war bettlägerig. Bei zweien handelte es sich um ein schwules Rentner-Paar aus Wales, das das Häuschen vor drei Jahren gekauft hatte und Stück für Stück renovierte. Es war ziemlich schwierig für Zakos, sich ihnen verständlich zu machen, denn er konnte ihren Dialekt fast nicht verstehen. Die beiden hatten ein Hilfsprojekt zugunsten hungernder Inselkatzen gegründet – die Miezen sollten von Tierärzten kastriert werden, um die Population einzudämmen –, und Zakos hatte seine liebe Not, zu erklären, dass er nichts spenden und auch kein Kätzchen adoptieren wollte. Aber letztlich fand er doch heraus, dass sie erst seit kurzem wieder auf der Insel waren und Renate gar nicht getroffen haben konnten.

Der letzte Mann in der Straße war ein alter Fischer, ein Mann in den Siebzigern, der immer noch in den Morgenstunden aufs Meer hinausfuhr und der, wenn er den Fang des Tages an die Lokale und die beiden örtlichen Supermärkte ausgeliefert hatte, zum Mittagessen im Lokal seiner Tochter eintraf. Erst am späten Nachmittag kehrte er jeden Tag in sein Häuschen zurück, und er unterbrach diese Routine nur an Weihnachten und Ostern.

Sieben Parteien hatten sie bis dato noch nicht persönlich sprechen können, weil die Bewohner sich gerade in Athen, auf Rhodos und in einem Fall in Bodrum in der Türkei befanden, aber sie waren dabei, die Betreffenden telefonisch ausfindig zu machen. Doch egal, ob männlich oder weiblich, ob anwesend oder nur telefonisch zu sprechen – bisher hatte keiner von diesen etwas Bemerkenswertes zu berichten gehabt. Die meisten hatten zwar von der toten Deutschen gehört, sie aber nie bewusst auf der Insel wahrgenommen – geschweige denn in der eigenen Straße.

Auch die Recherchen bezüglich Liz hatten nichts Interessantes ergeben. Wie sich herausstellte, stammte das Geld, das sie in das Bauvorhaben auf Rhodos gesteckt hatte, aus einer Erbschaft von ihrem verstorbenen Mann, zusätzlich hatte sie einen Kredit aufgenommen, aber ganz offiziell bei einer griechischen Bank. Kouklos und auch Renate waren beide in keiner Weise involviert gewesen.

Die zuversichtliche Stimmung vom Vortag war also wieder einigermaßen verpufft, aber Zakos hoffte, dass die Recherche in der Gasse vielleicht mit der Zeit doch noch etwas ergeben würde. Etwas anderes blieb ihm im Moment auch gar nicht übrig.

Fani versuchte weiterhin, Kontakt zu den noch fehlenden Bewohnern herzustellen, sie saß am Telefon und tippte in den Computer. Lefteris, der mitgeholfen hatte, die Befragungen in der Gasse durchzuführen, war wieder viel am Hafen, nur Zakos fühlte sich irgendwie unausgelastet. Er war sich über seinen nächsten Schritt nicht im Klaren und beschloss, eine Runde schwimmen zu gehen.

Doch sein Ritual, um den Kopf frei zu bekommen, funktionierte heute weniger gut als sonst. Der Nachmittag war dunstig und schwül, und die sonst so frischen Farbtöne des Meeres und der Häuserfronten wirkten gedämpft und trüb und nicht so strahlend wie an anderen Tagen. Zudem herrschte für Zakos' Geschmack viel zu viel Trubel. Man merkte, dass die Urlaubssaison sich allmählich auf ihren Höhepunkt zubewegte, überall war es voll und laut, und die Schwimmer, darunter viele junge Leute statt der sonst vorherrschenden älteren Urlauber, erzeugten ein Gekreische, das er unerträglich fand. Dazu kam dröhnender Motorenlärm, denn seit ein oder zwei Tagen waren Jetskifahrer unterwegs. Auch immer mehr kleine Motorboote kreuzten die Bucht, und man musste sich vorsehen, beim Tauchen nicht überfahren zu werden. Zakos nahm sich vor, das nächste Mal wieder in den frühen Morgenstunden ins Wasser zu gehen.

In seinem Zimmer empfingen ihn verlockender Schatten

und Ruhe, und gern hätte er sich ein wenig aufs Bett gelegt, aber er musste unbedingt mal wieder mit Zickler sprechen. Am liebsten endlich über Skype, damit der Chef sich nicht schon wieder über die horrenden Handykosten beschweren könnte. Also setzte er sich mit seinem Laptop aufs Bett und versuchte zum x-ten Mal, ins Internet zu kommen. Bislang war ihm das nie gelungen, obwohl die Hotelangestellte Eleni behauptete, mit dem Anschluss sei alles in Ordnung.

Er rechnete fest damit, dass sich der Rechner erneut aufhängen würde, aber plötzlich klappte es: er hatte Anschluss! Zunächst überflog er einfach nur die Nachrichten: Es gab keine ausländischen Zeitungen auf Pergoussa, und für einen Zeitungsartikel in griechischer Schrift hätte er Stunden gebraucht. Er hatte also kaum Ahnung vom Weltgeschehen, seit er fort war. Doch im Grunde interessierten ihn momentan sowieso nur der Mikrokosmos von Pergoussa und sein Fall. Also kontaktierte er den Kollegen in München.

Als sich dessen blasses Gesicht mit Dreitagebart auf dem Monitor aufbaute, stimmte das Zakos fast fröhlich. Er nahm den Computer mit nach draußen, um dem Kollegen die Aussicht zu zeigen. Im Sonnenlicht war es zwar zu grell, um Zicklers Gesicht noch erkennen zu können, aber Zakos hörte ihn alle möglichen Flüche von sich geben, von wegen, es sei eine »verdammte Frechheit«, dass Zakos an solch einem Ort arbeiten dürfe, während er in München hocken müsste, »bei dem Scheißwetter!«. Und so weiter. Zakos lachte in sich hinein, doch dann wollte er den Kollegen nicht weiter quälen und trug das Notebook wieder ins schattige Innere, wo er Zickler auch wieder besser erkennen konnte.

Es gebe allerdings keinerlei Neuigkeiten in München, sagte der Kollege, er trete mit seinen Ermittlungen ebenso auf der Stelle wie Zakos. »Jaaa, aber wenn ich nach Griechenland dürfte – zu zweit hätten wir die Sache fix im Griff! Allein schon des Wetter würd' mich so was von motivieren! Und danach würden wir noch schön eine Woche Urlaub einlegen und jeden Tag Souvlaki essen, vom Feinsten!«, tönte der Münchner.

»Ja, was das angeht, würdest du hier voll auf deine Kosten kommen!«, erwiderte Zakos. »Hier gibt's einen Laden, der ist der Hammer, sag ich dir. Die machen nicht nur spitzenmäßige Spießchen, die haben auch ein Gyros – du glaubst es nicht! Und die Hamburger dort sind auch nicht zu verachten, mit Special Sauce.« Er sprach es griechisch aus, *Spessiall Soss,* und Zickler lachte und sagte: »Hör auf, hör auf! Da läuft mir ja schon das Wasser im Mund zusammen. Ich wette, du bist jeden Tag dort und lässt es dir gutgehen!«

»Klar! Der Wirt und ich sind schon die besten Kumpels, was denkst du?! Setz dich halt in einen Flieger und komm her! Wennst gleich an den Flughafen fährst, schaffst noch die Abendfähre!« Es war nicht ganz ernst gemeint. Aber gewünscht hätte Zakos sich die Anwesenheit des Kollegen schon. Die Arbeit machte einfach mehr Spaß, wenn Albrecht dabei war. Zakos merkte, dass er sich einsam fühlte – trotz der Hilfe von Fani und der netten Aufnahme bei Sotiris und den übrigen Inselbekannten.

»Mei, super wär's schon. Aber sie lassen mich ja net weg!«, klagte Zickler.

»Du bist halt wichtig«, tröstete ihn Zakos. »Was würde der Heinrich ohne dich anfangen? Da kriegt er doch die Panik, wenn plötzlich keiner mehr da ist, der ihm den Rücken freihält, wenn er mountainbiken will.«

»Pssst, i bin doch im Büro. Die Asti sitzt ja auch noch da!«

Einen Moment lang stutzte Zakos, er verstand erst gar nicht, wen Zickler meinte, da trat sie auch schon ins Bild: die kleine

Astrid, Zicklers meistgehasste Kollegin, die urplötzlich »die Asti« war. Offensichtlich hatte Zakos was verpasst.

Und dann geschah, was er nicht für möglich gehalten hatte. Astrid stellte sich dicht hinter Zickler, legte ihm ganz vertraut die Hände auf die Schultern und beugte sich hinunter zum Computer: »Hi, du bist ja total braungebrannt«, sagte sie lachend.

Sachen gibt's, dachte Zakos nach dem Gespräch. Er musste Zickler unbedingt mal erreichen, wenn der alleine war. Schließlich stand er auf, duschte sich das Meerwasser ab und suchte nach frischer Kleidung. Marianthi – oder irgendjemand anderes aus dem Hotel – hatte einen Stapel frischer Wäsche aufs Bett gelegt. Er zog sich eine leichte Hose an und stutzte. In der rechten Seitentasche fand er die Kette, die er Sarah hatte schenken wollen – er hatte sie ganz und gar vergessen. Sie steckte immer noch in dem weißen Papiertütchen, in dem die Verkäuferin sie verpackt hatte und das beim Waschen zu einem mittlerweile getrockneten Klumpen Pappe geworden war, der um das Schmuckstück herum klebte. Es war ein trauriger Anblick, ein Symbol für die verunglückte gemeinsame Zeit auf der Insel. Zakos hatte keine Lust, sich davon deprimieren zu lassen, und verstaute es schnell in einer Schublade. Als er dann nach einem frischen Hemd im Kleiderstapel suchte, fand er – diesmal in der Brusttasche – wieder etwas, das eigentlich nicht dorthin gehörte: ein frisch gewaschenes und gebügeltes altmodisches Taschentuch mit ein paar aufgestickten Veilchen in den Ecken. Einen Moment lang dachte er, die Wäscherei des Hauses hätte ihm etwas Falsches ausgeliefert, doch dann erinnerte er sich. Es musste das Taschentuch sein, das sich Sarah damals, an jenem ersten Tag, zum Blutstillen an die Schläfe gedrückt hatte. Es gehörte dieser alten Dame, der er schon lange einen Besuch abstatten wollte. Wie hieß sie noch gleich wieder? Ach ja, Frau Alekto. Zakos musste lächeln, wenn er an sie dachte. Er zog sich fertig an, steckte das Tüchlein wieder in die Hemdtasche und machte sich auf den Weg. Überhaupt erschien es ihm die ideale Zeit für einen Besuch: nach 18 Uhr. In Deutschland hätte man diese Uhrzeit bereits frühen Abend genannt, doch hier galt sie als die Zeit, in der traditionell die Mittagsruhe und auch der in der heißen Sommerzeit noch häufig übliche Mittagsschlaf abgeschlossen waren und man sich frisch machte für einen langen Abend, der meist mindestens bis Mitternacht andauerte, für Alte und Kinder gleichermaßen. Davor war es ohnehin noch zu warm, um Schlaf zu finden.

Er erinnerte sich genau, dass Frau Alekto ihm damals gesagt hatte, sie wohne ganz am Ende der Bucht, im allerletzten Haus. Er fand ein großes, stattliches Gebäude mit zwei Stockwerken und einem kleinen Garten vor. Es dauerte nur ein paar Sekunden, bis Frau Alekto öffnete. Im allerersten Moment schien sie etwas verwirrt, als wisse sie nicht gleich, wo sie ihn hintun solle, aber dann erkannte sie ihn, und ein Lächeln erhellte ihr zerfurchtes Gesicht.

»Du kommst mich besuchen! Wie schön!«, sagte sie.

»Ja, ich wollte Ihnen Ihr Taschentuch zurückbringen«, erwiderte er und reichte ihr das zusammengefaltete Stoffviereck. »Und Sie hatten doch gesagt … aber ich weiß natürlich nicht, ob Sie überhaupt Zeit haben …?«

Er lächelte gewinnend, und die Frau sagte: »Natürlich, natürlich, komm nur herein. Eine alte Frau wie ich hat doch immer Zeit. Ich gehe einfach erst später zu Chariklia, das mache ich sowieso oft so.«

Sie führte ihn in ein großzügiges Wohnzimmer mit hohen Decken und bat ihn, Platz zu nehmen. Dann huschte sie flink in die Küche. Zakos blieb zurück und blickte sich um. Der Boden war ausgelegt mit edel wirkendem, glänzendem Parkett. Es gab eine Sitzgruppe mit Sofa und ein paar geschnitzten Stühlen vor einem Couchtisch mit Glasplatte über der Tischdecke. Schwere weiße Leinenvorhänge hingen am Terrassenfenster, und an der Zimmerdecke war ein großer Ventilator installiert, der sich sirrend drehte. Hier im Raum war der Duft, der ihn so an seine Großmutter erinnerte, besonders intensiv wahrzunehmen: Zitronenparfüm und Naphthalin, von Mottenkugeln.

Da kam Frau Alekto auch schon zurück und brachte *Gliko* in zwei kleinen Kristallschälchen, die genauso aussahen wie die Schälchen, die seine Großmutter besessen hatte. Vom *Gliko* wurden immer nur ein paar Löffelchen verspeist – mehr brachte kein Mensch runter von diesen supersüßen, in Sirup eingelegten Früchten.

Frau Alekto war, wie sie sagte, auf Feigen spezialisiert; sie waren noch unreif vom Baum gepflückt worden, klein und von fast künstlich wirkendem Dunkelgrün. »Ich bin gespannt, wie du sie findest!«, schloss sie und stellte eins der Schälchen und ein großes Glas Wasser, ohne das die Willkommensspeise nicht essbar war, vor ihn hin. Zakos mühte sich ein wenig, mit dem Löffel ein Stückchen von einer Frucht abzuteilen, doch weil das nicht gelang, entschied er sich, eine Feige im Ganzen zu verschlingen. Die Schale war weich und die Kernchen im Inneren ganz zart. Es schmeckte köstlich, wenn auch fast unerträglich süß, so dass Zakos sogleich mit einem großen Schluck Wasser nachspülen musste.

»Wunderbar!«, sagte er und gestand: »Das erinnert mich sehr an meine Yiayia. Sie war allerdings auf grüne Orangen spezialisiert – und daraus machte sie auch Sirup, für die Limonade.«

Aber Zakos war nicht hier, um in alten Erinnerungen zu schwelgen, sondern rein beruflich, und so lenkte er das Gespräch bald auf die beiden Morde. Aber Frau Alekto wusste dazu gar nichts für ihn Interessantes zu sagen. Sie habe Renate nicht gekannt, und auch Tessa sei sie nie bewusst begegnet, erklärte sie. Trotzdem schien sie durch die beiden Todesfälle in Alarmbereitschaft versetzt.

»Entsetzlich! Man fragt sich wirklich, in welcher Zeit leben wir eigentlich?«, klagte sie. »Es kommen so viele schlechte Menschen auf die Insel. Wir haben alle Angst, dass wir eines Tages im Schlaf ermordet werden!«

»Sie glauben, es waren Touristen, die die beiden auf dem Gewissen haben?«

»Ich weiß es!«, sagte Frau Alekto in bestimmtem Ton. »Es gibt da gar keinen Zweifel. Ich kenne einen ganz einfachen Beweis.«

»Ach ja?«

»Natürlich. Und zwar folgenden: Bevor all diese Fremden kamen, gab es niemals einen Mord auf der Insel. Nicht dass ich wüsste jedenfalls, und ich lebe schon von Geburt an hier. Doch heute, wo sich alle möglichen Gauner und Haschischkonsumenten hier herumtreiben, sind es bereits zwei hintereinander. Man wird sehen, in ein paar Jahren werden Mord und Totschlag hier zur Tagesordnung gehören, so wie das in Athen schon der Fall ist. Im Winter wurde dort der vierzehnjährige Enkelsohn einer guten Freundin von mir von zwei Drogensüchtigen niedergeschlagen. Sie wollten sein Handy stehlen. Und eine andere Bekannte erzählte mir erst gestern am Telefon …«

Und so weiter und so fort. Je länger Frau Alektos düsterer Monolog andauerte, umso mehr schwand bei Zakos die Hoffnung, sie könnte irgendetwas Brauchbares beitragen. Irgendwann konnte er sich auf die Litanei nicht mehr konzentrieren, und sein Blick schweifte zu den Fotografien, die auf einem Buffet mit vielen kleinen Schubladen an der gegenüberliegenden Wand standen. Das allergrößte war ein Hochzeitsfoto: Frau Alekto mit strahlend hellem Blick und damals noch dunklem Haar am Arm eines distinguiert aussehenden Herrn mit Schnauzbart. Alle andern Bilder zeigten ein junges Mädchen mit aufgeplusterten rotbraunen Locken und einem strahlenden Lächeln, mal mit einer Freundin Hand in Hand, mal allein und nachdenklich blickend am Hafen, mal mit Plateauschuhen und Jeans bei irgendeiner Familienfeier.

»Ihre Tochter?«, unterbrach Zakos die Litanei der Alten und zeigte auf das Bild. »Wohnt sie auch hier auf der Insel?«

»Nein, sie lebt nicht mehr. Sie war ein Engel.« Frau Alekto sagte es ruhig und würdig. »Solche Mädchen gibt es heute nicht mehr. Die Mädchen heute taugen nichts, man sieht es schon daran, wie sie sich kleiden. Heute früh sagte ich erst zu Chariklia …«

Langsam fiel sie Zakos auf die Nerven. Wie kam sie eigentlich dazu, so hart über andere zu urteilen? »Was stimmt denn nicht mit den jungen Mädchen?«, fragte er etwas trotzig.

»Die schlafen mit allen, die ihnen begegnen. Ohhh, da musst du mich nicht so schockiert ansehen, ich weiß schon, wovon ich spreche. Besonders die jungen Athenerinnen sind so, die kommen manchmal mit einer ganzen Clique an und mieten alle zusammen ein oder zwei Zimmer. Und dann rate mal, was die da tun. Ich sage nur: jeder mit jedem. Aber die hier aufgewachsen sind, sind auch nicht viel besser. Alle gleich, alle!«

»Und die Ausländerinnen? Die Mädchen, wie Tessa eines war?«, fragte er neugierig.

Frau Alekto zuckte mit den Achseln. »Über Tote spricht man nicht schlecht!«, sagte sie, aber bereits ihre Stimme klang vernichtend.

»Verstehe!«, sagte Zakos. »Und vor ein paar Minuten haben Sie noch gesagt, Sie kannten das Mädchen nicht mal.«

»Nein, aber man hört eben allerlei«, rechtfertigte sie sich. »Das ist eine kleine Insel. Jeder weiß, was der andere tut.«

»Frau Alekto, haben Sie jemals gehört, ob Tessa etwas mit einem anderen Mann hatte außer mit Aris Kouklos? Das wäre sehr interessant für die Ermittlungen!«

Sie schüttelte den Kopf, und ihr Gesicht wirkte plötzlich so verschlossen, dass er nichts daran ablesen konnte.

»Ich weiß schon, dass Sie nicht schlecht über Tote sprechen wollen, und das ist natürlich sehr ehrenwert. Aber es ist wichtig, dass Sie mir alles sagen, was Sie wissen. Manchmal sind es Kleinigkeiten, die dazu beitragen, ein Verbrechen aufzuklären. Und wenn wir den Mörder gefasst haben, werden auch Sie sich wieder sicherer hier auf der Insel fühlen!«

»Was sie so genau getrieben hat, das weiß ich natürlich nicht. Ich weiß nur von der Sache mit Aris, einem Mann, der doppelt so alt ist, ach was, dreimal so alt. Dem hatte sie sich an den Hals geworfen, weil er Geld hat. Sagt das nicht schon alles über diese Person, auch wenn man sie gar nicht persönlich kennt? Weißt du, wie ich so was nenne? Ich nenne so was Prostitution! Aber meine Meinung steht ja nicht zur …«

»Was denken Sie eigentlich über Aris Kouklos?«, fragte Zakos. »Sie müssen ihn doch gut kennen, jeder kennt doch jeden hier. Was ist er für ein Mensch?«

»Keine Ahnung«, sagte sie, allerdings in einem Ton, der klarmachte, dass auch Aris keineswegs ihre Gnade fand. »Er war lange von der Insel fort, das weiß ich. Ehrlich gesagt, er interessiert mich nicht.«

Zakos nickte.

»Aber nun haben wir nur über traurige Dinge gesprochen und nicht über die schönen!«, sagte Frau Alekto und klang plötzlich wieder so bezaubernd freundlich wie am Anfang. »Wie geht es deiner Verlobten?«

Eigentlich hatte er keine Lust mehr auf ein Gespräch, aber im Aufstehen erwiderte er dann doch: »Gut, gut, alles bestens«, und dann rutschte ihm noch was raus. »Wir sind nicht verlobt, wir sind einfach nur ...«

»Natürlich, das ist doch normal heute!«, sagte Frau Alekto. »Das kommt dann eben später. Das verstehe ich schon, sooo altmodisch bin ich auch nicht. Aber ich konnte sehen, dass es die ganz große Liebe ist!«

Nun war er doch ein bisschen perplex. »Woran wollen Sie das denn erkennen?«

»Ach, in meinem Alter entwickelt man schon eine gewisse Menschenkenntnis, und ich sage dir: Auch wenn deine Verlobte ein bisschen schwierig und kapriziös ist – und das ist sie doch, das habe ich damals bei Andreas schon bemerkt –, sie verhält sich nur so, um ihre Gefühle zu schützen. Du darfst sie nicht verletzen!«

Zakos wusste nicht, was er sagen sollte. Er fühlte sich plötzlich irgendwie ertappt.

Auf dem Weg zurück war er wieder frustriert. Der Gedanke, dass Sarah nur so schwierig war, um ihre eigenen Gefühle zu schützen, war ihm noch nie gekommen, aber er leuchtete ihm irgendwie ein. Doch im Grunde wollte er gar keine Entschuldigung für Sarahs Verhalten. Er war gekränkt, und er fühlte sich überhaupt nicht versöhnlich. Und nun musste diese alte Frau mit ihren Mutmaßungen auch noch diese Wunden wieder aufreißen. Er ärgerte sich, dass er überhaupt bei ihr gewesen war. Jetzt nach dem Besuch war sie ihm keineswegs mehr so sympathisch wie zuvor, und ihre moralinsaure Art hatte ihn genervt. Überall witterte sie entweder eine Gefahr oder moralische Verfehlungen. Er musste daran denken, was seine deutsche Mutter oft an den Griechen der alten Generation kritisiert hatte: »Die haben alle immer nur schmutzige Gedanken!« Da war wahrscheinlich was dran, wobei Zakos' Mutter die Falsche war, sich zu beschweren. Er hatte schon länger den Verdacht, dass die etwas zu lockere Auffassung seiner Mutter von ehelicher Treue zum Ende der Ehe seiner Eltern geführt hatte – aber Genaueres wusste er nicht.

Nun war er mit Sotiris und Andreas verabredet, aber er war so tief in Gedanken versunken, dass er fast am Souvlazidiko vorbeigelaufen wäre. Doch Andreas, der bereits an einem Tisch vor seiner Fanta saß, rief ihn zurück.

»Hallo, Herr Kommissar! Wo läufst du denn hin?«

Sotiris und sein Großvater waren nicht mehr ungehalten, dass Zakos und Jannakis »die Insel zerlegt« hatten, wie Sotiris zu den polizeilichen Ermittlungen sagte. Überhaupt hatte sich die Aufregung der letzten Tage etwas gelegt. Im Moment war nämlich offenbar viel zu viel los, um sich über irgendwas Gedanken zu machen. Sotiris kam nur ein paarmal kurz an den Tisch, um gemeinsam mit Andreas und Zakos ein Bier zu trinken, aber nach ein paar Schlucken verschwand er immer wieder, und Zakos blieb mit Andreas zurück. Das war ihm allerdings auch recht, denn Andreas war ein angenehmer Gesprächspartner.

»Ich bin in einer Zwickmühle«, sagte der junge Arzt. »Wenn ich will, könnte ich in einem halben Jahr endlich weg von hier. Ich will ja auch unbedingt fort. Aber dann auch wieder nicht …!«

Das war Zakos neu.

»Eleni und ich verstehen uns immer besser«, erklärte Andreas. »Und sie möchte auf keinen Fall nach Athen und dafür ihre Arbeit hier aufgeben. So leicht findet man heute eben keinen neuen Job. Also weiß ich nicht, was ich tun soll …«

»Ach, mein Freund, in Athen gibt's doch sicher auch haufenweise hübsche Frauen«, sagte Zakos, der derzeit nicht der richtige Ansprechpartner für Liebesgeschichten war.

»Schon, aber wenn wir ganz ehrlich sind: Die interessieren sich alle nicht so besonders für mich. Schau mich doch an! Ich bin kein Frauentyp, das weiß ich selbst!«

»Blödsinn!«, widersprach Zakos. »Was soll das denn sein, ein Frauentyp?« Aber er ahnte schon, was der Doktor meinte. Er war alles andere als besonders maskulin oder cool, er wirkte einfach ein bisschen wie ein zu groß geratener Schuljunge.

»Aber hier stelle ich als der einzige Arzt im Dorf etwas dar. Sonst wäre ich wahrscheinlich auch nicht bei so einer tollen Frau wie Eleni gelandet. Sie ist doch toll, findest du nicht auch?«

Zakos nickte. Dann erzählte er Andreas von seinem Besuch bei Frau Alekto und ihrer Auffassung, die kleine Insel sei eine Art Sodom und Gomorra. Andreas lachte laut heraus. »Das ist so typisch für die Alten hier. Auf der einen Seite rennen sie die ganze Zeit in die Kirche, auf der anderen Seite zerreißen sie sich das Maul über alle Welt! Das nenne ich Nächstenliebe. Wer weiß, was über Eleni und mich so getratscht wird«, sagte er. »Aber wer interessiert sich schon dafür, was die alten Weiber denken? Das Einzige, was ich interessant finde, ist Frau Alektos *Gliko*. Damit könnte man regelrecht einen Handel aufziehen. Die guten alten Dinge sind ja wieder total im Kommen.«

Zakos war überrascht.

»Natürlich!«, meinte Andreas. »Ich vergesse immer wieder, dass du aus Deutschland bist und einiges einfach nicht mitbekommen hast. Hier stehen solche Dinge täglich in der Zeitung.

Ungefähr wöchentlich eröffnet irgendeine Firma, die Kosmetik aus traditionellen Stoffen wie Mastix oder Olivenöl herstellt. Und die regionale Küche ist wieder total angesagt, auch die alten Süßigkeiten wie *Gliko* und *Vanillia* und so weiter. In der Krise besinnen sich alle wieder auf das, was das Land hergibt. Viele von den jüngeren Leuten ziehen auch wieder in die Provinz und beackern die Felder ihrer Großeltern und solche Dinge.«

Später halfen sie Sotiris und Pappous noch beim Abräumen der Tische seines Lokals, und dann begleitete Sotiris sie in die Bar, in der Fani arbeitete. Da war es schon spät, niemand sonst hatte mehr geöffnet. Der ganze Ort wirkte jetzt verändert, sehr verträumt und irgendwie magisch. Urlauber waren kaum mehr zu sehen, auch keine alten Leute. Der Hafen gehörte dem jungen Volk.

Schon öfter hatte Zakos von Sotiris' Lokal aus beobachten können, wie die jungen Leute nachts im Meer badeten. Diesmal war er quasi hautnah dabei. Ein paar Leute von der Insel – Zakos erkannte das Mädchen aus dem *Zacharoplastio* und einen der Brüder vom Restaurant am Strand – gingen direkt vor der Bar ins nächtliche Meer, in T-Shirts und Unterhosen oder voll bekleidet. Sie kreischten und lachten und schienen Spaß zu haben.

Im Lokal hatte währenddessen ein junger Mann ein Instrument ausgepackt, das für Zakos wie ein bayerisches Hackbrett aussah und auch ein wenig so klang. Zwei andere Musiker begleiteten ihn beim Gesang von traditionellen Volksliedern der Insel. Am Anfang war die Musik für Zakos schwer auszuhalten, ein wenig schrill kam sie ihm vor, aber mit der Zeit gewöhnte er sich daran.

Die meisten im Lokal waren viel jünger als er, aber das war

ihm egal. Sotiris unterhielt sich intensiv mit einem Fremden, Andreas und Eleni turtelten, dennoch fühlte sich Zakos nicht einsam. Jeder hier schien zu wissen, wer er war, und nannte ihn Nikos.

Die Schwimmer kamen wieder aus dem Wasser, triefend, aber es war ja warm. Aphroditi stimmte zum Spiel des sonderbaren Instrumentes einen Gesang an. Ihre dunklen Locken reichten ihr bis zur Taille, und noch immer tropfte Meerwasser daraus auf den Boden. Sie blickte Zakos direkt an, als würde sie nur für ihn singen, und lächelte, wobei sie eine charmante Lücke zwischen den Schneidezähnen offenbarte. Zakos erwiderte ihren Blick und lächelte ebenfalls.

Plötzlich saß Fani, die vorher Dienst an der Bar getan hatte, neben ihm und drückte ihm ein Glas in die Hand. Sie wirkte wie ausgewechselt in ihrem Kleid aus dunklem Stoff, außerdem hatte sie das Haar straff zurückgebunden und roten Lippenstift aufgelegt. Jetzt sah sie aus wie eine Frau, nicht wie das Mädchen in Uniform.

»Ist es nicht sonderbar, dass so junge Leute so altmodische Musik machen?«, wunderte sich Zakos. »Gehört das auch zu dem neuen Trend zur Tradition? Andreas hat so was erzählt.«

»Ach, Andreas!«, sagte Fani. »Der ist aus Athen, und dorthin wird er auch irgendwann wieder verschwinden. Er hält es kaum noch hier aus, das sagt er ja selbst.« Sie wirkte plötzlich irgendwie verärgert.

»Vielleicht bleibt er ja doch?«, gab Zakos zu bedenken.

»Und wenn schon. Der Punkt ist, dass er einfach gehen kann, wann immer er will. Und das ist bei allen so, die jetzt vom Landleben schwärmen. Die meisten halten es keine paar Monate aus. In Wahrheit ist es nicht so einfach, Landwirtschaft zu betreiben, und es ist alles andere als romantisch. Das ist richtig beschissene Arbeit, und das Geld reicht auch hinten und vorne nie. Diese ganze Naturbewegung ist reiner Mist. Ich selbst würde alles tun, um nach Athen gehen zu können!«

Zakos war fast ein bisschen überrascht über ihren Ausbruch.

»Schade. Es ist nämlich wunderschön hier!« Er meinte nicht nur den bezaubernden Ort, sondern auch den netten Abend und die Runde der jungen Leute, die sich amüsierten.

Fani verstand. »Ja, schön ist es schon, aber trotzdem wäre ich lieber in einer Großstadt. Aber wir sitzen hier nun mal fest, da versucht man eben, das Beste draus zu machen und möglichst viel Spaß zu haben.« Sie lächelte ein wenig melancholisch, wie immer. »Wie wär's, sollen wir auch schwimmen gehen? So wie alle, die tagsüber keine Zeit dazu haben. Schwimmen bei Nacht ist nämlich herrlich!«

Einen Moment lang musste Zakos an Tessa denken. Tessa war nie vor der Bar zum Baden gegangen, das hatte er eruiert. Aber Tessas Leiche hatte hier im Wasser getrieben. Der Gedanke daran war ziemlich unheimlich. Doch er schob ihn von sich. Die anderen schwammen da doch auch! Er stand auf und streifte die Schuhe ab.

Es waren nur drei, vier Schritte zum Rand des Hafenbeckens, und sie stiegen sofort hinein, komplett bekleidet. Zuerst kam an dieser Stelle noch ein schmaler, steiniger Streifen unter Wasser, doch gleich danach fiel das Hafenbecken steil ab. Das Wasser war glatt und ruhig. Zakos konnte sich nicht erinnern, jemals nachts im Meer gebadet zu haben. Die Geräusche von der Bar klangen plötzlich ganz anders, irgendwie weit entfernt und etwas verweht, und auch das Licht drang nicht ganz bis zu ihnen. Die Nacht war viel dunkler, und das Wasser war wärmer als die Luft.

Plötzlich tauchte Fani ab und blieb eine Zeitlang unten im undurchdringlichen Schwarz, aber dann kam sie prustend wieder hoch, genau vor ihm, und als sie lachte, leuchteten ihre Zähne in der Dunkelheit. Dann schwammen sie zurück und halfen sich gegenseitig über den steinigen Streifen, und es fühlte sich vollkommen natürlich an, danach Arm in Arm am Rand des Hafenbeckens zu sitzen und aufs Wasser zu blicken. Die *Kahikia* vor ihnen schaukelten ganz sanft im Meer, so dass Zakos davon ein bisschen schwindelig wurde.

In der Bar war es nun leerer geworden, der Besitzer stellte die Stühle zusammen, da erst nahm er Fani wahr. »Da bist du ja«, rief er aus. »Du musst deine Abrechnung noch machen.«

Sie standen auf, plötzlich entstand eine Verlegenheit zwischen ihnen, und Zakos verabschiedete sich. Er war nur ein paar Schritte entfernt, da kam sie ihm nach.

»Darf ich etwas fragen?«, sagte sie, wieder in der typisch reservierten Art, die sie während der Arbeit oft an sich hatte.

»Klar«, sagte Zakos. »Natürlich.«

»Wenn ich jemanden finde, kannst du dann versprechen, dass wir niemanden anzeigen und niemand Ärger bekommt, auch dieser Jemand nicht, auf keinen Fall?«

»Wie bitte? Ich verstehe kein Wort!«

»Macht nichts, versprich es einfach«, sagte Fani, und dann legte sie zum Abschied ihre Arme um seinen Nacken, ganz flüchtig, nur einen Moment.

»Fani …« Aber da war sie schon weg, und Zakos drehte sich um und ging zum Hotel, noch immer barfuß, mit den Schuhen in der Hand und in nasser Kleidung, und er dachte an den Abend, der ihm als der erste schöne seit langer Zeit erschien.

Kapitel 13

Sie trafen Frau Xanthi am gleichen Ort, an dem sie Zakos beim ersten Mal angesprochen hatte – auf einem der letzten Absätze der weißgekalkten Steintreppe. Als sie Zakos und Fani entdeckte, stand sie auf und ging zielstrebig auf die beiden zu.

»Nicht schon wieder!«, stöhnte Zakos leise, so dass nur Fani ihn verstehen konnte. Er hatte im Moment genug von alten Frauen, ganz besonders von dieser Verrückten. Allerdings gab es offenbar kein Entrinnen.

»Joghurt!«, bellte Frau Xanthi im üblichen Befehlston. »Ich brauche Joghurt, ihr müsst für mich in den Laden gehen!«

Aber Fani lachte nur. »Du hast bestimmt noch genug Joghurt im Kühlschrank, Tante. Komm, wir sehen mal nach!«

Zakos staunte: »Das ist deine Tante?! Das wusste ich ja gar nicht!«

»Warum hätte ich das erzählen sollen?«, erwiderte Fani, als sie hinter der Alten die steilen Stufen hochstiegen. »Die Hälfte aller Frauen auf der Insel sind Tanten von mir. Ich weiß nicht mal genau, über wie viele Ecken wir verwandt sind.«

Die Alte ließ sich nicht anmerken, ob sie Fanis Erklärung gehört hatte, aber kurz vor der Eingangstür ihres Hauses drehte sie sich plötzlich misstrauisch zu ihnen um: »Bist du nicht die Kleine von Katherina?«, fragte sie und musterte Fani von unten her.

»Nein, Tante, ich bin die Tochter von Nitsa.«

»Nitsa? Ich kenn keine Nitsa.« Sie sperrte trotzdem die Tür

auf und nahm Fani und den nur widerwillig folgenden Zakos mit hinein.

Im Haus gingen sie gleich in die Küche zum großen, altmodischen Kühlschrank, der noch eine Außenwand aus Holzfurnier besaß. Es stellte sich heraus, dass er gut bestückt war. Zahlreiche Joghurts standen darin, aber auch einige Päckchen mit eingeschweißtem Käse und ein großes Glas Oliven.

»Siehst du, Tante Xanthi, alles *endaxi*! Wie ich's mir gedacht habe. Der Kühlschrank ist voll, so bald wirst du sicherlich nicht verhungern. Soll ich dir vielleicht ein wenig Käse mit Oliven auf einem Teller anrichten?«

»Nein, ich habe gar keinen Hunger!«, sagte die Alte »Wer bist du überhaupt?«

»Fani, Tante. Fa-ni! Die Tochter von Nit-sa. Du weißt schon, die Frau von Pandelis.«

»Pandelis? Wo treibt der sich eigentlich rum, der könnte auch mal wieder bei mir vorbeischauen. Hat mich wohl vergessen...«

Fani blickte Zakos an und verdrehte die Augen.

»Er ist gestorben«, sagte sie. »Schon vor zehn Jahren.«

Frau Xanthi nahm die Nachricht relativ reglos entgegen und fixierte stattdessen Zakos. Sie schien sich allerdings nicht an ihn und seinen letzten Besuch zu erinnern.

»Wer ist der Junge? Dein Verlobter?«, fragte sie schließlich, an Fani gewandt. »Viel zu lange Haare. Er braucht mal wieder einen ordentlichen Haarschnitt bei Dinos! Aber jetzt trinkt ihr noch eine Limonade mit mir, oder?«

»Nein, Tante, keine Limonade. Wir haben jetzt zu tun, wir müssen gehen...!«

»Dann geht ihr gleich zu Dinos? Gute Idee«, sagte Frau Xanthi und blickte Zakos kritisch an, und Zakos hatte das Gefühl, er müsste gleich losprusten.

»Ja, genau, auf zu Dinos!«, sagte er und schob Fani aus der Küche und schließlich zur Tür hinaus. »Der wartet nämlich schon!«

Sie sprangen lachend und alberne Witzchen reißend nebeneinander die Treppe hinunter, und Zakos fühlte sich so unbeschwert wie schon lange nicht mehr.

»Dinos, von dem sprach sie das letzte Mal auch. Wer ist das überhaupt?«, fragte er schließlich.

»Auf der ganzen Insel gibt es keinen Menschen, der so heißt«, sagte Fani. »Sie ist verrückt, ist dir das nicht aufgefallen?«

Zakos nickte. »Doch, schon. Aber anscheinend ist sie noch klar genug, um sich halbwegs selbst zu versorgen ...«

»Da wär ich mir nicht so sicher«, gab Fani zu bedenken. »Soweit ich weiß, sehen ein paar Frauen im Dorf nach ihr. Ganz auf sich gestellt wird sie schon nicht sein. Halt, es geht da entlang!«

Sie wies auf eine schmale Gasse, links vom Hauptweg, und ging voran.

Zakos dachte eigentlich, er kenne mittlerweile wirklich jede Ecke des Dorfes, aber hier in diesem Gewirr enger Gassen war er noch nie gewesen. Die Gegend wirkte auf ihn wie das Innenleben von Pergoussa. Die Häuser waren eng aneinandergebaut, die Meeresbrise drang nicht bis hierhin durch, und es roch nach Essen. In irgendeiner Küche wurde gerade gekocht, man konnte sogar das Zischen von Bratfett hören. Da sagte Fani auch schon: »Hier ist es, wir sind da!«, dabei zückte sie einen Schlüssel.

Hinter der Tür lag ein Raum, in den von zwei kleinen Fenstern her nur wenig Tageslicht drang. Eine Frau mittleren Alters saß am Tisch, der mit einer bunt bedruckten Plastiktischdecke überzogen war, und hatte einen Stapel Formulare vor sich. Ein halbwüchsiger Junge hockte am Boden auf einem großen Kissen und starrte in den Fernseher. Es lief *Tom und Jerry*.

»Nikos, darf ich vorstellen: meine Mutter, mein Bruder!«

Zakos war ein bisschen baff. Er hatte nicht erwartet, dass Fani ihn zu sich nach Hause bringen würde. Währenddessen wollte die Frau am Tisch, Fanis Mutter, aufstehen, aber er machte ihr ein Zeichen, doch sitzen zu bleiben, und drückte ihr die Hand. Sie hatte Fältchen um die Augen und einen etwas sorgenvollen Zug um den Mund, aber ansonsten sah sie Fani sehr ähnlich.

»Alexis, hast du nicht gehört? Sag guten Tag zu meinem Kollegen«, forderte Fani ihren Bruder auf, der sich nun endlich umdrehte und grüßte. Eher an der schleppenden Stimme als an der Physiognomie erkannte Zakos, dass der Junge ein Kind mit Down-Syndrom war.

»Sie sitzt oben und wartet, sie wollte gar nichts trinken«, sagte Fanis Mutter leise an ihre Tochter gewandt, und dann zu Zakos: »Aber Sie wollen bestimmt etwas trinken, nicht wahr?«

»Ich mach schon, Mama!«, sagte Fani und füllte drei Gläser aus einer beschlagenen Wasserkaraffe, die sie danach wieder im Kühlschrank verstaute. Dann drückte sie Zakos eines der Gläser in die Hand und ging an ihrer Mutter vorbei durch eine offene Glastür nach draußen in den kleinen Hof, wo eine steile, metallene Wendeltreppe entlang der Hauswand nach oben führte. »Jetzt geht's hoch hinaus«, sagte sie, und ihre plötzliche Jovialität klang aufgesetzt, als sei ihr die Situation peinlich.

Die Treppe führte am nächsten Stockwerk vorbei und endete schließlich auf einer kleinen, mit Wellblech gedeckten Dachterrasse. Dort saß eine junge Frau auf einer Bank und nestelte an den Spitzen ihrer langen schwarzen Haare: Es war die Chinesin, die Mitbewohnerin von Tessa.

»Darf ich vorstellen?«, sagte Fani erneut und stellte die beiden Wassergläser auf dem Tisch ab. »Das ist Anna.«

Kein besonders chinesischer Name. Aber Anna stammte auch gar nicht aus China: Sie war wohl Russin mit mongolischen Wurzeln und hübschen, schrägstehenden schwarzen Augen. »Die Chinesin« war eher eine Art Spitzname gewesen.

Fani setzte sich neben sie und küsste sie zur Begrüßung auf die linke und die rechte Wange. »Wir sind Freundinnen, seit Anna vor drei Jahren das erste Mal hierherkam«, sagte sie auf Zakos' fragenden Blick.

»Aha!«, machte er, und dann ging ihm ein Licht auf: »Wie war das gestern? Ich sollte versprechen, dass irgendwer keinen Ärger bekommt, und irgendjemand anderes ebenfalls nicht?«

Fani und Anna nickten. »Anna wollte nicht mit Jannakis sprechen, sie hatte Angst«, erklärte Fani. »Sie hat wegen der Sache mit Tessa sowieso ihren Job und ihren Schlafplatz verloren, aber sie hat jetzt einen neuen Job und einen neuen Platz zum Wohnen. Ich habe aber gesagt, wir garantieren, dass keiner Ärger bekommt, wenn sie mit uns spricht. Das hast du versprochen!«

Zakos setzte eine strenge Miene auf. »Fani, bring mich nicht in Schwierigkeiten!« Er war etwas ungehalten. Sie müsste wissen, dass es Dinge in diesem Zusammenhang gab, die er beim besten Willen nicht versprechen konnte.

»Hör dir doch erst mal an, was sie zu sagen hat«, bat Fani. »Also, wie war das mit Tessa und dem Geld?«

Anna verzog den rot geschminkten Mund und blickte besorgt zwischen Zakos und Fani hin und her. »Ich glaube, ich gehe doch lieber wieder«, sagte sie. Sie sprach fast akzentfreies Griechisch. Wie lange sie wohl schon in Griechenland lebte?

Ganz sicher gehörte sie nicht zu den »reichen« Russen, die als Touristen ins Land kamen, sonst müsste sie hier keine schlecht bezahlten Arbeiten ausführen. Ob sie Studentin war?

Doch es ging ja nicht um Anna. Es ging um zwei Mordfälle, und offenbar hatte Fani sich bemüht, dies Anna klarzumachen und sie dazu zu bewegen, mit der Polizei zu sprechen.

»Bitte bleib!«, sagte Zakos. »Sag doch erst mal, was du weißt, und dann sehen wir weiter, in Ordnung?«

Sie blickte zweifelnd. Zakos seufzte. »Mach dir keine Sorgen«, sagte er schließlich. Anna blickte erst zu Fani, doch als diese nickte, war sie bereit, zu bleiben. Und es war ihr anzusehen, dass sie gern erzählen wollte.

»Du und Tessa – wart ihr Freundinnen?«, begann Zakos das Gespräch.

»Freundinnen würde ich das nicht nennen! Es war eher eine Interessensgemeinschaft. Wir haben ja zusammengewohnt«, sagte Anna mit lebendiger Stimme. »Sie hatte keine richtigen Freundinnen auf der Insel. Ich glaube, sie mochte keine Mädchen, nur Alona, die ist ein bisschen wie eine Mama. Aber manchmal haben Tessa und ich nachts vor dem Schlafen geredet, wir schliefen ja im selben Zimmer.«

Zakos nickte.

»Sie war plötzlich wahnsinnig gut gelaunt. Das kam nicht oft vor, meistens war sie sehr schweigsam und sagte nicht mal gute Nacht. Jedenfalls zu mir nicht. Aber plötzlich war sie wie verwandelt. Sie hat mir sogar ihr altes Handy geschenkt, es war nur ein bisschen kaputt, hier, ich habe es immer noch.« Sie legte ein Gerät auf den Tisch, dessen Display an der Ecke gesplittert war. Zakos erinnerte sich, dass Tessas aktuelles Handy ausgeschaltet neben ihrem Bett in einer Schublade gelegen hatte. »Sie sagte, sie braucht es nicht mehr. Sie brauchte viele Sachen nicht mehr. Sie hat ihre alten Converse-Turnschuhe weggeworfen und ein paar Shorts, die noch nicht so schlecht waren. Ich hatte das Gefühl, sie erwartet Geld.«

»Wahrscheinlich von Kouklos«, sagte Zakos, etwas müde. Annas Infos waren nicht gerade neu.

»Nein, das glaube ich nicht!«, erwiderte Anna. »Den hatte sie satt. Das sagte sie zumindest. Sie fand ihn langweilig und geizig.«

»Sie hat behauptet, sie bekommt ein Kind von ihm!«

Das schien Anna bekannt zu sein. »Ich glaube, sie wollte ihn nur ärgern«, sagte sie.

»Hm«, machte Zakos. Viel war das nicht, nur die Interpretationen eines jungen Mädchens, mit dem vielleicht die Phantasie durchging.

»Woher sollte das Geld denn kommen – was denkst du?«

»Ich denke, ein neuer Mann!«, sagte Anna, stolz, dass ihre Meinung gefragt war. »Sie erzählte einmal, sie würde Aris gerne den Laufpass geben und einen anderen kennenlernen. Einen mit Geld, aber auch mit Humor. Sie fand, langweilige Männer seien noch schlimmer als arme.«

Zakos lächelte traurig. Dieser Ausspruch bestärkte ihn in seiner Sympathie für die ermordete Tessa.

»Gab es ihn schon, diesen neuen Mann? Hat sie von ihm erzählt, hast du sie zusammen gesehen, irgendwas?«

Anna schüttelte den Kopf.

»Alles klar«, sagte Zakos, »Dann suchen wir ab jetzt einen Witzbold mit Geld«, aber er meinte das nicht komisch, im Gegenteil. Die Informationen über Tessa stimmten ihn nachdenklich und betrübt.

»Vielleicht hatten Tessa und die Deutsche den gleichen Liebhaber«, spekulierte Fani, als Anna gegangen war. »Und vielleicht bringt dieser Mann alle seine Frauen um, und vielleicht ...«

»Stopp, stopp, stopp!«, mahnte Zakos. »Du willst mir jetzt doch nicht erklären, dass hier ein Serienkiller sein Unwesen treibt, der jede Frau, die sich mit ihm einlässt, umbringt?«

»Warum nicht?«, entgegnete Fani.

»Das ist Blödsinn. Nichts spricht für einen Serienmörder, es sind ja ganz unterschiedliche Morde und auch ganz unterschiedliche Opferprofile.«

»Puh!«, machte Fani. »Und? Es könnte doch trotzdem ein und derselbe Mörder sein, auch ohne Profile.«

»Ja, davon gehen wir doch bereits die ganze Zeit aus. Aber das ist dann kein Serienkiller, das ist einfach nur … egal. Lass uns mal darüber nachdenken, wer alles in Frage kommt. Wer ist denn reich hier auf der Insel? Das müsstest du doch wissen!«

»Keine Menschenseele. Mir fällt niemand ein. In den letzten Jahren ist es allen ziemlich mies gegangen.«

»Hat also nur Kouklos Geld – das kann doch nicht sein!«

Fani zuckte mit den Achseln. »Vor kurzem hätte ich noch gesagt, Liz hat ebenfalls Geld. Ihre Geschäfte laufen gut, immer sind alle ihre Apartments vermietet. Aber da wusste ich noch nichts von ihrem Schuldenberg wegen dem missglückten Bauprojekt.«

»Denk nach, Fani – irgendwer muss doch wohlhabend sein! Vielleicht die Hotelbesitzerin?«

»Im Gegenteil! Soweit ich weiß, hat sie eine Unterstützung von der Gemeinde beantragt. Das Haus wirft im Moment zu wenig ab. Aber mir fallen jetzt doch ein paar Leute ein: Die Bürgermeisterin stammt aus einer ganz alten, wohlhabenden Familie, das waren ehemalige Reeder, noch zu der Zeit, als es hier Schwammflotten gab. Genauso wie Frau Alekto. Die spendet immer Geld an die Schule, wenn die Kinder beispielsweise neue Pulte brauchen oder so was. Und dann gibt es noch ein Ehepaar von der Insel, die sind fortgegangen, als sie sehr jung waren, und im Ausland sind sie sehr reich geworden, heißt es. Sie haben eine Kakaoplantage oder so was in Afrika, aber im August verbringen sie jedes Jahr ihren Urlaub hier. Sie sind also im Moment nicht auf der Insel.«

»Hat irgendjemand von diesen vielleicht einen Sohn?«

Fani dachte eine Weile nach. »Nein, ich glaube nicht. Nur bei denen mit der Kakaoplantage weiß ich es nicht so genau. Aber ich frage meine Mutter.«

Sie sprang auf und lief leichtfüßig die gefährliche Wendeltreppe hinunter. Als sie wieder nach oben kam, hatte sie ein kleines Tablett mit dampfenden Mokka-Tassen dabei.

»Keine Söhne, sagt Mama. Nur einen Enkel, von der Tochter, aber der ist erst zwei oder drei Jahre alt. Aber sie hat mich an noch jemanden erinnert: an einen Italiener, der ein Haus direkt am Wasser besitzt. Der kommt aber nie, wenn es heiß ist wie jetzt. Vielleicht war er im Frühjahr da, ich weiß es nicht.«

»Das müssen wir herausfinden!«, sagte Zakos, und Fani nickte. Nach kurzem Zögern fuhr er fort: »Ach ja, und noch etwas: Fani, wir können nicht einfach so pauschal Anonymität garantieren, wenn jemand mit uns spricht. Wenn beispielsweise Anna ernsthaft eine Zeugin wäre, müssten wir ihre Identität preisgeben. Das musst du doch verstehen.«

»Natürlich verstehe ich das!«, entgegnete Fani etwas ruppig, und es war klar, dass sie gekränkt war. »Aber ich dachte, wir müssen jedem Hinweis nachgehen ...«

»Ist ja schon gut«, sagte Zakos. »Nicht sauer sein.«

»Ich weiß ja, ich bin keine richtige Kriminalbeamtin. Wahrscheinlich bin ich eine Last für dich, ich ...«

»Nein, gar nicht!« Eigentlich wollte er sagen, dass er sie sehr schätzte, aber irgendwie war er wieder verlegen.

»Es ist ... ich meine ... alles okay!«, stammelte er stattdessen. »Wirklich! Absolut okay!«

»Gut. Ich arbeite nämlich sehr gern mit dir«, sagte Fani ruhig und würdig.

Nach dem Mittagessen, das viel zu deftig ausgefallen war, hatte Zakos das Gefühl, ihm könnten jeden Moment die Augen zufallen. Es war immer dasselbe, offenbar lernte er nicht aus seinen Fehlern. Wenn er übernächtigt war, befiel ihn ein ungesunder Appetit, dem er viel zu widerstandslos nachgab. Statt eines leichten Sandwichs, sein sonstiges Mittagessen auf der Insel, hatte er also Fani in ein Restaurant am Hafen eingeladen und *Biftekia*, Fleischfrikadellen, bestellt. Doch danach fühlte er sich wie erschlagen. Fani schien es ähnlich zu gehen: Sie rieb sich die Augen und gähnte verstohlen. Zakos fragte sich ohnehin, wie sie die vielen langen Abende wegsteckte – ihm selbst fiel das schwerer. Und immer noch rauchte er viel zu viel, dachte er und betrachtete missmutig die frisch angezündete Zigarette zwischen seinen Fingern. Angeekelt drückte er sie im Aschenbecher aus, und dann traf er eine Entscheidung: »Es ist Freitagnachmittag, und wir machen jetzt Schluss für heute. Ich kann schon überhaupt nicht mehr richtig denken vor lauter Müdigkeit!«

»Ich auch nicht«, gab Fani zu. »Dann sehen wir uns also morgen früh.«

»Nein«, sagte Zakos. »Montag früh. Wir machen Wochenende.«

»Echt?«, fragte Fani ungläubig. »Das ist phantastisch. Danke!« Und dann war sie, ehe Zakos es sich versah, sehr schnell auf und davon.

Er überlegte, ob er sich noch ein *Frappé* gönnen sollte, entschied sich aber dann dagegen: lieber einen Mittagsschlaf. Ja, das wäre jetzt das Beste, und danach, wenn es nicht so heiß und voll sein würde, ein kleines Bad im Meer – vielleicht am

Kieselstrand. Jeton hatte erzählt, dort sei es am schönsten zum Schnorcheln. Vielleicht konnte er irgendwo eine Taucherbrille ausleihen.

Zakos fühlte sich ein bisschen wie ein Schuljunge am ersten Ferientag. Er wusste, er musste jetzt einfach Abstand zu dem Fall gewinnen. Es stagnierte ohnehin alles. Die Aussagen der »Chinesin« hatten ihn nicht wirklich weitergebracht. Viel mehr als ihre persönlichen Spekulationen hatte sie ihnen ja nicht mitgeteilt. Tessa hatte ein paar Sachen verschenkt, na und? Selbst wenn sie tatsächlich geglaubt hatte, sie käme demnächst an einen größeren Geldbetrag – wer sagte denn, dass sie sich diesen nicht doch von Kouklos erwartet hatte? Und dass sie sich abfällig über ihn geäußert hatte, widersprach dem ja gar nicht. Außerdem, vielleicht hatte sie sich einfach nur vor Anna wichtigmachen wollen. Wie auch immer, im Moment wollte er das ewige Gedankenkarussell durchbrechen und einfach abschalten. Die Erfahrung sagte ihm, dass das oft die beste Lösung war.

Sein Zimmer mit den geschlossenen Fensterläden war ein wenig stickig, also schaltete er die Klimaanlage ein und fiel fast umgehend in einen tiefen, traumlosen Schlaf.

Als er aufwachte, wusste er zunächst nicht so recht, wo er sich befand und was für eine Tageszeit gerade war. Er tastete nach seiner Armbanduhr, die er auf dem Nachtkästchen abgelegt hatte, und war ziemlich überrascht: nach 18 Uhr! Er hatte den ganzen Nachmittag verschlafen. Zum Schnorcheln war es jetzt jedenfalls zu spät. Aber egal, er fühlte sich so frisch und ausgeruht wie schon lange nicht mehr.

Er nahm sich viel Zeit unter der Dusche und schüttelte die letzte Müdigkeit ab. Erst als er angekleidet war, drehte er die Klimaanlage ab, öffnete die Fensterläden, setzte sich auf den Stuhl auf seiner Veranda. Fast automatisch griff er nach den Zigaretten, aber dann besann er sich. Es war an der Zeit, weniger zu rauchen, und ganz bestimmt würde es auch nicht schaden, den abendlichen Bierkonsum, der ihm auf der Insel zur Gewohnheit geworden war, einzudämmen. In Zeiten hoher beruflicher Anspannung setzte er normalerweise besonders auf körperliche Fitness, um den Stress durchstehen zu können. In München joggte er dann viel. Aber nun hatte er, abgesehen vom häufigen Schwimmen, genau das Gegenteil eines gesunden Lebensstils gepflegt, und er spürte, wie das in den vergangenen Tagen seiner Kondition bereits geschadet hatte. Irgendwie habe ich versucht, auf diese Weise die Sache mit Sarah zu verdrängen, sagte sich Zakos. Das war schon in Ordnung, aber nun muss damit Schluss sein.

Sarah. Sie war einfach abgehauen. Nicht ein einziges Mal hatte sie angerufen oder wenigstens eine SMS geschickt. Das war's dann wohl, dachte er. Nun zündete er sich doch eine Zigarette an und starrte etwas missmutig vor sich hin. Der Himmel über ihm nahm gerade einen dunklen Rosaton an, der sich in der ruhig daliegenden Meeresbucht spiegelte und der Szenerie eine fast kitschig wirkende Schönheit verlieh. Aber der stimmungsvolle Sonnenuntergang tröstete ihn nicht, er hatte sich daran gewöhnt und war seiner fast ein wenig überdrüssig. Was nutzte einem der schönste Ausblick, wenn man unzufrieden war? Im Gegenteil, die Schönheit um ihn herum machte alles nur noch schlimmer.

Zakos ärgerte sich über sich selbst. Tagelang war es ihm, was Sarah anging, ganz okay gegangen; es war ihm gelungen, nicht so viel an sie zu denken. Aber jetzt, wo er ausspannen wollte, kehrte sofort alles wieder zurück. Dabei wollte er überhaupt nicht an Sarah denken. Er hatte einfach nicht die geringste Lust, schlecht drauf zu sein. Sarah sollte aus seinem Kopf verschwinden, und der nächste Schritt dazu war, ihr Foto von seinem Handy-Display zu löschen.

Mittlerweile hatte er zwei Handys. Eines mit einer griechischen Prepaid-Karte, das er sich mit Fanis Hilfe aus Rhodos hatte schicken lassen, und sein altes, das damals an dem Tag, als sie Tessa gefunden hatten, nass geworden war. Er hatte den Akku ausgebaut und versucht, das Innere so gut wie möglich zu trocknen, aber es zeigte immer häufiger Ausfallserscheinungen. Zakos nahm an, dass er nicht alle Feuchtigkeit herausbekommen hatte und das Gerät innen allmählich rostete.

Es war das Gerät, bei dem sich Sarahs lachendes Konterfei zeigte, wenn er es antippte. Aber nun wollte er ein Zeichen setzen: Er drückte auf ein paar Tasten, und das Bild war vom Display verschwunden. Schluss, aus, amen, dachte er. Aber nun musste er sich schleunigst irgendwie ablenken. Darum rief er Zicklers Nummer an – die mobile, nicht den Skype-Code. Er wollte einfach ganz privat mit dem Freund quatschen, und bei Skype war ja immer das halbe Büro anwesend. Zakos war neugierig, was die neulich demonstrierte Vertrautheit zwischen Albrecht und Astrid zu bedeuten hatte, und er hatte auch Lust, ihn ein bisschen deswegen aufzuziehen.

Aber Zickler war sonderbar kurz angebunden, und außerdem konnte man ihn nur schwer verstehen. Ein brummender Ton – wie Wind, der in den Hörer bläst – verwischte immer wieder seine Worte, zudem hörte man ab und an Lachen sowie verschiedene Stimmen, die sich irgendetwas zuriefen.

»Wo bist du überhaupt?«, fragte Zakos schließlich.

»Auf'm Berg!«, rief Albrecht ins Telefon.

»Das ist ja ganz was Neues!«, wunderte sich Zakos. »Ich wusste gar nicht, dass du neuerdings unter die Wanderer gegangen bist.«

»Naaa, es ist ganz anders!«, sagte Zickler. »Ich wandere gar nicht. Wir sind mit dem Auto hochgefahren. Ich schau beim Fliegen zu. Hast du gewusst, dass die Asti Paragliding macht?«

»Die Astrid? Paragliding?«, sagte Zakos. »Nein, ich hatte keine Ahnung!«

»Da staunst du, gell? Des hätt ich ihr gar nicht zugetraut. Des hätt ihr keiner zugetraut. Also ich tät mich des nicht traun. Aber sie sagt, ich soll eben erst mal zuschaun. Hier oben sind fünf Leute, ein paar sind jetzt schon in der Luft. Des ist der Wahnsinn!«, schwärmte sein Kollege. »Aber jetzt muss ich Schluss machen, ich hör dich eh so schlecht … ich meld mich demnächst, ich …« Dann brach die Leitung ab.

Na, jetzt ist ja einiges klar, sagte sich Zakos. Die Asti. Und der Zickler. Wer hätte das gedacht? Er blickte noch eine Weile nachdenklich vor sich hin und fühlte sich einsam.

Draußen im Foyer begegnete ihm Marianthi. Er hatte sie schon ein paar Tage nicht mehr gesehen, und jetzt erschrak er. Sie war ganz in Schwarz gekleidet, und ihre Augen waren verheult. Es war offensichtlich, dass sie trauerte.

Entgegen ihrer sonstigen Art wollte sie aber nicht sprechen und nichts erzählen, sie ließ sich lediglich eine Tasche, die Eleni für sie hinter dem Tresen der Rezeption verwahrt hatte, aushändigen und ging mit hängenden Schultern davon. Zakos und die Rezeptionistin blieben zurück.

»Schrecklich!«, sagte Eleni mit leiser Stimme.

»Was ist denn passiert?«

Eleni schüttelte nur den Kopf. »Später«, sagte sie. »Du kommst doch heute Abend?«

Ja, Zakos hatte zugesagt, sich mit ihr und Andreas zu treffen – es gab einen kleinen Umtrunk am Kieselstrand. Die Sache entpuppte sich als Feier für Eingeweihte, und fast nur Einheimische waren da. Der Kantina-Betreiber mit der Mütze, der, wie Zakos erfuhr, Athanasis hieß, hatte Dutzende von Windlichtern aufgestellt, die aus abgeschnittenen Plastikwasserflaschen bestanden, außerdem gab es eine kleine Auswahl an Getränken und Knabberzeug. Einige Gäste saßen auf den Badeliegen und an den wenigen Tischchen, die es gab, die übrigen auf mitgebrachten Handtüchern. Auch Aris war gekommen; er grüßte strahlend zu Zakos herüber, als hätte das Gespräch neulich im alten Dorf nicht stattgefunden, aber er kam nicht zu ihnen herüber.

Zakos hockte mit Andreas und Eleni auf einer großen Picknickdecke, die Eleni mitgebracht hatte, direkt am Strand. Es war ein bisschen ungemütlich, aber gleichzeitig machte Zakos die Sache auch Spaß: Er fühlte sich wie bei einer der typischen Feiern zu Schulzeiten am Isarufer, mit Augustiner-Bierkästen im Flussbett und glimmendem Grillfeuer. Nur dass statt eines Gebirgsflusses das weite Meer vor ihm lag und die Aussicht schöner war. Das Mondlicht tanzte auf dem ruhigen Wasser, und in der Ferne konnte man die Lichter von Rhodos erkennen.

Wie sich zeigte, mochte Andreas, der Wein und Bier meistens verschmähte, süße Cocktails durchaus. Er vertrug sie aber schlecht. Schon beim zweiten kleinen Caipirinha vergaß er seine übliche Zurückhaltung und wurde pathetisch.

»Dieses Land ist ein Mörder!«, sagte er mit Verve in der Stimme und schlug sich mit dem Pathos einer Operndiva auf die Brust. »Es bringt seine Bewohner um!«

Es ging bei seinem Ausbruch um den tragischen Tod von Marianthis Bruder, denn Eleni erzählte, dass er sich erhängt hatte. Am kommenden Tag sollte der Leichnam aus Kreta, wo der Mann gelebt hatte, überführt werden. »Er war jemand, der viel Unglück erlebt hat«, erklärte die Rezeptionistin. »Seine Frau hatte Krebs, er ließ sie für viel Geld bei einem Spezialisten in England behandeln, aber keiner konnte ihr helfen.« Dann sei auch noch seine Taverne pleitegegangen. »Eine Woche vor der

Zwangsversteigerung des Gebäudes fand man Marianthis Bruder in der Küche, erhängt am Haken des Deckenventilators«, berichtete Eleni. »Er hat sich wohl geschämt, seiner Tochter zu sagen, dass er sich ihr Studium nicht mehr leisten kann.«

Andreas schüttelte den Kopf. »Scham, das ist meistens der Grund!«, erklärte er. »Wusstest du, dass die Suizidrate seit der Wirtschaftskrise um 25 Prozent angestiegen ist?« Zakos verneinte. »Meist sind es Männer. Das kommt vom Stolz. Sie schämen sich, wenn sie ihre Familien nicht mehr ernähren können. Früher hat sich keine Menschenseele in diesem Land umgebracht, alle waren glücklich und gut gelaunt!«

»Komm schon, so stimmt das doch gar nicht!«, widersprach Eleni.

»Doch, natürlich, der Grieche an sich war auch mit den normalen Dingen des Lebens glücklich. Was braucht man schon vom Leben? Das Meer, gutes Essen. Und die Liebe! Besonders die Liebe.« Er streckte seine Hand nach Elenis Haar aus, verschüttete dabei aber seinen auf der Picknickdecke stehenden Cocktail.

»Früher gab es auch viele Selbstmorde«, widersprach Eleni. »Aber damals waren es nicht die Männer, die sich umbrachten, sondern die Frauen. Wenn sie sich mit jemandem eingelassen hatten und unverheiratet schwanger wurden. Dann ertrugen sie die Schande nicht.«

»Ja, aber das war vor hundert Jahren!«, sagte Andreas wegwerfend.

»Du hast doch keine Ahnung!«, ereiferte sie sich. »Bei euch in Athen hat das vielleicht vor hundert Jahren aufgehört, aber in den kleineren Orten wie bei uns gab es das noch lange Zeit. Eine Cousine meiner Mutter hat es getan. Sie ist nach Rhodos gefahren und hat sich in einem Park unter einem Baum die Pulsadern aufgeschnitten. Als man sie fand, war sie tot und die

Erde rundherum war rot vom Blut. Meine Mutter hat mir davon erzählt.«

Zakos blickte nachdenklich aufs Wasser hinaus. Es gab so viele Dinge hier, die ihm sonderbar vorkamen und die ganz anders waren als das Leben, wie er es aus Deutschland kannte. »Aber dass es auch noch Ehrenmorde gibt, wollt ihr mir jetzt nicht weismachen?«, fragte er schließlich. »Oder die Vendetta?«

Eleni lachte. »Von Ehrenmorden weiß ich nichts!«, sagte sie. »Im Gegensatz zur Vendetta, auf manchen Inseln ...«

»Schluss, Schluss, Schluss!«, lallte Andreas. »Sonst denkt Nikos, wir leben hier alle hinterm Mond. Und außerdem sollte ich jetzt ins Bett. Morgen muss ich wieder heulenden englischen Kindern Seeigelstacheln aus den Füßen ziehen!« Er stand auf, ein wenig wackelig auf den Beinen.

»Hinfort ihr Seeigel!«, rief er Richtung Meer. »Morgen kommen die Briten, und dann hat euer letztes Stündlein geschlagen ...«

»Pssssst«, hörte Zakos Eleni noch sagen, als die beiden Richtung Dorf im Dunkeln verschwanden. »Du bist total peinlich, wenn du betrunken bist!«

Zakos blieb noch eine Weile sitzen, allein. Am liebsten hätte er Fani angerufen und gefragt, ob sie nicht auch dazukommen wolle. Er hätte sich gerne mit ihr unterhalten. Aber dann ließ er es doch bleiben, denn er hatte ihr ja freigegeben, und sie sollte sich jetzt nicht verpflichtet fühlen. Schließlich war er so was wie ihr Chef.

Er musste daran denken, wie sie am Abend davor umschlungen nebeneinander am Wasser vor der Bar gesessen hatten. Es war nicht so sehr von ihm, sondern eher von ihr ausgegangen. Sie hatte sich an ihn gelehnt, und wenn der Wirt sie nicht plötzlich angesprochen hätte, hätte Zakos sie wahrscheinlich geküsst. In puncto Ermittlungen wäre das allerdings die beschissenste Idee aller Zeiten gewesen, dachte er sich nun. Außerdem, vielleicht bildete er sich auch nur ein, dass sie irgendwas von ihm wollte. Heute, als er ihr freigegeben hatte, war sie ja regelrecht davongerannt, als wäre sie heilfroh gewesen, ihn endlich mal los zu sein.

Mittlerweile lief gedämpfte Technomusik. Zakos sah sich um und stellte fest, dass die meisten der Anwesenden sehr jung waren, fast noch Teenager. Direkt neben ihm standen die Jungs aus Kouklos' Bautrupp um ein paar offensichtlich erst halbwüchsige Mädchen herum. Dafür war nun auch Liz eingetroffen, die exaltiert mit Kouklos tanzte. Die beiden hoben den Altersdurchschnitt. Zakos schoss das Wort »Berufsjugendliche« durch den Kopf, und er musste grinsen: Liz mit dem wallenden weißen Kleid, das sie heute trug, und den hüftlangen Haaren zu dem verwitterten Gesicht wirkte im Schein der Windlichter ein wenig wie Gandalf aus *Herr der Ringe*.

Auf dem Pfad über den Hügel musste er plötzlich wieder an Sarah denken. Ihr Bild vom Display seines Handys zu löschen hatte natürlich gar nichts gebracht. War ja klar, gestand er sich jetzt ein. Am liebsten hätte er es gehabt, wenn der Schmerz und die Enttäuschung einfach kraft seines Willens auszuschalten gewesen wären. Bei jeder seiner Trennungen hatte er anfangs stets das Gefühl gehabt, das könnte funktionieren, wenn er es nur mit aller Macht versuchte. Aber so etwas ging natürlich nicht; irgendwann erwischte ihn der Liebeskummer dann doch, das war auch bei seinen früheren Trennungen immer der Fall gewesen. Tatsächlich würde er noch lange brauchen, um über Sarah hinweg zu sein.

Im Zimmer angekommen, war er einen Moment lang sogar versucht, sie anzurufen, einfach nur, um ihre Stimme zu hören. Er könnte dazu ja die Nummernkennung in seinem

Handy ausschalten. Aber dann verwarf er die Idee wieder. Es war nach Mitternacht. Er war müde, trotz des langen Mittagsschlafes. Also legte er sich ins Bett und schlief sofort fest ein.

Der Samstag verlief ereignislos, Zakos verbrachte ihn ruhig und ganz für sich alleine. Der Sonntag dagegen begann mit Lärm und Krach. Noch im Dämmerschlaf hatte Zakos eine ungewohnte Geräuschkulisse wahrgenommen, ein Pfeifen und Rasseln. Dann klang es, als würde irgendwas über den Steinboden vor seiner Terrassentür gezerrt. Schließlich schüttelte er den Schlaf ab, sprang aus dem Bett und trat ins Freie.

Über der Insel lag ein Brausen und Pfeifen, die Wellen schlugen hoch und trugen weiße Gischtkronen. Der Sturm hatte ein paar Sonnenschirme aus ihren Halterungen gerissen, nun trieb er sie über die Terrasse.

Zuerst freute sich Zakos über den Wetterumschwung – es war immerhin eine Abwechslung. Der Wind war frisch und roch nach Meer, und das ansonsten so grelle Sonnenlicht war immer wieder verdeckt von hochaufgetürmten weißen Wolkenbergen, deren Schatten über die Insel zogen. Doch bald spürte Zakos, dass der Wind mit seinem Tosen keine Erholung brachte, sondern eher anstrengend war.

Er ließ das Hotelfrühstück in der stickigen, von lärmenden Familien überfüllten Halle ausfallen und ging gleich in den Ort, wo er in einem Café Tee und Spiegeleier bestellte. Der Lärm von einem Metallteil, das irgendwo auf dem Dach der Markise an ein Eisenrohr schlug, zerrte an seinen Nerven, doch die ganze Insel war erfüllt von solchem Getöse, und es gab davor kein Entrinnen. Zu allem Überfluss betrat nun auch noch Liz das Lokal und steuerte geradewegs auf ihn zu.

»Ich darf doch?«, fragte sie, und da saß sie bereits an seinem

Tisch und zog ihre Zigarettenschachtel aus einem fransenbehangenen Täschchen.

»Nette Party gestern, nicht wahr?«, bemerkte sie nach dem Anstecken eines ihrer Zahnstocher-Glimmstängel. »Wo war eigentlich Ihre kleine Freundin?«

Zakos zog es vor, keine Antwort auf diese despektierliche Anspielung zu geben. Es war ihm ohnehin nicht ganz klar, ob sie die abgereiste Sarah meinte oder die griechische Kollegin.

Zum Glück brachte der Kellner gerade das Tablett mit seinem Frühstück, und Liz nahm die Gelegenheit wahr, sich einen Cappuccino zu bestellen.

Es verging eine Weile, in der er schweigend mit dem Essen beschäftigt war, während Liz auf ihrem Smartphone herumwischte – sie hatte dazu eine schmale Lesebrille in Türkis aufgesetzt, wie immer perfekt abgestimmt zum übrigen Outfit. Erst als Zakos' Teller leer war, ergriff sie wieder das Wort, und es wurde klar, dass sie Fani gemeint hatte.

»Die kleine Schnüfflerin hat ja alles hervorragend recherchiert und die Nase tief in meine persönliche Buchhaltung gesteckt. Ich frage mich nur, was das soll. Was geht euch das alles an?«

Zakos wollte etwas erwidern, aber sie schnitt ihm das Wort ab.

»Schon gut, schon gut! Offenbar ist hier jeder verdächtig. Als ob Schulden einen Menschen automatisch zum Mörder machen würden!«

»Automatisch nicht«, erwiderte Zakos ruhig. »Doch manchmal ist das so!«

»Ach was! Meiner Meinung nach zeugt euer Vorgehen nur von absoluter Hilflosigkeit!« Sie schien sich in Rage zu reden. »Tatsächlich habt ihr doch nach wie vor nicht die geringste

Ahnung, wer meine Freundin Renate ermordet haben könnte, ebenso wenig wie diese Tessa.«

»Hören Sie, Liz ...«, begann Zakos, aber sie ließ ihn nicht ausreden.

»Ich gebe Ihnen jetzt mal einen Tipp, aus reiner Nettigkeit: Nichts ist hier so, wie es scheint. Und wenn Sie schon so neugierig sind, wer hier Schulden hat, dann wird Sie interessieren, dass die kleine Miss Fani und ihre Familie ebenfalls bis über beide Ohren in den Miesen stecken!«

Zakos gelang es nicht, seine Überraschung zu überspielen, und sie bemerkte das sofort.

»Ha!«, sagte sie nur und genoss sein verblüfftes Gesicht.

Zakos zuckte die Achseln. »Fanis Einkommensverhältnisse tun mit Sicherheit nichts zur Sache, ich finde ...«

»Wollen Sie nicht mal wissen, bei wem? Ich sag's trotzdem: Aris war so freundlich, Nitsa und ihre Kinder nach dem Tod ihres Ernährers zu unterstützen. Ja, da staunen Sie!«

»Ich wüsste nicht, was das mit unserem Fall zu tun hat!«, sagte Zakos kühl, legte einen Geldschein auf den Tisch und überhörte Liz' spöttisches »Pah«.

Liz hatte natürlich recht, er hatte nicht geahnt, dass Fani oder ihre Familie zu den Schuldnern von Kouklos gehörte, und sie hätte es ihm definitiv sagen müssen. Aber wieso hatte Fani sich so ahnungslos gegeben, als herausgekommen war, dass Aris Wucherzinsen einforderte? Er konnte sich noch genau erinnern, wie sie reagiert hatte, als oben in Aris' Haus im alten Dorf die Rede darauf gekommen war: an ihren erschrockenen Gesichtsausdruck. War es denn möglich, dass sie keine Ahnung davon gehabt hatte? Dass ihre Mutter ihr niemals etwas davon erzählt hatte? Wohl kaum – wo doch sogar Außenstehende wie Liz darüber Bescheid wussten! Ob ihr dann wohl auch bekannt war, dass Aris Wucherzinsen verlangte?

Zakos ging mit großen Schritten die Straße aus dem Dorf hinaus. Es war nicht so heiß wie sonst, und die Bewegung tat ihm gut. Als er schließlich an eine Weggabelung kam, schlug er die Richtung ein, in die er noch nie gegangen war. Der Weg schien direkt in die Pampa zu führen, aber das war ihm nur recht, er wollte mit seinen Gedanken am liebsten allein sein.

Leider hat Liz die Sachlage auch sonst klar analysiert, erkannte Zakos, als er der steilen Straße folgte. Natürlich, der Fall machte ihn relativ hilflos. In welche Richtung sie sich auch bewegt hatten – sie waren keinen Schritt weitergekommen. Bis jetzt jedenfalls. Er wunderte sich ohnehin längst, warum Heinrich Baumgartner nicht bereits besorgt nachgefragt hatte. Offenbar war er nach wie vor von Zicklers Fall und der Pressepräsenz vollkommen absorbiert, zum Glück. Es war Zakos ganz recht, aber gleichzeitig kam er sich auch irgendwie verlassen vor auf der Insel, die ihm immer rätselhafter vorkam. Wie hatte Liz gesagt? Nichts ist hier, wie es scheint!

Aber war es seine Schuld, dass er sich hier nicht besonders gut auskannte? Nicht mal griechische Großstädter schienen die Gepflogenheiten auf Pergoussa hinreichend durchschauen zu können, wie sich in den Gesprächen mit Andreas immer wieder zeigte. Auf der einen Seite teilte man die moderne Allgemeinkultur, unterhielt sich über Hollywoodfilme und Computerspiele, und natürlich kommunizierten auch hier alle auf Facebook oder Whatsapp. Wahrscheinlich hatte die Cantina-Bar, die nur ein ausrangierter Imbisswagen war, eine Facebookseite, auf die jemand die Partyfotos von gestern bereits hochgeladen hatte. Und doch war die Insel eine ganz andere Welt, mit Regeln, die Zakos irgendwie archaisch vorkamen. Eleni hatte gesagt, selbst eine Vendetta gäbe es noch auf den Inseln, oder zumindest habe sie noch unlängst existiert. Na gut, wenigstens das war in seinem Fall wohl nicht von Belang.

Die gewundene Straße führte auf und ab über die Hügel der Insel; schließlich erreichte er eine kleine Anhöhe, von der aus in der Ferne das Meer zu erkennen war. Bisher war ihm keine Menschenseele begegnet, doch es war offensichtlich, dass diese ruhige Ecke der Insel landwirtschaftlich genutzt wurde: Immer wieder hatte er Einfriedungen passiert, hinter denen sich kleine Schafherden bewegten, ab und an auch ein paar Ziegen. In einem kleinen Tal unter einem Johannisbrotbaum hatte er eine große, eingezäunte Hühnerhaltung gesehen, sicherlich fünfzig oder mehr Tiere, darunter einige Küken. Hier oben aber gab es nun keine Tiere mehr, nur einen Olivenhain mit knorrigen alten Bäumen. Der Wind peitschte durch die Äste und riss an Zakos' Haaren, aber nun fand er ihn angenehm. Es tat ihm gut, richtig durchgepustet zu werden. Dann hörte er plötzlich Musik.

Es klang wie eine Parade, vielleicht eine Blaskapelle. Zakos war sich nicht sicher, denn noch niemals hatte er etwas Vergleichbares vernommen: sehr schrill, laut und scheppernd, mit deutlich hervortretenden Trompeten und gleichzeitig tieftraurigen Anschlägen, alles stellenweise immer mal wieder falsch intoniert.

Zakos verharrte auf der Hügelkuppe und blickte rundum. Sehr bald erkannte er die Quelle: Hinter einer Felsnase, etwa zweihundert Meter entfernt, marschierte tatsächlich eine Art Parade in sein Sichtfeld. Vielleicht zehn Musiker bewegten sich gemessenen Schrittes durch die ansonsten menschenleere Landschaft. Erst ein Stück weiter hinten bog ein Wagen um die Ecke, ein schwarzer Kombi mit verglastem Heck. Da verstand Zakos: Es war ein Trauerzug.

Er wartete, bis er bei ihm angelangt war. Der Zug war langsam. Nur etwa fünfzehn Menschen gingen hinter dem Wagen mit dem Sarg her.

Als die Leute schließlich an ihm vorbeikamen, erkannte er Marianthi, die ein schwarzes Tuch um ihren Kopf trug und eine Sonnenbrille aufgesetzt hatte. Auch Kouklos und noch ein paar andere bekannte Gesichter konnte er ausmachen. Niemand beachtete Zakos, und so wartete er erst eine Weile, um dann in höflichem Abstand zu folgen.

Nach einiger Zeit sah er einen von einer weißen Mauer umgebenen Platz, auf den sich die Gesellschaft zubewegte, und es wurde ihm klar, dass dies der Friedhof war. Erst jetzt bemerkte er ein schwarzes, prächtig geschwungenes schmiedeeisernes Tor. Die Musik war verstummt, und alle hatten sich um eine Stelle gruppiert.

Zakos blickte sich um. Es gab keine Gräber, wie er sie aus Deutschland kannte, sondern Steingruften, die teilweise wie kleine Häuschen wirkten. Die meisten waren verwittert und hatten alte, gerahmte Schwarzweißfotos auf den schmiedeeisernen Kreuzen und viele Plastikblumen als Schmuck. Neben den Gruften gab es außerdem eine weißgetünchte Kapelle mit Kuppeldach. Direkt unterhalb des Friedhofs fiel die Steilküste ab, die für die Rückseite der Insel typisch war, und darunter erstreckte sich das weite Meer. Es war ein guter Platz, als sollten die Toten den schönsten Ausblick von der Insel haben. Nur der heftige Wind verlieh der Szenerie einen unaufgeräumten Anstrich, er wirbelte Sand und trockene Blätter über die Wege zwischen den Grabstätten.

Die Zeremonie war bereits im Gange, ein Priester allerdings war nicht zu sehen. Es war ja ein Selbstmord gewesen, wie Zakos wusste. Statt eines Geistlichen hielt eine kleine Frau mit grauer Kurzhaarfrisur die Rede. Zakos konnte nur ihren Rücken in einer schwarzen, langärmeligen Spitzen-Bluse sehen, aber er glaubte, die Bürgermeisterin zu erkennen. Marianthi, die die Hand eines versteinert wirkenden jungen Mädchens hielt, stand direkt dahinter. Zakos hörte, wie sie immer wieder laut weinte, und ihr Klagen übertönte die Rede und sogar das Pfeifen des Windes. Ihre Stimme ging ihm noch schmerzvoller durch Mark und Bein als zuvor die entsetzliche Musik.

Kapitel 14

Es war noch zu windig, um draußen an Deck Platz zu nehmen. Gischt hatte sich klebrig über die Sitzreihen gelegt, und stellenweise schwappten Pfützen von Meerwasser im Rhythmus der Wellen über den glitschigen dunkelblau gestrichenen Eisenboden der kleinen Fähre. Also hatten Fani und er sich in die Kabine verzogen, wo es nach Diesel stank und nach dem Schweiß der zusammengepferchten Fahrgäste. Doch Fani schien sich nicht daran zu stören, sie strahlte und machte Witze. Es war offensichtlich, dass sie sich ausgesprochen freute über den Tag auf Rhodos, auf diese Aussicht, mal für kurze Zeit von Pergoussa wegzukommen, auch wenn der Anlass ein trauriger war.

Heute würden sie die Familie von Tessa treffen, die sich angekündigt hatte, um den Sarg mit dem Leichnam nach Rumänien zu überführen. Zakos wollte die Gelegenheit nutzen, mit ihnen zu sprechen, und es war verabredet, dass Jannakis sie von der Fähre abholen würde. Sie sollten ihn bei der Ankunft auf Rhodos anrufen.

»Kinder, ihr seid viel zu früh dran!«, sagte er nun aber am Telefon. »Ich sagte doch: kommt mittags!«

Zakos blickte auf seine Uhr. Es war gerade kurz nach zwölf, und sie hatten verabredet, sich vorher noch zusammenzusetzen.

»Es IST Mittag«, sagte er geduldig. »Aber wenn du gerade keine Zeit hast, nehmen wir einfach ein Taxi und fahren selbst los ...«

»*Burdes*, Quatsch, jetzt ist hier im Büro die Hölle los! Und die Leute aus Rumänien sind ja noch gar nicht im Lande, Valantis holt sie erst mittags vom Flughafen ab. Ihr könnt also gar nichts groß tun. Darum sagte ich ja auch bereits: kommt einfach mittags!«

Zakos seufzte. Jannakis ging ihm schon wieder wahnsinnig auf die Nerven.

»Mittags um eins, mittags um zwei – was ist denn deiner Ansicht nach Mittag?«, fragte er seufzend.

»Mittag ist Mittag!«, knurrte die Stimme am Telefon. »Also so um vier, halb fünf. Ruft mich einfach zehn Minuten davor an, dann komme ich und fahre euch hierher!«

Zakos beendete das Gespräch und schüttelte den Kopf: »Fani, wann ist für dich eigentlich Mittag?«

Sie hatte das Gespräch nicht mitgehört und blickte ihn jetzt fragend an.

»Eins? Halb zwei?«, gab sie zur Antwort.

»Für Jannakis geht der Mittag offenbar erst um 16 Uhr los.«

»Dieser Angeber!«, spottete Fani. »Ich weiß, dass manche Leute in Athen so was schick finden. Aber er ist gar nicht aus Athen, er kommt von hier!«

Jedenfalls war sie alles andere als betrübt darüber, dass sie nun nicht sofort ins Kommissariat mussten, und sie schlug einen Spaziergang durch die Altstadt vor.

»Das ist die älteste noch komplett erhaltene und bewohnte mittelalterliche Stadt der Welt«, sagte sie mit Stolz in der Stimme. Der Ausflug war für Zakos allerdings eine Enttäuschung: Zwar hatten die alte Burganlage und die hübschen renovierten Steingebäude durchaus ihren Reiz, doch Unmengen lärmender Touristen bevölkerten nun im Hochsommer die Straßen und Gassen und zerstörten jeden Anflug von Atmosphäre. Fani und er schoben sich dennoch eine Weile durch die Menschenmengen und das Gewirr der Souvenirshops, die den immer gleichen, in Fernost gefertigen Andenkenkram verkauften: pseudoantike Plastikbüsten, den Koloss von Rhodos in Miniformat und Trauben von Komboloi, diese an Rosenkränze erinnernden Kettchen. Außerdem gab es zahlreiche Pelz- und Ledergeschäfte mit den Waren einheimischer Kürschner – aber das war im Moment das Letzte, was Zakos gebrauchen konnte. Er hätte gerne etwas Kaltes getrunken, doch es herrschte überall zu viel Lärm und Unruhe. Vor jedem Lokal standen Angestellte, die die Touristen mit lautem »Mister, Mister« zu sich hereinlocken wollten, und das verdarb ihm irgendwie die Laune. Schließlich verließen sie die Altstadt wieder, kauften ein paar Flaschen Wasser an einem Kiosk neben dem Hafen und setzten sich nicht weit von der Anlegestelle ihrer Fähre auf eine Bank in den Schatten. Fani döste sofort im Sitzen ein. Offenbar hatte sie wieder alle Abende des Wochenendes in der Bar verbracht. Zakos hätte es besser gefunden, wenn sie die Zeit genutzt hätte, um sich zu erholen, aber er sagte nichts. Und anscheinend hatte sie das Geld ja bitter nötig. Er hatte sie noch nicht auf die Schulden bei Kouklos angesprochen, und als er die Schlafende neben sich betrachtete, beschloss er, das auch erst mal sein zu lassen. Zuerst wollte er noch Genaueres darüber herausfinden.

Schließlich schreckte Fani hoch, richtete sich kerzengerade auf und sagte, dass sie jetzt zu Jannakis fahren sollten. »Wir können einen Bus nehmen, ich kenne den Weg!« Es war 15 Uhr 30, als sie eintrafen, und Jannakis war ausgeflogen; dafür war Valantis vor Ort und hämmerte in den Computer, dass seine graue Lockenpracht wippte.

»Sie sind schon seit einer Stunde da, sie sitzen drüben!«, sagte er, als er aufblickte, und wies mit dem Kinn auf die geschlossene Tür eines Raumes. Zakos ärgerte sich erneut über Jannakis und seine unberechenbare Zeitplanung, aber er schluckte seinen Groll hinunter. Valantis hatte bereits mit den Leuten geredet; er protokollierte gerade das Gespräch, und er lud Zakos ein, zu ihm hinter den Schreibtisch zu kommen und auf den Bildschirm zu gucken, aber Zakos verzichtete. Er konnte die Schrift ohnehin nicht so schnell lesen, und er wollte sich ja selbst ein Bild machen. Schließlich betrat er gemeinsam mit Fani den Raum.

Es war eine Art Wartezimmer, dort saßen ein etwa sechzehnjähriger Junge in einem T-Shirt mit Manchester-United-Aufdruck und eine zierliche rothaarige Frau in einem dunklen, fein gemusterten Sommerkleid und Sandalen mit Absatz – Tessas Mutter und ihr Bruder. Zakos war verblüfft. Gleichzeitig ärgerte er sich über sich selbst, denn ohne darüber nachzudenken hatte er eher ein zahnloses altes Weiblein in Schwarz erwartet als diese attraktive jugendliche Frau, und er musste sich eingestehen, dass er nicht nur über Griechenland viel zu wenig wusste, sondern ebenfalls über Rumänien, ja eigentlich über alle Länder außer Deutschland. Sein Kopf war angefüllt mit Klischeebildern.

Marina Sandu arbeitete als Friseurin in Brasov, sie war geschieden und hatte neben dem Jungen, der sie begleitete, noch eine zehnjährige Tochter, die sie bei einer Freundin gelassen hatte. Sie konnte gebrochen Englisch und weinte fast ohne Unterbrechung, die Tränen liefen ihr nur so übers Gesicht. Ab und an musste sie sich schnäuzen, aber sie redete dennoch weiter. Sie sagte, sie habe alle paar Tage mit Tessa telefoniert und wusste, dass die Tochter viel arbeitete und dass sie sich auf ihr Studium freute. Außerdem, dass sie die kleine Insel, auf der sie gelandet war, langweilig fand und lieber auf Rhodos gearbeitet hätte. Doch sie hatte keine Ahnung, ob Tessa einen neuen Liebhaber gehabt hatte, und wie sich herausstellte, hatte sie noch nicht mal etwas von Kouklos gewusst.

»Is boyfried the killer?«, fragte sie in bemüht geschäftsmäßigem Ton und versuchte, das Zittern in der Stimme zu beherrschen.

Zakos schüttelte schweigend den Kopf und versuchte, in einfachen Worten zu erklären, dass sie noch nicht wussten, wer Tessa erschlagen hatte und wie sie dann ins Meer gelangt war. Er erklärte ebenfalls, es bestehe auch die Möglichkeit, dass sie durch einen Unfall zu Tode gekommen war – wobei er verschwieg, dass er das nicht glaubte. Die Verletzung am Kopf aber konnte durchaus durch einen herabfallenden Gegenstand verursacht worden sein. Wie sie daraufhin ins Wasser gekommen sei, wüssten sie noch nicht, berichtete er. Die Mutter nickte. Das alles hatte sie offenbar schon von Valantis gehört.

Von dem anderen Mord, dem an Renate von Altenburg, erzählte Zakos nichts. Wahrscheinlich merkte die Frau gar nicht, dass er aus Deutschland kam – Valantis hatte sie beide als Vertreter der Polizei von der Insel vorgestellt. Schließlich bat sie, kurz rauszudürfen, und Zakos und Fani blieben mit dem Sohn zurück, doch dieser verstand fast gar kein Englisch. Wie sich herausstellte, war er doch noch keine sechzehn, sondern erst dreizehn Jahre alt, seine Statur hatte darüber hinweggetäuscht. Im Gegensatz zu der zierlichen Mutter war er groß und breitschultrig, wie Tessa es gewesen war, und er besaß ähnlich kantige Gesichtszüge. Als die Mutter den Raum verlassen hatte, schluchzte er ein paar Mal tief auf, doch bei ihrer Rückkehr hatte er sich wieder im Griff. Er holte für sie eine frische Packung Papiertaschentücher aus einem Rucksack, der vor ihm stand, und nahm tapfer ihre Hand. Sie hatte sich im Waschraum das Gesicht gewaschen und sich neu zurechtgemacht, aber das Augen-Make-up verwischte bereits wieder vom Weinen. Schließlich verabschiedete sich Zakos. Er war froh, den Raum verlassen zu können.

»Da seid ihr ja!«, polterte plötzlich Jannakis' Stimme. »Kommt mit, ich führe euch herum!« Er brachte sie in sein Büro ein Stockwerk höher, es schien das größte im Haus zu sein.

»Früher saßen wir hier zu dritt, aber heute habe ich das Zimmer ganz für mich allein!«, sagte er. »Das hat absolut seine Vorteile, denn niemand stört sich daran, wenn ich rauche oder laut telefoniere! Der Nachteil ist nur, ich muss mittlerweile für drei arbeiten!« Er stimmte sein dröhnendes Lachen an.

Die Schreibtische seiner ehemaligen Kollegen standen noch immer im Raum, aber es war leicht zu erkennen, wo Jannakis saß: Auf einem Tisch stapelten sich Aktenordner aus gelbbrauner Pappe, außerdem gab es einen überquellenden Aschenbecher und mehrere Gläser mit Resten von Kaffee-Schaum neben dem Computer. Schließlich bückte sich Jannakis, holte zwei Colaflaschen aus einem brummenden kleinen Bürokühlschrank unter dem Tisch und drückte sie Zakos in die Hand. Als er eine an Fani weiterreichen wollte, fiel Zakos auf, dass etwas mit ihr nicht stimmte. Ihr Gesicht wirkte starr, sie vermied es, ihn anzusehen, und ihre Unterlippe zitterte. Von ihrer üblichen Souveränität war in diesem Moment nichts zu bemerken.

»Was ist denn passiert?«, fragte er, doch sie schüttelte bloß den Kopf. Gleichzeitig quollen dicke Tränen aus ihren Augen, und sie begann, geräuschvoll zu schluchzen. Fast, als hätte die andere Frau, Tessas Mutter, sie damit angesteckt, fuhr es Zakos durch den Kopf.

Jannakis überriss die Situation ebenfalls, und ausnahmsweise reagierte er ausgesprochen fürsorglich: Er zog einen Stuhl für Fani heran, setzte sich neben sie und drückte den

Kopf der Weinenden mit großer Geste an seine Brust. Sie schien sich nicht daran zu stören und heulte hemmungslos.

»Schuschuschu!«, machte er väterlich. »Vergeht schon wieder!« Dabei zwinkerte er Zakos zu.

Als der hellblaue Hemdstoff regelrecht durchnässt war, beruhigte sich Fani allmählich wieder, und alle drei traten auf den Balkon, der auf eine Zufahrtsstraße hinausging. Sie sprachen nicht viel. Zakos und Fani nippten an ihren Colas, und Jannakis rauchte natürlich eine Zigarette.

»Tut mir leid«, sagte Fani schließlich.

»Schon gut, *korizi mou*«, sagte Jannakis. Aber als sie sich umdrehte, zwinkerte er Zakos wieder zu. Er wirkte irgendwie zufrieden – wahrscheinlich fühlte er sich in seiner Theorie über »Frauen in solchen Berufen« bestätigt.

»Wie viel Uhr ist es?«, platzte es da plötzlich aus Fani heraus. Und dann: »Verdammt, wir verpassen die Fähre!«

»Keine Angst!«, sagte Jannakis im Brustton der Überzeugung. »Wir schaffen das. Ihr müsst euch gar keine Sorgen machen! Ich bin ein rasanter Autofahrer.«

Er kam allerdings nicht dazu, seine Rennkünste unter Beweis zu stellen, denn es gab Stau in beiden Fahrrichtungen, und nach einem kurzen Moment, in dem Jannakis noch versuchte, mit Martinshorn auf dem Dach auf der Gegenfahrbahn zu überholen, mussten sie sich doch einreihen. Danach ging's nur noch im Schneckentempo voran.

»Das gibt's doch gar nicht!«, stöhnte Zakos. »Wir sind doch hier in einer Kleinstadt! Wo kommen die ganzen Autos her?«

»Piräus-Fähre!«, nuschelte Jannakis mit Zigarette im Mund. »Gerade angekommen. Hätte ich eigentlich dran denken können …« Schließlich mussten sie sich eingestehen, dass sie den Weg zum Hafen für die kleinen Fährschiffe unmöglich rechtzeitig erreichen konnten.

»Es gibt jetzt nur noch eine Möglichkeit«, sagte Jannakis. »Lauft!«

Sie stiegen aus und fingen an zu rennen, vorbei an der hupenden, stinkenden Autokarawane, entlang der Mopeds und der Busse. Sie drängelten sich durch Touristengruppen, die den Gehweg versperrten, hasteten entlang überfüllter Eisdielen und Pizzerien mit ihren marktschreierischen Kellnern und liefen schließlich durch den kleinen Park, in dem sie vorher gesessen hatten. Doch die Fähre hatte bereits abgelegt. Sie war schon gute fünfzig Meter entfernt, und es ertönte ein markerschütterndes Signal des Schiffshorns, das in Zakos' Ohren wie Hohn klang.

Fani ließ sich auf einen der Poller am Wasser sinken. Ihr Gesicht war knallrot von der Anstrengung.

»Was jetzt?«, fragte sie.

»Was ist mit der großen Fähre?«, schlug Zakos vor.

»Fährt heute nicht mehr, nichts fährt heute mehr. Erst morgen früh!«, sagte Fani. »Was sollen wir tun – zurück zu Jannakis?« Im Wagen hatte er ihnen noch signalisiert, sie seien jederzeit bei ihm zu Hause willkommen, wenn es ein Problem gäbe. Aber auf einen Abend mit ihm hatte Zakos gar keine Lust. Überhaupt stimmte ihn die Aussicht darauf, noch mehr Zeit in der trubeligen, total überfüllten Stadt verbringen zu müssen, alles andere als fröhlich. Und die Frage war außerdem, ob sie überhaupt ein Zimmer finden würden, so kurzfristig.

»Wir bleiben hier«, entschied er trotzdem. »Weißt du irgendein Hotel, das noch Zimmer frei hat?«

»Vielleicht«, sagte Fani. »Ich kenne Leute von zu Hause, die hier eines führen.« Sie telefonierte ein wenig herum, schließlich nickte sie.

»Ja, sie haben zwei Einzelzimmer. Ich möchte gern gleich

hingehen und duschen«, sagte sie, und sie machten sich auf den Weg.

Es war nicht weit, etwa zehn Minuten zu Fuß von der Altstadt entfernt, im moderneren touristischen Zentrum der Stadt. Dort war es zwar eine Spur ruhiger, aber nicht mehr so hübsch. Die Gebäude schienen mehrheitlich aus den Sechziger- oder Siebzigerjahren zu stammen, und in den Bars und Cafés davor gab es Plastikstühle und große, bunte Schilder, die auf Deutsch und Englisch Bier vom Fass anpriesen. Das Hotel selbst hatte schon bessere Zeiten erlebt, doch die Zimmer waren ganz in Ordnung, klein, aber sauber. Sie wollten ohnehin möglichst schnell raus zum Essen, denn beide hatten Hunger, und Fani, deren Haar nach dem Duschen noch nass war und die nun wieder entspannter wirkte, sagte, sie kenne ein Lokal in der Nähe.

Es wurde bereits dunkel, und der Wind hatte sich gelegt. Die Geräuschkulisse war dadurch auf ein normales Maß gesunken. Zakos und Fani bogen aus ihrer Straße ab und trafen direkt auf einen mondsichelförmigen Stadtstrand, der vollkommen still im Dunkeln lag. Zakos hatte das Gefühl, er könne endlich wieder tief durchatmen, das erste Mal, seit sie auf Rhodos waren.

»Geht's eigentlich wieder?«, fragte er Fani, die schweigend neben ihm herging. »Was war mit dir los, heute Nachmittag?«

»Ich weiß auch nicht«, sagte sie. »Ich kann es nicht erklären. Die ganze Zeit über habe ich alles gut geschafft. Es war gar kein Problem. Aber dann plötzlich ...«

Zakos verstand schon. Die letzten Wochen waren wohl ziemlich viel für sie gewesen.

»Es war nicht nur wegen der Mutter, es war der Junge ... sein Blick ...«, sagte sie, und Zakos merkte, dass er sie schnell ablenken musste.

»Ist es dieses Lokal?«, fragte er und deutete auf eine kleine Taverne am Ende des Strands, und sie nickte.

Es war ziemlich perfekt. Die Kellner und Kellnerinnen waren herzlich, und an den Wänden hingen stimmungsvolle alte Stiche von der Insel. Außerdem war der Ausblick traumhaft: Bunte Lichter spiegelten sich im Wasser der Badebucht, in deren Mitte Zakos einen großen Sprungturm im Dunkel erkannte. Irgendwann fuhr ein gigantisches Kreuzfahrtschiff an ihnen vorbei, es wirkte wie eine Großstadt im Wasser, und alle Köpfe im Restaurant wandten sich ihm zu.

Zakos hatte sich eingelegten Tintenfisch als Vorspeise bestellt und als Hauptgericht ein Stifado, Fleisch in einer Tomatenzwiebelsauce, mit Zimt gewürzt. Es war sein griechisches Leibgericht, und auf der kleinen Insel hatte er das nirgends bekommen. Er war mittlerweile fast froh, dass sie die Fähre verpasst hatten, und darüber, mal einen neuen Ort zu sehen und dieses wunderbar gelungene Gericht genießen zu können. Aber ebenso freute er sich darauf, dass der Ausflug morgen beendet sein würde. Ihm gefiel die Ruhe auf Pergoussa, er hatte sich richtiggehend daran gewöhnt. Fani sah das ganz anders.

»Ich wünschte, ich könnte für immer hierbleiben!«, seufzte sie und nippte an ihrem Wein. »Am liebsten wäre mir natürlich Athen, aber auch hier wäre ich glücklich. Oder in Heraklion auf Kreta. Alles, bloß nicht Pergoussa!«

»Weshalb eigentlich, es ist doch wunderschön dort«, wandte Zakos ein. »Und du hast auf der Insel deine Familie, deine Freunde. Mir persönlich gefällt es auf Pergoussa viel besser als hier.«

»Ich habe das Gefühl, ich bin da auf dem Abstellgleis. Mein Leben hat gerade erst angefangen, der Job und alles. Und schon ist klar: Mehr passiert erst mal nicht«, sagte sie. »Und es ist außerdem nicht gut für meinen Bruder auf Pergoussa.«

»Gibt es keine Förderung für ihn?«

Sie schüttelte den Kopf. »In einer Stadt könnte er auf eine spezielle Schule gehen. Aber auf Pergoussa besucht er die normale Schule, die eigentlich nichts für ihn ist. Er kommt dort nicht zurecht. Mama versucht ihr Bestes, ihn zu fördern, und im Winter fahren sie regelmäßig hierher zu einer Frau, die mit ihm arbeitet. Aber das genügt nicht. Doch wir können nicht weg aus Pergoussa, wir haben dort unser Haus, brauchen keine Miete zu zahlen, und ich habe meine Arbeit. Wir brauchen mein Geld, wir leben davon, Mama kann wegen Alexis nicht arbeiten. Ich habe natürlich einen Versetzungsantrag gestellt, aber wer weiß, ob das jemals klappt.«

Zakos blickte sie mitfühlend an.

»Der Sommer geht ja noch«, fuhr Fani fort. »Aber im Herbst ist es elend. Die Feriengäste, die Saisonkräfte und viele andere verlassen die Insel, und fast alles schließt. Früher, als Schulkinder, saßen wir immer an der Mole, winkten den Abreisenden nach und fühlten uns verlassen. Bis heute kann ich es nicht ertragen, jemandem bei der Abreise zuzusehen. Ich hasse Abschiede«, sagte sie. »Der einzige Lichtblick im Herbst sind die jungen Lehrer aus Athen, die zu uns kommen, wenn die Schule im September wieder anfängt. Sie wohnen dann in den leerstehenden Touristenapartments, und manchmal machen sie Feste, oder man trifft sich zum Filmeschauen. Es sind fast ebenso viele Lehrer wie Schüler, etwas über zwanzig. Aber keiner bleibt länger als ein paar Jahre. Alle sind froh, wenn sie unser Kaff wieder verlassen können.«

Zakos musste zugeben, dass das irgendwie trostlos klang.

»Als mein Vater noch lebte, da mochte ich es bei uns. Er war immer gut gelaunt, hat gern gefeiert, und er war ein toller Koch. Damals gab es im Winter keine Langeweile auf der Insel, weil abends immer alle bei uns in der Küche saßen. Wo er war, da war was los, zumindest ist mir das als Kind so vorgekommen. Aber dann ist er bei einem Bootsunfall umgekommen, und seither hat keiner mehr in unserer Küche laut gelacht.«

»War er Fischer?«, fragte Zakos.

»Nein, er war natürlich Polizist!«, entgegnete Fani. »Für mich war immer klar, dass ich später das Gleiche machen würde wie er.«

Der Verlauf des Gesprächs hatte sie wieder melancholisch gemacht, und als sie nun den stillen Strand zum Hotel zurückgingen, legte Zakos tröstend den Arm um sie. Sie schwiegen. Erst als sie ins Hotelviertel abbogen, realisierte Zakos, dass es noch früh am Abend war. Hier flanierten die Urlaubsgäste, und die Cafés und Bars waren gut besucht. Auch vor ihrem Hotel gab es ein paar Tische und Stühle, und von innen konnte man sich von einer Bar Getränke holen.

»Weißt du was, ich besorge uns noch zwei Gläser Wein, und du erzählst mir mehr von deinem Vater«, sagte Zakos. Er hörte ihr gern zu.

Fani nickte und setzte sich an eines der kleinen Tischchen. Sie lächelte ihn an. Zakos fand, dass sie sehr hübsch aussah, am Abend besaß sie eine ganz andere Ausstrahlung als tagsüber. Sie hatte einen Hauch Lippenstift aufgelegt, und ihre großen schwarzen Augen glänzten. Wenn er sie anblickte, bekam er ein warmes Gefühl in der Magengegend. Sie war ihm mittlerweile sehr vertraut, er fühlte sich wohl mit ihr, aber gleichzeitig gab es auch eine elektrisierende Spannung zwischen ihnen.

Er musste einen Moment lang auf den Wein warten, denn der Schankkellner der Bar sprach gerade mit jemandem am Telefon. Zakos merkte, dass sein Puls ein wenig schneller ging. Er fühlte sich euphorisiert bei dem Gedanken, an diesem Abend mit Fani zusammensitzen zu können, zu reden, sie anzusehen. Endlich legte der Kellner auf und entkorkte eine frische Flasche Weißwein, und schließlich konnte Zakos zwei Gläser mit an den Platz nehmen. Aber der Tisch war leer. Fani war bereits gegangen.

Kapitel 15

Mit Tessas Familie zu sprechen war eine reine Routineangelegenheit gewesen, und im Vorfeld hatte sich Zakos nicht viel davon erhofft. Am nächsten Morgen merkte er dennoch, wie enttäuscht er über den Verlauf des Gesprächs war. Immer noch hatte er nichts in der Hand, keinen Anknüpfungspunkt zum Mord an den beiden Frauen. Und es gab kaum mehr ein Detail, das sie nicht abgeklopft hätten, selbst mit den restlichen Bewohnern aus der Gasse hinter der Taverne, in der Renate so häufig verschwunden war, hatten Fani und er in den vergangenen Tagen sprechen können. Keiner kam in Frage, irgendetwas mit Renate zu tun gehabt zu haben.

Als sie nun die Morgenfähre bestiegen, beschlich ihn ein gewisser Überdruss, eine Frustration, wie er sie so kaum von sich kannte. Das Gefühl der Vorfreude auf die hübsche, ruhige Insel, das er noch gestern Abend empfunden hatte, war so gut wie ganz verflogen. Hinzu kam, dass Fani an diesem Morgen muffelig und wortkarg wirkte. Sie schien ebenfalls nicht erbaut zu sein, dass sie zurückmussten. Warum sie am Vorabend einfach gegangen war, sagte sie nicht – und Zakos fragte nicht nach. Er hatte das peinliche Gefühl, ihr vielleicht zu nahe gekommen zu sein, wollte darüber nun aber am liebsten nicht nachdenken.

Sie setzten sich in den hinteren, schattigen Teil der Fähre, wo Fani wieder mal auf der Stelle einnickte, während Zakos mit Verwunderung eine russische Reisegruppe beobachtete. Ein paar junge Frauen knipsten sich gegenseitig mit ihren Handykameras an der Reling und warfen sich dabei in Pose wie für ein Modemagazin. Trotz seiner gedämpften Laune musste Zakos ein wenig grinsen, und als das improvisierte Shooting vorüber war, döste er schließlich ebenfalls ein. Als sein Handy klingelte, hätte er es beinahe überhört.

Es war Lefteris, und seine Stimme überschlug sich fast vor Aufregung: »Es ist was passiert!«, tönte er. »Kouklos ist verletzt! Wann kommt ihr endlich zurück? Ich brauche euch hier, verdammt noch mal!« Dann brach die Verbindung ab.

Zakos und Fani sprangen auf und liefen auf das Oberdeck, in der Hoffnung, die Verbindung sei dort besser, doch das war nicht der Fall. Es dauerte eine Weile, bis Lefteris' bruchstückhafte Angaben schließlich ein Bild ergaben: Eine Gruppe von Engländern, die Liz nach oben zu den Ruinen des Kastells gefahren hatte, war um die Burg gewandert und auf Aris gestoßen, der leblos im Gelände lag.

»Drogen!«, rief Lefteris aufgeregt.

»Woher weißt du das?«, fragte Zakos. »Gab es eine Spritze oder irgendetwas?«

»Nein, es ist anders: Aris hat Drogen angebaut. Der hatte hier oben ein Drogenfeld. Aber ob er welche konsumiert hat, kann ich nicht sagen. Er hat eine Kopfverletzung und ist voller Blut. Die Engländer und Liz haben ihn mit dem Minibus zu Andreas gebracht, und jeden Moment muss der Helikopter kommen.« Das Brummen des Schiffsmotors übertönte fast Lefteris' Stimme, aber die Verbindung hielt diesmal, und Zakos presste das Handy ans Ohr, um besser zu verstehen. »Ich weiß nicht, was ich als Nächstes tun soll«, sagte Lefteris. »Brauchen wir die Spurensicherung? Leute vom Drogendezernat?«

»Die Spurenleute sind immer vorrangig«, sagte Zakos. »Wir informieren sie. Und alles Weitere sehen wir dann. Wo bist du jetzt?«

»Bei Andreas vor der Praxis.«

»Gut. Du schnappst dir jetzt erst mal Liz' Wagen und fährst nach oben, wo Aris gefunden wurde. Nimm einen von den Engländern mit, damit er dir zeigen kann, wo es genau war. Und bleib dort, bis wir bei dir sind!«

»Alles klar!«, sagte Lefteris.

»Halt, warte!«, rief Zakos. »Konntest du mit Aris reden?«

»Der ist bewusstlos«, sagte Lefteris. »Andreas meint, die Chancen stehen nicht gut, dass er es überlebt!« Dann legte er auf.

Sie hatten den Hubschrauber über sich nach Pergoussa fliegen sehen, und als sie eintrafen, hob er gerade in die Gegenrichtung ab. Aris war also bereits auf dem Weg in die Klinik. Als sie aus dem Schiff stiegen, erwartete Andreas sie an der Mole.

»Am besten, wir setzen uns gleich einen Moment zusammen, und ich sage euch alles, was mir aufgefallen ist«, sagte der Mediziner statt einer Begrüßung und wirkte dabei wohltuend unaufgeregt. »Oder wollt ihr sofort nach oben?«

»Das kann noch einen Moment warten. Also, leg los!«

»Ich glaube, er hat die ganze Nacht dort gelegen«, sagte Andreas.

»Wie kommst du darauf?«, fragte Zakos.

»Ich bin zwar kein Polizei-Arzt oder so was«, erwiderte Andreas. »Aber Aris war übersät von Mückenstichen. Das würde dafür sprechen, dass er bei Sonnenaufgang bereits dort gelegen haben muss, da kommen diese Biester doch immer aus ihren Löchern. Und er hatte einen regelrechten Sonnenbrand auf der rechten Gesichtsseite und dem rechten Arm – die waren anscheinend der Sonne zugewandt. Außerdem war er dehydriert. Die Stunden in der Hitze von Sonnenaufgang bis jetzt können dazu durchaus ausgereicht haben. Das Blut auf seinen Sachen war außerdem schon ganz trocken. Aber wie lange er tatsächlich dort lag, kann ich natürlich daran nicht ablesen. Das müssen dann eure Experten beurteilen.«

»Was denkst du, was ist passiert?«

»Abgestürzt, würde ich sagen. Oder aber er wurde gestoßen oder niedergeschlagen. Nach allem, was hier in letzter Zeit so passiert ist, halte ich das persönlich nicht für unwahrscheinlich. Aber das ist jetzt nur meine Meinung, ich bin ja, wie gesagt, nicht von der Polizei«, gab er zu bedenken.

»Und wie geht's ihm?«, fragte Fani.

Andreas zuckte mit den Schultern. »Diese Leute, die ihn gefunden haben, waren alles Idioten, wenn ihr mich fragt. Es ist einfach ein Unding, einen Menschen mit einer Kopfverletzung auf eigene Faust durch die Gegend zu schleppen. Besser wäre gewesen, man hätte ihn bis zum Eintreffen des Helikopters nicht bewegt. Aber als ich ihn zu sehen bekommen habe, war es dazu natürlich zu spät«, sagte er düster. »Hoffentlich hat er keine Hirnblutung. Aber das müssen die Ärzte im Krankenhaus herausfinden. Ich kann so was von hier aus unmöglich beurteilen.«

Nach dem Gespräch mit Andreas war es für Zakos naheliegend, nun zuallererst Liz zu befragen. Er konnte sie bereits sehen, wie sie vor ihrem Büro auf einer Bank saß, den jungen Wassilis neben sich. Unbewusst hatte er damit gerechnet, dass sie ihn wieder ruppig anfahren würde, wie jedes Mal in der letzten Zeit. Aber sie war vollkommen aufgelöst und wurde von Schluchzen geschüttelt. Wassilis saß neben ihr und hielt ihr eine kleine Wasserflasche hin, die sie aber ignorierte.

»Was ist hier nur los?«, klagte sie und blickte Zakos so verzweifelt wie hilfesuchend an. »Erst Renate und jetzt Aris! Und Tessa natürlich...« Sie schluchzte wieder auf. »Wenn Sie ihn gesehen hätten... bewusstlos! Und seine weißen Sachen waren voller Blut! Diesen Anblick werde ich nie wieder vergessen, nie!«

»Er wird schon wieder«, beruhigte Zakos sie und zog sich einen Stuhl heran. »Wo wurde Aris denn überhaupt gefunden?«

»Ach, meine Kunden wollten nach oben, und ich habe sie am Morgen raufgefahren. Diese Truppe war besonders sportlich!« Sie pustete verächtlich Luft durch die aufgeblasenen Backen. »Sie dachten sich, sie machen mal einen kleinen Extra-Spaziergang ganz um die Burg, damit die Sache noch ein bisschen anstrengender wird. Offensichtlich versuchen immer wieder mal welche, doch noch einen Hitzschlag zu bekommen. Aber ich will mich nicht beschweren – wenn sie nicht so verrückt gewesen wären, dann hätten sie Aris ja nicht gefunden. Das wäre vielleicht sein Tod gewesen!«

Mit zitternder Hand fummelte sie in ihrem Umhängetäschchen herum, zog die Zigarettenschachtel und ein Feuerzeug heraus und zündete sich eine ihrer geliebten extradünnen Zigaretten an.

»Jedenfalls haben sie mich angerufen, und dann bin ich mit dem Minibus gleich wieder raufgefahren. Ich bekam fast einen Schock, als ich ihn sah, ich konnte gar nicht mehr ans Steuer. Auf der Fahrt nach unten saß ich dann neben ihm auf dem Boden des Busses und hielt seine Hand!« Sie schluchzte wieder auf. »Aris ist wie ein Bruder für mich. Wenn er ... wenn er ... nicht wiederkommt, dann bleibe ich auch nicht hier. Er ist der einzige echte Freund, den ich hier habe«, schluchzte sie. »Sonst leben hier nämlich nur alte Hexen. Oder junge Idioten, die noch grün sind hinter den Ohren. Entschuldige, Wassilis«, wandte sie sich an den jungen Angestellten neben sich. »Du bist damit natürlich nicht gemeint!«

»Schon gut!«, sagte dieser und reichte ihr wieder die Wasserflasche, diesmal nahm sie einen winzig kleinen Schluck und drehte den Verschluss wieder zu. Allmählich wirkte sie ein wenig gefasster.

»Haben Sie eine Ahnung, was er da oben bei der Burg suchte?«, fragte Zakos. »Lefteris erzählte am Telefon etwas von einer Drogenplantage ...«

»Wie bitte?«, fuhr Liz auf und blickte ihn empört an. »Aris liegt vielleicht im Sterben, und ihr hier kümmert euch um sogenannte Drogenplantagen! Ja, sind denn hier alle vollkommen verrückt?!«

Die Drogen, die Lefteris entdeckt hatte, erwiesen sich dann nicht etwa als ein im Wind wogendes Mohnfeld, sondern als ein knappes Dutzend halbvertrockneter Cannabispflanzen hinter einem Felsvorsprung. Eher ein kleines Hobby. Alles andere hätte Zakos auch überrascht. Wenn Aris der Gärtner gewesen war – und so sah es aus –, dann besaß er jedenfalls keinen besonders grünen Daumen. Lefteris allerdings war ziemlich aufgeregt, und Zakos musste ihn erst mal ausbremsen – der Cannabis-Konsum auf der Insel war nun wirklich nicht seine Angelegenheit.

»Diese Pflanzen interessieren mich momentan eher weniger«, sagte er. »Ich will wissen, was hier passiert sein könnte. Die Spurenleute sind schon mit einem Schnellboot unterwegs, aber es dauert noch, bis sie eintreffen.«

Der Engländer, ein unrasierter Typ mit Lederhut und ärmellosem Jeanshemd, der Lefteris den Fundort des Verletzten gezeigt hatte, war noch bei ihnen, aber Zakos entließ ihn, und er machte sich zu Fuß auf den Weg zurück. Er hatte sich ein paar Mal Richtung Pflanzen nach oben bewegen wollen, bis Lefteris ihn deswegen anschnauzte. Zakos fürchtete, der Mann könnte später versuchen, etwas von dem Kraut für sich abzuzweigen und dabei vielleicht ebenfalls abstürzen. Aber um alles konnte man sich jetzt auch nicht kümmern.

Der Fels war ziemlich unwegsam, das lag aber weniger daran, dass es sehr steil gewesen wäre, sondern dass der Pfad an dieser selten frequentierten Flanke der Burg überwiegend aus Sandboden und Schotter bestand. Man konnte leicht ins Rutschen kommen, so viel war klar. Insbesondere wenn man ohnehin schon etwas benebelt war. Offenbar pflegte Aris von den trockenen Blütenständen vor Ort zu probieren. Zakos wollte nicht noch mehr Spuren verwischen, hier war ohnehin schon viel zertrampelt, doch selbst aus vorsichtiger Entfernung sah er, dass neben den Hanfpflanzen ein paar weiße Kippen ausgetreten auf dem sandigen roten Boden herumlagen.

Wo Aris vom Schotterweg abgekommen war, ließ sich gut erkennen. Zakos sah abgeknickte, niedrige Büsche und Spuren auf dem Erdboden, die von der Strecke zeugten, auf der sein Absturz erfolgt sein musste. Weiter unten, wo er zum Liegen gekommen war, gab es eine Vielzahl von Fußabdrücken und Schleifspuren, offenbar von den Touristen, die Aris an die Straße und zum Wagen getragen hatten. Und noch etwas war deutlich zu sehen: getrocknetes Blut auf einem Gesteinsbrocken am Boden.

Eine Sache fand er hingegen merkwürdig: Es gab nirgends einen Kanister oder irgendetwas, mit dem Aris die Pflanzen gegossen haben könnte. Und das war es wohl, was er hier oben vorgehabt hatte – am Abend wäre die ideale Zeit dazu gewesen. Tagsüber war es zu sonnig, die Wassertropfen hätten die Blätter versengen können. Wahrscheinlich musste man hier täglich gießen, anders konnten die Gewächse bei diesen Temperaturen nicht überleben.

Zakos stieg noch mal nach oben, um nachzusehen, ob die

Pflanzen frisch gewässert wirkten, fand das aber schwer zu beurteilen. Für ihn wirkten sie ziemlich welk, aber er kannte sich mit so was nicht aus. Er musste die Spurenleute darauf ansetzen.

Über eine Stunde später hockte er immer noch mit Lefteris dort oben. Er kauerte auf einem niedrigen Felsbrocken in der prallen Hitze. Missmutig starrte er auf die Landschaft um sich herum, das Geröll, das staubige Gelände. Hier auf der hinteren Seite der Burgruine, jenseits des fruchtbaren Tals, in dem das alte Dorf stand, kam man sich vor wie in einer Mondlandschaft. Nirgends sonst war die Insel so trostlos. Unten an der Straße stand Aris' Yamaha aufgebockt. Dabei war es nicht weit von seinem Haus hierher, aber offenbar ging Kouklos nicht gern zu Fuß, und wahrscheinlich hatte er ja einen schweren Wasserkanister zu transportieren gehabt. Das Motorrad war überzogen von einer rötlichen Staubschicht, aber das war es eigentlich immer, erinnerte sich Zakos. Das gab wenig Auskunft darüber, wie lange es dort gestanden hatte.

Unweit davon hatte Lefteris den Minibus geparkt. Nun lehnte er qualmend an dem Fahrzeug, wie immer ein Sinnbild an Trägheit. Seit Zakos eingetroffen war und die Verantwortung wieder übernommen hatte, war er in seine übliche Lethargie zurückgesunken. Schon sein Anblick, wie er dösend in die Landschaft starrte, reizte Zakos, und er wollte gerade zu ihm gehen und ihn beauftragen, jetzt sofort flott nach einem Wasserkanister zu suchen, als sein Handy läutete: Jannakis.

Sie hatten bereits von der Fähre aus telefoniert. Zakos erwartete den Kollegen gemeinsam mit dem Spurensicherungsteam. Doch plötzlich hatte Jannakis sich die Sache anders überlegt.

»Ich schaffe es heute unmöglich«, sagte er. »Außerdem: Ich bin zuständig für Mord. Aber bei euch gibt's ja keine Leiche.

Wenn der Mann stirbt – *endaxi*, ich bin da für euch. Oder wenn die Pinsel sagen, es war definitiv ein Mordversuch. Dann springe ich in den Heli. Bis dahin müsst ihr euch selbst um eure Angelegenheiten kümmern!«

»Unsere Angelegenheiten?!«, rief Zakos empört ins Telefon. »Was soll das denn heißen?!? Das ist doch ...«

»Oh, Sekunde, ich bekomme gerade einen Anruf rein ...«, fiel ihm Jannakis ins Wort. »Ich melde mich sofort wieder!« Dann brach die Verbindung ab.

Zakos musste sich beherrschen, das Handy nicht auf den Boden zu schleudern. Stattdessen trat er gegen einen Erdbrocken, dass der Staub aufwirbelte. Lefteris machte ein erschrockenes Gesicht und begann, im Fond des Wagens nach etwas zu suchen. Schließlich kam er mit einer Wasserflasche in der Hand zu Zakos.

»War das Rhodos?«, fragte er. »Ist was passiert?«

Zakos gab keine Antwort, aber er nahm die Wasserflasche an und stürzte die Flüssigkeit hinunter. Es half nur wenig. Zakos hatte nicht das Gefühl, abzukühlen. Er war stocksauer. Dieser Jannakis war einfach ein Vollidiot.

Immerhin kam jetzt endlich Fani mit den Spurensicherungsexperten, die offenbar mit der Fähre angekommen waren. Zakos konnte sehen, wie sich ein roter Mitsubishi, eine rote Staubwolke hinter sich herziehend, die Straße nach oben bewegte. Kurz darauf bremste das Fahrzeug neben dem Bus ab. Fani und die beiden Experten stiegen aus. Wurde auch Zeit, fand Zakos. Er selbst wollte endlich weg, er hatte sich hier genug umgesehen. Nur ein paar Fragen trieben ihn noch um.

Das Expertenteam aus Rhodos bestand auch diesmal aus dem spitznasigen Ioannis und der drallen, blond gefärbten Assistentin, Paraskewi. Die beiden kramten erst mal Ewigkeiten in ihren mitgebrachten Taschen und Koffern herum, und Zakos wurde immer ungeduldiger. Schließlich machten sie sich an die Arbeit und untersuchten zunächst das Terrain an der Stelle, an der Kouklos vom Geröllweg abgekommen war, nach Fußspuren. Offenbar nicht sehr erfolgreich, wie Zakos an Ioannis' wiederholtem Kopfschütteln ablesen konnte. Dennoch verharrten sie Ewigkeiten an ein und demselbem Punkt.

Zakos, Fani und Lefteris suchten derweil die Gegend nach einem Wasserkanister ab – allerdings vergeblich. Schließlich ging Zakos zu Ioannis. »Was meinst du, war der Verletzte gestern allein hier draußen?«, fragte er. »Kannst du schon was sagen, oder ist der Boden zu stark zertrampelt?«

Ioannis blickte nicht mal hoch. »Da lege ich mich ungern fest!«, meinte er nach einer Weile leise.

»Und oben bei den Pflanzen, was kannst du dazu ...«

»Noch mal, ich sage gar nichts«, erwiderte der Spurenexperte erneut. »Das alles wird zu seiner Zeit dem schriftlichen Bericht zu entnehmen sein.«

Zakos spürte, wie Wut in ihm aufstieg.

»Hör mal, Kollege, du könntest wenigstens so kooperativ sein und ein paar Andeutungen ...«

»Schriftlich«, unterbrach ihn der Mann.

»Ioannis, was soll das?«, polterte Zakos los. »Ich brauche definitiv die grob umrissenen Fakten. Ich kann nicht tagelang auf den Bericht warten, ich ...«

»Wirst du aber wohl müssen!«, giftete Ioannis nun zurück. »Ich sage hier gar nichts!«

Zakos' Zündschnur war heute besonders kurz, und es reichte ihm. Er starrte den anderen hasserfüllt an.

»Schick deinen verdammten Bericht schnell, sonst bekommst du den Ärger deines Lebens!«, sagte er drohend, und als Ioannis ihn daraufhin aufmüpfig angriente, zischte er ihm noch ein »Arschloch!« auf Deutsch entgegen. Dann drehte er sich um und ging mit entschlossenen Schritten den staubigen Weg bergab.

Natürlich hatte Ioannis ihn verstanden.

»Das hab ich gehört!«, schrie er. »Das wird Folgen haben! So was lassen wir uns hier nicht gefallen, noch heute werde ich ...«

Blablabla, dachte Zakos und ging einfach weiter. Er hatte die Nase voll, und zwar nicht nur von den Ermittlungsarbeiten auf der Insel. Nein, er hatte sogar die Nase voll von Griechenland. Plötzlich sehnte er sich nach Hause, nach München. Nach seiner Wohnung, nach dem Grün im Stadtbild und dem frischen süddeutschen Himmel. Er sehnte sich nach dem Büro, seinem richtigen Büro in München, und nach Zickler und den anderen Kollegen. Nach Menschen, die so tickten wie er.

Die ganze Zeit über hatte er durchgehalten und alles toleriert, was ihm begegnet war, er hatte gedacht, er müsse die Mentalitätsunterschiede einfach hinnehmen. Doch nun kam seine Abwehr massiv und auf einen Schlag. Alles ging ihm tierisch auf die Nerven, der cholerische Jannakis, auf den niemals Verlass war, der transusige Lefteris, die ewig übermüdete Fani und nun auch Ioannis, dieser impertinente Idiot von der Spurensicherung. Außerdem die Leute im Dorf, die er nicht richtig einschätzen konnte. Selbst diese beschissene Dauerhitze ging ihm auf die Nerven, und das Essen sowieso. Das war schon losgegangen, als Sarah noch auf der Insel war, aber da hätte er es nie zugegeben. Er hätte einfach gerne wieder mal etwas gegessen, an dem kein Oregano haftete!

Wenn er zurück in München war, würde er sich noch am Flughafen eine Butterbreze kaufen. Er verspürte plötzlich einen ungeheuren Appetit darauf. Mit großen Schritten eilte er bergab, und am liebsten wäre er umgehend bis zur Fähre gegangen und einfach abgefahren. Was hatte er mit dieser bescheuerten Insel überhaupt zu schaffen? Ich bin schon viel zu lange hier, dachte er.

Erst nach einer Weile hörte er, wie der Pick-up von Liz hinter ihm herfuhr und schließlich neben ihm haltmachte. Fani saß am Steuer, Lefteris, der in der Mitte Platz genommen hatte, öffnete die Autotür. Beide wirkten erschrocken.

Zakos stieg ein und schmiss die Tür zu. Sie sprachen auf der ganzen Fahrt kein Wort.

Etwas später saß Zakos mit Fani und Lefteris in der Polizeistation und starrte trübselig auf seinen Notizblock. Nun war er ruhig, aber immer noch in einer sonderbar deprimierten Stimmung. Er hatte das Gefühl, sich in einer Zeitschleife zu bewegen und den Ausgang nicht zu finden. Wie lange war es her, dass er das allererste Mal mit den beiden Dorfpolizisten hier gesessen und ganz am Anfang der Ermittlungen gestanden hatte? Und wo befand er sich jetzt?

Wieder ganz am Anfang! Und gleichzeitig langsam am Ende seiner Kraft und seines Lateins. Die ganze Angelegenheit war und blieb ein Rätsel.

»Und ewig grüßt das Murmeltier!«, entfuhr es ihm auf Deutsch.

»Wie bitte? Was?«, fragte Fani.

»Egal«, murmelte Zakos. Eine Zeitlang starrte er frustriert nach draußen aufs Meer, aber er nahm die Aussicht gar nicht wahr. Schließlich seufzte er tief. Dann ging er die Treppe rauf auf die Terrasse und rief seinen Chef in München an.

Es wurde ein längeres Gespräch. Zakos hatte bislang immer nur Mails mit dem aktuellen Stand geschrieben, aber nun fasste er noch mal alles zusammen, was bisher vorgefallen war, und dann gestand er, dass er nicht weiterkam.

»Ich muss passen, Heinrich!«, sagte er. »Mittlerweile glaube ich nicht mehr daran, dass ich diesen Fall lösen kann, so leid's mir tut. Es gibt nicht immer eine Lösung.«

Es entstand eine Gesprächspause, dann räusperte sich Baumgartner: »Verstehe ich dich richtig? Heute ist jemand schwerverletzt aufgefunden worden, den du die ganze Zeit über als eng mit dem Fall in Verbindung stehend betrachtet hast? Ein Mann, der mit Renate von Altenburg früher ein Verhältnis und eine Geschäftsverbindung pflegte und dessen aktuelle Geliebte ebenfalls tot ist, wahrscheinlich ebenfalls ermordet? Und du sagst, der Fall ist am Ende?« Seine Stimme war lauter geworden. »Nick, geht's eigentlich noch! Was ist denn mit dir los? So kenne ich dich gar nicht!«

»Ich sag dir, was mit mir los ist, Heinrich!«, explodierte Zakos. »Beschissen geht's mir! Ich kämpfe hier auf verlorenem Posten, komplett allein! Es gibt kein richtiges Team, es gibt nur Dorfpolizisten. Und der eine davon – der kommt nicht mal aus dem Dorf. Sehr hilfreich! Den Kollegen von der Kripo Rhodos, den kannst du auch komplett vergessen. Tutto. Kompletto. Wenn der mal reinschneit, dann bläst er sich auf, sonst nix. Aber da ist nix dahinter. WENN er kommt. Wobei es eigentlich sowieso besser ist, er bleibt weg, denn er nervt bloß. Und die Spurensicherung, das sind solche Deppen! Wenn's hier nach mir ginge, dann dürften die nicht mal einen Tatort reinigen, geschweige denn ihn sichern. Echte Arschlöcher! So. Das ist der Stand der Dinge. Alles total beschissen!«

»Echt?« Baumgartner klang mitfühlend. »Warum hast du denn nichts erzählt?«

»Was hätte ich denn sagen sollen?«, entgegnete Zakos. »Ich hab erst gedacht, es geht schon. Und ich hätte nie geglaubt, dass alles so vertrackt sein würde. Und dann wurde es immer schlimmer! Du musst mich abziehen, es hat keinen Sinn.«

»Hm. Aber das geht nicht. Was soll ich denn dem Altenburg

sagen? Dem dauert sowieso alles viel zu lange, das will ich dir nicht verhehlen. Und ehrlich gesagt, mir dauert's auch zu lange, wenn ich das jetzt mal sagen darf ...«

»Super, Heinrich! Danke für dein Verständnis!«, schnaubte Zakos. »Weißt was, nimm halt einfach einen Besseren für den Fall, und schreib's in meine Akte. Na und? Kann ich auch nichts machen!«

»Jetzt komm, beruhig dich halt! Ich habe ja nur gemeint, ich könnte dich bei Gott hier auch gut gebrauchen. Du bist ja schon seit Ewigkeiten weg, und so toll sind wir personell nicht aufgestellt, dass wir das ohne weiteres ausgleichen könnten. Und dann gibt's noch die Kommentare der Kollegen, die sagen, sie wären jetzt auch gern mal in einem Urlaubsland. Ermitteln all inclusive – so reden die. Das muss ich jetzt auch noch ausgleichen, kannst du dir ja vorstellen.«

»Wegen mir nicht! Ich hab mich bei Gott nicht drum gerissen, herzukommen, das weißt du ja. Schick halt einen anderen!«

»Nick, Nick, Nick!«, seufzte Baumgartner. »Das geht doch nicht, die anderen sprechen kein Griechisch, und die sind auch nicht so – flexibel, sag ich mal. Du bist schon am besten geeignet, du packst das, du wirst sehen. Du musst einfach weitermachen! Der Altenburg kann jederzeit die Untersuchungsergebnisse anfordern, das weißt du. Und was sagen wir dann, angesichts der aktuellen Ereignisse? Sagen wir dann: Ja klar, im Umfeld der Toten wird weiterhin gemordet, das hängt wahrscheinlich alles mit dem Mord an Ihrer Frau zusammen, aber wir brechen jetzt mal die Zelte ab, einfach so. Wir mögen nämlich nimmer. Das geht doch nicht! Das geht überhaupt nicht!«

»Heinrich – du verstehst das nicht! Ich komme hier nicht weiter, das ist das Problem! Die Leute sind komisch in diesem

Kaff. Das kann man als Außenstehender gar nicht durchdringen, auch nicht, wenn man die Sprache spricht.«

»Wird schon, Nick. Ist doch noch jedes Mal gegangen. In einer Woche sprechen wir einfach wieder, dann sieht alles schon ganz anders aus. Halt, nein, da bin ich ja gar nicht da. Hab paar Tage freigenommen, muss auch mal sein. Also dann, in zehn Tagen. Ich bin sicher, bis dahin hast du den Fall gelöst. Spätestens. Und es wäre dann ja auch mal langsam Zeit, nicht wahr? Mach's gut. Ich glaube an dich!«

»Heinrich? Das war jetzt nicht alles, oder? Heinrich?« Aber sein Chef hatte bereits aufgelegt.

Er blieb noch eine Weile oben sitzen. Als er die Stufen hinunter ins Büro ging, fühlten sich seine Beine sonderbar schwer an, wie nach einer Alpenwanderung. Im Zimmer saßen die beiden jungen Kollegen mit durchgedrücktem Rücken auf ihren Stühlen, Stifte und Blöcke gezückt, und blickten ihn erwartungsvoll an.

Zakos atmete tief durch.

»Wir müssen die Sache vollkommen anders angehen«, sagte er. »Komplett. Alles, was wir uns bisher gedacht hatten, führte ins Dunkel. Nun müssen wir alle Puzzleteile total neu zusammensetzen, und zwar sofort. Wir gehen irgendwo hin, wo es ruhig ist, und dann denken wir noch mal über alles nach. Da ist etwas, was wir einfach nicht sehen, anders kann es nicht sein. Wir müssen versuchen, es zu erkennen!«

»Und was ist mit den Befragungen?«, wandte Fani ein, vollkommen baff. »Wir müssen doch unsere Befragungen machen!«

Lefteris nickte eifrig.

»Wir haben uns die Arbeit genau aufgeteilt, als du telefoniert hast«, fuhr Fani fort. »Lefteris spricht noch mal mit Liz und mit allen Engländern, die heute oben im Kastell waren. Vielleicht gibt's irgendein kleines Detail, das uns weiterhilft –

zum Beispiel, wie Aris' Körperhaltung war, als sie ihn gefunden haben. Wir dachten uns, sie sollen es nachstellen und wir machen Skizzen, vielleicht können wir dadurch rekonstruieren, wie er gefallen ist. Das schicken wir dann den Pinseln – ähm, ich meine denen von der Spurensicherung.«

Lefteris brummte bekräftigend.

»Ich kümmere mich um die Bulgaren, mal wieder, und um Markos und seinen Sohn Antonis und alle Arbeiter, die noch auf der Insel sind«, fuhr Fani fort. »Ein paar sind vergangene Woche schon abgereist, aber umso besser – die sind also unverdächtig. Und ich versuche rauszukriegen, mit wem Aris gestern noch Kontakt hatte.«

Zakos nickte. »Und für was bin ich eingeteilt?«, fragte er mit einem schiefen Lächeln. Es tat ihm gut, dass die beiden immerhin versuchten, die Sache in den Griff zu kriegen.

»Wir dachten uns ...«, begann Lefteris, doch dann brach er ab und wandte sich an Fani: »Sag du!«

»Wir dachten, vielleicht wäre es gut, wenn du einfach mal wieder eine Runde schwimmen gehst!«

»Ihr meint, ich brauche eine Abkühlung. Ist es das?«

»Nein, nein!«, beschwichtigte ihn Fani. »Oder ehrlich gesagt, ja! Außerdem kannst du dabei am besten nachdenken, hast du gesagt. Und wir treffen uns dann, wenn Lefteris und ich mit allem durch sind. Und dann besprechen wir alles. Wie du vorgeschlagen hast. Einverstanden?«

»Ja«, sagte Zakos. »Einverstanden.«

Es war beinahe Abend, als Fani anrief. Sie klang ein wenig atemlos.

»Ich würde vorschlagen, wir reden in der Cantina drüben am kleinen Strand. Dort ist jetzt auch abends geöffnet, aber es kommen fast keine Leute. Es soll total ruhig sein«, sagte sie.

Zakos gefiel der Vorschlag. Ihm war nicht nach Trubel, und sie wollten ja arbeiten.

Zuvor hatte er seine Zeit am Wasser verbracht. Er war eine ganze Stunde geschwommen und hatte tatsächlich versucht, nachzudenken, doch immer wieder wanderten seine Gedanken zu Jannakis und dessen arroganter, aufgeblasener Art.

Doch war es nur Jannakis' Schuld, dass alles stagnierte? War nicht auch er, Zakos, selbst dafür mitverantwortlich? War er tatsächlich hundertprozentig bei der Sache gewesen?

Wenn er ganz ehrlich mit sich war, musste die Antwort nein lauten. Normalerweise, wenn er in einer Ermittlung steckte, drehten sich seine Gedanken fast unablässig darum, er konnte in solchen Zeiten an fast nichts anderes denken. Aber diesmal war er abgelenkt gewesen, zuerst von den ewigen Streitereien mit Sarah, schließlich von der Trennung. Das alles hatte ihn mehr mitgenommen, als er sich selbst zu Anfang hatte eingestehen wollen. Er war einfach nicht intensiv genug bei der Sache gewesen, und es war nicht alles nur die Schuld von Jannakis und den anderen Kollegen. Die Wut auf alles und jeden heute war eine Wut auf sich selbst gewesen.

Das zu erkennen, war immerhin schon mal ein Schritt, sagte sich Zakos. Aber er war immer noch aufgebracht. Er kam einfach nicht runter. Er kletterte an der Hotelplattform die Leiter aus dem Wasser heraus, warf sich ein Handtuch um und wusste nicht so recht, was er mit sich anfangen sollte. Da sah er Jeton, der gerade mit einer Plastiktüte in der Hand zu ihm heruntermarschierte.

»Du bist ja wieder da!«, sagte der Junge und strahlte. »Ich dachte, du bist abgereist, nach Deutschland, ohne dich zu verabschieden. Ich habe gesehen, wie du auf die Fähre gestiegen bist!«

»Ich würde doch nie zurückfahren, ohne meinem Freund

adio zu sagen!«, erwiderte Zakos, dem die Sympathie des Jungen jetzt besonders guttat. »Für wen hältst du mich?!«

Kurz darauf half er ihm beim Angeln. Jeton kramte seine kleine Wurfangel aus der Tüte und holte außerdem ein Stück altes Weißbrot hervor.

»Wir müssen das nass machen und kneten!«, sagte er im Befehlston. »Das ist der beste Köder!«

»Stimmt! Aber wir könnten noch ein bisschen Käse reinarbeiten«, schlug Zakos vor. »Das hat mein Vater immer so gemacht.« Sie besorgten Käse aus der Hotelküche und bereiteten dann einen Teigklumpen daraus. Jeton trennte Kügelchen davon ab, die er auf den Haken seiner Angel spießte, und Zakos probierte selbst ein wenig von dem Köder.

»Lecker!«, sagte er. »Wenn ich ein Fisch wäre, würde ich anbeißen!«

Sie hockten sich ans Wasser und blickten auf den Schwimmer von Jetons Angel. Der Köder schien den Fischen tatsächlich gut zu schmecken: Ziemlich oft knabberten sie ihn einfach ab, ohne anzubeißen, und Jeton zog den Haken leer aus dem Wasser. Zweimal hing tatsächlich ein Fisch dran, doch es war immer nur ein ganz kleines Exemplar. Jeton packte den Winzling dann jedes Mal entschlossen, entwand mit geschickten Fingern den Haken aus dem Maul und warf den Fisch wieder ins Meer zurück. Sein Verhalten erinnerte Zakos plötzlich an Fani. Sie hatte ebenfalls diese ruhige, zupackende Art. Vielleicht war das typisch für die Inselbewohner, dachte Zakos, so wie die tiefe Bräunung der Haut und dieser ganz besondere Glanz der Augen.

»Kennst du eigentlich Aris?«, fragte Zakos nach einer Weile, und Jeton nickte eifrig.

»Ja, der ist ein super Torwart!«

Zakos lächelte. »Aris Kouklos? Wer hätte das gedacht.«

Der Kleine blickte ihn ernst an. »Wir sind alle froh, dass er vergangenen Herbst hergezogen ist. Davor stand Manolis aus der Neunten bei uns im Tor, aber der ist ein Träumer. Aris lässt keinen Ball durch, der ist genial! Hoffentlich geht's ihm bald wieder gut. Ich hab gehört, er ist am Berg abgestürzt.«

Zakos nickte nur. »Gegen wen spielt ihr?«, fragte er.

»Gegen die andere Mannschaft im Dorf. Wir sind die Weißen, sie die Roten. Alle Jungs und ein paar Mädchen aus der Schule spielen und ein paar von den Großen, und natürlich die Lehrer. Aber nicht in den Ferien. Da sind die Lehrer gar nicht da.«

»Seit wann sind eigentlich bei euch Ferien?«, fragte Zakos.

»Mitte Juni«, antwortete der Junge und zog an der Angelschnur, bis wieder ein abgefressener Haken zum Vorschein kam.

Die Lehrer waren also auf der Insel gewesen, als Renate noch lebte. Ein Personenkreis, an den Zakos noch überhaupt nicht gedacht hatte, ja auf den er überhaupt erst in den letzten Tagen aufmerksam geworden war – auch Fani hatte von den jungen Lehrern gesprochen. Aber was hatten diese Lehrer mit Renate zu tun?

Er musste später mit Fani drüber reden. Es war doch so: Das Leben auf der Insel war zu dem Zeitpunkt von Renates Tod ganz anders gewesen als jetzt – der Ort war nicht so überlaufen von Touristen, und es hatte ein ganz anderes Alltagsleben geherrscht. Dies hatte er nie so recht bedacht.

Sie mussten einen Plan erstellen, welche Insel-Veranstaltungen es während dieser Zeit gegeben hatte, und an welchen Renate vielleicht teilgenommen hatte. Sie würden alles neu aufrollen, alle drei Opfer betreffend. Irgendwo in dem Beziehungsgeflecht der Insel musste es doch irgendeinen Hinweis, irgendeine Spur geben!

Als Jeton schließlich die Angelsachen zurück in seine Plastiktüte packte, war Zakos wieder gelassener. Die Zeit mit dem Jungen hatte ihm geholfen, zu seinem Gleichgewicht zurückzufinden. Als schließlich der Anruf von Fani kam, freute er sich regelrecht darauf, sich mit den beiden auszutauschen, und er war gespannt, was sie herausgefunden hatten.

Als er losging, war die Sonne gerade untergegangen, aber es war noch hell genug, um sich ohne Taschenlampe zurechtzufinden. Zum Glück, dachte Zakos. Große Felsbrocken und Steine lagen auf dem gewundenen Pfad, und einmal, als er zum Meer blickte, schlug er sich den Fuß an und zuckte vor Schmerz zusammen.

Plötzlich erklangen das Bellen eines Hundes und im selben Moment ein Schuss, ohrenbetäubend nah. Zakos riss die Arme instinktiv schützend vor den Kopf und ließ sich fallen, doch es war zu spät: Der zweite Schuss traf ihn, und im selben Moment spürte er den unerträglich stechenden Schmerz wie einen Schock, nicht nur an einer Stelle, sondern überall an seinen Beinen. Er spürte noch im Fallen, dass die Maccia ihm die Arme aufkratzte, und fühlte, wie Blut aus seinen Beinen warm in den Stoff der Hose sickerte. Dann schwanden ihm die Sinne.

Als er wieder erwachte, war es vollkommen dunkel, und er hörte die Stimmen zweier Menschen, die sich gedämpft unterhielten. Sie schienen direkt auf ihn zuzukommen.

Zakos ergriff das Gefühl von Panik. Sie kamen zurück! Sie suchten ihn!

Fliehen konnte er nicht, das war klar. Er zweifelte daran, dass er sich alleine aufrichten konnte. Hektisch und mit rasendem Herzen tastete er im Liegen nach irgendetwas, mit dem er sich wehren und um sein Leben kämpfen konnte. Er fand einen großen Stein, den er mit der rechten Hand umklammerte. Und dann zeichneten sich schon zwei schwarze Silhouetten gegen den blauen Nachthimmel ab. Zakos schleuderte ihnen den schweren Stein entgegen und hörte einen Schrei, der ihm in den Ohren hallte.

Kapitel 16

Zakos lag bäuchlings auf seinem Bett. Aus den Augenwinkeln konnte er erkennen, dass Andreas, der sich über ihn beugte, nicht nur eine Pinzette, sondern auch ein Instrument mit einer Klinge wie ein Messer in der Hand führte, und er kniff schaudernd die Augen zu. Und dann ging's los.

»Auuuh, verdammt! Kannst du mir keine stärkere Betäubung geben?«, stöhnte er auf. Von der Spritze, die er bekommen hatte, spürte er noch wenig Wirkung.

»Scht. Ich hab doch noch gar nicht richtig angefangen!«, antwortete Andreas. »Und du wolltest ja nicht ins Krankenhaus! Dort hättest du eine Vollnarkose bekommen, aber ich darf dir so was nicht verpassen. Also musst du die Zähne zusammenbeißen!«

Es war eine Ladung Schrot, die Zakos abbekommen hatte, glücklicherweise lediglich in die Oberschenkel und in die rechte Gesäßhälfte.

»Unangenehm, aber nicht lebensgefährlich. Wenn du weiter oben getroffen worden wärest, hätte das Ganze schlimmer ausgesehen. Aber so ...« Andreas zuckte die Schultern. »Ich hoffe allerdings, dass die Dingerchen nicht noch aus der guten alten Zeit stammen, denn dann gehst du uns vielleicht doch noch an einer Bleivergiftung ein!«

»O mein Gott!«, stöhnte Fani, die auf einem Stuhl am Kopfende des Betts Platz genommen hatte und ganz fest Zakos' Hände umklammert hielt. Sie sah verheult aus. »Kann das passieren?«

»Keine Ahnung – aber ich glaube nicht! Sorgen macht mir aber auch euer Kollege dort drüben!« Er wies auf die Terrasse, wo Lefteris auf der Liege ausgestreckt lag und den anschwellenden rechten Fuß hochlagerte. »Ohne Röntgengerät kann ich unmöglich sagen, ob und wie viele von den Fußknöcheln gebrochen sind. Und wenn so was falsch zusammenwächst, dann hat man unter Umständen ein Leben lang was davon ...«

»Was?«, rief Lefteris erschrocken von draußen.

»Später«, murmelte Andreas, der sich konzentrieren musste, und dann gab Zakos wieder einen langgezogenen Schmerzensschrei von sich.

Die dunklen Gestalten, die Zakos wahrgenommen hatte, waren nicht die gewesen, die auf ihn geschossen hatten, sondern Fani und Lefteris. Letzerer hatte den großen Feldstein abbekommen, den Zakos den beiden in seiner Panik entgegengeschleudert hatte. Er war nicht besonders hoch geflogen, aber dafür dann ziemlich unglücklich auf Lefteris' linkem Fuß gelandet. Lefteris schrie los, gleichzeitig mit Fani, die einen regelrechten Schock bekommen hatte, als der Lichtstrahl aus ihrem Handy auf Zakos fiel. Das Gellen ihrer Stimme war so markerschütternd, dass wiederum Zakos erneut völlig geschockt war.

Es dauerte eine Weile, bis Fani wieder zu ihrer üblichen pragmatischen Art gefunden hatte, und dann hatte sie herumtelefoniert und Andreas informiert sowie einen Krankentransport organisiert, bestehend aus ein paar Männern aus dem Dorf, die Zakos ins Hotel trugen, denn mit einem Wagen kam man nicht durch die Maccia. Sie selbst stützte Lefteris, der nicht mehr richtig auftreten konnte.

Als Zakos im hellen Licht seines Hotelzimmers an sich herunterblickte, erschrak er noch mal: Seine helle Hose und sein weißes Hemd waren voller Blut, und auch eine Wunde, die er sich beim Sturz in die Maccia am Arm zugezogen hatte, hatte stark geblutet. Er sah aus wie aus einem Horrorfilm. Plötzlich spürte er auch den Schmerz wieder, davor waren da nur ein dumpfes Gefühl und der Schock gewesen. Aber Andreas schnitt ihn aus seinen Anziehsachen, säuberte erst mal die Wunden und sagte schließlich, die Sache sei halb so schlimm.

»Was ist denn da passiert?«, fragte er. »Die Jagdsaison geht doch offiziell erst im Herbst los.«

»Du denkst, es waren Jäger?«, fragte Zakos.

»Ich denke gar nichts, ich verbinde nur die Wunden«, antwortete Andreas. »Ihr seid die Polizei. Aber ehrlich gesagt: Es ist mir schon ein Rätsel, wie man dich mit einem Hasen verwechseln kann.«

»Wieso Hase? Die jagen Vögel, *Ambelopoulia*!«, rief Lefteris von draußen. »Sie ballern einfach mit Schrot mitten in einen Schwarm, und dann klauben sie alle auf, die liegen bleiben. Und das ist verboten, das kostet Strafe! Wir haben den Schuss auch gehört, da saßen wir bereits in der Cantina. Aber wir konnten ja nicht ahnen, dass du das Ziel warst!«

»Habt ihr irgendjemanden gesehen?«, brummte Zakos.

»Nein. Es war ein Mordversuch, oder?«, sagte Fani leise. Sie wirkte geschockt.

»Keine Ahnung. Ich ... ich kann jetzt nicht richtig denken.« Zakos lallte ein wenig. Offenbar wirkte das Mittel, das Andreas ihm gespritzt hatte, nun doch allmählich.

»Wie habt ihr mich gefunden? Als ihr kamt, war es doch stockdunkel!«

»Ganz einfach«, sagte Fani. »Als du nicht in der Cantina auftauchtest, wollten wir zum Hotel. Und da lagst du auch schon, neben dem Weg, und hast mit Steinen geworfen.«

»O ja!«, stöhnte Lefteris. »Und ich hatte noch überlegt, feste

Schuhe anzuziehen, aber dann bin ich doch mit den Sandalen los.«

»Tut mir so furchtbar leid!«, sagte Zakos. »Ich hab's ja schon gesagt: Ich dachte, ihr wärt die Schützen gewesen, die zurückkommen, um mir den Rest zu geben. Aber ich konnte ja nicht ahnen ... ich wusste ja nicht. Was ist eigentlich mit meinem Handy?«

»Keine Ahnung! Als wir versucht haben, dich anzurufen, gab es jedenfalls keine Verbindung«, sagte Fani. Vorsichtig und mit spitzen Fingern suchte sie in dem Haufen mit den besudelten Anziehsachen auf dem Boden danach, aber das Gerät befand sich nicht mehr in Zakos' Hosentasche. Er hatte es wohl auf dem Pfad oder beim Transport ins Hotel verloren.

Als Andreas mit der Versorgung von Zakos' Wunden fertig war, verband er auch noch Lefteris' Fuß und wies ihn an, am nächsten Morgen unbedingt nach Rhodos ins Krankenhaus zu fahren. »Ich fahre ihn mit meinem Roller nach Hause«, sagte der Doktor zu Zakos. »Und morgen früh schaue ich wieder nach dir, Nikos. Brauchst du einstweilen irgendwas?«

»Wasser!«, sagte Zakos. »Ich habe keine einzige Flasche mehr im Kühlschrank.«

Fani ging los und kam etwas später mit einer Batterie Trinkwasser zurück, aber sie hatte noch etwas dabei: eine kleine Flasche Whiskey.

»Die ist von Sotiris für dich. Er meinte, das ist das einzig richtige Getränk bei Schussverletzungen, wie schon John Wayne wusste.«

Zakos lächelte schief. »Spricht sich ja schnell rum hier!«

»Was dachtest du denn? Ich an deiner Stelle würde jedenfalls nur ein bisschen davon trinken, in deinem Zustand.« Fani klang mütterlich. Sie holte Eis aus dem kleinen Kühlschrank und Gläser und setzte sich dann neben Zakos aufs Bett. Sie löschten das Licht – wegen der Mücken, sagte Fani –, tranken gemeinsam Whiskey und blickten durch das Terrassenfenster nach draußen auf das schwarze Meer, in dem die Lichter des Dorfes tanzten. Der Alkohol und die Schmerzspritze von Andreas gaben Zakos das Gefühl, sein Kopf wäre gleichzeitig ganz leicht und wie in Watte gepackt. Und dann tat er das, was er schon die ganze Zeit hatte tun wollen. Er zog Fani zu sich und küsste sie, und Fani umschlang ihn und küsste ihn mit feierlichem Ernst zurück, und als sie ein Liebespaar wurden, fühlte er die Schmerzen nicht mehr und vergaß alles bis auf den sanften Rhythmus der Wellen draußen vor dem Fenster und ihren Atem. Nach einer Weile seufzte sie und lachte, und ihre weißen Zähne leuchteten im Dunkeln. Zakos spürte ein jähes Glücksgefühl wie lange nicht mehr, er atmete den Duft ihres Haars, und dann versank er in tiefen Schlaf.

Am nächsten Morgen ging es ihm schlechter als am Abend, die Wundheilung machte ihm zu schaffen. Er konnte zwar sitzen, zumindest wenn er auf der linken Seite kauerte, doch das Gehen fiel ihm ungeheuer schwer, und er humpelte im Zeitlupentempo durchs Zimmer. Er bekam Frühstück ans Bett und richtete sich darauf ein, den Raum und seine Terrasse eine Zeitlang nicht verlassen zu können. Die ganze Sache fühlte sich an wie ein Krankenhausaufenthalt, nur mit besserer Aussicht. Immerhin funktionierte das Internet derzeit ganz verlässlich, weshalb Zakos seinen Kumpel Zickler stundenlang durchgehend über Skype zugeschaltet ließ. Der war ungeheuer erschrocken, als Zakos von den aktuellen Ereignissen erzählte, und Zakos versuchte abzuwiegeln und ihn zu beruhigen.

»Wir wissen nicht, wer das war – könnten auch Singvogeljäger gewesen sein. *Ambelopoulia* heißen die Vögel, die die Wilderer hier ...«

»Ach, Schmarrn!«, sagte Albrecht. »Ich wette, das war auf dich gemünzt! Das kann doch alles kein Zufall sein, kurz nachdem dieser Dings verletzt wurde, wie heißt er gleich noch?«

»Kouklos? Der Bauunternehmer.«

»Genau. Denk doch mal nach! Erst wird die Altenburg vergiftet, dann fischt ihr das Mädel aus Rumänien tot aus dem Meer, und beide sind oder waren mit ihm verbandelt. Und außerdem hat die halbe Insel Schulden bei ihm, und er ist ein Wucherer. Dann liegt ganz merkwürdigerweise er selbst schwerverletzt auf dem Berg, und schließlich schießt jemand mit Schrot auf den ermittelnden Kommissar. Und du glaubst, des hängt nicht zusammen? Also, dir hat ja wohl die griechische Sonne zu lang aufs Hirn gebrannt!«

»Aha, meinst du«, sagte Zakos. »Und was ist deine Theorie?«

»Na, denk doch vielleicht einfach mal ans Naheliegendste: Der Mörder hat Angst, dass du ihn aufdeckst. Der weiß, dass du auf seiner Spur bist und es nur noch eine Frage der Zeit ist. Darum wollte er dich aus dem Weg räumen. Logisch, oder?«

»Nein, ganz unlogisch, wenn du's wissen willst«, gab Zakos zu bedenken. »Ich bin nämlich auf gar keiner Spur, wie du weißt! Ich blicke nach wie vor überhaupt nicht durch!«

»Das ist wohl wahr«, seufzte Zickler. »Aber das weiß ER ja vielleicht nicht. Oder, andere Variante: Vielleicht bist du kurz davor, alles aufzudecken, DU weißt es bloß noch nicht. Aber er weiß es!«

»Dann bin ich anscheinend blöder, als der Mörder denkt!«

»Das hast jetzt du gesagt!«, kicherte Zickler. »Jedenfalls hängt ja wohl alles mit dem Bauunternehmer zusammen. Das ist ein Anhaltspunkt, da machen wir jetzt erst mal weiter. Habt ihr das Umfeld genügend abgecheckt? Was ist mit den Leuten, denen dieser Halsabschneider Geld geliehen hat?«

»Wir sind dabei, das zu recherchieren«, sagte Zakos. »Fani ...«

»Stopp, stopp, stopp!«, sagte Zickler. »Was ist überhaupt mit der?«

»Wie meinst du das jetzt?«, fragte Zakos schnell. Er hatte Zickler gegenüber nicht die geringsten Andeutungen gemacht, was zwischen ihm und der Kollegin war, und er hatte es auch nicht vor. Jedenfalls im Moment nicht. Aber Albrecht meinte etwas ganz anderes.

»Du hast doch mal erzählt, sie oder ihre Familie hätten auch Schulden bei dem Kerl. Vielleicht hat sie was mit der Sache zu tun«, sagte Zickler. »Auch wenn man glauben sollte, dass eine Polizistin so beschissen schießt, dass sie ihr Ziel nur am Hintern trifft!«

»Jetzt hör aber mal auf!«, sagte Zakos. »Dir geht die Phantasie durch. Sie war doch mit Lefteris schon drüben am Kieselstrand, als es passierte. Und am Tag davor, als die Sache mit Kouklos war, befand sie sich mit mir auf Rhodos.«

»Dann war's vielleicht ein Verwandter von ihr – die Mutter?«, sagte Zickler. »Das wär doch die beste Erklärung: Die Mutter oder sonst ein Verwandter war es, und nun musste sie dich ganz schnell umlegen, bevor der Bauunternehmer aus seiner Ohnmacht erwacht und alles verrät. Und sie macht mit dem anderen Kollegen gemeinsame Sache, weil sie, weil sie ... vielleicht ist sie seine Geliebte? Jedenfalls solltest du mal checken, ob die zwei wirklich in der Taverne waren, als der Schuss fiel.«

»Wie soll ich denn hier irgendwas checken?«, zischte Zakos zwischen den Zähnen hervor. »Ich check im Moment nicht mal, wie ich mir alleine eine frische Hose anziehen kann, so sauweh tut alles! Aber mit Fani und Lefteris bist du auf der falschen Spur. Wenn die mich um die Ecke hätten bringen wollen, dann hätten sie's ja einfach tun können, als sie mich gefunden haben. Oder auch sonst jederzeit!«

»Okay, okay! Aber du musst jetzt einfach mal ein bisschen globaler denken, verstehst du?«

»Nein! Was soll das denn heißen?«

»Na, ganz global halt einfach alle verdächtigen. Auch die, die du magst!«, schlug Zickler vor. »Weil, es ist ja offensichtlich, dass du irgendwas total übersiehst! Was ist also zum Beispiel mit dem Doktor – könnte der ein Motiv haben?«

»Fällt mir keines ein, nein. Aber Sotiris«, fügte er nach einigem Zögern hinzu. »Der beteuert zwar immer, was für ein super Kumpel Aris sei. Aber Tatsache ist, dass Aris ihm auch Kohle geliehen hat. Und wer weiß, unter welchen Konditionen er das nun vielleicht zurückfordert?«

»Wer zum Teufel ist gleich wieder Sotiris?«

»Der Typ mit dem Imbiss, wo's den tollen Gyros gibt, von dem hab ich dir schon erzählt. Aber Sotiris hat eigentlich ein Dauer-Alibi: Er ist immer in seinem Laden, ich habe ihn noch nie anderswo gesehen. Ich glaube, der pennt sogar dort!« Es widerstrebte ihm irgendwie, die ganze Sache mit Sotiris durchzuspielen, und mit Fani sowieso.

»Du musst trotzdem einfach mal um ein paar Ecken denken«, fuhr Zickler fort. »Wer könnte denn noch was davon haben, euch vier aufs Korn zu nehmen?«

»Ja, verflixt, meinst du eigentlich, darüber habe ich noch nicht nachgedacht?«, brauste Zakos auf. »Tag und Nacht. Aber da ist nix. Ich bin doch nicht bescheuert!«

»Ganz ruhig, ich wollte dich ja nicht aufregen!«, brummte Zickler, ein bisschen schuldbewusst. »Ich weiß schon, du bist verletzt. Dir geht's schlecht. Und du bist ans Zimmer gefesselt, wer weiß, wie lange noch. Des ist schlimm. Wahrscheinlich kriegst du demnächst den Inselkoller, mach dich drauf gefasst.«

»Ach, ich glaube, den hab ich schon gehabt. Der ist schon wieder vorbei!«, erwiderte Zakos ruhig.

Es stimmte, das Gefühl, die Insel auf der Stelle verlassen zu müssen, das ihn noch vor kurzem so heftig befallen hatte, hatte sich verflüchtigt. Stattdessen war Zakos in eine Art deprimierter Ergebenheit verfallen. Jetzt saß er stundenlang tatenlos auf der Terrassenliege und versuchte, eine möglichst bequeme Haltung einzunehmen – welche das war, das wechselte ständig. Er starrte auf die unablässige Wellenbewegung des Meeres, bis seine Augen wie von einem flirrenden Bildschirm brannten, und hatte mitunter das verrückte Gefühl, die Insel sei ein lebendiger Organismus, eine Art Lebewesen, das mit ihm in Verbindung trat – nur dass er die Zeichen nicht deuten konnte.

Dann wiederum kam er auf einen eher spirituellen Trip und bildete sich ein, dieser Ort und alles, was er hier erlebte, sei eine ganz spezielle Aufgabe, eine Art Reifeprüfung, die er zu bestehen habe. Nur leider fühlte er sich von jeglicher Lösung weit entfernt. Schließlich bat er Andreas, das Schmerzmittel niedriger zu dosieren. Der Effekt war aber nur, dass er die Schmerzen wieder stärker spürte und die nächtliche Unruhe zunahm.

Einmal träumte er, er befände sich in einem ruhigen, halbdunklen Zimmer. Er wusste, irgendwas in diesem Zimmer war wichtig. Er blickte sich um, aber er konnte nichts erkennen. Niemand außer ihm war hier. Plötzlich war er draußen, in den Gassen des Dorfes, da fiel ihm ein, dass er nicht in allen Ecken des Raumes nachgesehen hatte. In einer der Ecken war etwas, die Lösung für seinen Fall. Doch er fand den Weg zurück nicht mehr. Er suchte und suchte und verlief sich immer weiter im Gassengewirr, aber er konnte das Haus mit dem Zimmer nicht mehr finden. Am Morgen grübelte er noch lange über den Traum nach, als gäbe er tatsächlich einen Anhaltpunkt. Als wäre das Rätsel ein verborgener Gegenstand. Doch was war es eigentlich, was er suchte? Er hatte das Gefühl, dass es genau vor ihm lag, er es aber nicht sehen und erkennen konnte.

Es war schon erstaunlich: Ursprünglich hatte er eher die Befürchtung gehabt, dass der Mörder von Renate von Altenburg ein Reisender gewesen war – jemand, der sich nur kurz auf der Insel aufgehalten hatte und den sie niemals ausfindig machen konnten. Doch das war offenbar nicht der Fall. Die Lösung befand sich auf der Insel, auf einem kleinen, abgegrenzten Bereich, in dem nur eine überschaubare Anzahl von Menschen lebte. Da musste man doch endlich irgendwie draufkommen können!

Wenn Aris wenigstens vernehmungsfähig gewesen wäre. Dann hätte man erfahren können, was an jenem Abend an der Burg tatsächlich vorgefallen war. Aber sein Zustand war nach wie vor kritisch, berichtete Andreas, der mit dem Arzt in Rhodos in Kontakt stand.

Erst nach zwei Tagen gab es Neuigkeiten aus dem Krankenhaus, Fani kam damit in Zakos' Zimmer gestürmt.

»Aris wird überleben«, sagte sie strahlend, und Zakos hatte danach kurz ein schlechtes Gewissen, weil er sie in dem Moment ganz besonders prüfend anblickte – Zickler hatte ihn doch ein bisschen mit seinem Argwohn angesteckt. Aber Fani wirkte ehrlich erleichtert.

»Er ist aber nicht bei Besinnung. Sie haben ihn in ein künstliches Koma versetzt, damit er besser genesen kann«, sagte sie und fügte dann besorgt hinzu: »Und du solltest um diese Zeit vielleicht nicht auf der Terrasse liegen, das ist viel zu heiß für dich!«

Fani. Tagsüber gingen sie miteinander um, als wären sie lediglich Kollegen. Es war ihr sehr wichtig, dass niemand im Dorf etwas mitbekam. Doch sie kümmerte sich um Zakos, brachte Essen, Getränke und griechische Zeitungen vorbei, in denen Zakos mit dem Zeigefinger auf den Buchstaben ganz langsam ein paar Artikel las, und sie munterte ihn immer wieder auf, wenn er in Trübsinn verfiel. Er war vollkommen von ihr abhängig.

Außerdem hatte sie die ganze Arbeit übernommen, denn Lefteris kauerte ähnlich bewegungsbehindert wie Zakos mit hochgelegtem Fuß in der Polizeistation. Er hatte zwar zum Glück nur drei Zehen gebrochen und war aus dem Krankenhaus direkt wieder zurückgeschickt worden, aber richtig einsatzfähig war er nicht. Fani erledigte fast alle Befragungen und Berichte alleine. Sie hatte noch mal mit allen Arbeitern von Aris gesprochen und versucht, ihre jeweiligen Alibis gegenzuchecken. Außerdem hatte sie eine Liste aufgestellt von Leuten, von denen man ganz offen wusste, dass sie Schulden bei Aris hatten, und war gerade dabei, sie abzuarbeiten.

Nachts blieb sie jetzt immer bei ihm. Im Schlaf hielt sie ihn mit ihren festen, schmalen Fingern an der Hand oder am Arm und schlief so tief, wie nur jemand, der sich permanent am Rand der Übermüdung befand, schlafen konnte. Wenn Zakos aufwachte und sie neben sich spürte, fühlte er sich beruhigt und aufgehoben.

Merkwürdig war nur, dass er nun plötzlich wieder intensiver an Sarah dachte. Morgens, wenn Fani, die nach einer gemeinsam verbrachten Nacht immer ein wenig verlegen schien, erst mal verschwand, hatte er sogar immer ein wenig das Gefühl, einen Betrug an Sarah vollzogen zu haben. Obwohl man ja kaum davon sprechen konnte, dass Sarah und er noch ein Paar waren. Aber es lag wohl daran, dass alles viel zu früh war und die Sache mit Sarah noch zu frisch. Zakos hatte zusätzliche Schuldgefühle, weil er eine Art Vorgesetzter Fanis war und sie so wesentlich jünger, fast zehn Jahre. Doch das Gefühl, das sie ihm vermittelte, war kein Anlehnungsbedürfnis. Sie gab ihm ein Gefühl von Geborgenheit. Er hatte nicht gewusst, dass er das so nötig gebraucht hatte.

Fani hatte ihm sein Handy wiedergebracht. Es hatte in dem Gebüsch gelegen, in dem sie Zakos gefunden hatten, mit gesplittertem Screen und kaputter SIM-Karte. Sie überreichte es ihm mit den Worten: »Es hat sein Leben für dich gelassen«, und beide prusteten los vor Lachen, aber eigentlich war die Angelegenheit gar nicht lustig: Das Gerät hatte zwei Schrotkörner abbekommen, die sonst in Zakos' Körper gefahren wären.

Der Anruf von Mimi kam auf Zakos' ausgeliehenem Kartentelefon. Der griechische Freund aus München hatte Zakos' derzeitige Nummer von Zickler erfahren. Mimi klang ausgesprochen vorwurfsvoll.

»Bist du verrückt? Was machst du für Sachen?!«, rief er in den Hörer, so laut und aufgeregt, dass Zakos das Gerät ein Stückchen vom Ohr weghalten musste. Wie sich herausstellte, meinte er nicht etwa die Angelegenheit mit dem Schrot oder sonstige Gefahren, denen sich Zakos bei seiner Arbeit auf der Insel vielleicht aussetzen musste, sondern die Sache mit Sarah.

»Sie war gestern bei uns, mit einer Freundin, und sie kam nicht wegen des leckeren Essens. Sie hat nicht mal ihren Salat angerührt«, fuhr Mimi fort. »Und ich dachte, sie ist noch mit dir in Griechenland und ihr seid chappy. Was hast du ihr angetan? Schlecht sah sie aus!«

»Ach ja?«, sagte Zakos müde. »Das tut mir leid. Aber ich hab nichts gemacht, ich schwöre. Es hat einfach nicht gepasst zwischen uns.«

»Das ist aber was ganz Neues! Bisher hieß es doch immer, diesmal handelt es sich um die ganz große Liebe«, sagte Mimi. »Jedenfalls hat sie sich nach dir erkundigt, sie dachte, vielleicht hast du dich bei mir gemeldet. Ich glaube, sie war extra deswegen da.«

»Und wie läuft der Laden? Und wie geht's dir und der Familie?«, lenkte Zakos ab.

»Alles bestens, viele Grüße. Was macht dein Fall? Kommst du bald mal wieder nach Hause?«

Offenbar hatte Zickler nichts von den Schrotkugeln erzählt, es handelte sich ja auch um Infos aus laufenden Ermittlungen, und Albrecht war äußerst korrekt in solchen Dingen.

»Wird jedenfalls Zeit!«, fuhr Mimi fort. »Und dann kannst du ja vielleicht wieder alles einrenken mit Sarah. Ist doch eine super Frau! Ich dachte immer, das ist eine, mit der du endlich mal anfängst, wie ein erwachsener Mensch zu leben!« Mimi hatte früh geheiratet und kompensierte das zuweilen aufkeimende Bedauern über seine verlorene Freiheit dadurch, dass er Zakos zu animieren versuchte, ebenfalls bald eine Familie zu gründen. Und so nah wie mit Sarah war er vielleicht davor noch nie dran gewesen. Zakos hatte es wirklich ernst gemeint mit ihr. Das wusste Mimi.

»Außerdem vermissen wir dich! War schön, deine Stimme zu hören«, sagte Mimi, und dann überspielte er die Gefühlswallung mit einem rauen: »*Yiassou malaka*, bis bald!«

Natürlich hatte auch Jannakis sich gemeldet, nicht so sehr, weil Zakos verletzt war – »So was gehört zum Job«, hatte er lediglich markig verlauten lassen –, sondern hauptsächlich wegen einer anderen Sache.

»Ässs-choll! Du hast tatsächlich Äss-choll zu ihm gesagt!«, brüllte er vor Lachen ins Telefon. »Das hätte ich niemals von dir gedacht! Respekt. Das war ja großartig!«

Er meinte natürlich die Sache mit dem Spurensicherungsexperten Ioannis, an den Zakos gar nicht mehr gedacht hatte – seine Wut konnte er mittlerweile nicht mehr so ganz nachvollziehen.

»Aber du hattest natürlich vollkommen recht, dieser

Mensch IST ein Ässs-Choll. Ein kleinkarierter, mieser Mistkerl. Zu gern hätte ich ihm das auch mal ins Gesicht gesagt, zu gern ...«

»Warum tust du's nicht? Du bist doch sonst auch nicht so zurückhaltend«, sagte Zakos. Ihm war in seinem Zustand nicht nach Höflichkeitsfloskeln, schon gar nicht bei Jannakis, der sich nach wie vor nicht auf der Insel blicken ließ.

»Das würde ich nur zu gerne tun, das kannst du mir glauben! Aber mir sind die Hände gebunden. Ioannis hat Beziehungen, seine Frau ist Staatsanwältin. Und außerdem: Wenn ich mich mit ihm schlechtstelle, dann müsste ich ja noch länger auf seine Untersuchungsergebnisse warten, als ich es jetzt schon oft tue!« Er lachte laut und dröhnend, und Zakos sah bereits die Hoffnung schwinden, dass er selbst zeitnah etwas von den aktuellen Untersuchungsergebnissen hören würde.

»Ioannis weigert sich, dir zuzuarbeiten, er will auch nicht kommen und die Gegend wegen der Sache mit dem Schrot abgrasen, und Paraskewi, seine Mitarbeiterin, hat sich krankgemeldet – bis nächste Woche«, bestätigte Jannakis. »Aber wenn eure Kleine, Fani, ihr auf einer Karte genau vermerkt, wo du angeschossen wurdest, und ihr das mailt, dann erstellt sie euch einen Plan, in welchem Radius sich der Schütze befunden haben muss.«

»Na super! Freut mich, dass ihr euch derart Mühe gebt, rauszufinden, wer versucht hat, mich um die Ecke zu bringen!«, sagte Zakos pikiert.

Doch Jannakis bestand darauf, dass es sich lediglich um einen Jagdunfall gehandelt habe. Das sei vor anderen Angelegenheiten nachrangig.

»Du musst eben ein wenig Geduld haben«, beschwichtigte er. »Und in der Sache Kouklos hat Paraskewi schon alles erledigt, bevor sie krank wurde. Extra schnell! Ich glaube, sie hat eine Schwäche für dich!« Jannakis' dröhnendes Lachen klang wieder durch den Hörer. »Liegt natürlich auch daran, dass sie ihren Kollegen nicht ausstehen kann. Sie sagt, wenn es nach ihr geht, kannst du ihm öfter mal die Meinung sagen. Morgen geht der Kouklos-Bericht an dich raus, ich kann dir schon jetzt alle relevanten Details verraten.«

Weil alles niedergetrampelt war, ließ sich nicht rekonstruieren, ob Aris noch bei vollem Bewusstsein gewesen war, als er die Anhöhe hinunterstürzte. Ein Bewusstloser, das wusste Zakos, fällt ganz anders als jemand, der bei Besinnung ist, und sein Körper hinterlässt dabei markante Spuren. Aber die waren nicht mehr lesbar.

Es war aber wahrscheinlich, dass Aris nicht verwundet worden war, bevor er den Hang hinabrutschte. Rhodos hatte einen ärztlichen Bericht beifügen lassen und dazu einen Gerichtsmediziner zu Rate gezogen. Aris hatte sich seine Kopfverletzung wohl an dem Gesteinsbrocken, dem blutbefleckten Stein, zugezogen, den Zakos gesehen hatte und an dem die Briten ihn gefunden hatten. Das sagte aber noch nichts darüber aus, ob er gefallen war oder ihn jemand gestoßen hatte.

Außerdem hatten Paraskewi und Ioannis den Wasserkanister ausfindig gemacht, und zwar oben auf der Burg neben einer alten Zisterne, die nach wie vor mit Wasser gefüllt war. Das leuchtete natürlich ein: Zakos hatte sich bereits gewundert, warum Kouklos ausgerechnet hier gepflanzt hatte.

»Eine Sache ist noch interessant«, sagte Jannakis. »Und zwar, was die Kippen da oben angeht. Paraskewi hat sie allesamt eingesammelt, es sind – warte einen Moment – vierzehn Stück in unmittelbarer Nähe der Pflanzung. Fast alles Überreste von Haschischzigaretten und nur ein paar normale Kippen. Die meisten stammen wohl von Kouklos, aber einige sind auch von einer

Frau. Und die Zigaretten-Kippen sind ebenfalls von einer Frau. Immer der gleiche Lippenstift. Sieht so aus, als wäre Kouklos jedes Mal mit ein und derselben Frau dort oben gewesen.«

»Vielleicht seinerzeit mit Tessa. Was ist es denn für eine Zigarettenmarke?«, fragte Zakos.

»Davidoff Gold Slim, das sind solche für Damen. Du weißt schon: ganz dünn.«

Liz. Sie rauchte diese Sorte. Eigentlich war es keine Überraschung, dass sie außerdem gerne mal Aris' Kraut qualmte, allenfalls, dass sie ihn zu seiner kleinen Pflanzung nach oben begleitete. Oder, das war noch wahrscheinlicher: Vielleicht war sie ihm als seine Vertraute bei der Pflege und beim Gießen behilflich, wenn er gerade nicht auf der Insel weilte.

»Hör mal, Kollege«, sagte Jannakis dann noch. »Ich kann unmöglich weg. Aber wenn du Hilfe brauchst, können wir von hier aus mitarbeiten. Wir sind sowieso das ganze Wochenende mit kompletter Belegschaft hier, wegen einer Sache in dem Windsurfercamp hier. Mehrfache Vergewaltigung nach einem Discobesuch. Ich will dich nicht mit den Details langweilen. Aber wenn ich etwas von hier aus für dich tun kann – melde dich einfach.«

»Super!«, sagte Zakos. »Ich schicke euch heute noch Liz zum Verhör!«

Er legte auf und besprach mit Fani die aktuellen Neuigkeiten.

»Also doch Liz?«, staunte sie. »Ich weiß nicht recht. Sie sind doch Freunde, Aris und sie. Und sie war doch so betroffen.«

»Wir wissen nicht, was vorgefallen ist. Wir wissen gar nichts«, sagte Zakos. »Fakt ist allerdings Folgendes: Liz ist der einzige Mensch, der nachweislich dort oben war und Aris' kleines Anbaufeld kannte. Deswegen setzen wir nun bei ihr an. Es bleibt uns gar nichts anderes übrig.«

Fani nickte.

»Wir müssen also rausfinden, wo sie sich Montagabend, als Aris abgestürzt ist oder gestoßen wurde, aufgehalten hat. Ebenso, wo sie war, als Tessa umkam.«

»Eine Sache hast du vergessen: Wo war sie, als du angeschossen wurdest?«

»Sie soll sich umgehend in Rhodos zur Vernehmung melden. Die sollen sie ins Kreuzverhör nehmen. Am besten, sie nimmt gleich die nächste Fähre!« Dann stutzte er: »Da ist sie ja schon wieder«, sagte er und wies aufs Wasser, wo das kleine Schiff gerade um die Ecke bog. »Entweder ich habe langsam Halluzinationen, oder die fährt gerade zum dritten Mal heute in die Bucht!«

»Keine Halluzinationen, alles okay!«, lachte Fani. »Das liegt an dem Fest. Heute Abend ist im Dorf Tanz. Da kommt die Fähre wahnsinnig oft und bringt Gäste, die extra zum Feiern zu uns kommen. Das ist bei uns der wichtigste Tag im ganzen Jahr!«

»Alles klar«, sagte Zakos. »Umso besser. Du setzt Liz also gleich ins Boot, und die Jungs auf Rhodos können sie abholen. Ich will, dass endlich mal etwas Tempo in die Sache kommt!« Er richtete sich mit Bestimmtheit auf, stöhnte aber sogleich: Die abrupte Bewegung hatte ihm einen stechenden Schmerz verursacht.

»*Siga siga!* Mit Tempo geht nun mal im Moment gar nichts. Vergiss nicht, du bist verletzt!«, sagte Fani.

Ein paar Stunden später, um die Mittagszeit, war sie es allerdings selbst, die ein eiliges Tempo vorgab.

»Antonis!«, rief sie statt einer Begrüßung durchs Telefon. »Er war dort, jemand hat ihn am Abend von der Burg kommen sehen. Er ist einer von den Arbeitern.«

»Ich weiß, wer das ist. Ich kenne Antonis«, erwiderte Zakos.

Der picklige Sohn des Vorarbeiters Markos war ihm lebhaft in Erinnerung geblieben.

»Woher weißt du das?«, fragte er.

»Später«, sagte Fani. »Soll er auch nach Rhodos? Aber was ist, wenn er sich wehrt? Der ist nicht wie Liz. Der ist kräftig und jung und irgendwie unberechenbar!«

»Nimm Lefteris mit, auch wenn er humpelt«, sagte Zakos. »Und noch was, habt ihr überhaupt Waffen?«

»Natürlich, was dachtest du denn?«, entgegnete Fani. »Wir haben zwei P7 H & K bei uns im Tresor eingeschlossen, und wir kennen uns damit auch aus!«

»Super, dann nehmt sie mit«, sagte er. »Aber sei um Himmels willen vorsichtig!«

Nach dem Gespräch kam er sich in seinem Hotelzimmer vor wie ein Tiger in seinem Käfig. Fast wollte er Fani wieder zurückpfeifen und selbst loseilen, aber schon beim Versuch, sich feste Schuhe anzuziehen, brauchte er Ewigkeiten, und schließlich sah er ein, dass es wirklich keinen Sinn hatte, in diesem Zustand selbst eine Verhaftung vorzunehmen.

Er setzte sich raus, das Handy neben sich, und zündete eine Zigarette an, und als diese zu Ende geraucht war, noch eine. Es dauerte über eine Stunde, in der er so verharren musste, und danach fühlte er sich vollkommen gerädert. Er hatte in dieser Zeit fünf Zigaretten geraucht, und sein Hemd wies feuchte Ränder unter den Achseln auf, was nicht nur daran lag, dass er nervös war, sondern auch daran, dass er auf keinen Fall die brütend heiße Terrasse verlassen und ins Zimmer gehen wollte. Von hier aus konnte er wenigstens Richtung Dorf blicken, wenn er auch nicht vor Ort sein konnte. Dennoch kam er sich in seiner Tatenlosigkeit vor wie ein nutzloser Idiot.

Als er Fani lässig lächelnd näher kommen sah, fiel ihm ein Stein vom Herzen, und als sie bei ihm war, küsste er sie mitten auf den Mund, und es war ihm völlig gleich, dass jeder auf der von Menschen frequentierten Terrasse das sehen konnte.

»Alles gutgegangen!«, sagte sie danach und blickte sich ein bisschen verlegen um. Sie trug die Waffe nach wie vor am Halfter, und sie ging, als hätte sie an ihrem rechten Bein, an dessen Oberschenkel sie befestigt war, besonders schwer zu tragen. »Wir haben ihn einstweilen bei uns in Haft genommen, sicherheitshalber, und später bringe ich ihn gemeinsam mit Lefteris auf die Fähre, und die Kollegen aus Rhodos holen ihn dort ab. Sie wissen Bescheid.«

»Fani, woher wusstest du es? Wer hat ihn gesehen?«

Sie druckste ein bisschen herum.

»Wenn ich alles erzähle, dann steckt mir niemals mehr jemand was zu«, erklärte sie schließlich. »Kannst du das verstehen?«

Er nickte und sparte sich einen Kommentar – erst mal.

»Und er hat ja gar nicht geleugnet, dass er zwischen sieben und acht Uhr abends dort oben war. Aber er sagt, es war ein Spaziergang, und er könnte ja wohl spazieren gehen, wann er möchte.«

Zakos instruierte umgehend die Kollegen in Rhodos. Als er aufgelegt hatte, wandte er sich wieder an Fani.

»Denkst du, Lefteris kommt zurecht? Wie geht's überhaupt seinem Fuß?«

»Ach der! Wenn du mich fragst, ist er ein Hypochonder. Wenn er sich unbeobachtet fühlt, läuft er plötzlich fast normal«, grinste sie. »Aber einen Flüchtenden fangen könnte er mit seinen gebrochenen Zehen wohl nicht, deswegen war es schon gut, dass wir Waffen bei uns hatten. So hatte Antonis einen Riesenrespekt vor uns. Und du hättest mal seinen Vater sehen sollen, wie der erschrocken ist!«

Zakos nickte. Eigentlich tat ihm Markos leid.

»Jedenfalls kommt Lefteris sich jetzt unglaublich wichtig vor!«, lachte Fani.

Spätnachmittags wollte sie dann in die Bar, um dort eine Schicht zu absolvieren – das erste Mal, seit Zakos verletzt ausfiel.

»Ist das *endaxi* für dich?«, fragte sie. »Es ist wegen dem Tanz im Dorf. Ohne mich schaffen sie es einfach nicht.«

»Geh nur«, sagte Zakos. »Wenn was sein sollte, rufe ich an. Aber trotzdem schade – den Tanz hätte ich gern gesehen. Tanzt du auch?«

»Ich tanze nicht, ich mixe«, sagte Fani, ein bisschen düster. »Ich bin wie jedes Jahr bei diesem Fest für die Cocktails eingeteilt.«

Als sie fort war und ihn nicht mehr mit besorgten Blicken ansehen konnte, beschloss er, dass es Zeit war, wieder ein bisschen mobiler zu werden. Vorsichtig und sehr langsam tapste er barfuß aus seinem Zimmer und über die Terrasse die Treppe hinunter zur Badeplattform. Er hätte Lust gehabt, Jeton, der oft um diese Zeit beim Angeln saß, zuzusehen, aber der Junge war heute nicht da. Es war überhaupt ungewöhnlich leer, insbesondere im Gegensatz zu den vergangenen Tagen, an denen immer ein reges Kommen und Gehen im Hotel geherrscht hatte. Vielleicht waren alle schon im Dorf und sicherten sich die besten Plätze für dieses Tanzfest, dachte Zakos. Eine etwas trübselige Stimmung befiel ihn.

Liz musste bereits verhört worden sein, fiel ihm kurz darauf ein. Aber er hatte noch nichts von Jannakis oder Valantis gehört, und es war ja auch Samstagabend. Ob sie Antonis wohl heute schon verhören oder ihn einfach nur dabehalten und vielleicht morgen oder übermorgen mit ihm sprechen würden? Er wusste, dass sich Jannakis nicht gern hetzen ließ, aber er wusste auch, dass sie ihre Verhöre gründlich und gewissenhaft ausführten. Jetzt hieß es einfach abwarten. Im Moment fiel ihm das ziemlich schwer.

Zakos versuchte, sich einen Film auf seinem Laptop anzusehen, aber er konnte sich nicht richtig darauf konzentrieren und schaltete aus. Dann probierte er, in der *Kathimerini* vom Vortag zu lesen, nur um festzustellen, dass ihm das viel zu anstrengend war. Ihm war nach menschlicher Gesellschaft, nach einem Gespräch. Zickler allerdings war nicht zu erreichen, und bei Mimi brauchte er es gar nicht erst zu versuchen, denn mittlerweile war es früher Abend, da hatte er sicherlich im Lokal mehr als genug zu tun.

Endlich schaute Andreas herein, um nach Zakos' Verbänden zu sehen. Er hatte sich ungewohnt schick gemacht und die kurze Hose gegen eine dunkle Jeans und ein ordentliches Hemd eingetauscht.

»Ich will dich ja nicht neidisch machen, aber heute ist Tanz angesagt«, sagte er. »Nicht dass ich selbst tanzen würde, ich bin total unmusikalisch! Aber immerhin ist mal richtig was los!«, schwärmte er. »Zwei Freunde von mir kommen extra aus Athen, und Eleni hat sich aufgestylt, als würde sie zu einer Oscar-Verleihung gehen.«

Zakos lachte. »Das hätte ich gerne gesehen!«

Andreas streckte mahnend den Ziegefinger aus: »Auch wenn's grausam klingt – du musst leider hierbleiben und dich weiter schonen. Für meinen Geschmack zappelst du sowieso schon viel zu viel im Zimmer herum. Am besten, du gehst früh ins Bett und verschläfst den ganzen Rummel. Dann bist du bald wieder fit.«

Als er fort war, streckte Zakos sich draußen auf der Liege aus. Mittlerweile hatte der Himmel eine zartlila Tönung angenommen, und erste Lichter blitzten aus dem Dorf herüber.

In diesem Moment bog die spektakulär erleuchtete große Fähre um die Ecke und glitt an Zakos' Aussichtsposten auf der Terrasse vorbei. Die Einfahrtsklappe, aus der in wenigen Sekunden die Reisenden herausströmen würden, war bereits halb heruntergelassen, und Zakos konnte erkennen, wie dicht gedrängt die Menschen an der Reling standen.

Selbst von hier aus konnte er erkennen, dass das Schiff an der Mole ungewohnt viele Fahrgäste ausspuckte, und der typische Lärm von Hupen und Motoren, der stets bei Fährenankunft aufbrandete, war besonders laut und hielt lange an. Es war vollständig Nacht geworden, als der Meereskoloss wieder ablegte. Als kurz darauf nur noch sich eilig entfernende Lichter davon zu erkennen waren, lag Zakos immer noch in unbequemer Stellung auf der Liege. Er musste an Sarah denken, und es gab nichts, was ihn im Moment davon ablenken konnte. Er vermisste sie plötzlich mit einer Intensität wie niemals zuvor.

Endlich gab er der Regung nach und scrollte das Nummernverzeichnis seines Handys auf und ab, aber da fiel es ihm ein: Ihre Nummer war ja gar nicht auf diesem neuen Gerät eingespeichert. Vielleicht besser so, sagte sich Zakos, aber als die Sehnsucht sich nicht wegdrängen ließ, googelte er die Nummer ihrer Zahnarztpraxis und wählte. Er wollte nur kurz ihre Stimme auf dem Anrufbeantworter hören, einfach so. Es war Samstagabend, und sie war sowieso nicht in der Arbeit.

Nur kurz erklang der Ansagetext, mit dem Sarah die Öffnungszeiten durchgab, dann klickte es in der Leitung und eine atemlos klingende Stimme sagte: »Ja?« Dann folgte, nach einem Moment beidseitiger Verlegenheit: »Nicki, bist du das?«

»Mhm«, brummte er schließlich, dann breitete sich wieder Stille aus.

»Was machst du denn in der Praxis?«, fragte er schließlich vorsichtig. »Es ist doch Wochenende.«

»Papierkram, du weißt schon. Petra war diese Woche krank, und wir mussten ihre Patienten mit übernehmen, und da bin ich zu nichts anderem gekommen, und deswegen ... und dann hat das Telefon geläutet, und ich habe die ausländische Nummer auf dem Display gesehen, und dann ...«, sie verstummte, und Zakos presste weiter den Hörer ans Ohr und wusste nicht recht, was er sagen sollte, bis er plötzlich ein verräterisches Geräusch hörte.

»Sarah? Weinst du?«

Sie gab keine Antwort, aber es war auch so vernehmbar, und es dauerte ziemlich lange. Als sie wieder sprechen konnte, bebte ihre Stimme immer noch. »Ich vermisse dich so schrecklich, dass ich gar keine Luft kriege!«, sagte sie. »Ich weiß, ich bin schuld an allem, nur ich! Du hast alles richtig gemacht, ich hab's vermasselt, es ist alles nur meine Schuld. Ich war unmöglich, total unmöglich! Ich weiß selbst nicht, was in mich gefahren ist!« Sie schluchzte wieder auf.

»Sarah ...«, begann Zakos.

»Nein, nein, es ist so! Aber es war irgendwie alles so sonderbar, es war – es war diese bescheuerte Insel. Sie hat uns Unglück gebracht!«

Zakos räusperte sich. »Ich war auch ... na ja ... wie soll ich sagen ...« Er kam irgendwie nicht weiter.

»Rufst du mich an, wenn du zurück bist?«, fragte Sarah. »Ich möchte wahnsinnig gern einfach noch mal über alles reden. Aber nur, wenn du willst!«

Zakos wusste es nicht. Er hatte sie vermisst, aber nun war er plötzlich unsicher. Das Schweigen wurde unbehaglich.

»Bitte!«, sagte Sarah schließlich, und ihre sonst so tiefe, selbstbewusste Stimme klang ganz klein.

»Okay, ich melde mich! Verspochen. Bis dann«, sagte Zakos, dann legte er schnell auf und atmete tief durch.

Er blickte sich um, als käme er von weit her. Der Nachthimmel schimmerte in tiefem Violett, und das Meer wirkte so glatt wie Gelatine. Mit fast schmerzhafter Schönheit zeichnete sich die Kontur des Dorfes ab, so idyllisch, so zauberhaft. So vollkommen harmlos. Aber das täuschte. »Diese bescheuerte Insel«, hatte Sarah gesagt. Und die Situation hier ist ja tatsächlich vertrackt, dachte Zakos. Irgendwas ging hier vor, und er hatte immer noch nicht durchblickt, was es war. Und nun hockte er seit Tagen auf einer blöden Sonnenliege herum, körperlich versehrt und auch ansonsten vollkommen durcheinander. Diese bescheuerte Insel setzte ihm zu wie selten irgendetwas zuvor.

Dort drüben, auf der anderen Seite der Bucht, war Fani und stand am Tresen. Wahrscheinlich vollkommen übermüdet, wie immer. Unglaublich wacker, dieses Mädchen, das ihm nur bis zur Schulter ging und das noch so jung war, aber so stark und tatkräftig, dass er nicht gewusst hätte, wie er die ganze Zeit über ohne sie hätte zurechtkommen sollen. Plötzlich hatte er auch ihr gegenüber Schuldgefühle. Es war natürlich nicht richtig, dass er sich mit ihr eingelassen hatte, nichts war richtig, was er hier veranstaltete, dachte Zakos. Was war nur mit ihm los? Deprimiert starrte er vor sich hin.

Nach einer Weile wurde er dann wütend und wollte nicht mehr nachdenken. Nicht über Fani, nicht über Sarah und ebenso wenig über diesen verworrenen Fall, der ihn hierher und ins emotionale Chaos gestürzt hatte. Mittlerweile wehten die schrägen Klänge von Musikinstrumenten, die gerade gestimmt wurden, herüber, ebenso wie die Fetzen angespielter Melodien. Sie mischten sich in das von weitem hörbare Summen angeregter Stimmen aus dem Ort. So laut hatte er es hier noch nie erlebt, und Zakos wusste, dass er in den nächsten Stunden unmöglich einschlafen konnte. Er hatte all die Tage über ohnehin viel zu viel Zeit damit verbracht, vor sich hin zu dösen. Nun war er hellwach. Vorsichtig erhob er sich und schlurfte ins Zimmer, wo er in alle Ecken sah, bis er seine Flip-Flops gefunden hatte. Es dauerte eine Weile, bis es ihm gelang, hineinzuschlüpfen, dann steckte er Geld, Handy und Zigaretten in die Hosentasche und war bereit. Er wollte raus, zu Sotiris und allen anderen, dorthin, wo Leben war: ins Dorf, aufs Fest.

Kapitel 17

Schon nach fünfzig Metern fühlte er sich verschwitzt und ausgepowert. Es war eines gewesen, im Zimmer umherzugehen, und etwas ganz anderes, eine längere Strecke zurückzulegen. Zudem war der Pfad uneben und schlängelte sich auf und ab. Auch die Flip-Flops behinderten ihn, im Hotel war er mit seiner Verletzung barfuß umhergegangen. Nun gelang ihm nur eine lächerlich schlurfende Fortbewegung, alles andere wäre zu schmerzhaft gewesen. Einen Moment lang überlegte Zakos, ob das überhaupt alles Sinn machte, aber als er den Blick zurückwandte und zum Hotel schaute, in dem er die vergangenen Tage eingesperrt gewesen war, biss er die Zähne zusammen und kämpfte sich weiter. Als das Pochen der Wunden unter den Mullverbänden schließlich jedoch zu einem unangenehmen Schmerz anschwoll, ließ er sich vorsichtig auf eine der Treppen sinken und verschnaufte. Da legte sich von hinten eine knorrige Hand wie eine Kralle um seine Schulter.

Frau Xanthi! Die hat mir gerade noch gefehlt, dachte er. Aber in seinem Zustand war er ihr ausgeliefert, das war klar. Schon hatte sie sich neben ihn gekauert, es gab kein Entrinnen.

»Ich weiß schon, Sie wollen Joghurt«, schnaufte er. »Aber heute kann ich Ihnen nicht helfen. Ich kann selbst nicht so gut laufen!«

Sie fixierte ihn mit zusammengekniffenen Augen, und Zakos fragte sich, ob sie ihn verstanden hatte. Da passierte plötzlich etwas, womit er nicht gerechnet hatte: Frau Xanthi breitete die Arme seitlich aus, so dass ihr rechter Zakos am Rücken fast umarmte, dann legte sie den Kopf in den Nacken und lächelte selig.

»Musik, Musik!«, sagte sie, schnippte mit der Linken zum Takt der Tanzweisen, die aus dem Dorfzentrum herüberwehten, und schnalzte ein paar Mal mit der Zunge. Sie lächelte glücklich wie ein Kind. Schließlich hob sie die Arme über den Kopf und klatschte.

»Ich liebe Musik!«, lachte sie. »Ich singe und tanze jeden Tag!« Noch nie hatte Zakos sie so beschwingt gesehen.

»Ja dann – kommen Sie doch mit ins Dorf!«, sagte er. »Ich nehme Sie mit. Ich kann zwar nur ganz langsam laufen, aber wir haben ja Zeit, keiner hetzt uns.«

Sie schüttelte den Kopf.

»Nein, das geht nicht«, sagte sie, und Zakos fand, dass sie ganz normal wirkte, wie eine Frau, die noch alle Sinne beisammenhatte und nicht mit dem Heute und Gestern durcheinandergeriet.

»Ich habe nämlich ein Problem.« Frau Xanthi beugte sich zu Zakos herüber, so dass er ihren sauren Atem roch. »Wenn ich weggehe, finde ich nicht mehr zurück! Und dann müssen alle mich wieder suchen und ich werde ausgeschimpft.« Ihr Blick war nun ein wenig schelmisch. »Darum bleibe ich hier. Hier ist es auch gut. Ich sehe die Boote und das Meer, und es weht ein bisschen Wind«, sagte sie und machte eine allumfassende Armbewegung. »Und ich höre die Musik! Ich liebe Musik!«

»*Endaxi*, wie Sie wollen!«, sagte Zakos und richtete sich langsam wieder auf. »Dann gehe ich mal weiter.«

Sie schien ihn nicht mehr zu hören. Sie hatte die Arme wieder ausgebreitet und die Augen geschlossen, und nun wiegte sie ihren schmalen Körper hin und her. Doch als er zwanzig Meter weiter war, kam sie ihm plötzlich eilig hinterher.

»Warte. Ich brauche etwas!«, rief sie.

Zakos hielt inne.

»Ich hab's Ihnen doch gesagt: Heute keine Joghurts! Ich ...«

»Aber ich brauche etwas!«

»Frau Xanthi ...«

»Aber ich brauche es, ich brauche es. Nur eine Sache: Du musst für mich zu der Furie gehen!«

Der Moment der Klarheit war offenbar vorbei, dachte Zakos. Die Alte war wirklich irr.

»Zur Furie, du weißt schon. Ich will ein Mittel von ihr. Heute Nacht wird's laut, da kann ich sonst nicht schlafen. Sag ihr, ich will das Gleiche wie immer!«

Zakos nickte, um sie loszuwerden.

»Vergiss es nicht, zur Furie, du weißt schon«, Frau Xanthi hing ihm am Arm, und er wunderte sich, wie viel Kraft sie hatte. »Ein Schlafmittel. Du weißt schon, du weißt schon!« Die Stimme war schrill geworden, sie wirkte wieder verstört. Der verzauberte Moment von eben war vorbei.

»*Endaxi*«, sagte Zakos. Er machte sich los und stolperte weiter, froh, dass sie sich endlich hatte abschütteln lassen.

»Du weißt schon, du weißt schon«, hörte er sie noch mal rufen, aber er drehte sich nicht um.

Das Dorf war an diesem Abend eine echte Überraschung. Massen von Menschen waren unterwegs, darunter nur wenige ausländische Touristen. Die Leute, die nicht von Pergoussa stammten, kamen offenbar von den benachbarten Inseln oder aus Athen und waren größtenteils Griechen. Die Frauen hatten den Bürgersteig entlang des Wassers in eine Art Laufsteg verwandelt, auf dem sie nun ihre Abendgarderobe ausführten, alles ein bisschen schrill und aufgetakelt. Viele balancierten auf extrem hochhackigen Schuhen, und Zakos wunderte sich, wie sie es schafften, auf dem unebenen Steinboden nicht auszugleiten – seine Verletzung hatte ihn für solche Problematiken sensibilisiert.

An drei oder vier Ecken bildeten sich regelrechte Staus: Dort hatten fahrende Händler ihre Stände aufgebaut, und der Tross der Flanierenden musste Trauben von Kindern umrunden, die nicht von dem feilgebotenen Plastikspielzeug wichen. Das blecherne Singen der billigen Puppen und das Rattern der Plastikschnellfeuergewehre mischte sich in die Klänge der Folklorekapelle, die sich in der Mitte des Platzes aufgestellt hatte und mittlerweile mit der Beschallung Ernst machte. Doch noch hatte der Tanz nicht begonnen. Wer nicht auf und ab ging, Bekannte begrüßte oder bei den Händlern anstand, der war beim Essen. Es gab zahlreiche kleine Stände, außerdem hatten alle Lokale angebaut. Sotiris hatte seine Tischreihen verdreifacht, heute war für ihn und die anderen Lokalbetreiber mit Sicherheit die Nacht der Nächte. Unterstützt von zwei halbwüchsigen Jungs, die Zakos nicht kannte, hastete er mit hochrotem Kopf und gezücktem Servierblock durch das Spektakel und hatte für Zakos einen fröhlichen, aber nur knappen Gruß, dann wuselte er wieder hin und her.

Nur Pappous war nicht am Trubel beteiligt, er fegte nicht mal zwischen den Tischen, was an solch einem Abend ohnehin müßig gewesen wäre.

Zakos schleppte sich mit letzter Kraft neben den Alten an einen Tisch neben dem Eingang des Lokals und ließ sich auf den einzigen freien Stuhl weit und breit sinken. Er war fertig. Die Verletzungen schmerzten, und er fühlte sich fiebrig. Aber wahrscheinlich war es einfach nur die Anstrengung und die Hitze, sagte er sich – der Ort war aufgeheizt vom Trubel und den Menschen.

»Nikos, wie geht es dir! Was kann ich dir bringen!«, sagte

Pappous überschwänglich und verschwand sofort im Ladeninneren, aus dem er mit einem eisgekühlten Bier kam. Zakos war ein bisschen verwundert. Normalerweise war Sotiris' Großvater immer eher etwas brummig.

»Du arbeitest gar nicht?«, fragte er, nachdem er sich mit einem tiefen Schluck Bier erfrischt hatte. »Was ist los mit dir?«

»Hab's heute im Rücken, ausgerechnet«, sagte Pappous. »Aber das ist nicht halb so schlimm wie deine Verletzung. Brauchst du noch einen Stuhl, damit du die Beine hochlegen kannst? Oder willst du ein Kissen?«

Zakos verneinte, doch Pappous stand schon wieder auf und taperte ins Innere des Lokals, woraus er kurze Zeit später mit einem alten Klappstuhl und einem mit Alpenpanorama bestickten bunten Kissen zurückkehrte. Und er ließ es sich nicht nehmen, es Zakos ins Kreuz zu schieben und seine Beine auf den Stuhl zu hieven. Dann ging er erneut los und holte eine sehr große Portion *Souvlakia Kalamaki* aus der Küche – schmale Fleischspießchen, die heute zur Feier des Tages auf der Karte standen.

Zakos war gerührt. »Ein Service ist das – da möchte man öfter verletzt sein!«

»Sag das nicht, Nikos, sag das nicht«, erwiderte der Großvater und blickte zu Boden.

Später stand er trotz seiner Rückenschmerzen noch mal auf und brachte ihm einen Mokka und eisgekühlte Wassermelone, und Zakos' Lebensgeister erwachten wieder. Von der Anstrengung, die es ihn gekostet hatte, hierher zu gelangen, spürte er kaum noch etwas, und zurück wollte er jetzt keinesfalls. Mittlerweile hatte der Tanz begonnen, der Dorfplatz war die Tanzfläche, und er hätte sich mittendurch drängeln müssen. Wie das gehen sollte, war ihm ohnehin nicht ganz klar.

Er ließ den Blick über die lange Schlange der Tanzenden

schweifen. Langsam gewöhnte er sich an die Musik, die irgendwie anders war als die griechische Folklore, die er bisher gekannt hatte: nicht so gefällig wie die weichen Bousouki-Klänge aus dem Radio, sondern rauer, auch schriller. Die Menschen auf dem Tanzplatz, Frauen, Männer, Kinder und Alte, bewegten sich nach kompliziert aussehenden Schrittfolgen, angeführt von wechselnden Vortänzern am Anfang der Schlange. Besonders ekstatisch tanzte Jannis, der Bäcker – er sprang und drehte sich und machte Figuren und genoss es sichtlich, im Mittelpunkt zu stehen.

»Dieser Teufelskerl«, rief Pappous Zakos zu. »Der stiehlt mir dieses Jahr die Show! Aber nächstes Jahr, wenn mein Rücken keine Probleme macht, da bin ich wieder voll dabei. Da kann er was erleben!«

Zakos lachte. »Wusste gar nicht, dass du ein Tänzer bist.«

»Tja, du weißt vieles nicht!«, sagte Pappous, und ein schlauer Ausdruck trat auf sein von weißen Bartstoppeln verziertes Gesicht. Dann stand er auf, breitete seine Arme aus und machte mit schnippenden Fingern ein paar angedeutete Tanzbewegungen, ganz ähnlich, wie es die alte Frau Xanthi auf ihrem Lieblingsplatz auf den Treppenstufen getan hatte. Nur dass Pappous urplötzlich fluchte und sich ganz langsam und vorsichtig wieder auf seinem Holzstuhl niederließ.

»Verdammter Hexenschuss! Man ist eben kein Jüngling mehr. Na gut, trinken wir eben noch ein paar Bierchen!«

Umstandslos griff er nach zwei Flaschen von einem Tablett, das einer der Aushilfskellner gerade aus dem Lokalinneren trug, und öffnete die Kronkorken mit einem Handkantenschlag am Tischrand, bevor er Zakos eine reichte.

»Weißt du was, Pappous – du bist auch ein Teufelskerl«, lachte Zakos.

»Ich weiß«, sagte der Alte zufrieden und kratzte sich mit

dem kleinen Finger, der einen besonders langen, manikürten Fingernagel besaß, die Nase.

»Was hat es eigentlich mit diesem Fingernagel auf sich?«, fragte Zakos, dem diese Marotte mancher Griechen schon als kleiner Junge aufgefallen war. Doch er konnte sich an die Bedeutung nicht erinnern.

»Das kann ich dir genau erklären«, sagte Pappous, und zum Glück pausierten gerade die Musiker. Der Alte lehnte sich zurück und erzählte: »Der lange Nagel bedeutet: Ich bin ein freier Mann! Niemals im Leben hatte ich einen Chef über mir, der mir etwas befehlen konnte. Jedenfalls wenn man die paar Jahre, die ich als Matrose zur See gefahren bin, ausnimmt. Aber ansonsten war ich immer mein eigener Chef. Ich war Fischer, Maurer, Schuhputzer – das war drüben auf Kreta, da war ich fast noch ein Kind –, außerdem Geschäftsmann. Und zwar hatte ich einen Bauchladen mit Bürsten und Pinseln, das war in Piräus am Hafen. Das war mein Geschäft, haha! Doch als ich eine Familie gründete, kehrte ich zurück auf meine Insel und fing in unserem Familienbetrieb an, hier in diesem Raum, wo sich jetzt der Gyrosgrill dreht, vierzig Jahre lang, und zwar als Friseur!«

Zakos fiel fast vom Stuhl. »Ich werd verrückt!« sagte er. »Du bist Dinos, oder?«

»Nein, ich heiße Jannis, genauso wie mein Freund dort, der Bäcker. Dinos war mein Vater, der ist schon lange tot«, sagte Pappous. »Von dem habe ich alles gelernt. Damals kam man ja nicht nur zum Haareschneiden, sondern auch zum Rasieren zum Friseur. Und sogar zum Zähneziehen. Da war was los bei uns! Damals haben über dreitausend Menschen hier im Ort gelebt. Jetzt sind's im Winter nur noch um die vierhundert.«

»Damals hat das Dorf sicher ganz anders ausgesehen.«

»Und ob«, sagte der Alte. »Früher waren die Italiener hier. Eine Zeitlang durfte in der Schule nicht mal Griechisch unterrichtet werden. Harte Zeiten. Aber als sie weg waren, da gehörte die Insel wieder uns. Du musst dir mal die alten Bilder hinten im Lokal anschauen. Es war ein ganz anderes Leben früher. Tavernen gab es damals fast keine, die Leute haben noch zu Hause gekocht. Aber wenn man Gesellschaft wollte, und das wollte man ja immer, dann hat man sich einfach mit dem Stuhl vor die Haustür gesetzt. Fernsehen gab's auch noch nicht. Aber wir hatten ein Kino. Da oben war das.« Er zeigte mit dem Kinn die Straße hinauf. »Ein Freiluftkino. Das war herrlich! Außerdem gab es einen Schuster und ein Bekleidungsgeschäft und natürlich Schneiderinnen und einen kleinen Goldschmied und sogar mal einen Puff!« Er wirkte ein bisschen stolz. »Es waren nur zwei Mädchen, die pendelten immer zwischen den Inseln. Damals war ich noch ganz jung. Und weißt du was – ich fühle mich immer noch so jung wie damals! Wenn nicht gerade der Rücken weh tut!« Die Musik setzte wieder ein, die Tänzer formierten sich, und auch Pappous erhob sich mühsam wieder von seinem Stuhl.

»Ich glaube, ich riskiere doch ein Tänzchen!« Er musste schreien, denn es wurde wieder höllisch laut. »Sonst bereue ich es den ganzen Winter. Aber wehe du zahlst in der Zwischenzeit – du bist heute mein Gast!«

Zakos blieb zurück und sah zu, wie Pappous im Getümmel verschwand, ein wenig schwerfällig, und er fragte sich, ob das mit dem Tanzen wirklich gutgehen konnte. Dann dachte er über alles nach, was der alte Mann erzählt hatte. Die kleinen Freiluftkinos, die es in Griechenland früher überall gegeben hatte, kannte Zakos noch aus seiner eigenen Kindheit. Damals hatte er oft in den Ferien ein solches besucht und dort in einem Pulk mit anderen Kindern alte Schwarzweiß-Western gesehen, obwohl er kein Wort verstand. Die Filme hatten griechische Untertitel, aber der kleine Nikos konnte, anders als die übrigen Jungen, die Schrift nicht lesen und auch kein Englisch verstehen. Aber es war trotzdem schön gewesen.

Er war so vertieft in die Erinnerung, dass er seine Verletzung ganz vergaß, doch als er aufstand, stöhnte er ähnlich wie der alte Pappous mit seinem Hexenschuss. Wie ein Greis schlurfte er ins Innere des Lokals. Er wollte zur Toilette. Dabei fielen ihm die Bilder ein, von denen Pappous gesprochen hatte. Ganz hinten gab es einen winzigen Gastraum, der in dieser Jahreszeit als Vorratsraum genutzt wurde. Dort hingen sie, eine Handvoll gerahmter Fotografien. Er trat näher.

Ganz oben war ein sehr altes, ovales Hochzeitsbild in Sepiatönen aufgehängt, darauf eine Braut mit gewellter Kurzhaarfrisur und ein Mann mit schmalem Schnäuzer – Dinos. Er hatte ein ebenso schmales Gesicht wie Pappous und Sotiris. Darunter hing ein Schwarzweißbild einer Tanzveranstaltung, ähnlich wie dieser heute, aber offenbar in den Fünfzigerjahren aufgenommen. Einige Frauen trugen eine griechische Tracht, die übrigen Sommerkleider mit enger Taille und Petticoat-Röcken. Es gab auch alte Postkarten, die gerahmt waren. Eine Karte in besonders knalligen Farben fesselte Zakos' Blick. Sechzigerjahre, vielleicht frühe Siebziger, schätzte er. Damals gab es noch viel mehr Fischerboote im Hafen als heute, aber auch schon ein paar Souvenirläden mit Strohhüten und aufgeblasenen Schwimmringen, dazu eine Metzgerei und einen Bekleidungsladen. Den Mittelpunkt der Karte dominierten zwei geschmückte Esel, deren Größe nicht ganz mit den übrigen Proportionen harmonierte. Offenbar waren sie ins Bild hineinmontiert worden. Sie verdeckten fast ein dahinter befindliches Haus, doch Zakos erkannte den Anfang einer Aufschrift darüber: ein griechisches F.

Zakos stockte der Atem. Es war nicht ganz hell im Hinterzimmer. Er kniff die Augen zusammen und trat noch näher heran. Tatsächlich, kein Zweifel: F für *Farmakio*, Apotheke. Und da war ja auch das Zeichen, das Apotheken in diesem Land kennzeichnete, ein Teil davon war erkennbar: ein dickes, grünes Kreuz.

Die Szene aus seinem Traum vor ein paar Tagen kam ihm in den Sinn: der dunkle Raum, in dessen Ecke etwas verborgen war. Urplötzlich, als würde sich ein Scheinwerfer in diesen verborgenen Winkel seiner Erinnerung richten, sah er es wieder genau vor sich. Eine Kommode. Dunkles Holz und viele kleine Schubladen. Ein Apothekerschrank! Der hatte in Frau Alektos Haus gestanden, jetzt wusste er es wieder. Frau Alekto! Nun überschlugen sich seine Gedanken.

»Bring mir ein Schlafmittel von der Furie ... du weißt schon, du weißt schon«, hatte die alte Frau Xanthi gesagt. Natürlich! Alekto, eine der drei Erinnyen, die Furien aus der Antike. Die andere heißt Megäre, die dritte fiel Zakos gerade nicht mehr ein – so präsent war ihm die griechische Mythologie nicht, trotz der eifrigen Bestrebungen seines Großvaters, ihm diese zu vermitteln.

Der dementen Frau Xanthi war Frau Alektos Name nicht eingefallen, doch sie wusste noch, woher er stammte: aus der Mythologie. »Ein Schlafmittel von der Furie! Du weißt schon, du weißt schon!« War Frau Alekto Apothekerin gewesen? Hätte sie also das Medikament Clonidin besitzen und verabreichen können?

Und: War sie eine Mörderin?

So schnell er konnte, humpelte er nach draußen und blickte hinüber zum Kurzwarenladen, vor dem Frau Alekto mit ihren Freundinnen zu sitzen pflegte. Aber heute war der Laden geschlossen, und davor hatten irgendwelche jungen Leute einen

Verkaufsstand aufgebaut, an dem sie süße *Loukoumades* buken. Zakos musste unbedingt zu Pappous! Der Alte erinnerte sich bestimmt.

Mit den Augen suchte er die Menschenmenge ab. Vergeblich. Er musste näher heran. Mittlerweile hatte sich eine fast undurchdringliche Traube von Zuschauern rund um die Tanzenden gebildet, so dass er fast nicht hindurchkam, und als es ihm gelungen war, sich bis ganz in die erste Reihe durchzukämpfen, konnte er Pappous nirgends ausmachen. Es dauerte eine gute Weile, bis er ihn genau am anderen Ende des Dorfplatzes erspähte, und dann noch mal so lange, bis er ihn erreicht hatte.

Pappous stützte sich auf seinen Freund Jannis, den Bäcker, der ihm gut zuredete und ihm von einer Flasche Ouzo zu trinken gab. Das Tanzen war wohl keine gute Idee gewesen: Pappous' Gesicht wirkte schmerzverzerrt, und er stand gebückt. Doch damit konnte Zakos sich jetzt nicht aufhalten.

»Pappous, erinnerst du dich an die Apotheke? War Frau Alekto Apothekerin?«

»Waaas? Ich verstehe kein Wort!«, rief der andere in die laute Musik hinein.

»Du hast doch von früher erzählt. Erinnerst du dich an die Apotheke, die es damals hier gab?«, schrie Zakos in Pappous' Ohr. »Denk nach! Es ist wichtig!«

Pappous starrte ihn verständnislos an, doch dann nickte er.

»Ja, natürlich, die Apotheke! Die hatte ich fast vergessen. Ja, das war wohl die von Frau Alekto. Sie hat früher ihrem Vater gehört, und später hat sie sie gemeinsam mit ihrem Mann geführt. Aber die ist schon seit einer Ewigkeit geschlossen ...«

Doch Zakos war schon weiter, er drängelte sich durch die Menschen, taub für die Musik, taub auch für den Schmerz und für die Schubser der Leute, bis er aus dem schlimmsten Trubel heraus war. Dann humpelte er den Weg am Wasser entlang zu der Bar, in der Fani arbeitete.

Es war nicht ganz so voll hier, aber fast ebenso laut: Zu den Klängen vom Dorfplatz mischte sich hier aus den Lautsprechern Discomusik. Die meisten Tische waren besetzt mit ausländischen Gästen, die aus sicherem Abstand das Treiben verfolgten, aber auch einige jüngere Leute aus dem Dorf, die Zakos kannte, saßen hier. Doch er hatte jetzt keinen Blick für ihr Winken und ihre Zurufe. Er ging schnurstracks an die Bar zu Stelios.

»Fani, wo ist sie? Ich brauche sie auf der Stelle!«

Stelios blickte ihn verwundert an. »Die holt gerade Eis, oben bei mir im Haus.« Er wies mit der Hand in die Richtung, aus der Zakos gerade hergehumpelt war. »Muss gleich wieder da sein. Ruf sie an!«

Zakos ließ es Ewigkeiten läuten, doch Fani ging nicht ran. Wahrscheinlich hörte sie das Läuten bei dem Krach ringsherum gar nicht. Er könnte auch Lefteris anrufen, aber dann verwarf er den Gedanken wieder. Lefteris war ebenso fußlahm wie er, und außerdem hatte Zakos auf ihn gerade gar keine Lust. Und vielleicht war ja das alles, was er sich gerade zusammenreimte, totaler Quatsch. Nichts als Fehlalarm.

Aber Zakos wusste, so war es nicht. Er spürte sein Herz pochen. Diesmal war er auf der richtigen Spur, es konnte nicht anders sein. Frau Alekto, die Apothekerin, musste sich mit Clonidin auskennen. Sie war die Mörderin von Renate von Altenburg, nur so war das Rätsel lösbar. Aber warum? Zakos musste es erfahren. Er konnte nicht warten.

Er hätte zu gern gewusst, wo Frau Alekto jetzt war. Auf dem Fest hatte er sie nicht gesehen, aber das hieß nichts. Dort waren einfach zu viele Menschen. Ob sie zu Hause war? Ihm fiel ein, dass er von hier aus vielleicht ihr Haus sehen konnte. Er verließ Stelios' Bar und schlappte bis an den Rand des Hafenbeckens. Dort streifte er die Flip-Flops ab und hob sie mühselig auf. Dann ging er eben barfuß, egal.

Nein, das Haus war noch nicht zu sehen. Er musste weiter.

Nur einmal wurde er noch aufgehalten, als plötzlich flinke, kleine Lichter über seinen Körper tanzten. Eine Gruppe Kinder hockte am Wasser; sie spielten mit ihren Errungenschaften aus dem Angebot der fahrenden Händler, Lasertaschenlampen, deren Lichtpunkte überall auf den Steinwänden der Häuser tanzten.

»Vorsicht, nicht in die Augen!«, rief Zakos, der keine Lust hatte, geblendet zu werden. Da löste sich eine kleine Gestalt aus den dunklen Silhouetten der Spielenden, und eine vertraute Stimme sagte: »Keine Panik, Nikos. Wir haben alles im Griff!« Jeton! Dann war Zakos schon weiter, das Laufen ohne Schuhe ging viel besser, und er erreichte fast eine normale Geschwindigkeit. Dann endlich gelangte das Haus in sein Blickfeld, ganz weit hinten, das allerletzte in der Bucht, doch deutlich in der Dunkelheit zu erkennen, denn aus den unteren Fenstern schien Licht. Sie war da!

»Wo gehst du hin?«, rief Jeton ihm nach. Aber Zakos hörte ihn nicht mehr.

Sie öffnete die Tür zuerst nur ein kleines Stück, blickte ihn an und verstand. Dann trat sie zurück, damit er ins Haus kommen konnte. Er schlurfte mit schweren Schritten hinter ihr her. Ohne zu sprechen gingen sie ins Wohnzimmer, und Zakos setzte sich auf denselben Platz, den er schon bei seinem ersten Besuch eingenommen hatte, in der Sitzecke. Schließlich räusperte sich Frau Alekto.

»Nun hast du es also herausgefunden, nicht wahr?«, sagte sie schlicht.

»Ja«, antwortete Zakos. »Aber ich kenne den Grund nicht. Warum?«

»Vielleicht, weil es so einfach war?«, erwiderte Frau Alekto. »Sie kam von selbst zu mir. Einfach so. Ohne dass ich etwas dazu getan hätte. Sie klopfte an meine Tür und sagte, sie sei eine alte Liebhaberin der Insel, sie sei früher mit Aris zusammen gewesen, und nun sei sie hier, um Immobilien zu kaufen. Sie wollte mir ein Angebot machen ... für mein Haus ...« Frau Alekto stockte, und ein kurzes, krächzendes Lachen kam aus ihrem Mund. »Ich hatte sie schon ein paar Tage vorher im Dorf gesehen und erkannte sie sofort. Sie hatte sich sehr verändert, aber ich erkannte sie trotzdem, natürlich. Ich habe sie damals oft zusammen gesehen, und ich habe seither nichts anderes getan, als sie und Aris zu hassen.«

»Warum?«, fragte Zakos. »Warum nur?«

Wortlos stand sie auf und holte eines der gerahmten Bilder ihrer Tochter von der Kommode mit den vielen Schubfächern, das Bild, das Zakos bereits von seinem ersten Besuch kannte – Frau Alektos Tochter am Hafen, Wind im rotbraunen Haar und ein blasses, schüchtern lächelndes junges Gesicht. Frau Alekto reichte die Fotografie nicht weiter. Sie umklammerte sie und blickte sie an, als sie weitersprach.

»Sie waren verlobt, Eleni und er, sie wollten heiraten. Aber dann ließ er sie sitzen, von einem Tag auf den anderen, wegen dieser deutschen Frau, dieser *Putana*, die ihm den Kopf verdreht hatte. Es brach Eleni das Herz. Aber sie wäre darüber hinweggekommen, wir wären alle darüber hinweggekommen.«

Sie schwieg, und Zakos drängte sie nicht.

»Doch sie sprach nicht mehr mit uns, sie verschloss sich vollkommen«, fuhr Frau Alekto fort. »Eines Tages stellte ich sie zur Rede: Sag mir, ob du Schande über unsere Familie gebracht hast. Ich hatte Angst, dass sie mit ihm geschlafen haben könnte. Damals war es nicht üblich, dass ein anständiges Mädchen vor der Ehe das Bett mit ihrem Verlobten teilte, und ich fürchtete, dieser Mensch könnte ihren Namen beschmutzt haben. Ich fürchtete, sie könnte schwanger sein. Und dann habe ich einen Fehler gemacht. Ich habe sie angeschrien. Dass sie nun vielleicht nie einen guten Ehemann findet. Dass sie vielleicht niemals glücklich wird. Aber ich meinte es ja nicht böse. Sie war mein Kind! Ich hatte doch nur Angst um sie!«

Selbst nach so langer Zeit verzerrte der Schmerz das alte, zerfurchte Gesicht, als sei alles erst vor ein paar Tagen passiert.

»Am nächsten Tag war sie fort, mit der Morgenfähre nach Rhodos. Mein Mann und ich, wir dachten, vielleicht ist sie zu einer Freundin gefahren. Sie hatte Freundinnen auf Rhodos, sie hatte dort das Gymnasium besucht. Wir dachten, abends kommt sie bestimmt zurück. Ich wartete extra an der Fähre auf sie, ich wollte sie in den Arm nehmen, aber sie kam nicht. Da wusste ich, es war etwas passiert.«

Als sie weiterredete, klang ihre Stimme monoton wie von einer Maschine, und Zakos fröstelte.

»Man fand sie im Riviera-Park in Rhodos unter einer Pinie. Der Boden rund um sie war getränkt von ihrem Blut. Sie hatte sich die Pulsadern aufgeschnitten.«

»War sie tatsächlich schwanger?«, fragte Zakos vorsichtig, und Frau Alekto zuckte die Achseln.

»Wer weiß. Wir wollten ihre Leiche nicht untersuchen lassen, sie sollte so schön bleiben, wie sie zu Lebzeiten gewesen war. Und es machte ja keinen Unterschied. Unser Engel war tot. Wir waren fassungslos. Sechs Monate später starb mein Mann an einem Herzinfarkt. Er konnte den Kummer nicht verwinden.«

»Wusste Renate davon, von Eleni und Aris?«

»Sie wusste, dass er vergeben war, als sie ihn kennenlernte, und es hat sie nicht im Geringsten gestört. Ob Aris oder sonst jemand ihr dann von Elenis Tod erzählt hat, weiß ich nicht. Es ist mir auch egal. Aber nun stand sie vor meiner Tür, nach all den Jahren. Und ich wusste sofort, was zu tun war. Ich führte sie herum, verwickelte sie in ein Gespräch. Ich bot ihr etwas zu trinken an, eine Coca-Cola. Dann ging ich in die Küche und mischte das Mittel in das Glas, und als sie getrunken hatte, da schickte ich sie weg. Ich wollte nicht, dass sie hier bei mir zusammenbrach. Und sie ging. Alles war ganz einfach.«

»Und wenn sie keinen Durst gehabt hätte?«

»Sie wäre nicht ungeschoren davongekommen«, sagte Frau Alekto ruhig. »Und ich bereue nichts.«

»Und Tessa?«, fragte Zakos. »Sie wusste davon, nicht wahr?«

»Dieses junge Mädchen?«, sagte Frau Alekto. »Das ist einfach passiert. Es war nicht meine Schuld.«

»Sie wollte Sie erpressen?«

Frau Alekto nickte. »Auch sie kam einfach zu mir. Ich wusste, wer sie war, ich hatte sie schon oft gesehen. Sie war die aktuelle *Putana* von Aris, eine von den ausländischen Putzfrauen. Sie wohnte mit den anderen dort oben am Berg. Das alte Haus genau über meinem.« Frau Alekto machte eine vage Bewegung mit dem Arm.

»Sie hatte beobachtet, wie die Deutsche in mein Haus ging, und sich einen Reim darauf gemacht, und sie drohte, mich zu verraten. Sie sagte, wenn ich ihr kein Geld gebe, dann geht sie zur Polizei. Dann hätten sie mich weggebracht und eingesperrt. Doch ich wollte hierbleiben, hier, wo meine Erinnerungen wohnen. Meine ganze Familie hat über Generationen hier gelebt. In Gedanken sprechen sie alle mit mir. Und ich spreche mit ihnen. Hier sind sie mir nah. Also sagte ich, ich gebe ihr Geld. Aber man weiß doch, wie so was ist. Jeder weiß das, nicht wahr? Ich hätte niemals wieder Ruhe gehabt.«

Frau Alekto starrte eine Weile auf ihre Hände, dann sprach sie wieder mit dieser merkwürdig monotonen Stimme: »Ich ließ sie in dem Glauben, dass ich ihr das verlangte Geld beschaffen würde, und sie ging. Als sie das Haus verlassen hatte, lief ich nach oben auf den Balkon und rief sie zurück. Sie kam. Sie stand genau unter mir, und ich sagte ihr, für was ich sie hielt. Für eine *Putana*. Sie lachte nur. Als sie sich umdrehte, um zu gehen, nahm ich den großen Blumentopf mit dem Portulak und warf ihn herunter. Keiner hat etwas gesehen. Und dann habe ich ihren Körper auf ein großes Handtuch gerollt und ihn über den Boden ins Haus gezogen und von der Terrasse ins Meer ...«

Plötzlich verstummte die Musik von draußen, die Musiker machten eine ihrer Pausen, und in der eintretenden Stille wurde Zakos gewahr, dass ein Nachtfalter permanent brummend gegen die heiße Glühlampe anflog. Es war ein quälendes Geräusch, und es mehrte noch den Widerwillen, den er empfand, hier in diesem Haus, das so erfüllt war von Tragik und berechnender Grausamkeit. Er wollte nun fertig werden, er wollte an die Luft. Aber es gab noch weitere Fragen.

»Was war mit Aris?«

»Aris«, sagte sie müde. »Mir wird übel, wenn ich seinen Namen höre. All die Jahre wagte er es nicht ein einziges Mal, mir ins Gesicht zu sehen. Meinst du vielleicht, er war hier, um sich zu entschuldigen, um irgendetwas zu erklären? Meine Eleni und ihr Tod, das bedeutet für ihn nichts. Nichts. Als hätte sie niemals existiert. Ihn hasse ich am meisten. O ja, ich wollte es tun! Nur zu gerne! Ich wusste nur noch nicht, wie. Doch nun ist er ja einfach verunglückt. Hoffentlich bleibt er gelähmt und hat sein Leben lang entsetzliche, marternde, schreckliche Schmerzen!«

»Sie haben damit nichts zu tun, und auch nicht …?« Er blickte an sich herunter und sie verstand, aber sie schüttelte den Kopf und machte eine wegwischende Bewegung. Sie war mit ihren Gedanken ganz woanders.

»Wie geht es weiter für mich? Muss ich heute bereits …?«

»Moment!«, unterbrach Zakos. »Eine Sache will ich noch wissen: Wie kommt es, dass Sie so lange gewartet haben? Sie hätten Renate von Altenburg ausfindig machen können, und Aris war ohnehin nie sehr weit fort. Sie hatten so viele Jahre Zeit. Warum haben Sie nicht früher gehandelt?«

Sie nickte, als wollte sie zeigen, dass sie seine Frage gut verstand. »Du bist noch jung«, sagte sie. »Du weißt vieles vom Leben noch nicht. Als das Unglück damals über uns kam, da waren so viele Dinge zu erledigen. Die Beerdigungen. Dann musste unsere Apotheke geschlossen werden, weil ich ohne meinen Mann dort nicht arbeiten durfte, denn studierter Apotheker war nur er. Ich war Gehilfin, auch wenn ich alles genauso gut wusste. Nun musste ich den Laden ausräumen und vermieten, und ich musste mich um meine Eltern kümmern, die damals noch lebten, und um die kranke Mutter meines Mannes. Das war ich ihm schuldig. Es gab niemand anderen, der das alles tun konnte, also musste ich stark sein, viele Jahre lang. Da verstaut man das Leid in viele kleine Päckchen. Ganz fest verschnürt. Sonst kann man nicht weiterleben.«

Sie sah ihn an, mit diesen sonderbaren, raubvogelartigen hellen Augen – es war das erste Mal, seit er das Haus betreten hatte, dass sie ihm offen ins Gesicht blickte.

»Aber dann, nach einigen Jahren«, sagte sie, »da gingen die Päckchen wieder auf.«

Er nickte und senkte den Kopf. Ihr Blick war schwer auszuhalten. Normalerweise überwog bei der Aufklärung eines Falles bei ihm die Erleichterung, auch oder gerade wenn es ein belastender Fall gewesen war. Doch diesmal fühlte er sich einfach nur tief deprimiert. Noch immer umklammerte Frau Alekto das alte Bild von ihrem Kind. Ihr Anblick versetzte ihm einen Stich. Doch dann fiel ihm etwas ein.

»Renate hatte auch eine Tochter«, sagte er mit fester Stimme. »Sie ist noch sehr jung, fast noch ein Kind. Und Tessa war auch jemandes Kind.«

Seine Worte drangen gar nicht zu ihr durch. Reglos saß sie da und starrte vor sich hin, und Zakos spürte einen starken Überdruss. Nun wollte er wirklich raus, es war an der Zeit. Er musste die nötigen Schritte einleiten, als Erstes Fani und Lefteris endlich erreichen. Das Gespräch mit München konnte bis zum Morgen warten, aber Jannakis sollte umgehend informiert werden. Zakos tastete nach dem Handy, aber er fand es nicht. Anscheinend war es während des Sitzens aus seiner Hosentasche gerutscht. Er suchte mit der Hand danach, und da passierte es: Es glitt von der Couch und knallte mit einem hässlichen Geräusch auf den Boden. Zakos sah, wie beim Aufprall der Akku aus dem Gerät katapultiert wurde, und er bückte sich, fluchend, denn das Bücken fiel ihm schwer.

Sie war nicht so schnell, dass er sie gar nicht bemerkt hätte. Er sah die Bewegung aus den Augenwinkeln, aber dann stand sie schon über ihm und die Schmerzen der letzten Tage machten ihn zu langsam, um flink genug zu reagieren. Da traf ihn schon die Wucht des Schlages.

Kapitel 18

Zakos träumte von einem flinken Laser-Licht, das über sein Gesicht flitzte. Er irrte durch die Gassen des Dorfes, er wollte Sarahs Haus finden, sie musste irgendwo hier sein, aber das Licht fuhr ihm ständig in die Augen, es blendete und verwirrte ihn, und er verirrte sich immer weiter und weiter. Dann war er plötzlich in Sotiris' Imbiss, und alle Wände waren voller Bilder, aber er konnte nicht erkennen, was darauf abgebildet war, denn es brannte. Der Raum war voller Qualm, und es war heiß, unerträglich heiß. Er rannte hinaus, er brauchte Luft. Doch als er vor der Tür stand, erkannte er, dass seine Hände verbrannt waren, schwarz wie Kohle sahen sie aus, wie Hände aus einem Horrorfilm.

Da wachte er plötzlich auf, in einem großen, von einem Vorhang abgedunkelten Raum. Der Traum war vorbei. Jetzt befand er sich in einem realen Alptraum. Er lag am Boden. Es war dunkel hier, doch er konnte eines erkennen: Draußen war es Tag geworden. Wie lange schon, das wusste er nicht. Durch einen Schlitz im Vorhang drang Sonnenlicht und schien ihm stechend ins Gesicht. Er schwitzte so stark, dass ihm der Schweiß in die Augen lief, und die Zunge klebte ihm am Gaumen. Er konnte die Beine nicht bewegen, aber am schlimmsten war, dass er seine Hände nicht ansehen konnte. Sie waren irgendwie hinter seinem Körper verdreht. Er konnte sie nicht rühren, er konnte sie nicht ansehen. Dann war er wieder weg.

Beim nächsten Erwachen hörte er Stimmen und fühlte sich

ganz leicht, unglaublich leicht. Nur kurz flammte ein Schmerz in seinen Handgelenken auf, doch dann war ihm, als würde kühles Wasser durch seine Adern fließen – kühles, herrliches Wasser. Er spürte es durch den ganzen Körper rinnen, alles war so angenehm und frisch. Dann sank er wieder weg und erwachte erst auf einem schmalen, mit weißem Laken überzogenen Bett neben einem Kästchen mit einer Lampe aus abgeschlagenem Email. Sein Kopf schmerzte, seine Beine schmerzten, seine Hände und besonders die Handgelenke schmerzten.

»Hallo?«, krächzte er. Im selben Moment wurde ihm übel, und er hätte sich fast übergeben; alles drehte sich, und er wusste nicht, wo er war. Aber da kam Andreas aus dem Nebenzimmer gelaufen.

»Na endlich!«, sagte er. »Willkommen zurück aus dem Traumland. Du warst ja ganz schön stohunt!«

»Was?«, stammelte Zakos.

»Sto-hunt! Berauscht. Du weißt schon …!«

»Du meinst … *stoned?*«, fragte Zakos, und der andere nickte und grinste.

»Aber, das kann doch nicht … ich wüsste nicht … ich, ähm …«, stammelte Zakos. »Ich kann mich an gar nichts erinnern. Was habe ich denn genommen?«

»Du hast wahrscheinlich gar nichts getan«, erklärte der Arzt. »Das war sie, die Frau, in deren Haus wir dich gefunden haben. Erst dachte ich, sie hätte dich auch vergiftet, aber dann habe ich in deine Augen geleuchtet und dich untersucht, und siehe da: Du warst einfach nur auf einem Trip. Sie hat dir was gespritzt, was genau, kann ich nicht mit Sicherheit sagen, aber ich hab schon so eine Idee, wahrscheinlich …«

»Halt!«, rief Zakos, der allmählich klarer wurde im Kopf. »Was ist mit meinen Händen?!«

Er riss sie vors Gesicht. Sie waren an den Handgelenken verbunden, und sie taten weh, aber sonst schien alles in Ordnung zu sein.

»Was mit deinem Kopf ist, fragst du gar nicht?«, erkundigte sich Andreas. »Du musst ja einen ganz schönen Dickschädel haben!«

Im selben Moment spürte Zakos das Stechen im Kopf, und nun kehrte auch die Erinnerung zurück, ganz langsam und allmählich, an Frau Alekto, an das Geständnis, an sein Handy, das zu Boden gefallen war. Und an den Schlag. Er tastete vorsichtig an seinem Hinterkopf herum und spürte ein dickes Stück Mullbinde, das mit Leukoplast fixiert war.

»Was war es?«, fragte er. »Womit hat sie mich niedergeschlagen?«

»Eine Glaskaraffe oder eine Vase – so genau weiß ich das nicht. Wir haben nur noch die Scherben gesehen. Und wir können sie nicht fragen. Sie ist anscheinend nicht mehr auf der Insel. Aber umbringen wollte sie dich offenbar nicht, sonst hätte sie ja nur noch mal auf deinen Kopf schlagen müssen oder dich sonst wie erledigen. Sie wollte dich nur aus dem Verkehr ziehen, deshalb die Spritze. War offenbar ganz gut medizinisch ausgestattet, diese Frau. Ich wusste nicht, dass ich in ihr eine ernstzunehmende Konkurrentin auf der Insel hatte.«

»Das wussten wohl die wenigsten – und die, die es wussten, brachten es nicht mit den Morden in Verbindung!«

»Mhm. Jedenfalls hat sie dich mit einem Kabel gefesselt und ist auf und davon. Hier auf der Insel ist sie offenbar nicht mehr. Die Polizei auf Rhodos weiß derzeit noch nicht, wo sie sein könnte, hat Fani erzählt, aber sie werden sie schon finden. Sie ist immerhin eine alte Frau.«

»Ja, aber was für eine! Ich muss sofort telefonieren, ich will Jannakis auf Rhodos sprechen«, sagte Zakos atemlos. »Und

Fani. Zuallererst Fani. Ich will genau wissen, was alles passiert ist, während ich ... autsch, mein Kopf!«

»Du solltest jetzt erst mal gar niemanden sprechen«, sagte Andreas, aber Zakos bestand darauf. Andreas rief Fani an, und kurze Zeit später brachten sie beide Zakos auf den neuesten Stand.

Nachdem Frau Alekto Zakos niedergeschlagen und mit dem Kabel bewegungsunfähig gemacht hatte, hatte sie ihm eine Dosis Morphium gespritzt. »Oder irgendwas Ähnliches aus der Familie der Opiate, leg mich da bitte nicht fest«, meinte Andreas. Dann hatte sie offensichtlich die Insel verlassen. Zakos' Verschwinden blieb bis gegen ein Uhr mittags unbemerkt: Das ganze Dorf, inklusive Fani, die bis fünf Uhr morgens Cocktails gemixt hatte, schien nach der langen Feier auszuschlafen. Vermisst wurde Zakos nur von Zickler, der sich angewöhnt hatte, den verletzten Kollegen mehrfach täglich anzurufen. Als er ihn nicht erreichen konnte, wählte er irgendwann die Handy-Nummer der Insel-Polizei, und Fani war daraufhin verschlafen ins Hotel gewandert, um nach Zakos zu sehen. Dort hatte sie festgestellt, dass sein Bett unberührt war und er offenbar gar nicht darin geschlafen hatte.

Dann hatte sie sofort eine Suchaktion gestartet. Gemeinsam mit Andreas und Lefteris hatten sie in allen Cafés und Lokalen nach ihm gefragt, doch keiner hatte ihn gesehen. Schließlich waren sie Jeton begegnet, der berichtete, Zakos in der letzten Nacht auf der linken Seite der Bucht bei einem Spaziergang gesehen zu haben.

»Mitten in der Nacht, ganz allein!«, sagte Fani vorwurfsvoll. »Das war wirklich leichtsinnig. Und du konntest doch nicht mal richtig laufen. Wir dachten alle, du bist vielleicht gestürzt und liegst irgendwo verletzt. Oder jemand hat dich ermordet und ins Wasser geworfen. Das war schrecklich!«

»Ach, Kinder!«, sagte Zakos und verdrehte die Augen, ein bisschen genervt. Was er allerdings sofort bereute, denn sein Kopf schmerzte dabei nur noch mehr.

Lefteris und der Hafenmeister hatten in einem Boot den kompletten Hafen abgefahren, Eleni, Andreas und die alte Marianthi jede Gasse nach Zakos durchforstet, dann kam noch Jannis dazu, dann Aphroditi, das Mädchen aus der Konditorei, Stelios von der Bar, Wassilis aus dem Reisebüro und einige andere. Schließlich auch Jeton und der Pulk der Kinder. Aber sie hatten ihn nicht gefunden. Endlich, als sie sich frustriert wieder auf dem Dorfplatz sammelten, begegneten sie dem noch ziemlich verpennten Sotiris, der gerade erst sein Lokal öffnete.

»Sotiris sagte, dass wir alle spinnen«, berichtete Andreas. »Er dachte, du liegst vielleicht bei irgendeiner Frau im Bett und schläfst dich aus. Es war ja die Nacht nach dem Fest! Aber dann erschien Pappous und erzählte, dass du ihn über Frau Alekto ausgehorcht hast, und da liefen wir los und brachen dort die Tür auf!«

»Und da warst du, gefesselt im Wohnzimmer!«, sagte Fani und sah aus, als würde sie gleich losheulen.

»Schade eigentlich, dass du gar nichts mitbekommen hast«, fuhr Andreas fort. »Wir waren mindestens zwanzig Leute! Das war echt filmreif. Das Geschrei der Kinder hätte sogar die Mafia verscheucht!«

Zakos schüttelte den Kopf. »Und ich hab nicht das Geringste mitgekriegt!« Aber er war trotzdem gerührt. Fani saß neben ihm und hielt seine Hand.

»Aber jetzt muss ich mit Jannakis sprechen! Ich brauche ein Telefon!«, rief Zakos. Es war nach zehn Uhr abends, aber das war ihm egal.

Jannakis sagte, er sei eben erst nach Hause gekommen; er

klang nicht ganz so aufgedreht wie sonst. Frau Alekto hatten sie nicht gefunden, bezeugte er, »und ich weiß auch nicht, wo wir suchen sollen. Vielleicht ist sie gar nicht hier. Wir sind nicht die Einzigen, die mit euch in Fährverbindung stehen. Sie kann weiß der Teufel wo sein.«

»Aber ich weiß, wo sie vielleicht ist. Sie muss in Rhodos-Stadt sein. In einem Park. Oder vielleicht ist es auch ein Platz, jedenfalls unter einem Baum. Verdammt, ich erinnere mich nicht an den Namen des Parks ...«

Jannakis seufzte. »Nikos, ich habe die Leute heute alle schon nach Hause geschickt. Wir haben den ganzen Tag zu tun gehabt wegen der Sache auf Lindos, und ich muss mich noch vorbereiten auf die Pressekonferenz morgen früh um zehn. Und es ist Sonntag! Das dritte Wochenende am Stück, an dem wir durcharbeiten! Heute tue ich gar nichts mehr, wirklich nicht!«

»Ich glaube, es war ein italienischer Name«, fuhr Zakos einfach fort. »Platia Roma? Parkos Rimini?«

»Riviera«, brummte Jannakis. »Platia Riviera. Na gut, ich schicke jemanden los.«

»Danke«, sagte Zakos. »Hoffentlich ist es noch nicht zu spät.« Dann schlief er wieder ein.

Es war nicht zu spät. Als die Polizisten auf der Platia Riviera eintrafen, saß Frau Alekto noch immer dort. Jannakis erzählte ihm am nächsten Morgen am Telefon davon: Frau Alekto hatte Fotografien ihrer Tochter um sich herum aufgestellt, sie hatte eine kleine Öllampe dabeigehabt und Weihrauch entzündet. Sie war ohne Gegenwehr mit den Polizisten mitgegangen. Zakos verspürte einen Moment des Mitgefühls, trotz allem. Aber da schob sich das Bild der jungen, so verbissen um ihre Zukunft kämpfenden Tessa dazwischen, und er dachte an

Tessas Mutter und den jüngeren Bruder, der versucht hatte, so tapfer für sie beide zu sein, und an die einsame kleine Magdalena in Deutschland in dem dunklen Zimmer am See, Renates Tochter, und das Mitleid mit Frau Alekto verging.

Wieder war es Fani, die ihm sein Handy brachte. Das war, nachdem Paraskewi, die Spurensicherungsexpertin, die diesmal ohne Ioannis, dafür mit einem anderen, freundlicheren Kollegen gekommen war, am Nachmittag mit der Untersuchung von Frau Alektos Haus fertig war. Zakos musste nur das Fach mit dem Akku wieder einschieben, und das Gerät funktionierte einwandfrei.

Zakos war da schon wieder auf seiner Terrasse im Hotel, und bis auf die Kopfschmerzen ging es ihm ganz gut – die Schmerzen in den Beinen hatten sogar nachgelassen. Aber er hatte noch mit niemandem in München telefoniert, nur Fani hatte kurz mit Zickler gesprochen. Nun rief Zakos selbst endlich bei Zickler durch.

»Ahhh, der Meister!«, rief der Münchner Kollege. »Der Chef ist begeistert! Ich hab ihn im Urlaub angerufen, und er sagt, du liegst unterhalb der besprochenen Zeit. Was meint er damit? Ihr hattet doch wohl keine Wette am Laufen?«

»Nicht wirklich!«, antwortete Zakos. »Pass auf, da ist noch was. Erinnerst du dich an die Finger von deiner Brandleiche damals im Gebüsch?«

»Ungern!«, sagte Zickler. »Was ist damit?«

»Also, das ist jetzt mehr so ein Gefühl«, sagte Zakos. »Man konnte es ja nicht mehr so gut sehen. Aber hattest du nicht auch den Eindruck, der Mann hatte einen ganz langen Nagel am kleinen Finger?«

»Du meinst, da, wo noch Finger waren?«

»Ja, du Witzbold«, sagte Zakos, ein bisschen genervt. »Natürlich da, wo noch Finger waren!«

Zickler konnte sich nicht erinnern, aber er sagte, er frage mal nach.

Mittlerweile war auch Aris Kouklos auf dem Weg der Besserung, und Fani hatte sogar mit ihm telefoniert.

»Er sagt, er weiß nicht, wie alles passiert ist. Er kann sich nicht erinnern. Aber er glaubt nicht, dass Antonis oder irgendwer damit zu tun hat. Die beiden hatten zwar einen Disput, aber das war nicht auf dem Berg, sondern in Aris' Haus, und danach sei Antonis zurück ins Dorf gegangen. Wahrscheinlich ist Aris einfach so abgestürzt.«

Sie saß mal wieder auf der Terrassenmauer und ließ die Beine baumeln, und Zakos dachte, es sei an der Zeit, eine Sache anzusprechen. Einfach endlich geradeheraus. Er hatte das ohnehin schon viel zu lange aufgeschoben.

»Fani, warum hast du nicht gesagt, dass ihr Kouklos ebenfalls Geld schuldet?«, fragte er. »Du hättest mich ins Vertrauen ziehen müssen.«

Sie schien über seine Frage nicht gekränkt zu sein, nur völlig verblüfft.

»Wieso? Ich dachte nicht, dass das wichtig ist«, sagte sie. »Als ich die Sache mit den überhöhten Zinsen erfuhr, bin ich erschrocken, aber meine Mutter meinte, bei uns hat er keine berechnet. Gar keine. Freunde und Familie waren, wie meine Mutter sagte, davon ausgeschlossen. Aris und mein Vater waren nämlich beste Freunde. Wenn er kommende Woche aus der Klinik kommt, dann kannst du ja in aller Ruhe mit ihm reden, wenn du willst.«

Zakos schwieg. In ein paar Tagen war er nicht mehr hier. Der Fall war ja gelöst. Nur eine Angelegenheit hatten sie nicht herausfinden können: Wer hatte auf ihn geschossen? Es schien ziemlich sicher, dass Frau Alekto es nicht gewesen war. Vielleicht tatsächlich Wilderer? Vermutlich würde sich diese Sache niemals aufklären. Fest stand nur, dass er bald nach München zurückfahren würde. Er fragte sich, ob Fani sich das eigentlich klarmachte?

Es fiel ihm schwer, mit ihr darüber zu sprechen. Er schob es immer wieder auf, und auch sie sagte nichts. Sie klammerten das Thema einfach aus und taten unbeschwert, aber es war eine aufgesetzte, falsche Unbeschwertheit.

Und dann war der Tag vor seiner Abreise schon da. Er plante einen kleinen Umtrunk am Abend, aber Fani sagte, sie würde nicht erscheinen.

Es war am frühen Morgen gewesen, als er die Abschiedsfeier erwähnte, gleich nach dem Aufwachen. Sie lagen noch nebeneinander im Bett, und Zakos spürte, wie sich ihr Körper versteifte.

»Ich habe dir doch gesagt, ich hasse Abschiede! Ich stehe so einen Abend nicht durch!«, erklärte Fani. Es klang barsch. Sie sprang aus dem Bett und zog sich hastig an.

Zakos wusste nicht, was er sagen sollte. Er starrte sie nur hilflos an. Erst als sie schon fast an der Tür stand, riss er sich aus seiner Lähmung. Er stand auf und nahm sie in den Arm.

Fani drückte ihn noch einmal und war schon aus der Tür. Zakos, der noch gar nicht richtig wach war, wusste nicht so recht, wie ihm geschah. Er war vollkommen baff und irgendwie auch gekränkt. Aber sie war weg, und er bekam sie den ganzen Tag nicht mehr zu Gesicht.

Nicht mal von Sotiris konnte er sich richtig verabschieden, denn der war ebenfalls plötzlich verschwunden: Das Baby war da, und er war bereits für ein paar Tage in Athen bei seiner Frau, und Pappous zeigte ein Handyfoto herum, auf dem die ganze Familie zu sehen war: Sotiris mit einem winzigen, rotgesichtigen Neugeborenen im Arm und daneben seine hübsche Frau mit dem kleinen Sohn.

Der Imbiss war vorübergehend geschlossen, deswegen trafen sie sich zum Abschiedsfest in einer Taverne nebenan, aber das war natürlich nicht dasselbe. Außer Pappous waren noch Andreas und Eleni da, Vangelis vom Strandlokal, Lefteris und ein paar andere. Sogar Liz, die glücklich war, dass es Aris besserging, setzte sich auf ein paar Zigarettenlängen dazu. Von Jeton hatte Zakos sich schon am Nachmittag mit einem kleinen Geschenk verabschiedet: einer neuen, größeren Angel. Sie hatten sie sogar schon gemeinsam ausprobiert.

Und dann war es wirklich so weit. Zakos saß frühmorgens neben seiner gepackten Tasche am Hafen in einem Café, und in einer halben Stunde würde die Fähre gehen, da kamen noch mal Pappous und Jannis vorbei und setzten sich dazu.

»Jannis meint, wir müssen dir noch was sagen«, sagte Pappous. »Er ist extra aus der Bäckerei weg, obwohl um diese Zeit natürlich der Teufel los ist.«

Die beiden zogen sich Stühle heran und drückten sich darauf ein bisschen verlegen herum wie Schuljungen.

»Wollt ihr einen Kaffee?«, fragte Zakos, um die Stimmung aufzulockern. »Oder was anderes? 35 Minuten habe ich noch – wenn das Boot pünktlich kommt.«

Pappous schüttelte den Kopf. »Erinnerst du dich an den Abend, damals als … nun ja, wie soll ich sagen …« Er kratzte sich am Kopf.

Jannis seufzte. »Er will dir sagen, dass er's war«, sagte er geradeheraus. »Er hat sich die ganze Zeit nicht getraut zu beichten. Sotiris darf es auch nicht wissen, dass wir zwei ab und an auf die Jagd gehen, er findet das gar nicht gut. Aber Sotiris ist jetzt nicht da, und du steigst gleich auf die Fähre und bist weg, und da dachten wir …«

»Pappous!«, rief Zakos empört. »Das kann doch nicht wahr sein! Wie ist das denn passiert?!«

»Wir haben ein bisschen rumgeblödelt, und da … nun ja. Da ging das Gewehr los. Ist einfach passiert, war ja keine Absicht. Und dann haben wir uns sofort hinter einem Felsen versteckt und sind davongelaufen, weil wir Angst hatten, dass du uns zur Rechenschaft ziehst. Es ist ja verboten, Vögel zu jagen. Wir tun es auch nie wieder. Aber wir haben erst später erfahren, dass du getroffen wurdest, das musst du mir glauben!«

Zakos schüttelte den Kopf. »Ich fasse es nicht!«, stöhnte er. Er wusste nicht, was er sagen sollte.

»Und da ist noch was«, sagte Jannis. »Ich wollte dir noch mal persönlich danken, dass du die Mörderin von Renate überführt hast! Das war wichtig für mich!«

Zakos wunderte sich, und er blickte Jannis fragend an.

»Was soll ich sagen: Wir zwei, Renate und ich, wir mochten uns. Wir kannten uns früher schon, bevor sie mit Aris zusammenkam, als wir noch jung waren, und sie hat mir damals schon gut gefallen. Als sie nun zurückkehrte, da sah ich sie, und sie sah immer noch so prachtvoll aus und hatte diese langen, schlanken Beine. Und sie war so lustig und charmant – sie war ein tolles Mädchen! Aber ich bin ja kein freier Mann!«

Natürlich, er war ja mit der Bürgermeisterin zusammen. Zakos hatte die beiden des Öfteren zusammen gesehen. Daher also die Heimlichtuerei, die verschwiegenen Treffen Renates jeden Nachmittag nach dem Strand: Sie war bei Jannis gewesen. Sie hatte tatsächlich ein Verhältnis gehabt, und es war alles ganz anders gewesen, als Zakos gedacht hatte.

Jannis erzählte weiter. »Wenn ich mittags die Bäckerei schließe, dann gehe ich immer auf mein kleines Grundstück am Ortsrand und kümmere mich um meinen Jagdhund. Ich habe da eine kleine Kate mit einem Feldbett, von außen ist sie nicht einsehbar. Es ist schön schattig dort, unter dem Johannisbrotbaum, und ganz ruhig …«

»Nein!«, sagte Zakos und grinste. Irgendwie freute er sich, dass Renate von Altenburg so kurz vor ihrem Tod noch eine gute Zeit gehabt hatte.

»Doch!«, sagte Jannis und lächelte wehmütig.

Und dann kam tatsächlich die Fähre, sogar zu früh, und Zakos blickte sich nach Fani um, aber sie war nirgends zu sehen. Er ging mit der Tasche in der Hand ganz nach oben auf die Reling, denn er wollte zum Abschied einen guten Ausblick auf die schöne Insel haben, die er anfangs so gern mochte, die ihn dann aber so genervt hatte und die er nun am liebsten noch lange nicht verlassen hätte, weil er sich nach all der Zeit schon selbst fast wie ein Dorfbewohner fühlte. Er setzte sich auf einen der Plastiksitze, da spürte er ein Vibrieren in der Hosentasche und zog sein Handy heraus.

Eine Nachricht von Fani, aber es war kein Text, sondern ein Bild: ein paar Kiesel und Muscheln vom Strand, die ein Herz formten, sonst nichts. Zakos spürte einen dicken Kloß im Hals.

In diesem Moment legte die Fähre ab, und Zakos sprang auf; er lief nach hinten, blickte zurück auf die Mole, aber da stand sie nicht. Als das Boot jedoch Fahrt aufnahm und an den pittoresken pastellfarbenen Häusern an der Wasserfront entlangfuhr, da stand sie auf der Terrasse der Polizeistation, gemeinsam mit Lefteris. Beide hielten ein großes weißes Laken in den Wind, und sie winkten damit und schrien und johlten, und Zakos winkte mit beiden Armen zurück. Dann bog die Fähre ab, und er war fort.

Epilog

Zakos hatte keinen Moment damit gerechnet, doch als er von der Fähre stieg, erwartete ihn tatsächlich Tsambis Jannakis am Hafen. Er saß auf einer Holzbank, schlürfte Kaffee aus einem Plastikbecher und fächelte sich Luft zu.

»Hab was Interessantes für dich«, sagte er, und Zakos setzte sich zu ihm. »Hab mit deinem Kollegen in München telefoniert, Sigglär, netter Mann. Es gibt Neuigkeiten wegen eines Griechen, der bei euch in München verbrannt ist.«

Zakos' Ahnung hatte sich bestätigt, der Tote vom Flaucher war tatsächlich Grieche gewesen. Albrecht hatte das zunächst bezweifelt. »Lange Fingernägel am kleinen Finger kommen im kompletten orientalischen Raum vor – da seid ihr nicht die Einzigen!«, hatte er Zakos am Telefon aufgeklärt, nachdem er sich in der Gerichtsmedizin erkundigt hatte. Aber dann hatte er dennoch recherchiert. Und da hatte sich herausgestellt: Unlängst erst war eine neue Meldung eingegangen, ein Georgios Papadoulos hatte seinen 56-jährigen Bruder Archileas als verschwunden gemeldet. Davor hatte keiner den Mann, der als Fernfahrer gearbeitet hatte, vermisst. Mit Hilfe von »Sigglär« hatten Jannakis und Valantis dann ein mögliches Geschehen rekonstruiert: Archileas Papadoulos hatte seinen Job bei einer Spedition verloren, offenbar hatte er nach einer Scheidung Probleme mit Alkohol und Depressionen gehabt. Nach einigen Versuchen, wieder beruflich Fuß zu fassen, hatte der Mann bei einem alten Freund in München versucht, unterzukommen, einem Landsmann. Aber auch der konnte ihm wohl nicht helfen, er war selbst arbeitslos und zudem erst jüngst wegen eines Eigentumsdelikts mit dem Gesetz in Konflikt geraten. Eines Tages setzte die Ehefrau des Freundes den Hilfesuchenden an die Luft. Das war der Auslöser.

Archileas Papadoulos' Selbstmord sollte wie ein Fanal wirken. Er schrieb einen Abschiedsbrief und entzündete sich hinter dem Haus des befreundeten Ehepaares. Allerdings nahm niemand von dem drastischen Schritt Notiz, niemand außer dem Ehepaar selbst. Doch die Leute wollten keinesfalls damit in Verbindung gebracht werden, sie hatten Angst, Ärger zu bekommen. Die beiden vernichteten den Abschiedsbrief, dann brachten sie die verbrannte Leiche mit einem zuvor entwendeten Fahrradanhänger an die Isar. Ja, all das erschien plausibel, fand Zakos. Er musste an die winzigen Fußabdrücke denken, die sie an der Isar in München beim Auffinden der Leiche gesehen hatten: Für griechische Verhältnisse war die Fußgröße gar nicht so ungewöhnlich. Viele Griechinnen waren ja auch ein Stück kleiner als die Deutschen.

»Also noch ein griechischer Selbstmord!«, sagte er und schüttelte den Kopf. Jannakis schwieg. Sie saßen eine Weile auf der Bank und sahen zu, wie die Fähre wieder ablegte. Dann wurde es Zeit für den Flughafen.

»Ich fahre dich natürlich«, sagte Jannakis. »Ich habe heute frei!«

Er war tatsächlich ein rasanter Autofahrer, an diesem Tag konnte er es unter Beweis stellen, die Straßen waren frei. Er lehnte leger im Sitz, den linken Arm am offenen Fenster aufgestützt, die rechte oberlässig auf dem Lenkrad tänzelnd. Zakos fühlte sich unwohl – er war ein schlechter Beifahrer. Aber er konnte sich schlecht in Jannakis' Wagen selbst ans Steuer setzen. Um nicht wie gebannt auf den Straßenverkehr zu starren, begann er eine etwas verkrampfte Unterhaltung.

»Na, Tsambis, und wie verbringst du deinen freien Tag so? Gehst du mit deiner Frau essen?«

»Hab ich das nie erwähnt?«, sagte Jannakis, wandte den Blick von der Straße ab und blickte Zakos voll ins Gesicht, so dass sich dieser vor Nervosität unbewusst mit der Hand am Sitz festklammerte. »Ich habe gar keine Frau! Schon lange nicht mehr. Hat mich sitzenlassen mit den Jungen, als die noch klein waren.«

»Du willst mir jetzt nicht erklären, dass du ein alleinerziehender Vater bist!«, sagte Zakos. Ausgerechnet Tsambis, dieser Obermacho!

»Mhm, doch, doch«, murmelte dieser und blickte nun wieder vor sich auf die Straße. »Bin eine richtig gute Hausfrau geworden, über die Jahre. Heute Mittag koche ich meinen Söhnen zum Beispiel ein schönes *Arnaki*. Mit einem Schuss Ouzo drin, das ist mein persönliches Spezialrezept. Weißt du, wie das schmeckt? Das schmeckt so …«, er ließ das Lenkrad nun ganz los, legte Daumen, Zeigefinger und Mittelfinger der Rechten an den Mund und machte ein lautes Kussgeräusch.

»Ich fasse es nicht!«, sagte Zakos und lachte, freilich ließ er dabei den Verkehr nicht aus den Augen. Hier war wirklich nichts so gewesen, wie es schien, dachte er – nicht mal Jannakis. »Wenn ich das nächste Mal herkomme, dann will ich unbedingt davon probieren!«

»Gerne. Und in der Zwischenzeit isst du für mich in Monaco leckere deutsche Wurst und fährst auf der Autobahn mit deinem Audi 200 Stundenkilometer. Dein Audi fährt doch 200?«

Unbewusst drückte er bei diesen Worten richtig auf die Tube, und Zakos erschrak einen Moment, Jannakis könne selbst gleich versuchen, 200 zu fahren. Jannakis erhaschte sein besorgtes Gesicht, deutete es aber falsch.

»Du musst keine Sorgen um mich haben, weil ich hier in Griechenland bleiben muss und nicht Audi fahren darf!«, sagte er. »Wirklich nicht!«

»Das habe ich ja gar nicht!«, sagte Zakos, erleichtert, als nun das Schild, das die Abzweigung zum Flughafen ankündigte, auftauchte.

»Du siehst aber so aus. Aber ich lebe gern in Griechenland, trotz allem!«, sagte Tsambis. »Trotz aller Sparmaßnahmen und Lohnkürzungen und Überstunden und den verrückten Politikern und allem anderen. Und ich erzähle dir jetzt auch, warum. Da gibt es einen Witz, der geht so: Ein armer Sünder bittet an Petrus' Pforte um Einlass, doch der sagt: ›Für dich kommt leider nur die Hölle infrage. Allerdings haben wir drei Höllen zur Auswahl: eine deutsche, eine amerikanische und eine griechische. Du kannst dir eine aussuchen.‹ Der Sünder fragt, was denn der Unterschied sei, und Petrus erklärt: ›In der deutschen Hölle gibt es einen elektrischen Stuhl, da wirst du mit Elektroschocks behandelt. Zum Ausruhen geht's auf ein Nagelbrett. Ab und zu kommt der Teufel persönlich vorbei und peitscht dich aus.‹ – ›Und die amerikanische Hölle?‹, fragt der Sünder erschrocken. ›Die bietet im Prinzip das Gleiche: elektrischer Stuhl, Nagelbrett – und der Teufel kommt persönlich zum Auspeitschen vorbei.‹ – ›Oh, dann nehme ich wohl am besten die griechische Hölle‹, sagt der Sünder hoffnungsvoll. ›Wie läuft es denn dort ab?‹ – ›Im Prinzip genauso: elektrischer Stuhl, Nagelbrett, Teufel. Nur mit dem Unterschied, dass dort meist Stromausfall ist, die Nägel wurden alle von den Bulgaren geklaut – und der Teufel streikt!‹«

Jannakis lachte so laut, dass Zakos zusammenzuckte. Er lachte noch immer, als er den Wagen vor der Abflughalle des kleinen Inselflughafens abstellte, und auch, als er ausstieg, den Kofferraum öffnete, Zakos' Reistasche herausholte und sie auf den Bürgersteig stellte. Noch immer grinsend nahm er ihn dann in den Arm und platzierte zwei dicke Schmatzer links und rechts auf Zakos' Wangen.

»*Adio!*«, sagte er inbrünstig. »Komm bald wieder!«

Zakos hatte bereits durch die Drehtür das Gebäude betreten, da kam Jannakis ihm noch nach.

»Eine Sache gibt's da noch – ich wollte dich an etwas erinnern!«, sagte er, ein wenig atemlos.

Zakos blickte ihn fragend an.

»Dein Vater. Du musst ihn anrufen!«

Zakos seufzte. Dieser Jannakis war einfach eine Nervensäge, von Anfang bis Ende.

»Tsambis, hör mal ...«, begann er.

»Nein, nein, nein, keine Widerrede!«, sagte der griechische Kommissar kategorisch. »Du darfst das Land nicht verlassen, ohne ihn angerufen zu haben. Glaub mir das. Ich bin selbst Vater.«

Zakos verdrehte die Augen.

»Das ist wichtig!«, sagte Jannakis. »Sonst nehme ich es dir persönlich übel!«

»Na gut!«, sagte Zakos schließlich. »Versprochen. Danke, Tsambis!«

Er drehte sich um und ging durch die lärmende Abflughalle, ganz bis ans andere Ende, wo ein bisschen weniger los war. Dort zog er sein Telefon hervor und drückte eine Zeitlang darauf herum, bis die Nummer im Display erschien. Dann presste er das Gerät nervös an sein Ohr.

»Hallo, Papa?«, sagte er. »Ich bin's, Nikos!«

Er lauschte und legte den Kopf in den Nacken. Und dann lächelte er.

Wollen Sie mehr von den Ullstein Buchverlagen lesen?

Erhalten Sie jetzt regelmäßig
den Ullstein-Newsletter
mit spannenden Leseempfehlungen,
aktuellen Infos zu Autoren und
exklusiven Gewinnspielen.

www.ullstein-buchverlage.de/newsletter